Me despertaré en Shibuya

Anna Cima

渋谷で目覚める

colección otras latitudes

Me despertaré en Shibuya

Anna Cima

Traducción de
Kepa Uharte

Nørdicalibros
2020

Título original: *Probudím se na Šibuji*

Este libro ha recibido el apoyo del
Ministerio de Cultura de la República Checa

MINISTRY OF CULTURE
CZECH REPUBLIC

Avda. de la Aviación, 24, bajo P CP: 28054 Madrid
Tlf: (+34) 917 055 057 - info@nordicalibros.com
www.nordicalibros.com

Primera edición en Nórdica Libros: septiembre de 2020

ISBN: 978-84-18067-85-3

Depósito Legal: M-22317-2020

IBIC: FA

THEMA: FBA

Impreso en España / *Printed in Spain*
Imprenta Kadmos
(Salamanca)

Diseño de colección: Ignacio Caballero

Maquetación: Diego Moreno

Corrección ortotipográfica: Victoria Parra y Ana Patrón

PARTE PRIMERA

PRAGA

1

No me apasiona charlar con las chicas. Lo que dicen es un rollo. Me da igual lo que haga su perro. No me interesa si su chico tiene los ojos tiernos y profundos. O si por fin han empezado a vender el protector labial americano de la cajita redonda en las droguerías. Las chicas hablan una y otra vez de lo mismo. Así era en el insti, en la uni es igual. Tienen la necesidad de sorprenderse las unas a las otras y demostrarse eternamente que son mejores o más interesantes que las demás. Como si la vida fuera un gran concurso. Un concurso de belleza, de a ver quién es más inteligente, quién tiene el jersey más bonito hoy, a quién miran más los tíos, quién piensan los chicos que es más graciosa y con quién quieren pasar más tiempo.

Kristýna es igual en muchos sentidos. Pero como nos conocemos del insti, es una de las pocas chicas que consigo tolerar, aparte de a mí misma. Tiene el pelo rosa y en su tiempo libre participa en un movimiento que intenta demostrar que el baile en barra en realidad es un deporte refinado. Aparte de eso, se dedica a desarrollar una medicina para curar el cáncer. Se pasa la mayor parte del día en el laboratorio, donde trabaja en una investigación secreta de la que no le puede revelar nada a nadie. Luego no es de extrañar que por la noche se ponga boca abajo en la barra.

Kristýna es excéntrica. A los chicos les gusta, pero al final su vehemencia y su inteligencia siempre los ahuyentan. De una chica con el pelo rosa, realmente, uno no espera que por las noches, en lugar de ver juntos una película, prefiera resolver ecuaciones químicas. A veces pienso cómo es posible que Kristýna no consiga encontrar a nadie que esté bien. Probablemente, ni siquiera sabe qué aspecto debería tener la pareja ideal. La culpa es de su padre, que huyó a Sri Lanka cuando ella tenía quince años. A Kristýna, durante toda la pubertad, le ha faltado un modelo masculino.

El padre de Kristýna, en Sri Lanka, se convirtió en monje budista, lo que no es precisamente la imagen ideal de la masculinidad. De vez en cuando, se le aparece en sueños cuando necesita que haga algo por él aquí o para desearle feliz cumpleaños. Pero no está accesible en el móvil. Kristýna, por supuesto, está terriblemente cabreada con él. Obviamente es mejor, admite, que si se hubiera suicidado después del divorcio. Pero igualmente está enfadada. En la casilla de «profesión del padre» del formulario para una beca o en la administración, cuesta escribir «monje budista».

2

Cuando pasan por Praga los llamados hare krishnas, Kristýna, asqueada, cambia de acera. Lo que más le jode es cuando alguno de los que se llaman a sí mismos monjes, con túnica amarilla, le intenta vender libros eruditos sobre el ciclo kármico y otras chorradas en la plaza de la República.

—Señorita —le dice—, usted parece de mente abierta…

Ha debido de llamarle la atención la cabeza rosa de Kristýna. Ella se detiene y atraviesa al hombre con una mirada de odio. El tipo no se echa atrás, cree en sus técnicas de persuasión y sigue intentando atraer a Kristýna para que se compre el libro.

—¿Sabe lo que es el karma? —le pregunta.

—Sí, tengo uno en el baño —le corta Kristýna e intenta huir. Pero el hombrecillo es más rápido.

—Me gustaría contarle algo sobre sus vidas. No solo de la actual, sino también de la pasada y la futura. Seguro que lo encontrará interesante. Aquí tengo un libro…

—No me interesa, sé bastante de estas cosas.

—Pero esto es sobre la vida…

Kristýna se para y desalienta al hombrecillo con su mirada.

—Mire, ¡de verdad que no me interesa!

—¡Pues debería! —El hombrecillo no se da por vencido. Ahora Kristýna se calienta de verdad.

—Mire…, ¡imitación! Mi padre es un auténtico monje budista del monasterio Weduwa de Koggala, en el sur de Sri Lanka, ¡si es que le suena de algo! Cuando quiera saber algo sobre el karma, ¡se lo preguntaré a él!

El hombrecillo se queda tieso. No se lo esperaba.

—Pero aquí, en el libro…

—¡No me interesan sus libros! Si quiere dárselos a alguien, ¡envíeselos a mi padre a Sri Lanka, él se los corregirá!

El hombrecillo calla.

—Pero dudo que pierda el tiempo con algo así. ¡Él siempre está meditando! Si usted es monje, también debería. ¡Y tire los auriculares del iPhone que le cuelgan de la túnica!

El hombrecillo baja los ojos al suelo. Ya no dice nada más. Humillado, esconde el libro detrás de su espalda.

—¡Vaya usted con Buda! —chilla Kristýna y se marcha.

El hombrecillo sigue de pie delante del KFC. De repente, se siente como el insecto pesado que quizá fue en una vida pasada.

3

Nunca entenderé lo que movió al padre de Kristýna a coger y abandonar a su familia. Él, por supuesto, lo interpreta como que se fue a buscar su yo interior. En realidad, más bien huyó de la responsabilidad que empezaba a presionarlo, porque durante la crisis quebró su empresa.

Cuando Kristýna era pequeña, su familia iba bien. Reconstruyeron un edificio en las afueras de Praga e instalaron una piscina térmica en el jardín. El padre de Kristýna compró a sus hijos un perro enorme y una televisión de plasma y les pagó un montón de cursos. Luego llegó la crisis y la empresa quebró. A la cotidianeidad penosa se añadieron las peleas con su mujer, las deudas y la complicada pubertad de Kristýna (que realmente valió la pena). Y entonces, en lugar de afrontar el problema, el padre de Kristýna una mañana hizo la maleta y se fue a Sri Lanka. Dejó las deudas a su mujer y, depurado de los apuros de un mortal corriente, desde entonces medita tan ricamente, escondido en un monasterio.

La madre de Kristýna, después del divorcio, se metió en temas de esoterismo. No podía permitirse dejar aquí a dos hijos adolescentes e irse por ahí a un monasterio. Así que sacó del despacho de su marido todo lo que le recordaba a él y se montó un rincón esotérico al que Kristýna llama Oráculo. En los estantes colocó velas y piedras curativas cargadas de energía, sobre la entrada colgó un atrapasueños y en casa quema constantemente barritas aromáticas. Fundó el grupo esotérico Venus, al que atrajo a sus vecinas para poderles aconsejar con las cartas lo que tienen que hacer con sus vidas. En el tiempo libre, la madre de Kristýna se entretiene prediciendo el futuro. Elabora un montón de horóscopos y enseña a trabajar con las energías. Kristýna sospecha que, a distancia, perturba la tranquila meditación de su marido en Sri Lanka.

—Yo cerraría inmediatamente todas las tiendas y teterías esotéricas, sacaría de la circulación todos los libros sobre religión, prohibiría imprimirlos y los quemaría —espeta Kristýna siempre que hablamos del tema—. Todo eso solo atonta a la gente. Ofrece solo soluciones fáciles, como que si abrazas un árbol enseguida te encontrarás mejor o que si te lees la historia de Buda entenderás cómo tienes que llevar tu vida. No sirve de nada. Son solo muletas hasta que la cosa se vaya todavía más a la mierda. Yo también, cuando tenía diecisiete años, por influencia de mi madre fui a un curso de *reiki*. ¿Sabes lo que es?

—Es como una energía curativa del Japón, o algo así, ¿no?

—Exacto. La leyenda dice que un peregrino vivió tres milagros cuando subió a la montaña sagrada y bla, bla, bla, descubrió la energía curativa universal *reiki*. El curso en el que participé lo dirigía una tal señora Nováková en su bloque de Pankrác. Una experiencia mística de verdad. Para empezar, tendrías que haber visto a los desesperados que iban. Un empresario en quiebra, un ama de casa con cuatro hijos, una vendedora de un estanco y mamá y yo. Todos deseaban someterse al ritual de iniciación para que luego, como por milagro, las cosas empezaran a irles bien. Que verían la verdad con mucha más claridad que la gente corriente.

»Para el ritual de iniciación, Nováková tenía reservada una habitación entera. Recordaba un poco al Oráculo de mamá. En una pared había colgado un cuadro de Jesús, en la otra Buda y en la tercera alguna deidad africana. Tuvimos que sentarnos en la pared que nos fuera espiritualmente más próxima. Luego cerramos los ojos y Nováková pasó como tres cuartos de hora resoplando en un rincón, desde donde supuestamente nos enviaba energía.

—¿Y de verdad ves con más nitidez desde entonces?

—Entendí lo inútiles que son estas cosas y cómo atontan a la gente.

—Ya ves, al menos sirvió de algo, ¿no?

4

Mis padres siguen juntos. Creo que en todo mi amplio entorno soy la única persona cuyos padres no se han divorciado. La primera ola de divorcios de padres alcanzó a nuestra generación más o menos en segundo. Mi hermana, que entonces seguía yendo al parvulario, un fin de semana estaba dibujando en la mesa del comedor y de repente, sin venir a cuento, le preguntó a mi padre:

—Papá, ¿cuándo te divorciarás de mamá?

Mi padre, que justo estaba haciendo la cena, se quedó con la espátula en la mano, en medio de la cocina, sin entender.

—¿Qué dices, cielo? ¿Por qué íbamos a divorciarnos?

—Es que los padres de los demás ya están todos divorciados y solo vosotros no. Así que me gustaría saber cuándo será. —Mi hermana siguió dibujando, impertérrita. Creía que el divorcio era parte corriente de la vida familiar y se sentía en desventaja ante los demás niños porque nuestros padres seguían juntos. Tampoco se gritaban el uno al otro, ni montaban escenas, y seguían viviendo en la misma casa. Mi hermana no era capaz de entender cómo era posible que los padres de Anetka, Majda y Karlík ya hicieran todas esas cosas, mientras que los nuestros todavía no habían llegado a ese punto.

El mayor mérito de que mis padres no se hayan divorciado lo tiene mamá, que domina a la perfección el principio por el que se dirigían las esposas japonesas del siglo pasado, la *necesidad de persistir*. No creo que sea del todo correcto que la esposa siempre lo aguante todo, pero la capacidad de mamá de persistir sin duda ha sostenido la relación con mi padre para que no se desmoronara.

Cierto, mi padre no es un monje budista de Sri Lanka, pero últimamente lleva una vida casi monacal, está eternamente encerrado en su despacho, del que sale solo para cenar. Tengo la sensación de que apenas le importa lo que hace la gente a su alrededor. Por ejemplo, le da completamente igual lo que escribo. Hace un par de años, todavía me paraba de vez en cuando para preguntarme qué estaba leyendo y si me gustaba, o pedirme que le leyera un fragmento de lo que estuviera escribiendo. Pero últimamente no me pregunta por nada. Ni siquiera le interesa lo que hace mamá en el trabajo o cómo le va a mi hermana en el cole. Siempre está trabajando y leyendo y ya no le queda energía para nosotras. Observarlo es triste. Pero siempre me digo a mí misma que esto es mejor que si estuviera en Sri Lanka.

Mamá me apoya con la escritura. Aunque siempre me dice: «A mí lo que más me gustó fue cuando escribiste aquello sobre la abuela. ¿Por qué no vuelves a escribir algo sobre la abuela?». Pero yo creo que un autor tiene que evolucionar. Y ya se ha escrito tanto sobre abuelas que la literatura checa no necesita otra.[1]

5

Mi otra amiga se llama Machiko Kawakami y viene de Yokohama.

—Me llamo Machiko. Me gusta comer bambas.

—¿Qué? —No entiendo.

—Bambas marinas. Bambas que vive en mar —explica.

Entrecierro los ojos y me pongo a pensar.

—¿Quieres decir «gambas»?

—Sí, *gamubasu*, he confundido. Estoy al cuello. —Machiko indica con la mano que está hecha polvo.

A diferencia de Kristýna, a primera vista es discreta, no grita y parece que en cualquier momento se la vaya a llevar el viento. Solo cuando te sientas con ella en una taberna, entiendes hasta qué punto esta chica se diferencia de todas las japonesas estereotípicas que piden chocolate caliente, hablan en voz baja y se tapan la boca cuando se ríen.

Machiko Kawakami pasó la secundaria encerrada en una bodega, donde ensayaba con su grupo de *rock*. Aunque

---

[1] Referencia al clásico checo *La abuela* de Božena Němcová (1855). *(N. del T.)*.

17

hacer pellas en Japón es absolutamente impensable, Machiko siempre se salía con la suya. Era porque iba al liceo cristiano, donde al final siempre se lo perdonaban. Una compañera de clase suya por lo visto incendió la biblioteca del cole. También a ella se lo perdonaron. Yo no le perdonaría a nadie que incendiara una biblioteca.

Machiko es tan guapa que todas las coreanas operadas se ponen pálidas de envidia y le preguntan dónde se hizo los ojos y cuánto le costó. Es bastante paradójico que la mayoría de las asiáticas quieran ojos europeos, mientras que yo me habría matado para tener los míos ni que fuera un poco más rasgados.

Machiko toca el contrabajo, estudia en la Escuela de Artes Escénicas y aprende checo porque quiere vivir aquí. Se ve que una vez oyó a Dvořák y entonces cambió la música *rock* por la clásica. Al final decidió fundar una orquesta sinfónica en Chequia. Vino a Praga hace dos años. Se trajo su enorme contrabajo y a su pequeño novio. Se separó de su novio en el primer mes, él volvió a Japón y Machiko se quedó aquí, completamente sola, aunque con el contrabajo. Nos conocimos por casualidad cuando estaba deambulando por los pasillos de la Facultad de Humanidades, intentando encontrar a algún japonólogo que la ayudara con el checo. Y enseguida nos hicimos amigas.

—He *escurito redacución* con tema: «Qué piensan checos de mi país». ¿Puedes mirar y *coregir* los *erores*? —dice Machiko y saca un cuaderno del bolso.

Me gusta cómo escribe. Yo escribía parecido cuando era pequeña. Su letra es tosca. Si bien es cierto que los japoneses aprenden inglés en el colegio, no le dan mucha caña. Según entendí, la mayoría de las veces solo rellenan pruebas gramaticales y redondean las respuestas correctas. La escritura no la tratan demasiado. Quizá por eso para Machiko la escritura latina sea tan problemática.

Miro el cuaderno que tengo enfrente.

Mi ensayo, cómo los checos ven a los japoneses.
Alguien de Europa tiene una visión rara de Japón.
¿No quieres mirar cuatro de ellas?

1) Primera.
Mucha gente me hace la potura *cuando me dicen «gracias»*
y «buenos días». ¡Pero no es verdad! ¡Nunca he visto japo-
neses haciendo la potura*! ¡Los japoneses no es el dalái lama!*

2) Segunda.
Algunas personas me preguntó: ¿Comes sushi *cada día?*
Respuesta: No.
No podemos comer sushi *cada día, porque* sushi *caro. Pero*
sushi *checo no es bueno y no es calidad. ¡No puedes comer*
sushi *checo!*

3) Tercera.
Algunas personas me preguntó: ¿Dónde está ninja*?*
Respuesta: En ninguna parte.
Ellos existiera en pasado, pero ya no existe. Pero casa de nin-
ja *existe. Así puedes ver cuando estaban en Japón.*

4) Cuarta.
Algunas personas me preguntó: ¿Te gusta tentáculo?
Respuesta: No sé.
A veces adult video *usan tentáculos, así quizá algunas per-*
sonas te gusta.

Todo. Gracias.

Tengo que hacer esfuerzos para no reírme. Mi japonés tampoco es perfecto, al fin y al cabo.
—Machiko. —Levanto la cabeza de su ensayo—. ¿Qué
quieres decir con «la *potura*»?

Machiko junta las manos delante de ella como si rezara y se inclina.

—¡Ah, quieres decir «postura»!

—¡Sí, el *posutura*! —dice Machiko—. Yo liada.

6

Mis padres desde pequeña me dirigieron hacia el arte. A la literatura, el cine, las artes plásticas. Con mi hermana también lo intentaron, pero no fue tan fácil. Desde tierna edad, era hiperactiva y obligarla, por ejemplo, a repasar las imágenes de un libro resultaba un acto heroico. Siempre se escaqueaba, se ponía la pierna detrás de la cabeza y hacía el pino. Yo, una niña con los ojos abiertos como platos, miraba a mi padre a través de los barrotes de mi cama y escuchaba su relato, mientras mi hermana, infaliblemente, intentaba matarse escalando los barrotes hacia el otro lado, donde la esperaba el mundo real, mucho más interesante que lo que contaba papá.

Papá, en casa, siempre tuvo una biblioteca enorme. A los nueve años me lanzó *Oliver Twist* y anunció que era el mejor libro del mundo y que el que no lo hubiera leído era un miserable y no sabía lo que era el arte verdadero. Dejé de lado las aventuras adolescentes de Foglar y empecé a abrirme paso desesperadamente con *Oliver Twist*. No me gustó demasiado. Pero tenía que demostrarle a mi padre que no era una miserable, así que leí y leí hasta acabar el libro. Mi padre estaba entusiasmado y me trajo *El nombre de la rosa*. Leí *Crimen y castigo* a los trece, *La broma* a los catorce. No entendí nada de esos libros. Siempre me los leía y luego tenía que venir mi padre a explicarme quién era Trotski o Aristóteles, para que me orientara y en el cole pudiera presumir ante mis compañeros. («¿No habéis leído *La broma*? ¿Me tomáis el pelo?»).

Mis compañeros de clase no me soportaban. Yo les dejaba claro que ellos eran unos idiotas sin educación. Primero lo hacía sin darme cuenta. Pero, antes de los exámenes de admisión al instituto, mi padre me motivó con historias de cómo solo conocería a niños listos, que habría muchas chicas a las que les gustaba leer y que seguro que acabaría en un grupo guay. La verdad fue que todos mis compañeros de clase escuchaban hiphop o a Rihanna, como mucho tocaban a Pratchett, y un par de veces que les saqué a Pushkin, llegaron a la conclusión de que yo era una fanfarrona gilipollas y dejaron de hablar conmigo. Yo hacía ver que me daba igual y por la noche lloraba en la cama y me cagaba en mi padre por haberme convertido en una intelectual que no se entendía con las personas de su edad. Luego lo convertí en una prioridad. Decidí que, si los demás me consideraban una engreída, sería una engreída. Y para hacérselo fácil empecé a leer como una descosida.

Kristýna tampoco se entendía demasiado bien con los demás. Entonces estaba pasando su periodo *heavy metal*, salía con un chico mayor y solo se relacionaba con gente de fuera del cole. En la clase, o dormía o garabateaba en el cuaderno dibujos deprimentes. Como nadie quería sentarse con nosotras dos, de forma natural acabamos en el mismo banco. Durante mucho tiempo nos ignoramos. Pero luego por error empezamos a hablar de Pearl Jam o algo parecido y empezamos a intercambiarnos cedés. Para mí se convirtió en una isla habitable en un mar de desesperación.

7

En esa época, descubrí a Murakami. Me gustó la portada del libro *After Dark*, así que fui a comprármelo. Me fascinó completamente. Ya antes escribía poemas de vez en cuando, pero entonces empecé a producir un montón de cuentos. Obligaba a mi padre a que los leyera y comentara. Siguiendo la pauta de Murakami, también mis personajes hablaban con gatos, desaparecían misteriosamente y aparecían en sueños, vagaban sin propósito por la ciudad y pronunciaban frases del tipo: «Era completamente corriente, ni siquiera sé por qué me enamoré de ella, y mucho menos por qué se lo explico a usted, porque en realidad no tiene la menor importancia».

Deseaba publicar un libro cuanto antes, hacerme famosa y demostrar a todos esos idiotas de mi clase que yo era la mejor de todos. Publicaba la mayoría de las cosas que escribía en la revista del colegio, que yo misma fundé y a la que nadie, aparte de mí, contribuyó. Obsequiaba a todo el colegio con mis creaciones y finalmente me confirmó mi propia excepcionalidad una chica de un curso inferior o que, con los ojos gachos, vino a hablar conmigo en el baño y dijo que mi cuento sobre un chico descalzo y de pelo azul que había roto un espejo en su casa y había dejado los fragmentos siete años en el suelo le había cambiado la vida.

8

Desde pequeña, tengo cierta ambición literaria. Cuando tenía diez años, mi madre me compró un libro en cuya tapa ponía: «*Best seller* de una autora genial de nueve años». ¿Cómo era posible que una niña ya publicara novelas mientras yo todavía no había escrito ni una página? Eso me provocó catorce días de depresión. Solo me tranquilizaba el hecho de que el libro no era demasiado bueno (de hecho, era pésimo). Sin embargo, me reconcomía cómo era posible que yo todavía no hubiera conseguido nada. Para mis adentros, veía mi propia novela con un texto parecido en la cubierta, pero, cuando me sentaba al ordenador, siempre engendraba solo un título enorme y no demasiado imaginativo, y nada más. Mientras pensaba en qué más tenía que escribir, por ejemplo, adornaba el título con asteriscos del teclado numérico, y ahí se acababa.

Puesto que no era capaz de reconciliarme con el hecho de que otra niña ya estaba publicando mientras que yo me había quedado clavada en el título, mi padre me sentó en sus rodillas y me halagó diciendo que el libro que me habían regalado seguro que no lo había escrito una niña de nueve años, porque las niñas pequeñas no eran capaces de escribir una novela tan larga, y que seguro que alguien la había ayudado, por ejemplo, su padre o su abuelo. Que solo era publicidad que no me tenía que creer. Como papá ya entonces enseñaba escritura, admití que algo sabría sobre estas cuestiones y me tranquilicé. Pensé que yo sería la primera niña de once años que escribía una novela sin la ayuda de su padre y su abuelo y empecé a trabajar en una gran obra, enormemente compleja, que se llamaba *El enigma del edén enclaustrado* (el título en checo tenía tres zetas, eso me pareció interesante). El personaje principal era una tal Delionela Štráfová (no sé de dónde lo saqué, pero mi padre dijo que era bueno y que se acordaría si algún día decidía escribir algo para niños). Con éxito, conseguí sacar el primer párrafo y, cuando ya no sabía qué más poner, escribí con letra grande, en medio de la página:

Diez años más tarde

Y luego continué. Pero mi padre me dijo que así no se podía hacer, que sería interesante enterarse precisamente de qué había pasado durante esos diez años que yo me había saltado, algo que me dejó chafada.

Cuando tenía trece años, en secreto para que no se enterara mi padre, leí *Las chicas en sillas de montar* y escribí un bodrio de unas cincuenta páginas sobre caballos, del que mi padre me felicitó solo por una única frase. Dijo que «eso lo escribiría un escritor». Literalmente, reventé de orgullo. Ya escribía como un escritor. La frase que habría escrito un escritor no me la sacará nunca nadie de la memoria. Sonaba así:

Las chicas entraron en el guadarnés, donde las atrapó el aroma de las sillas de cuero y de las mantas sudadas de los caballos.

Le pregunté a mi padre por qué, de toda la historia, le gustaba justamente esta frase. Contestó que describía el olor de un lugar que el lector no conocía y que precisamente gracias a ella podía imaginárselo bien. Desde entonces, ya no escribí nada mejor. Los cuentos que sudé en el insti y saqué en la revista, mi padre, siempre con las cejas levantadas, los comentaba diciendo «interesante...», algo que, naturalmente, yo no podía percibir de manera demasiado positiva.

9

Después de conocer a Murakami, empecé a interesarme de forma más profunda por Japón. Descubrí el *anime* (enseguida me puse a escribir sobre chicos de pelo azul), descubrí el *manga* (comencé a dibujar cómics) y entendí que el japonés era un idioma superchungo que tenía que aprender, porque a mi alrededor nadie lo sabía y solo entonces les daría a todos una patada en el culo.

Anuncié en casa que aprendería japonés (mi padre mostró su aprobación con cautela), conseguí un libro de texto y en el cole empecé a entrenar ostentosamente el alfabeto silábico de manera que todos lo vieran. (Me imaginaba cómo luego los profesores hablaban de mí en la sala de profesores: «¿Sabían que Kupková ha empezado a aprender japonés? Oh, qué chica tan aguda y tan inteligente...»).

A Kristýna, de la que me hice amiga en esa época, no paraba de gruñirle que Japón era un país fantástico y que todos los japoneses eran fabulosos y que era una pena que en el insti solo tuviéramos a un vietnamita, que además ya estaba con alguien. Kristýna por entonces se estaba reorientando hacia Química y me devolvía los golpes con sus inacabables discursos sobre el oxígeno, el potasio y el cálculo de ecuaciones químicas. Si durante los exámenes escritos de Matemáticas de la mitad del curso no me hubiera siseado desesperadamente:

«¡Joder, léelo!», o: «¡Eso no lo calcules, hostia!», nunca habría llegado al bachillerato.

Gradualmente, orienté mi revista escolar entera hacia Japón. Obligué al cole a leer sobre la apertura de Japón en 1854, los métodos tradicionales japoneses de calefacción, la vestimenta de la era Edo, los *shinkanzen*, el cine japonés y, sobre todo, la literatura japonesa.

10

Entendí que me iban los asiáticos. Los más accesibles eran los vietnamitas (pero un poco el problema era que no sabían muy bien japonés). Además, me parecía algo superficial ir sin más a alguien y decirle: «Oye, me gustan tus ojos rasgados, ¿quieres salir conmigo?». Aunque cada día en la calle me encontraba con muchos chicos vietnamitas, el único vietnamita con el que jamás hablé se llamaba Long y lo conocí en el parvulario.

Entonces teníamos cinco años. En lugar de ojos, Long tenía unas pequeñas líneas completamente finas y la cara redondita como un globo. Se veía que era diferente a nosotros.

En un papel, dibujé a todos mis compañeros de clase y les pinté las caras con un lápiz de color carne. El lápiz incluso se llamaba así. *Color carne*. Pero a Long no le iba bien, porque era más oscuro que nosotros. Así que lo coloreé de naranja. La profesora luego me echó la bronca. Dijo que Long era igual que nosotros y que no podía pintarle diferente a los demás. Pero Long era diferente y no había nada que hacer al respecto. Cuando por la tarde vino mi madre a buscarme, la profesora le enseñó el dibujo.

—¡Mire lo que ha dibujado Janička!

Yo tenía muchísimo miedo a que mi madre también me echara la bronca. Me sentía culpable, a pesar de estar completamente segura de lo que había hecho.

—Ha pintado a sus compañeros de clase. ¿Hay algo de malo en ello?

—Bueno, pero mire. —La profesora señaló la cara naranja de Long—. ¿Ve cómo ha pintado a Long?

—Sí. —Mamá entrecerró los ojos—. ¿Y qué pasa?

—¡Lo ha pintado con un lápiz diferente!

Mamá miró fijamente a la profesora, con cara de no entender.

—Simplemente ha pintado a sus compañeros tal como los ve, no hay nada de malo en ello.

—Sí, pero estas cosas tienen que detectarse a tiempo.

—O sea, que si en la clase tuvierais a un negro, ¿también habría que pintarlo de rosa, como a los demás?

La profesora no supo qué decir. Luego mamá se pasó el viaje a casa agitando la cabeza.

—Madre mía, ¡que tengamos los mismos derechos y que nos respetemos no tiene por qué significar que seamos todos iguales! —le dijo luego en casa a papá—. ¡Cuando ve a un vietnamita, simplemente lo pinta como lo ve! ¡Con ojos rasgados incluidos! ¡Y lo asume como algo perfectamente normal!

—Bueno, la profesora exagera un poco, ya. Tiene miedo de que los niños se burlen de él. Sabes lo malos que pueden llegar a ser los niños.

—Al contrario, ¡dramatizándolo señala su diferencia!

Así entendí que Long era vietnamita.

Me acuerdo de otra historia con Long. Estábamos jugando en la arena cuando uno de nosotros, ya no recuerdo quién era, de repente soltó la pala, se estiró los bordes de los ojos hasta las orejas y empezó a gritar: «¡Chino, japonés, tonto! ¡Chino, japonés, tonto!». Se ve que se lo había enseñado su tío. Todos lo imitamos y salimos a correr por el patio. También Long se estiró los bordes de sus ojos hasta las orejas. «¡Chino, japonés, tonto! ¡Chino, japonés, tonto!», gritábamos. Pero entonces la profesora vino corriendo hacia nosotros y empezó a perseguirnos.

—¡Parad ya, todos! ¡Enseguida! ¿Oís? ¡No podéis hacer esto!, ¿entendéis? —Y luego se giró hacia Long—. ¡Y tú mucho menos!

No entendí por qué Long había de tener la cara pintada con lápiz color carne igual que nosotros, pero no podía correr por el patio y gritar igual que nosotros «chino, japonés, tonto». Papá, en casa, me explicó que si relacionaba a los chinos y los japoneses con tontos, no tenía por qué gustarles, y luego me dijo que los padres de Long venían de Vietnam y que por eso su padre hablaba tan mal el checo. Y que nunca me podía reír de ningún extranjero por cómo hablaba o por su aspecto, porque a mí seguro que tampoco me gustaría que se rieran de mí en Vietnam por tener el pelo rubio y no saber hablar vietnamita.

Entonces entendí que el mundo era mucho mayor de lo que yo pensaba y que, aparte de Praga, también existía algo llamado Vietnam, donde vivían chinos, japoneses, vietnamitas y checos todos juntos, sin reírse los unos de los otros. Eso me pareció excelente. Empecé a fijarme más en Long, que era de Vietnam, aunque al final no había nada de especial en él, más allá de tener los ojos rasgados.

11

No tengo ni idea de dónde salió mi inclinación por los asiáticos. Supongo que es innato. Eso no significa que no me gusten los europeos. Tampoco significa que me gusten todos los asiáticos. A ver, es complicado. Creo que el noventa por ciento de las chicas que se apuntan a Japonología, Coreanística o Sinología están más o menos igual. Yo creo que no encontrarás a una sola japonóloga a quien *no le gusten* los japoneses. Dudo que exista ninguna que diga que los japoneses son asquerosos.

Sin embargo, también destaco entre las chicas a las que les van los asiáticos. Seguramente tenga un gusto totalmente chiflado también en el marco de este grupo reducido, porque, mientras que la mayoría de mis compañeras van detrás de japoneses que parecen chicos superdulces, a mí me gustan los samuráis barbudos y sucios, los estudiantes desaseados de las bibliotecas y los músicos callejeros con guitarras. Me di cuenta por primera vez cuando tenía diecisiete años.

Recuerdo que estaba con Kristýna sentada en el Stalin, bebiendo vodka con zumo, y yo intuía que ese sería el último año tranquilo de mi vida. Esa época en que todos te lo sirven todo, te dicen cuándo tienes que ir a un sitio, cuánto dinero tienes que llevar, qué saldrá en el examen de Geografía y tal.

Ese día brillaba el sol hasta el punto de ser desagradable. Cuando lo recuerdo, realmente tengo la sensación como si todo fuera amarillo. Miraba hacia Praga y para mis adentros me decía que un día conseguiría hacer cosas extraordinarias. Antes de acabar el instituto, planeaba escribir una novela genial, aprender japonés, montar un grupo y dibujar cómics.

Saqué del monedero una foto de Toshirō Mifune y me la puse delante de mí en el murete. Me encendí un cigarrillo y miré con placer al samurái con kimono.

—¿Quién es ese tío con pijama? —Kristýna, que estaba tumbada, se medio enderezó y bebió vodka con zumo.

—Es —dije, reverencialmente— Toshirō Mifune.

Kristýna se inclinó todavía más hacia la foto.

—Otro japo, ¿no? ¿Y no es un poco mayor para ti? —preguntó.

—Ya está muerto —repliqué.

—Entonces, ¿por qué lo llevas en el monedero? —preguntó Kristýna.

—Porque le quiero.

—Estás pirada. —Kristýna agitó la cabeza—. No entiendo lo que ves en los achinados.

Teníamos Praga frente a nosotras como en bandeja y todo parecía al alcance de nuestra mano. Aspiré profundamente del cigarrillo y volví a mirar a Mifune. Las chicas a mi alrededor, en esa época, funcionaban con Daniel Radcliffe de *Harry Potter* y el vampiro Robert Pattinson de *Crepúsculo*, pero estos chavales ridículos, personalmente, no me imponían ni un poco. Sin embargo, el sudoroso Mifune con su ropa de samurái era algo supino.

Mi hermana pequeña, que seguía mi ejemplo de manera infalible, también se enamoró de Mifune. De vez en cuando, nos sentábamos juntas en el sofá y nos poníamos *El ángel borracho* de Kurosawa. Allí actúa un joven Mifune *yakuza*, que se carga a uno tras otro. Mi hermana por entonces tenía trece años, y yo diecisiete. Yo cogía el mando a distancia y lo apuntaba hacia el reproductor de DVD debajo del televisor.

—¡Ahora viene! —Mi hermana se inclinaba más hacia la pantalla. Yo levantaba al aire la mano con el mando.

—¡Ahora! ¡Ahora! ¡Pon *pause*!

Y es que, en esta película, Toshirō se quita la camisa en una escena. Apretaba el *pause* y el semidesnudo Mifune, con el pelo engominado, se quedaba clavado a medio desvestir. Empezábamos a repasar con deleite su cuerpo desnudo. En este ritual sagrado, por supuesto, mis padres no podían estar en casa.

—¡Hostia, qué guapo que es!

Toshirō nos obsequiaba con su mirada de reproche.

—¡Y no tiene el pecho tan peludo como papá!

—Los japoneses no son tan peludos.

Me parecía que Mifune se sonrojaba. Pero no era posible. Al fin y al cabo, era una película en blanco y negro.

—A mí me gusta —decía mi hermana, pensativa— que tenga esa nariz fruncida cuando se enfurruña. Y además… —Se inclinaba aún más hacia el televisor—. Tiene los ojos superbonitos.

—Es verdad —coincidía yo—, qué pena que no haya japoneses así viviendo en Chequia.

—¿Te irías con él? —preguntaba mi hermana.

—¿Con Toshi? Ya te digo.

Repasábamos al sonrojante Mifune tan de cerca como podíamos. Pero entonces él metía la mano en el bolsillo y sacaba un mando a distancia. Lo apuntaba hacia nosotras y apretaba el *play*. Seguramente ya no aguantaba más que lo miráramos de manera tan desvergonzada y encima lo comentáramos en voz alta. La película volvía a ponerse en marcha. Mi hermana y yo nos intercambiábamos miradas de insatisfacción.

—Dame. —Mi hermana me arrancaba el mando de la mano y volvía al principio de la escena—. Ahora le daré yo al *pause*.

12

A los dieciséis años, puse un anuncio por primera y última vez en mi vida. Quería encontrar a un amigo o amiga japoneses. Fue algo realmente inocente. No sabía decir ni mu en japonés, pero en inglés ya me hacía entender sin problema. Se puso en contacto conmigo un tal Satoru. Vivía en Plzeň y era bastante mayor que yo.

Cabe reconocer que me resultó sospechoso ya desde el principio. Pero no podía desperdiciar esa oportunidad. Así que me cité con él en el centro comercial de Zličín. Pensé que estaría lleno de gente y que si, Dios no lo quisiera, empezaba a pasar algo, chillaría y seguro que alguien intervendría. Cuando llegué al lugar de la cita, Satoru ya estaba. A primera vista parecía normal. Me tranquilicé un poco.

—Oye —le dije nada más empezar—, solo estoy buscando a un amigo, ¿está claro?

—Claro —contestó.

Pedimos un café.

—¿Cuántos años tienes? —me preguntó.

—Dieciséis. ¿Y tú?

—Treinta.

Descubrir que mi amigo potencial tenía catorce años más que yo me inquietó un poco. Clavé la vista en el café que tenía delante. ¿De qué tenía que hablar con él? ¿De qué charlan los hombres de treinta años? Pero antes de poder iniciar una conversación con alguna pregunta apropiada, Satoru se me adelantó.

—¿Puedo tocarte? —me preguntó.

—¿Qué? —Puse los ojos como platos. Eso era rapidez—. No —dije, negando rápidamente con la cabeza—, de verdad que solo estoy buscando un amigo.

Observé cómo su mano se arrastraba por la mesa hacia mi café.

—Lo digo en serio —le dije—, ¡deja eso o me voy a casa!

Satoru puso cara de perro apaleado. Luego devolvió la mano a su taza. Me sentí aliviada. Así que eso ya lo habíamos aclarado. Ahora hacía falta hilar una conversación.

—¿En qué trabajas? —le pregunté.

—Estoy en una empresa japonesa que hace televisores. ¿Y tú?

—Estoy en segundo del instituto.

La mano ya volvía a arrastrarse por la mesa.

—¿En serio no puedo ni cogerte la mano? Me gustaría mucho.

—¡No!

—Estoy muy solo…

No valía la pena. Pedí que me trajeran la cuenta y me dirigí hacia casa. Pero entonces Satoru me cogió de la muñeca y me llevó por el centro comercial hacia el lado opuesto al que me dirigía yo.

—¡Suéltame!

—No tengas miedo, ¡solo quiero enseñarte algo! —Siguió tirando de mí por el pasillo.

—¡Pero yo no quiero ver nada!

—No tengas miedo y ven.

¿Qué demonios quería enseñarme? Seriamente consideré ponerme a pedir ayuda a gritos, cuando Satoru por fin me soltó. Estábamos delante de una tienda de electrónica. No entendía nada de lo que pasaba.

—¡Ven! —dijo y se lanzó en dirección a los televisores. Consternada, lo seguí. Pasamos junto a las aspiradoras, las máquinas de afeitar y las radios. Llegamos a los televisores de plasma.

—Mola —dije. Pero Satoru no quería enseñarme los televisores. Me obligó a dar la vuelta a los estantes, hacia atrás, de manera que acabamos mirando un montón de cables y botones que asomaban de los culos de las pantallas. Me quedé mirándolo sin entender. No pillaba de qué iba. Luego Satoru se inclinó hacia el televisor más cercano y señaló con el dedo el código de barras pegado bajo la salida del cable más gordo.

Me incliné para acercarme un poco más. En la pequeña pegatina ponía: «Revisado por Satoru Tanaka».

—Lo revisé yo —dijo Satoru y sacó pecho, orgulloso. Luego me dio un beso. No me dio tiempo a poner ningún reparo. Me quedé de pie, patidifusa, en un embrollo de cables. Así me besó un japonés completamente desconocido. Por el centro comercial se extendía la canción *Love is in the air*.

En primero de universidad le conté esta experiencia a una compañera de clase. Sin pestañear, sacó el móvil y pasó un rato apretando teclas. Luego me puso el aparato delante de la cara.

—¿Era este? —preguntó, secamente.

Evidentemente, no fui la única a quien Satoru intentó aturdir con un televisor.

13

En segundo del instituto, mis padres me pillaron intentando comerme un yogur con palillos. Entendieron que ya no daban abasto (mi padre me había aconsejado todas las películas japonesas que conocía y ya no sabía qué más hacer), así que me confiaron al amable cuidado de un viejo japonólogo.

El profesor tenía un pequeño despacho en el centro de Praga, literalmente revestido de libros, el pelo completamente blanco y los ojos brillantes y azules. Más o menos así me había imaginado a Jesús de pequeña. De joven debía de haber sido un tipo guapísimo. Me hizo sentar frente a su mesa, en una silla chirriante de madera. La mesa estaba llena de papeles garabateados, diccionarios y libros. Miré por la habitación. Un canapé gastado, en él almohadas pálidas de un color incierto. Grandes caligrafías en la pared tras la mesa, escritas a mano por el propio profesor. Desde algún lugar nos llegaba la sintonía de *La familia Šmolík*. Al profesor, por la mañana, le gustaba ponerse series de dibujos animados. El cuarto estaba en penumbra, la luz caía solo a través de una pequeña ventanilla frente al sofá. Dibujaba un cuadrado brillante y blanco en el suelo, junto a mi silla. Por el aire volaban menudas partículas de polvo. Las que llegaban sobre el cuadrado blanco en el suelo refulgían y centelleaban como oro en polvo.

Me sentía como si hubiera entrado en un mundo que ninguna mujer había visto antes. Estaba nerviosa e impaciente. Quería saber japonés ya, rápido, para poder ver todas las películas de Mifune y no tener que saltar todo el tiempo de su cara a los subtítulos. El profesor estaba sentado en la butaca detrás de la enorme mesa, observando en silencio cómo miraba intranquila el cuarto.

—Señorita Kupková. —Entrecerró los ojos como si estuviera viendo mi alma negra y se sirvió vino de una botella en la mesa—. ¡Espero que detrás de su deseo de saber japonés no haya ningún japonés!

Negué con la cabeza.

—Eso está bien. —El profesor dejó la botella en la mesa—. Sobre todo, no se case con ningún japonés. Son unos animales.

Y bebió como un *gourmet*.

El profesor era calígrafo. Tenía un pequeño y raído diccionario en el que se mencionaban diez variantes de cada signo, en diferentes estilos y grados de cursiva, según cómo se había escrito en diferentes periodos. Las páginas del diccionario estaban tan ajadas que en algunas partes se desmontaban, igual que un periódico quemado se deshace en ceniza. El diccionario me fascinó, pero me daba vergüenza pedirle al profesor que me permitiera hojearlo bien. Además, amenazaba con desmenuzarse entre mis manos.

El profesor podía hablar de los signos durante horas. Parecía que en su vida no tenía ningún otro placer más que investigar quién había inventado cada estilo de escritura o cómo se escribía el japonés en tal o cual periodo. Siempre que empezaba a explicar, yo tenía la sensación de que se derramaba sobre su cabeza un brillo extraño. De repente, en el cuarto había mucha más luz que la que podía permitir entrar la ventanilla frente al sofá. Sus explicaciones me hechizaban. Quise ser agradecida y compartir su entusiasmo.

—Yo también sé un signo, ya —dije. El profesor me pasó por la mesa un trozo de papel y un lápiz.

—Pues vamos.

Yo ni respiraba de la concentración al intentar escribir el signo lo más hermosamente que pude. Salió bien. Parecía exactamente como lo recordaba del libro de texto. Era el signo de *raíz* y de *libro*: 本. El primer signo que aprendí. Cuando levanté la cabeza, al profesor se le agitaban los hombros de la risa.

—Señorita Kupková, la felicito. —Le brillaban los ojos—. Ahora ya le falta aprender los dos mil quinientos signos que le faltan.

Abatida, miré hacia el 本 frente a mí.

Más adelante descubrí que los trazos individuales de los signos tienen un orden preciso. El profesor realmente tuvo que divertirse a lo grande.

El profesor me envió a por vino. Cuando se lo llevé al despacho, estaba escribiendo algo en un trozo de papel. Había trozos de papel con signos garabateados por todas partes. En la mesa, en los libros, en los estantes, debajo de los libros y dentro de ellos.

—Señorita Kupková —me dijo cuando me senté—, ¿ya le he contado el chiste sobre los japoneses y las elecciones?

Hice que no con la cabeza.

—Pues se lo contaré. —Me guiñó el ojo con complicidad—. Pero es un poco lascivo, ¿no le molesta?

Negué con la cabeza, porque no sabía qué significaba. El profesor cogió aire y se puso a contar el chiste con solemnidad.

—Pregunta un embajador americano al japonés: «*How often do you have elections in Japan?*».

»El japonés se pone a pensar: «*Usually* evely molning».

Me quedé mirándolo sin entender. El profesor se reía tanto que sopló los papeles sobre la mesa.

—Señorita Kupková —me aclaró más tarde, cuando seguía sin captar—, los japoneses desde siempre confunden la ele y la erre.

Estuve más o menos medio año yendo al despacho del profesor y no aprendí nada de japonés. Sin embargo, entendí muchas otras cosas útiles. Por ejemplo, en qué clase de empresa me estaba metiendo.

—Tuve una compañera de clase —explicó el profesor— que era la mejor de toda la clase. Era la que mejor sabía japonés. Era una excelente traductora, trabajó durante muchos años como intérprete y con el tiempo se convirtió en una reconocida científica literaria.

El profesor bebió vino y continuó.

—Pues bien, mi colega hace un par de años, ya mayor, se volvió loca, dijo que el japonés no puede aprenderse y empezó a estudiar Química.

Luego el profesor sonrió y sacó del cajón un libro fino.

—¿Le gusta leer? —me preguntó.

Asentí.

—Pues lea esto. Es muy bonito. —Me dio el libro por encima de la mesa. Eran los *Versos escritos en el agua*, una selección de los más bellos poemas de la colección japonesa Kokinsh.

—Ya me lo devolverá más adelante. —El profesor se levantó y me acompañó hacia la puerta. Salí al pasillo y le di las gracias. Me despidió agitando la mano y se dispuso a cerrar. Pero entonces se detuvo y en el último momento asomó su blanca cabeza.

—Señorita Kupková. El japonés es un peñazo. Pero aguante. Vale la pena.

Sonreí.

—Gracias —dije—, adiós.

Luego ya no volví a ver al profesor. Un par de días después, se murió. No tenía ni idea de que estuviera enfermo.

16

Me invitaron al banquete funerario. Se celebró en un restaurante del centro de Praga. Delante de la puerta, brillaban velas, y la sala estaba llena de invitados. No conocía a nadie. Los amigos y la familia del profesor bebían vino alrededor de las mesas con tentempiés. Todos conocían al profesor desde hacía más tiempo que yo. En el libro de condolencias de recepción, leí muchos mensajes hermosos. Deseé que el profesor viera que yo también me convertiría algún día en alguien respetado. Que viera que no me rendiría y que no me metería a Química ni de mayor. Me sentí muy triste.

En casa, abrí los *Versos escritos en el agua*, una traducción de Vlasta Hilská de 1956, adaptada a poesía por Mathesius. El fino libro estaba manoseado y desgastado, igual que

36

los diccionarios del profesor. ¿Cuántas veces debió de tenerlo en sus manos?

Nunca entendí demasiado bien la poesía. Después del banquete funerario del profesor, sin embargo, algo se despertó dentro de mí. Los *Versos escritos en el agua* esa noche se convirtieron para mí en un gran consuelo. El que más me conmovió fue el poema «Nieve», de Ōsikōchi no Mitsune. Cuando lo leí, por primera vez en mi vida me di cuenta de cómo la literatura y la poesía son capaces de unir los sentimientos de la gente cuyas vidas están separadas por cientos de años. Me pareció como si el profesor estuviera hablándome a través de ese poema.

> *En el camino desierto*
> *caía la nieve,*
> *ya había cubierto los rastros de las pisadas.*
> *Yo soy el camino, la tristeza es la nieve,*
> *¿quién irá tras mis huellas?*

Era un diálogo silencioso que no podía entender ningún extraño.

Estuvimos charlando hasta la noche.

17

Metí los *Versos escritos en el agua* en un sobre amarillo forrado con papel de burbujas y escribí en él, con letras grandes: «Le devuelvo su libro». Luego lo eché en el buzón de la puerta del despacho del profesor. No sé si alguien lo llegó a recoger jamás. Sentí que no podía quedármelo en casa.

Aún hoy pienso en el profesor. Me parece increíble cuánto influyó en mí, a pesar de conocerlo durante tan poco tiempo. El profesor apenas podía saber hasta qué punto tuvo efecto sobre mí. Y de ninguna manera podía imaginarse que hoy, casi diez años después de vernos por última vez, yo seguiría estudiando Japonés. Tengo pocos recuerdos del profesor y, lo quiera o no, palidecen gradualmente. Los tiempos cambian, han aparecido diccionarios de internet, los alumnos estudian de una manera completamente distinta y los japonólogos, que antes eran pocos, ahora son muchos. Me gustaría saber qué diría el profesor de todo esto. Cuando me lo encuentre, dentro de muchos años, tengo que preguntárselo.

18

Después de la muerte del profesor, acabé el bachillerato y entré en Japonología. Solo rellené una hoja de inscripción. No tenía sentido intentarlo en ningún otro sitio. Se presentaron doscientos treinta candidatos y escogieron a veinte. Los exámenes de admisión fueron en la plaza de Palach, en un aula en la que caben más de trescientos alumnos. Cuando vi las multitudes que se apretujaban en el pasillo delante de la sala, me quedé horrorizada. Algunos miraban sus apuntes de Historia, otros practicaban en el último momento los alfabetos silábicos. Odio sinceramente esta repetición masiva e histérica de antes de los exámenes.

En la sala donde se escribía el examen, me senté al lado de una chica que bajo el banquillo estaba empollando el sistema *katakana ya*. Solo tiene tres signos. *Ya, yu* y *yo*. La chica miraba fijamente el libro de texto y repetía una y otra vez, en voz alta: «Ya, yu, yo. Ya, yu, yo. Ya, yu, yo».

Era raro. Pero no solo eso.

Miré por la sala. La mitad de los aspirantes evidentemente estaba formada por fugitivos de un sanatorio psiquiátrico. Estaba claro que habían confundido el concurso de admisión a la universidad con un baile de disfraces. Llegar a los exámenes de admisión vestida de Pikachu no se me habría ocurrido ni en sueños. Sin embargo, a mis futuros compañeros de clase no les producía problema alguno. En el banco de enfrente se sentaban los *ninjas*. Detrás de ellos, un chico colocaba sobre el banco todo un arsenal de Poké Balls. Y en el último banco había cinco chicas con faldas remangadas al estilo Lolita y con gorras absurdamente minúsculas en sus cabezas. Recordaban cinco enormes tartas nupciales. Realmente me sentí como Alicia en el país de las maravillas.

—Ya, yu, yo —no dejaba de repetir la chica a mi lado—, ya, yu, yo.

Entró en la sala un chico con el pelo azul y se sentó a mi lado.

—Oye —me dijo, en lugar de un saludo—, ¿en qué año vino a Japón el tal Perry? Se me ha ido de la cabeza. ¿Fue en el cincuenta y dos o en el cincuenta y tres?

—Cuatro.

—Ya, ya —confirmó la chica que estaba sentada a mi lado. No estaba segura de si estaba de acuerdo o si se había quedado clavada en la primera letra del trío del sistema *katakana ya*.

19

Aprobé los exámenes de admisión y en octubre entré en primero. Cuando abrí la puerta de la clase, en la ventana, junto a la pizarra, había un chico vestido de demonio-perro Inuyasha, del *anime* homónimo. Llevaba una enorme polaina roja, en la cabeza una peluca plateada con orejas de perro y tenía las uñas de la mano limadas en punta. Sobre sus piernas había una catana tendida. Me quedé mirándolo fascinada y luego cerré la puerta y volví al pasillo para coger aire. ¿Cómo quieres hacer ciencia seria en un contexto así?

También aceptaron a una chica con una gran falda. Después se pasó toda la carrera sentada en la esquina del aula, sin hablar. Cuando le preguntaban, asustada, ponía los ojos como platos y se callaba. No era muda, lo comprobé un día que la vi en el baño llamando a su madre por teléfono. Una vez, el docente Kadlec se dirigió a ella, desesperado:

—Milada, ¿nos piensa decir algo?

Milada puso los ojos como platos y se sonrojó. Era evidente que se estaba esforzando en contestar. Abrió la boca un par de veces, un par de veces tragó por desesperación. ¡Milada realmente iba a hablar! ¡Realmente se forzaría y nos diría algo! La animamos. ¡Milada, lucha!

—Milada, ¡no tiene que temernos a nosotros! —la estimuló, amablemente, el pedagogo.

Milada se sonrojó todavía más, me dio miedo que le diera un chungo.

—¿Nos va a decir algo?

Milada apretó los puños.

—Mejor no —soltó al final, después de una heroica lucha con la timidez.

Todos nos alegramos de que al menos hubiera dicho algo. Solo el docente Kadlec, para sus adentros, puso en duda la dirección por la que avanzan las especialidades de humanidades.

20

Cuando la gente se entera de que estudio Japonés, la mayoría de las veces reacciona positivamente. Pero no sabe muy bien para qué sirve esta carrera. Cuando alguien estudia Economía o Derecho, enseguida lo entienden, porque les parece útil y aplicable a la vida corriente. Pero no les entra en la cabeza qué hace un japonólogo y para qué sirve. Estudiar japonés y cultura japonesa simplemente les parece horriblemente poco práctico. Generalmente me preguntan: «¿Y para qué te servirá?». Desean desesperadamente una explicación de lo que hace un japonólogo.

Si contesto que quiero traducir, se encogen de hombros y piensan: «Con eso, chica, no vas a ganarte la vida». Si les digo que haré de intérprete en la embajada, de repente empiezan a hablar de lo prometedora que es la especialidad que escogí. Los conceptos *embajador cultural*, *diplomacia* o *Centro Checo de Tokio* tienen un efecto completamente mágico. Gen'ichirō Takahashi captó de manera excelente esta situación en su novela posmoderna *Sayonara, gangsters*. El protagonista de la novela enseña poesía en una escuela de poesía. Y cuando alguien le pregunta qué hace, se encuentra con las mismas preguntas estúpidas que yo. (—¿También enseña a escribir prosa? —No, en la escuela de poesía se enseña poesía).

De las especialidades que no son prácticas a primera vista, la gente tiene tendencia a pensar que son absolutamente inútiles. ¿Para qué sirven los japonólogos o los sinólogos? Igualmente solo traducen eternamente, están metidos en despachos y el polvo se posa sobre ellos. Pero la gente no se da cuenta de que todas las disciplinas aparecieron por algún motivo. Y que la mayoría de las veces estos motivos salen a la superficie cuando el mundo está en crisis.

Creo que las humanidades deberían recibir más apoyo. Y, a cambio de este apoyo, estas mantendrán a la sociedad y no dejarán que se derrumbe. Así que me sabe mal cuando veo que la gente que llega a la universidad solo se preocupa por acabar rápido y, si puede ser, no participar en las elecciones al senado académico, porque los obligaría a pensar o a hacer algo fuera del marco de sus obligaciones en los estudios.

Yo, en segundo, empecé a trabajar en la biblioteca.

21

La biblioteca japonológica de nuestra facultad es pequeña, los libros están amontonados unos sobre otros y no caben en las estanterías. Una parte de ellos se encuentra en el despacho de los pedagogos, otra en el pasillo. De vez en cuando, llega una caja con regalos de Japón, entonces realmente no sabemos dónde meterlos. Constantemente estamos ordenando y desechando, pero es difícil deshacerse de un libro. No es su culpa que nadie lo lea o que acaben de traer una caja de cómics que se prestarían más en la biblioteca. Así que aprieto los libros entre sí, los obligo a retener el aliento y los meto a la fuerza en los estantes para que quepan los máximos posibles, de manera que gimen y se les retuercen los bordes del dolor. Necesitaríamos una sala mayor.

Recibí la tarea de apuntar las nuevas adquisiciones en las listas. Estas recuerdan todavía la fundación de la especialidad en 1947. Están totalmente harapientas, cien veces corregidas y llenas de tachones. Registrar libros nuevos no es un trabajo difícil. Solo tienes que saber japonés. Si no sabes japonés, tienes que buscar en el diccionario cada nombre de autor y cada título de libro. Eso lleva su tiempo. Aprendí a pasar largas horas sentada sola en el despacho sofocante, clasificando los libros y escuchando el tictac del reloj puesto a la hora de Tokio. Me gusta que en las listas con las que trabajo se pueda saber quién hizo todo este trabajo antes que yo. Tengo la sensación de que, cuando apunto mi nombre en la línea correspondiente, me registro en la historia de japonología de esta facultad. Me siento como si estuviera haciendo un ritual.

22

Trabajando en la biblioteca, descubrí al escritor japonés Kiyomaru Kawashita. En los años treinta, este autor escribió el cuento *El desdoblamiento*, que salió en checo en la revista *Oriente*. Di con él cuando escarbaba en las toneladas de números no registrados de viejas revistas.

El protagonista del cuento es un escritor japonés que busca inspiración para su nueva novela. Le llama la atención un caso de asesinato que sucedió en 1910, en Shikoku. Se entera de que la policía acusó a una aldeana inocente y empieza a romperse la cabeza con quién fue el verdadero asesino. Finalmente, se va al lugar del crimen para preguntar a la gente del lugar por los detalles del caso. Pero el asesinato pasó hace mucho, nadie se acuerda de nada. Al final, el escritor se rinde y empieza a escribir una historia completamente distinta. Sus ideas, aferradas a la investigación, sin embargo, reviven, se materializan y se quedan vagando para siempre por Shikoku.

En nuestro país, el cuento salió en 1958. Ayudó a que se publicara el hecho de que apareciera en él el motivo del campesino sufridor. La japonóloga Vlasta Hilská, por supuesto, lo subraya en el prólogo del cuento como el tema más importante del cuento, pero cualquiera que se lea *El desdoblamiento* entiende inmediatamente que no va para nada del sufrimiento de los trabajadores.

El cuento, que presenta a un escritor cuya alma se desdobla, me impresionó. He vivido algo así en mi propia piel. Un desdoblamiento parecido debe de sucederle a cualquiera que se sumerja en algo sin conseguir tener éxito. Yo, por ejemplo, hace varios años que sueño con ir a estudiar a Japón y mi pensamiento ya hace bastante que deambula entre Praga y Tokio.

En Japón solo estuve una vez, hace ocho años, en una excursión con una amiga a quien no he visto desde entonces. Se llamaba Bára y nos conocimos en la escuela de idiomas. Yo tenía diecisiete años, ella uno más. Se acababa de separar de un chico. Luego, en Japón, cortó la cadena. Quería bailar, besarse con negros en los bares y subir al Fuji.

El padre de Bára tenía a un conocido que se llamaba Josef Čtveráček, y este tal Josef Čtveráček, alias señor Pepa, como lo rebautizamos Bára y yo, nos dejó alojarnos tres semanas en su casa. Mis padres entonces tenían algo ahorrado, así que pudieron permitirse comprarme el billete.

Bára y yo pasábamos horas sentadas junto a la escultura de Hachikō, en Shibuya, y observábamos las caras anónimas de la gente de alrededor, las chicas pintadas con el pelo de colores, un chico que repartía a las escolares su número de teléfono, un policía en el cruce, un vendedor de helado de té y obreros desviando el tráfico. Es bastante posible que en esa época pasara por allí Machiko a tocar con su grupo a algún bar subterráneo.

Tengo la sensación de que en mí hay una enorme grieta, y cuanto más aprendo sobre Japón, cuanto más deseo ir, mayor es la grieta, hasta el punto de que realmente me siento como dos personas distintas.

23

El desdoblamiento me atrapó tanto que empecé a buscar más obras de Kawashita. Solo que, para mi sorpresa, en todo internet no hay ninguna mención a este autor. Ni siquiera tiene un artículo propio en la Wikipedia. Durante un tiempo pensé que se podría tratar del seudónimo de un famoso escritor que no quisiera publicar *El desdoblamiento* bajo su propio nombre. Saqué del estante el diccionario de escritores de la editorial Kōdansha, de 2003. En la biblioteca, ya no tenemos ningún diccionario más detallado ni pesado. Abrí el índice y me puse a buscar. Después de un rato, encontré el nombre de Kawashita. Pero, mientras este diccionario dedica a los demás escritores incluso decenas de páginas, sobre la vida de Kawashita no explica casi nada.

Kawashita Kiyomaru (川下清丸), 16.8.1902-18.3.1938. Escritor y ensayista japonés. Nacido en Kawagoe. Entre sus obras más conocidas están Los amantes *(Koibito, 恋人), que publicó en 1924 en la revista* Bungei Jidai *(文藝時代), y el ensayo* Recuerdos estremecidos *(Yureru omoide, 揺れる思いで), publicado en la misma revista en 1925.*

En los demás diccionarios, ni siquiera encontré el nombre de Kawashita. Es como mínimo curioso. Se perdió de la memoria colectiva, o no sé. Pero al final, al menos, conseguí pedir por internet *Los amantes*, el cuento de Kawashita de 1924. Salió entre los cuentos escogidos de la revista *Bungei Jidai*, junto con textos de Riichi Yokomitsu, Kawabata y Yoichi Nakagawa.

En cuanto abrí *Los amantes*, enseguida entendí que no sería una lectura fácil. Está atiborrado de signos que hoy ya no se usan y leerlos me agota terriblemente. Ya he tenido varias veces ganas de lanzarlo y no volver a abrirlo. Sin embargo, al final siempre vuelvo. No en vano, el profesor decía que quien no sea tenaz no puede ser japonólogo. Así que lentamente me abro paso por Kawashita y en la mesa se me amontonan los papeles con signos, palabras apuntadas y frases complicadas.

Necesitaría ayuda. Pero no hay quien me pueda ayudar. Machiko no entra en consideración, ella sabe checo peor que yo japonés, y no quiero pedírselo a ningún compañero de carrera mayor, porque como mucho se reiría de mí por meterme en algo que no entiendo (y de hecho tendría razón). Así que no me queda otra que afanarme yo sola con Kawashita. No me importa. Sé ser paciente. Si quiero conseguir algo, me dedico sistemáticamente, incluso varios meses, sin problema. Cada frase traducida me da una alegría. Con cada nueva frase traducida, tengo la sensación como si estuviera más cerca de Kawashita. Como si me abriera paso por su propia conciencia.

PARTE SEGUNDA

SHIBUYA

1

Es sábado por la noche. Lo único que sé con seguridad es que es el año 2010 y estoy en Tokio. Vine a Japón hace un mes con mi amiga Bára para saber más cosas del país que me fascina ya desde que tengo catorce años. Voy por una calle estrecha entre bares y restaurantes de Shibuya y me siento rara. Por todas partes oigo japonés, que no entiendo. Conozco solo un par de palabras. Eso sin duda no basta para que capte lo que dice la gente a mi alrededor. Por el aire pasan zumbando millones de sintonías musicales, cada bar, cada restaurante hacen sonar su melodía. Sentados en el suelo, hay montones de tipos sonrientes y chicas con tacones de dos metros. Oigo risas. Mires adonde mires, por todas partes brilla piel desnuda. Piernas de chicas con minifaldas, hombros descubiertos, barrigas y costados. Latas de cerveza vacías en el suelo. En el aire se mezclan olores de perfumes, sal marina y salsa de soja. Me siento en el bordillo. Frente a mí hay dos chicas. Una está vomitando y, evidentemente, no sabe dónde está. La otra intenta ponerla en pie y llama a alguien por teléfono. No tengo ganas de ayudarlas. Yo misma estoy en un buen lío. No me acuerdo de nada.

Saco del bolsillo el móvil e intento llamar a Bára. Suena durante unos momentos y luego se oye un pitido y se interrumpe la conexión. Pienso cuándo nos vimos por última vez. ¿Dónde la dejé? ¿Y por qué nos separamos? Si hasta ahora siempre íbamos juntas. Además, solo tenemos un juego de llaves del piso del señor Pepa, donde vivimos. ¿Me habré emborrachado en algún bar? Una tontería. Mi chico, que se quedó en Praga, me prohibió beber aquí, no fuera por casualidad a engañarle borracha con algún japonés. En toda mi estancia aquí, solo he bebido una lata de cerveza y, cuando se lo reconocí, me armó una escena horrible por Skype.

Intento llamar a Bára otra vez. Pero el móvil, de nuevo, solo pita, y fin. ¿Cómo he acabado aquí? ¿Dónde hemos estado hoy? Me pongo las manos en las sienes y reflexiono. El olor de la salsa de soja en el aire se me mete hasta el estómago. Pero no tengo hambre. Tampoco tengo sed. ¿Dónde he estado hoy? ¿He comido algo?

Recuerdo vagamente que por la tarde estábamos Bára y yo cerca de aquí, en un banco junto a la estatua del perro Hachikō. Hacíamos comentarios sobre la gente a nuestro alrededor, nos hemos reído de un tipo con los ojos pintados raro y hemos comido *onigiri*. He deseado no tener que volver a casa. Poder quedarme aquí y vivir algo. Desde entonces, nada. Negrura, oscuridad. Quizá Bára me esté buscando desesperada. O haya vuelto a casa y esté esperando a que vuelva. Cuando aparezca, seguro que me canta las cuarenta, que dónde estaba. Me levanto y me sacudo el polvo del culo. El metro a esta hora ya no funciona, tengo que ir a pie. Por suerte, me acuerdo del camino al piso del señor Pepa. Vive en Komaba, no está tan lejos, se puede llegar a pie.

2

Me dirijo hacia Komaba, pero, sin saber cómo, acabo de vuelta en Shibuya. Habré girado en un sitio equivocado por el camino. ¿No estaré borracha? Es curioso, mis piernas no se tambalean. También tengo la cabeza clara como si me acabara de despertar de un sueño muy largo. Miro sin entender hacia la estatua de Hachikō delante de mí. Cerca hay un grupo de *salarymen* de traje, bebiendo. Los tipos se ríen, fuman e intentan meter a su colega, borracho perdido, en un casillero para maletas. Miro a mi alrededor. Durante el día, pasan por aquí centenares de personas, pero durante la noche el cruce de Shibuya está desierto. Vuelvo a partir hacia Komaba. Después de un rato, sin embargo, acabo delante de la estatua del perro Hachikō, donde Bára y yo nos hemos despedido por la tarde. Joder, ¿soy tan inútil que ni acierto a llegar a casa? Si he cubierto este camino como mínimo quince veces ya... Otra vez intento llamar a Bára, pero tampoco ahora tengo éxito. Espero que no esté preocupada por mí. Japón es un país seguro, espero que se haya ido a acostar y no se esté comiendo el tarro inútilmente.

Me siento en el bordillo y empiezo a buscar el paquete de cigarrillos. Pero no puedo encontrarlo, debo de haberlo perdido en el camino. Tampoco llevo dinero. Solo el pasaporte metido en el bolsillo interior de la chaqueta tejana. Lo abro y miro mi foto en la primera página. Jana Kupková, diecisiete años. Tengo un aspecto horroroso. El tipo que me fotografió era un idiota total, se pasó todo el rato mirándome los pechos. Por eso le puse esa mala cara, así que ahora en la foto parezco una asesina. Me siento en el banco frente a la estatua de Hachikō. Hoy ha hecho calor, la madera está caliente. El cielo sobre Tokio es amarillo, no se ven las estrellas. Si se vieran, parecerían diferentes a las estrellas sobre Praga.

Me gusta esto. Querría quedarme para siempre, no tengo para nada ganas de volver a Chequia. Tengo claro que cuando vuelva tendré que cortar con mi chico. Me limita muchísimo. No lo entendí hasta venir aquí. Me llama cada día, me controla como si fuera una niña pequeña y no confía nada en mí. No quiero salir con una persona así.

Miro la estatua del perro frente a mí. No es muy bonita. Un perrito raquítico de bronce de la raza Akita Inu. Los japoneses pusieron aquí la estatua porque los conmovió que este perro, incluso después de la muerte de su amo, viniera cada día a esperarlo fielmente. Los jóvenes quedan aquí, igual que nosotros debajo del caballo de Wenceslao. Es un lugar lleno de espera.

Tras un rato observando a los *salarymen* de enfrente, me levanto y vuelvo a intentar llegar a casa. Aunque es tarde, no estoy nada cansada. Camino, los edificios pasan, conozco bien este camino. Paso por delante del restaurante de *rāmen*, una tienda de alimentación abierta las veinticuatro horas, el heladero (hace helado de té y de judías) y paso por delante de varias tiendas cerradas. En breve me encontraré en el parque, lo rodearé y ya estaré al lado del paso elevado que lleva a Komaba.

Sin embargo, vuelvo a aparecer junto a la estatua de Hachikō.

3

No entiendo lo que pasa. ¿Estaré drogada? Enseguida agito la cabeza. En Japón hasta la estúpida hierba es penalizada con severidad. Seguro que no he estado en contacto con drogas. Voluntariamente, no me metería nada. No he bebido, así que tampoco me han podido mezclar algo en la bebida. Así pues, ¿qué he estado haciendo hasta ahora? ¿Cómo he acabado aquí? Otra vez, quizá ya por quinta vez, llamo a Bára. Nada. El móvil solo pita. De nuevo parto hacia casa. Y de nuevo acabo junto a la estatua de Hachikō, que espera, fiel. Me siento en el banco. Ahora empieza a entrarme el pánico.

Me pellizco la mano. No me duele. Me pellizco hasta que la piel se me pone azul. No duele. No tengo hambre, ni siquiera tengo sed y no estoy cansada. ¿Estoy viva? ¿Me habré muerto? ¿Soy un espíritu? Por Dios, en qué tonterías estoy pensando aquí.

Me vuelvo a levantar y me dirijo a casa. No tengo las llaves, no tengo dinero, el móvil no me funciona, ¿qué voy a

hacer? Voy por otro camino. Por la avenida principal, junto a las tiendas de *souvenirs*. Llego a una librería enorme, paso por delante, giro a la izquierda, sigo, sigo, sigo. Paso por delante del restaurante donde hacen *okonomiyaki*, paso por delante de dos *sushibars*, por el gigantesco centro comercial de ropa. Giro a la izquierda, un par de pasos, llego hasta el parque, pronto veo la iglesia. Giro a la derecha. Y estoy junto a Hachikō.

Estoy aquí aprisionada.

Me siento en la acera frente a la estatua y me cojo la cabeza con las manos. ¿Qué está pasando? ¿Estoy soñando? ¡Sí! Debe de ser un sueño. ¡Una pesadilla! Jana. Calma. Tranquilízate. Respira hondo. Tranqui. En un momento te despertarás. En un momento te encontrarás en tu cama. Solo es un sueño.

Hachikō me mira, impasible. Es sábado por la noche. Lo único que sé seguro es que es el año 2010. Pero ya no estoy tan segura de que esté en Japón.

4

Vale. Entiendo que me encuentro en algún tipo de nudo temporal o espaciotemporal. Yo estas cuestiones físicas no las entiendo, en las asignaturas de ciencias naturales soy tonta perdida. Ya en primero la profesora me dijo, con la expresión triste, que seguramente yo sería discalcúlica. Lloré muchísimo, porque pensaba que la discalculia era alguna enfermedad, por ejemplo, como el cáncer del que murió la bisabuela. En casa, mamá me explicó que lo único es que soy tonta y que no hace falta que me preocupe. Y Kristýna no deja de decirme que tranqui, que todos somos tontos en algo. Ella, por ejemplo, con el checo. Es verdad que ya puede hacer el pino, que con ella sujeto y predicado nunca concuerdan.

He ido a la papelería de una calle adyacente y he robado un cuaderno y un lápiz. Nunca había robado nada antes, hasta este lápiz y este cuaderno. Ni un chicle, no había robado ni una galleta, aunque mis compañeros de clase de la escuela básica me incitaran. Hasta ahora. Y solo porque no llevo dinero y no puedo comprar nada. También me he dado cuenta de que los japoneses no se fijan en mí. Como si no me vieran. Es raro. Por ejemplo, se tropiezan conmigo, pero si alguien les preguntara con quién se han topado, ni sabrían que ha sido una europea. Aquí destaco bastante, e igualmente nadie me ve. Ya llevo aquí un par de días y en este tiempo nadie me ha dirigido la palabra. He intentado hablar con policías y con guardias de tráfico, he preguntado cómo llegar a Komaba, al piso del señor Pepa, pero o me ignoran o contestan en japonés y no lo entiendo.

Todavía no he comido. Simplemente, no tengo hambre. Ni siquiera tengo sed y, sorprendentemente, no necesito ni ir al baño. Cuando veo a las multitudes saboreando los jugosos fideos *udon*, yo también comería. Pero no lo consigo. No me sale. He intentado acabarme los restos de *rāmen* de una chica, pero los palillos no me llegaban hasta la boca. No es que sea torpe. Con los palillos, no es por nada, pero soy una campeona. Entrené en Praga con guisantes en conserva. Pero aquí no me sale de ningún modo. Con la bebida, es igual. Aunque me lleve el vaso a la boca, es como si el agua se enganchara a las paredes, se niega a deslizarse hasta mi garganta.

No puedo contactar con nadie. He intentado llamar desde todos los teléfonos de la estación de Shibuya, todos pitan, cada uno de manera distinta, pero no consigo dar con nadie. He intentado dormir, pero no lo consigo. Así que he robado el cuaderno y el lápiz y ahora lo apunto, porque tengo que ordenar mis ideas.

5

Que todos me ignoren es rarísimo, pero al mismo tiempo me brinda bastante espacio como para probar cosas que antes ni se me habrían pasado por la cabeza o, en pocas palabras, habrían sido imposibles. Ya he entrado un par de veces al *sushibar* de al lado, donde me divierto confundiendo a los clientes. Siempre que cogen una pieza de *sushi* de aspecto sabroso y se disponen a mojarla en el bol de salsa de soja, la arrastro por la mesa un par de centímetros para que tengan que estirar más el brazo. Y un poco más. La muevo por la mesa mientras los clientes, sin entender, giran el trozo de *sushi* por el espacio aéreo sobre la mesa, se esfuerzan en acertar en el bol de salsa de soja y ponen los ojos como platos. Traje varios tarros de kétchup, los puse por las mesas y luego esperé a ver cómo reaccionaban los cocineros y las camareras. Se montó un escándalo como si unos leones se hubieran escapado del jardín zoológico. Las camareras se lanzaron sobre las cabezas de los clientes a recoger ese desatino aparecido en su local y se inclinaron hasta el suelo en señal de disculpa. Al final me daban bastante pena. A los cocineros les pinté con sangre de pescado una cara sonriente en el delantal. He observado con cuidado cómo se cuece el arroz, cómo se asa el alga *nori* sobre el fuego y cómo por la mañana traen el pescado del mercado. Me fascina que los japoneses no me presten atención, aunque esté sentada o de pie justo a su lado.

En Shibuya hay una librería enorme. Traje un limón y lo puse, como una bomba, sobre un montón de libros. Entre los libros de temática de horror, coloqué varias revistas porno que encontré en un cajón del comisario de la cercana estación de policía. Me metí en la sección de música y empecé a escuchar los discos que había. Ya me siento aquí como en casa. Me siento en el suelo, delante de las estanterías, y me pongo una canción tras otra. Las vendedoras sonríen rígidamente, como si tuvieran máscaras en lugar de caras. No les molesta nada que me arrellane en el sofá del pasillo, me quite los zapatos y me quede mirando al techo. Simplemente pasan de mí.

Entiendo bastante de música. Me entrenó mi padre. Si no distinguía si en ese momento estaba cantando John o Paul o si algo era Neil Young con Crazy Horse o sin ellos, siempre se quedaba superdecepcionado, así que, para ponerle contento, me empollaba los nombres de los grupos y de sus miembros de memoria, como poemas. En la tienda de Shibuya donde he acampado, sin embargo, tienen una enorme cantidad de música que no conozco. Tardaré diez años en escucharlo todo. Hay mucho que ni siquiera se puede escuchar. Por ejemplo, lo que llaman *visual kei*. Ya me encontré con esto en Praga cuando gugleé «Japón» en internet. El término *visual kei* designa un movimiento que surgió entre los grupos japoneses en los años ochenta. Los grupos de *visual kei* se visten con trajes increíbles, se maquillan provocativamente y se tiñen el pelo. Bastante a menudo no se puede saber si sus miembros son hombres o mujeres. Bandas de japoneses pintados y disfrazados apalean los instrumentos pensando que crean música, y el cantante, con la voz patética, canta algo en japonés que no entiendo. Algunas personas lo flipan con esta música y todo lo relacionado con ella. Pero a mí no me gusta.

6

Aquí Shibuya, aquí Shibuya. Llamo a Praga. Nada. Un pitido infinito que te pone de los nervios.

Me he dado cuenta de que, si quiero irme de aquí, tengo que aprender japonés. Tengo que entender lo que dice la gente a mi alrededor para poder deducir algo. He ido a la sección de libros de texto y he chorizado uno de japonés para principiantes. Ahora empollo palabras. Aparte de esto, no hay nada que hacer aquí. Espero a ver cuándo me duermo.

7

Ya me he abierto paso por las primeras lecciones. No tengo ganas de dormir, así que escucho música y estudio japonés. Estoy completamente aislada. Aprendo deprisa. Tengo un montón de tiempo para ello. Nada me interrumpe. Veo y oigo el japonés por todas partes a mi alrededor, así que se me mete rápidamente en la cabeza. Siempre había deseado ir a Japón a estudiar, pero desde luego no me lo imaginaba así. Estoy tumbada en el sofá con el libro de texto, en la librería, con unos auriculares en las orejas, y me pongo una y otra vez una lección tras otra, repito en voz alta y la gente me ignora.

El japonés tiene dos abecedarios y además los signos. Los abecedarios, *hiragana* y *katakana*, ya me los sé. Pero para leer algo más hace falta empezar a empollar los signos. Y las palabras.

Las palabras japonesas suenan todas igual. Se me lían bastante. Basta invertir las sílabas y sale una palabra completamente distinta. *Shōbun. Bunsh. Shūkan. Kansh. Gakk. Kekk. Gink. Kōkai.* Todo suena igual, pero significa algo totalmente distinto. Lo peor son las sílabas *shō* y *kan*. Creo que están en una de cada dos palabras y se repiten una y otra vez. *Kanshō* tiene como un millón de significados. ¿Cómo se pueden entender los japoneses si todo se dice *kanshō*? Deben de tener un sentido superdesarrollado para adivinar por el contexto.

8

Si cuento bien, hoy es el día dieciocho, lo que significa que Bára ya se ha ido en avión. ¿Cómo explicará que ha llegado sin mí? Mis padres seguro que están pasando muchísimo miedo. Quizá ya hayan anunciado una búsqueda mundial. Pero tengo la sensación de que no me encontrarán aquí. Está completamente claro que donde me encuentro no es el mismo Japón al que vine hace un mes. Sin duda, he caído en otra dimensión. Pienso en si alguien me ha matado, no vaya a ser esto el cielo del que todos hablan. ¿Quizá después de la muerte llegamos al lugar donde deseamos llegar en vida? Pero me parece extraño estar aquí sola. Hay tantos millones de personas que desean ir a Tokio… Debería encontrarme aquí con multitudes de desesperados que se han quedado aquí clavados como yo.

9

—Me llamo Jana Kupková. Soy de la República Checa. Estoy perdida. ¿Puede llamar a la embajada? ¿Me aconseja sobre cómo llegar a casa? Los policías responden cosas que no entiendo. Siempre pillo una o dos palabras.
—… Cocina… Cree… *Sushi*. Espero… decente y… contra usted… de algún modo… pelo rubio… teñido. Seguro… y samuráis. Sorprenderá… no existen.
Es inútil. Al menos tengo que llegar al final del libro de texto para principiantes.

He intentado comerme una patata que se le ha caído a un japonés de una copa delante del McDonald's, pero no he conseguido metérmela en la boca. Así que la he tirado. No tengo hambre, pues nada. Pero me cabrea que, ya que estoy en Japón, no pueda disfrutar de la excelente comida con la que soñaba cuando estaba en Praga.

10

Ya he aprendido doscientos signos y he oído todo el *jazz* que tienen en la librería. Cuando tengo la sensación de que me va a estallar la cabeza, voy a la tienda de al lado a probarme ropa bonita, me contoneo frente al espejo y pienso que debería dejar de comer para adelgazar. Entonces me doy cuenta de que, de hecho, no como nada. Mi cuerpo se ha quedado paralizado en la estúpida fase gorda de antes de volver a Praga, donde planeaba adelgazar.

Vaya por donde vaya, empollo palabras. Ya leo los carteles de los edificios y de las tiendas e intento leer libros para niños. A veces me pasa que oigo un fragmento de una conversación y entiendo de qué está hablando la gente a mi lado. Que están charlando de las compras, del trabajo o de las horas extras. Yo también me siento como si estuviera haciendo una hora extra eterna. No sé cuánto hace que estoy aquí, pero todavía no he dormido como es debido. El móvil se me descargó, nadie podrá llamarme. Ah, y perdí el pasaporte. No sé dónde pude dejármelo. Ahora ya no soy nadie. Soy nadie en tierra de nadie. Gramática, lección veintiocho.

11

He vuelto a intentar hablar con el policía de la esquina.

—Soy Jana Kupková, vengo de Praga. ¿Cómo puedo llegar a mi casa, por favor?

—Qué pelo tan rubio, seguro que es teñido —me ha contestado el policía. Me he puesto contentísima de entender lo que me decía. ¡Por primera vez he entendido una frase entera! Todas estas horribles horas empollando han salido a cuenta. Aunque la información no me haya servido de una mierda.

12

Se me ha ocurrido una idea terrible. ¿Y si en casa no me echan a faltar para nada? Parece una locura, pero ¿podría haber vuelto a casa y al mismo tiempo haberme quedado aquí? ¿Y si otra Jana Kupková volvió tranquilamente a casa, mientras yo estoy aquí clavada en Shibuya? Quizá nadie me esté buscando. Quizá nadie me necesite. Cuando lo digo así, me siento triste.

Hasta ahora me he tranquilizado diciendo que cuando aprenda japonés saldré de aquí y volveré a casa. Pero ahora pienso si lo mejor sería acabar con todo directamente. Podría saltar debajo de un coche y adiós. Pero no tengo el valor para hacerlo. Si lo intentara, quizá me despertaría en casa, en mi cama. Pero con mi suerte más bien pasarían estas dos cosas: la primera, realmente me mataría, lo que no es muy positivo, porque todavía no me apetece morirme. La segunda, me despertaría junto a la estatua de Hachikō y no cambiaría nada, salvo el hecho de que me regalaría a mí misma un horrible recuerdo de mi propia muerte.

No me queda más que meterme hasta el fondo y aguantar. Cuando aprenda bien japonés, buscaré a todos los policías, todas las cabinas de policía y todos los taxistas de Shibuya e intentaré sonsacarles algo.

13

He robado otro cuaderno y he empezado a escribir una novela. De alguna manera he de acortar el tiempo, porque si no, me volvería loca. Va sobre una chica que se enamora de un fantasma. Aquí todo el mundo parece un fantasma. Eso me inspira. Cuando lo publique, será un éxito. Un poco como *Crepúsculo*, pero por supuesto mucho más interesante.

Papá siempre me decía que no he de escribir novelas largas, porque es difícil seguir todos los personajes y cerrar debidamente todas las líneas. Papá enseña escritura creativa, así que algo sabe de esto. Pero a mí no me gustan las historias cortas. *Harry Potter* o *El señor de los anillos* tampoco tienen cinco páginas. Cuando leo, quiero leer mucho tiempo. No media hora. Quiero leer durante días enteros.

Papá, por supuesto, afirma que no seré capaz de escribir una historia larga. Parece un poco que tiene razón. Ya fracasé dos veces. Pero cuando vuelva a Praga, le presentaré una gran obra acabada. Aquí tengo horas para ello, miles de horas de tiempo. Quiero pensarlo todo bien antes de empezar a escribir. Escribiré algo que no haya escrito nadie más. Papá flipará. Estará orgulloso de mí y reconocerá que me había subestimado todo el tiempo.

14

Paseando por la zona, he topado con una cuadrilla de chicos horriblemente maquillados que sacaban guitarras de un sótano, en la calle delante de la tienda de *manga*. Primero he pensado que eran chicas, pero luego me he dado cuenta de que no tenían tetas y que eran muy altos para ser chicas. Uno tenía el pelo teñido de rojo, el otro de violeta y los otros dos se lo habían fijado con largos aguijones. Llevaban trajes de cuero con hebillas, faldas y medias cortas. Parecían unos locos que hubieran decidido vestirse de góticos, pero que, mientras se vestían, se hubieran dado cuenta de que quedaba demasiado chungo, así que se habían puesto algo de los armarios de sus hermanas mayores. En los pantalones, los chicos tenían clavados imperdibles, alrededor de sus cuellos colgaban cadenas y llevaban pendientes en las orejas. Si hubiera pasado un imán cerca de ellos, los habría lanzado al otro lado de la calle. He supuesto que eran miembros de algún grupo de *visual kei*.

Por Shibuya a menudo se mueven individuos acicalados de manera parecida, pero todavía no había visto un verdadero grupo de *visual kei*. Sus miembros no dejaban de repetir «*konsāto*», obviamente esta noche tienen un concierto. Los he seguido hasta la parada de autobús en dirección a Suginami, hasta que he acabado de nuevo junto a Hachikō. El perro este ya me toca los ovarios.

Es gracioso que los chicos del lugar se vistan así de raro, vayan así por la calle en pleno día y nadie se inmute. La gente va por aquí con las miradas clavadas en la acera. No ven nada ni a nadie. Mujeres en kimono, *salarymen* de traje, niños con uniforme, chicas con las faldas remangadas, hiphoperos, tipos *visual kei*, todos se mezclan aquí en una gran tetera y entre ellos voy yo, una checa perdida, la invisible Jana Kupková. Quizá no sea que no me ven a mí. Quizá nadie vea a nadie.

15

Lo he vuelto a intentar con un policía.

—Por favor, ¿dónde estamos? ¿Es esto Japón? ¿Por qué no puedo irme?

—Espero que se comporte aquí con decencia, así no tendré que intervenir contra usted.

Me he dado cuenta de que todos los policías responden a mis preguntas con estas cuatro respuestas:

1) Espero que se comporte aquí con decencia, así no tendré que intervenir contra usted.

2) Igualmente no valorará como es debido la cocina japonesa. Solo piensa en *sushi*.

3) Qué pelo tan rubio, seguro que es teñido.

4) Seguro que ha venido a admirar a los samuráis. Le sorprenderá que ya no existen.

No entiendo por qué los policías me dicen una y otra vez solo esto. Quizá sean las primeras ideas que se les ocurren al ver a una extranjera. Si al menos dejaran caer algún indicio de dónde estoy…

16

Empiezo a odiar sinceramente los perros. Al chucho Hachikō ya no puedo ni verlo. Descubrí que estuvo nueve años esperando a su amo en Shibuya. Espero que yo no tenga que esperar tanto tiempo para volver a casa. Quizá el perro se esté vengando de alguna manera por que le hayan hecho esperar después de la muerte en forma de estatua. El espacio a su alrededor está maldito. Los dos estamos aquí clavados y no podemos salir. Si pudiera, lo cogería y me lo llevaría a algún sitio. Muy lejos. Hay dos peros, sin embargo. Por un lado, la estatua es pesada que te cagas; por otra parte, volvería al mismo sitio del que quería sacarlo. Así que no serviría para nada. Ya he hecho dos cuadernos de ejercicios de signos. Dejo los libros rodando por el suelo de la librería y las empleadas los devuelven a las estanterías. Si me viera mamá, me mataría. Mamá siempre se esforzó en educarme como una niña amante del orden, en lugar de eso crio a una desordenada excepcional. Siempre que alguien limpia algo por mí, pienso en qué diría mamá y me da bochorno. Si esto es un *reality show* desquiciado que está viendo todo el mundo, se tiene que estar muriendo de la vergüenza.

17

He vuelto a encontrar a los chicos que hace poco llevaban las guitarras, todo pintarrajeados. Parecían considerablemente más normales. Han bajado al sótano del que la última vez sacaron los instrumentos y no han salido de allí en tres horas. Supongo que allí tienen la sala de ensayos. Uno de ellos me ha gustado muchísimo. La última vez no se podía distinguir qué aspecto tenía de verdad, pero ahora, sin maquillaje, estaba bien guapo. Se parecía un poco a Tatsuya Nakadai.

Tatsuya Nakadai es mi segundo actor favorito, justo después de Mifune. Mifune, por supuesto, es algo así como Dios, pero Nakadai tampoco está mal. En la película *Harakiri* quizá todavía esté más bueno que Toshi en *Los siete samuráis*.

18

Los chicos van a tocar los lunes y los jueves. Lo he visto desde la ventana de la tienda de *manga*, que está justo delante de su sala de ensayos. Son cuatro, Nakadai es el más guapo. Lo he dibujado en la página trasera de mi futura novela. Pero no me ha salido nada bien, así que lo he tachado. En el colegio, ya desde que era pequeña, garabateo en los cuadernos. Sobre todo, dibujo a las profesoras, los compañeros de clase y diferentes escenas de los libros que he leído. Kristýna me tiene envidia, porque ella no sabe dibujar para nada. Una vez eché un vistazo a su cuaderno cuando estudiábamos los peces cartilaginosos y vi más o menos esto:

Le pregunté qué era y contestó que un tiburón. Entonces la profesora me expulsó de clase porque me entró un ataque de risa y no podía parar de reírme.

A los japoneses seguramente el tiburón tullido les parecería mono. Es que son superinfantiles. Mire adonde mire, por todas partes me hacen guiños los monstruitos más variados. Hello Kitty, Pikachu y personajes de cómics y de series de televisión. Es como si los japoneses tuvieran un problema para enfrentarse a la realidad. El mundo real es un lugar duro, pero ellos se esfuerzan en hacerlo más mono. Se atontan los unos a los otros. Cada tienda, restaurante o empresa, todo aquí tiene su mascota, su logo. Espíritus, fantasmitas y animalitos hormiguean por todas partes. Y todo emite sonidos. *Pikapika, pakopako, gekogeko*. Diría que todos llevan una figurilla de algún animalito de estos colgada en las llaves, en el móvil, en la mochila o en la cremallera de la chaqueta. Como si todos, por dentro, siguieran siendo unos niños. Como si los japoneses no pudieran crecer o temieran hacerlo.

19

Mañana me lanzaré al libro de texto para avanzados. Me trasladaré de la librería a la tienda de *manga*, desde donde hay una buena vista a la sala de ensayos de los cuatro chicos. Me interesa bastante cómo tocan, quizá el próximo lunes vaya a escucharlos. Tendré que esperar hasta entonces. Tengo la sensación de que, esperando, empiezo a ser insuperablemente buena. Me convenzo de que no estoy aquí sin motivo. Que incluso esta espera infinita ha de tener algún significado. Y que, si soy paciente, seguro que lo entenderé. Y de momento escribo mi novela.

PARTE TERCERA

PRAGA

1

La facultad de humanidades de Celetná recuerda a un laberinto. Está separada del edificio principal de la plaza de Palach y, ofendida, intenta mantener su dignidad, aunque esté toda polvorienta y desgastada. Los pasillos están llenos de viejos armarios, no hay una sala de estudio, no hay donde sentarse, los estudiantes se sientan por los muebles rotos y se hunden en butacas gastadas y mohosas. Los libros no caben en el edificio, salen por las ventanas y las chimeneas, los armarios petan por las costuras. De vez en cuando, te encuentras a un estudiante extranjero confundido que no entiende cómo ha llegado hasta allí e intenta desesperadamente encontrar el aula doscientos veintiocho, que se encuentra no en el segundo, sino en el cuarto piso. También a mí me pasa que giro en un mal lugar y me encuentro en un lugar que no conozco para nada y por donde van y vienen secretarias pintarrajeadas a tomarse un café en el despacho del rector. O camino por el pasillo más de lo habitual y me encuentro en un sitio que conozco muy bien, pero no sabía que pudiera venirse por aquí. Es chulo haber encontrado ese atajo y que la próxima vez ya no tenga que ir por el rectorado. Pero la siguiente vez no me acuerdo de dónde estaba el atajo, como si los armarios de los pasillos se hubieran movido solos y se hubieran ido a pedir consejo sobre problemas selectos a los psicólogos del primer piso. El edificio tiene vida propia.

Y en medio de esto, en un círculo encantado, se mueve un fantasma.

2

El fantasma se llama Viktor Klíma y está preparando aquí el doctorado en Japonología. Recuerda a la sombra de un objeto que no se ve. Se arrastra por los pasillos, oliendo a taberna, y en cualquier ocasión posible se lía un cigarrillo para la reserva. En la cara, con la tensión de todas sus fuerzas, se aguantan unas gafas y lleva botines en los que, evidentemente, le entra agua. Precisamente a él me dirigió Marek Trnka, que enseña Literatura Japonesa Clásica, cuando le pregunté si sabía algo de Kawashita, autor japonés de las eras Taishō y Shōwa. Trnka está metido hasta las orejas en los *Cantares de Ise* y estaba claro que no había oído hablar de Kawashita en su vida, pero Viktor Klíma se dedica precisamente a la literatura de la era Taishō, así que podría saber algo. Sin embargo, el hecho de tener que hablar con él no me apasiona especialmente. Ya lo hice una vez. Y desde entonces tengo sentimientos cruzados.

A principios de noviembre, en la facultad dio una conferencia el teórico literario japonés Tarō Matsushita. Asistieron la mayoría de los estudiantes de Japonología, tampoco faltó Viktor Klíma. Cuando entré en el aula de conferencias, estaba cabeceando en el banco de atrás. Pero tan pronto empezó a hablar Matsushita, reavivó y empezó a tomar apuntes. Mientras que los demás escuchaban en silencio, Klíma, varias veces, pasó la goma de borrar con furia en sus notas, hasta el punto de que se oyó el sonido del papel desgarrándose. Luego el lápiz se le cayó al suelo, así que se arrastró entre las piernas de los demás estudiantes para cogerlo. Al intentar agarrarlo, golpeaba sus zapatos. Recordaba a una partícula que se hubiera liberado de una firme red cristalina y de esta manera confirmara la existencia del movimiento browniano. Cuando estaba debajo de la mesa del docente ingeniero Pěnkava, fue advertido sobre la impropiedad de su comportamiento con un gruñido ruidoso. Al final llegó hasta debajo de mi mesa y empezó a levantar mi mochila. Hizo tanto ruido que hasta Matsushita preguntó si todo iba bien en los bancos de atrás. Cuarenta pares de ojos se volvieron en mi dirección. Tengo la nefasta costumbre, en situaciones parecidas, de ponerme roja como un tomate.

—Perdone. Se nos ha caído un lápiz aquí al suelo, disculpe por interrumpir. Enseguida lo recogemos —dije y me metí bajo la mesa con Klíma para ayudarle a buscar. Por Dios, pensé. Pero qué tío más idiota. ¿No podía pedirle un boli de recambio a un compañero? Finalmente, encontramos el lápiz bajo el pie de una chica y Klíma volvió a su lugar. Pensé cómo un tonto así podía haber sido aceptado en nuestra facultad.

Cuando Matsushita acabó la conferencia y nos animó a hacerle preguntas o comentarios, pasó algo particular. Suele ser costumbre que los alumnos que durante las conferencias fingen interés, toman notas educadamente y asienten con la cabeza, cuando se acaban no son capaces de dar su propia opinión sobre lo que acaban de oír. Callan obstinadamente y, solo cuando un profesor empieza a girar los ojos amenazadoramente, alguien se pone en pie y hace una pregunta absolutamente idiota. Por un momento parecía que tampoco esa vez sería diferente. Pero entonces sucedió.

Klíma se levantó de su silla, alzó ante sus ojos una página abarrotada de notas, arrancada del cuaderno y, con voz sonora, anunció al conferenciante que tenía varios comentarios sobre la charla. Los cuarenta y un pares de ojos, incluidos los míos, se pusieron como platos, mirando sin entender. ¿Este friki que ha estado molestando todo el rato quiere hacer un comentario? A ver qué dice.

—Ha dicho que todas las obras literarias de las que ha hablado hoy están, si lo he entendido correctamente, construidas sobre contrastes que llegan desde el plano más corriente hasta los más microscópicos.

Matsushita asintió.

—Me gustaría anotar —continuó Klíma— que en todas las obras mencionadas está presente aún otro aspecto que, retrospectivamente, les da a estos contrastes un mayor sentido y que, creo, no ha mencionado. Se trata del acto destructivo.

Matsushita asintió, interesado, y Marek Trnka, que enseña literatura en nuestra cátedra, se cruzó de brazos.

—El acto destructivo —continuó Klíma— en las obras que usted ha mencionado, en mi opinión, sirve como una retrospectiva y al mismo tiempo como una visión hacia el futuro. Es un acto de balance y un acto de preparación. Pero sobre todo es un acto de compensación que completa los espacios vacíos alterando otros espacios. El acto destructivo, en estos casos, es la personificación de los deseos, las obsesiones y la pasión. Es un trozo del mundo exterior tras los muros del templo donde tienen lugar las historias de las obras individuales. Es el contrario de lo que el templo se esfuerza en conservar, mantener, cultivar y adorar en su interior.

»Creo —continuó— que el acto destructivo, tal como lo acabo de describir, no es algo que tenga un valor permanente, no está conectado con las alturas espirituales, no crea nada. Es un ademán vanidoso, un gesto desesperado, y en muchos casos es la única manifestación posible de cierto ideal, atormentado por la autoridad estética y espiritual del templo y por el aislamiento de sus muros.

En ese momento, realmente nadie cabeceaba ni miraba al suelo. Todos miraban fijamente a Viktor Klíma.

—El acto destructivo en las obras de las que ha hablado, creo, es uno desesperado, es un acto que ha de derrumbar las fronteras solo para dar con otras. En su gratuidad, de hecho, es muy doloroso de expresar. Y, de nuevo, el templo es el único que tiene la posibilidad de darle todos estos contornos, porque con posterioridad determina el sentido que no puede obtener en ningún otro lado. ¿Qué piensa usted al respecto?

3

No afirmaré que no me causara impresión. A decir verdad, causó tal efecto en mí que justo después de la conferencia corrí tras Klíma para preguntarle si quería ir a tomar un café. Lo alcancé en el patio, cuando se estaba encendiendo un cigarrillo. —¿Qué? —Me dedicó una mirada de estupefacción. Me llevé la mano hacia los labios para representar el gesto de beber de una taza. Klíma no contestó. En lugar de eso, empezó a observar al doctor Švihal, que durante las pausas va por el patio en triángulos regulares, de aquí a allá, de cenicero a cenicero, hacia la portería y de vuelta, mientras murmura algo.

—¿Qué estudias? —me preguntó. Parecía no haber siquiera registrado mi invitación.

—Japonología. Estoy en segundo de máster —contesté—, acabamos de estar juntos en la conferencia de Matsushita. Yo soy la que te ha dado el lápiz cuando se te ha caído.

Klíma aspira del cigarrillo.

—¿Y de qué estás escribiendo la tesina?

—Del *mystery* japonés —contesté—, las novelas de detectives y las historias con elementos misteriosos.

—¿Qué método aplicas? ¿Análisis narrativo, supongo?

Por Dios. Me sentí como en un interrogatorio de la policía.

—¿Método? Todavía no lo sé. Acabo de empezar y entregaré la tesina en verano. Me quedan nueve meses.

—Olé, no me gustaría eso. —Klíma apagó el cigarrillo en el cenicero y se esfumó.

Me quedé de pie frente al doctor Švihal de paseo, sin estar segura de qué era lo que no le habría gustado a Viktor Klíma, si leer *mystery* japonés, escribir una tesina o ir conmigo a tomar un café. En cualquier caso, me enojó bastante.

Si ya en noviembre hubiera sabido que Klíma estudiaba a los autores de la era Taishō, le habría preguntado directamente. Quizá hubiera dicho algo que me habría servido de guía.

Quién sabe. Ahora dudo de qué hacer. Mi deseo por la educación me dicta que contacte enseguida con Klíma, pero no me apetece especialmente comunicarme con ese fantasma engreído. Las reacciones de Klíma, si no sobrenaturales, como mínimo son antinaturales y es evidente que se cree más que los demás solo porque estudia la literatura *pura* y está en el doctorado.

4

—¿Cómo? —Kristýna pone los ojos como platos—. ¿Un fantasma? ¿En vuestra biblioteca?

Estamos sentadas en el Séptimo Cielo, en Újezd, Kristýna mezcla un cóctel con la pajita y su cabeza rosa asiente pensativa. Ya llevamos bastante en el cuerpo.

—Bueno, como mínimo lo parece. ¡Si lo vieras! Tiene la boca torcida, el pelo revuelto y un ojo más arriba que el otro. Y apesta a humo.

—¿Tiene un ojo más arriba que el otro? —pregunta Kristýna, con interés—. ¿No te lo parece porque tiene las gafas torcidas?

—Es posible. Pero en cualquier caso tiene una pinta fatal.

—Pero tú no necesitas su pinta para investigar, ¿no? Te bastaría con que te ayudara con Kawashita.

—Es cierto —asiento—, pero me comunicaría mejor con él si fuera normal.

Kristýna se enfurruña y agita la cabeza.

—No será un fantasma —evalúa después—, sino el espíritu de un estudiante que soltó su alma en vuestra biblioteca, créeme. En nuestro laboratorio hay varios espíritus así.

Claro. Nosotros tenemos un fantasma, así que tú tienes que tener todo un ejército en tu universidad, pienso para mis adentros.

—No hablan con nadie —continúa Kristýna—, solo se arrastran entre los tubos de ensayo, de vez en cuando farfullan algo o roban un compuesto. A veces rompen los instrumentos de la rabia. Durante mucho tiempo me pregunté qué buscaban. Pero luego una colega y yo lo entendimos. Son las almas desesperadas de los alumnos que la palmaron con las ecuaciones químicas. Y como ahora no pueden encontrar la paz, van por el laboratorio, rompen los instrumentos y destruyen los resultados del trabajo de sus colegas vivos. Créeme, el vuestro será algo parecido.

—Pero Viktor Klíma no destruye nada. Al contrario, contribuye activamente en los almanaques académicos.

—Hum. —Kristýna se rompe la cabeza—. Pues qué raro.

¿Y por qué no eliges a otro escritor? Me apuesto a que encontrarías a muchos autores interesantes cuya información es mucho más accesible.

—¿Por qué mejor no buscas la medicina para otra enfermedad que no sea el cáncer? ¿Algo que se pueda curar más fácilmente? —replico. Kristýna suspira.

—Entiendo —dice después—, pero con este Klíma iría con cuidado. Intenta aguantar, y de momento le preguntaré a mamá de qué va.

La madre de Kristýna se dedica a predecir el futuro con las cartas y por tanto debe de ser la persona más competente a la que uno puede dirigirse en la cuestión de la confrontación con un fantasma. Pero a mí me gustaría estudiar a Kawashita ya en el doctorado, así que no tengo tiempo para esperar a que la madre de Kristýna se siente frente a su bola adivinatoria y me descubra amablemente la verdadera naturaleza de Klíma.

La ciencia finalmente vence. Con gran abnegación, le escribo un *mail*. Le pido que se tome una cerveza conmigo porque me gustaría pedirle consejo sobre un escritor japonés de la era Taishō. Si con esto no pica, ya no sé. He entendido que la interacción con las personas normales no será el lado fuerte de Klíma, así que por seguridad incluyo en el mensaje una imagen de un vaso de cerveza, para que entienda de qué va.

Espero que sea suficiente cebo. También le propongo el sitio y, puesto que he entendido que seguramente no tendrá ni un duro, le anuncio que lo invito.

Sin embargo, no llega ninguna respuesta suya.

5

Vale. Si Klíma no quiere ayudarme, lo conseguiré yo sola. Como no hay nada sobre Kawashita en ninguna parte, me concentro en su texto e intento traducir *Los amantes* al checo. Igualmente, lo citaré en mi proyecto de doctorado, así que no le hará ningún daño si lo pongo en papel. El problema es que no es nada fácil.

No sé por qué no puedo escoger algo más sencillo. Quiero escribir y no me sale nada y, cuando intento rodearlo traduciendo, escojo lo más difícil que existe. Más difícil sería ya solo Ihara Saikaku. Una vez me lo dio Marek Trnka para traducir en un seminario y luego se burló de mí porque había personajes que desaparecían de la traducción y aparecían otros que no tenían nada que hacer en la historia. Marek Trnka es un chico guapo, además es listo, así que cuando se burla de ti, te sientes realmente como un trapo. (No es raro que pase que las estudiantes acaben vomitando por su culpa. Porque les gusta mucho y las pone nerviosas tener que decir disparates delante de él cuando les pregunta).

De momento, llevo traducidas las primeras dos páginas de *Los amantes*. Pero en muchos sitios no estoy segura de qué quería decir el autor con tal o cual expresión. Tengo un cuaderno especial donde pego y apunto todo lo que tiene que ver con Kawashita. Incluida la traducción. En los sitios donde no estoy segura, en el borde engancho papeles con notas.

———

Cuando tenía quince años, alguien abrió el despacho de mi padre. Mi madre debía de haber ventilado y se había olvidado de cerrar la puerta. Si lo hubiera hecho, nunca me habría fijado en que el despacho no estaba cerrado con llave. Sin duda, ni siquiera se me habría ocurrido empujar el picaporte para intentar abrir la puerta. Pero cuando, por la ranura de la puerta, vi una serie de libros ordenados en las paredes y esquinas del escritorio de mi padre, se apoderó de mí un deseo irreprimible de entrar en la habitación y examinarlo todo de cerca.

Mi padre murió en el cuarto año de la era Taishō. Yo tenía trece años y mi hermano, quince. Desde entonces, no habíamos entrado en su despacho ni una sola vez. Como si mi madre se esforzara en expulsar los recuerdos de la presencia de mi padre a los rincones más lejanos y profundos de la casa, después de su muerte cerró el cuarto con llave y fingió que el despacho nunca había estado en la casa. Para mi hermano y para mí, el gabinete de mi padre encarnaba las horas pasadas escribiendo signos, así que lo evitábamos instintivamente, aunque él ya no estuviera entre los vivos.

Mientras vivió, varias veces por semana nos instaba a seguirlo al despacho. Allí nos obligaba a leer libros de texto y a copiar una y otra vez una cantidad infinita de signos. Odiábamos sinceramente los intentos de mi padre de hacer de nosotros jóvenes con educación. Mi padre mismo era un intelectual culto, colaboraba con la escuela local y por las noches enseñaba caligrafía a los hijos de los comerciantes locales, con los que más de una vez estuvo debatiendo noches enteras. En particular, el comerciante de tabaco Bunzō Koyama visitaba a mi padre tan a menudo que mi hermano y yo teníamos la sensación de que vivía con nosotros.

Aunque mi padre había vivido con nosotros en la misma casa hasta mis once años, apenas recordaba su aspecto. Seguramente porque, de hecho, nunca levanté la cabeza hacia él. Solo recordaba su reloj de bolsillo, el pincel caligráfico con el mango nacarado y su potente bigote.

73

Cuando ya no sé cómo seguir, reordeno los libros de la biblioteca. A veces está bien olvidarse de las toneladas de signos y palabras que tengo que aprender antes de que se acabe la semana. En la biblioteca, nadie me interrumpe. Es un mundo en sí misma. A veces, la bibliotecaria pasa por el pasillo y me explica lo que hace falta hacer, de vez en cuando oigo el ruido de la fotocopiadora o una risa de la sala de estudios adyacente. Pero, aparte de eso, estoy aquí sola. Saco libros de los estantes y controlo que los códigos coincidan, si están estropeados o han sido robados.

Muchos libros nos los donaron los familiares de los japonólogos fallecidos. Abro uno tras otro. Están destrozados y manoseados. Igual de deformados que los libros del profesor. Precisamente estos son los libros que más me gustan. Me balanceo en la escalerilla y saco del estante la edición desgastada de *La mujer de la arena* de Kōb. Para controlar la signatura, tengo que ojear la primera página con el sello. Giro el libro tal como ningún checo no instruido lo giraría, porque los libros japoneses se leen «desde atrás». Busco el sello, pero mis ojos caen sobre algo completamente distinto. La dedicatoria en la primera página, escrita por la propia mano del autor.

A la señora docente, con el deseo de que se cure pronto,
dedicado por Abe Kōbō, 17.5.1968.

Hago cálculos. ¿Cuándo murió la señora docente? Un mes después del mismo año. Eso me conmueve.

6

En el despacho suena el tictac del reloj. Está puesto a la hora de Tokio. ¿Qué estará pasando en Tokio? Praga está oscura y nieva tras la ventana. En la facultad, o hace frío o un calor insoportable. No hay un punto medio. Estoy sentada en el despacho, llevo puesto un jersey y sobre la espalda un abrigo, en la cabeza una gorra y al cuello una bufanda. Descifro *Los amantes*.

———

El día en que mi madre recibió la carta sobre el fallecimiento de mi padre, mi tía paterna me sentó en su regazo y me explicó que él ya no volvería. Más tarde, mientras me entraba el sueño, la oí en el pasillo hablando con la sirvienta. Satoshi todavía es un niño, así que no puede entenderlo, dijo.

Comprendí que ya no volvería a verlo. Pero, sinceramente, no me hizo sufrir. Dos años antes de su muerte, mi padre se había ido al extranjero, no lo había visto desde que tenía diez años, así que casi no me acordaba de su cara. Su muerte no significó nada para mí. La vida seguía igual que antes.

A mi hermano la muerte de mi padre le dolió. Era dos años mayor que yo y se acordaba más de él. Muchos años después, me confió que cuando murió mi padre no podía parar de pensar en que un día, cuando yo tenía apenas dos años, lo despertó en mitad de la noche y, a sus cuatro, lo llevó frente a la casa. Mi hermano, aún adormecido, no entendía lo que pasaba, así que estalló en un llanto. Pero pronto se quedó mudo del asombro. Si bien era una noche profunda y oscura, justo delante de la casa brillaba el sol, aunque en el firmamento refulgiera la luna. Así se topó mi hermano, por primera vez en su vida, con la iluminación pública, que introdujeron en mi ciudad dos años después de mi nacimiento, en 1904. En los recuerdos de mi hermano, mi padre era un mago, una figura que brillaba en la oscuridad. En los míos, no era nada, solo una sombra detrás de un escritorio.

Me inclino hacia atrás, me estiro. Mi espalda cruje ruidosamente.

———

Mi madre se encerró en su habitación con la carta que nos informaba de la muerte de mi padre y no salió de ella durante casi una semana. Su ausencia me aterraba más que la muerte de mi padre. Pregunté a mi tía si mamá estaba enferma. Me contestó que sí. Le pregunté cuánto tiempo duraría. Y mi tía replicó que a mi madre le dolía el alma y que, por lo visto, nadie sabía cuándo dejaría de dolerle. Entonces le pregunté qué era el alma. Mi tía no supo contestarme.

De repente, en el gabinete hace un calor insoportable. Me quito capas de ropa y corro a la ventana. Dejo entrar el aire helado y la nieve, que cae en el alféizar y se derrite. Las ventanas del otro lado del patio también están abiertas. Veo a los profesores en sus despachos y a los alumnos de pie en los pasillos.

Una vez he ventilado, vuelvo a ir a leer. Pero tampoco esta vez consigo concentrarme. Se oye un zumbido. El calor ha despertado a una mosca que estaba durmiendo detrás de los armarios. Es gigantesca, asquerosa y zumba como un helicóptero. Vuela junto a mi cabeza y avisa de su presencia cada vez que estoy a punto de sumirme en la lectura.

—¡A la mierda! —Me levanto y agito mis manos a mi alrededor. ¿Cómo resolver esto? ¡Claro! Abriré la puerta del pasillo, apagaré la luz y saldrá volando. Voy a hacerlo. Luego me siento en la silla y espero a oscuras. Si alguien me pillara aquí ahora, pensaría que me he vuelto totalmente tarumba. El zumbido ya no se oye. Voy a cerrar la puerta y enciendo la luz. Pero no pasa ni un minuto y el ruido vuelve.

—¡A la mierda! —blasfemo e intento de nuevo todo el truco de apagar la luz. Pero tampoco esta vez se va la mosca. ¡Yo, sin embargo, tengo la sensación de que se me va a ir la cabeza!—. Joder, ¡es diciembre! Una mosca en diciembre, ¿quién ha visto algo así?

Si no funciona por las buenas, ¡lo hará por las malas! No hay nada como un matamoscas, así que cojo la *Estética de la Antigüedad*, la primera revista sobre la que se posan mis ojos, e

76

intento derribar la mosca al vuelo. O al menos dirigirla hacia el pasillo. Pero no es fácil. La mosca vuela de armario en armario, gira en espirales y zumba junto a mi cabeza. Corro de aquí para allá por el gabinete. La mosca me ataca varias veces, varias veces pierdo el equilibrio y por poco me precipito al suelo. Pero justo encima de la alfombra me recupero, vuelvo a coger la revista y me lanzo a una pelea a vida o muerte con la mosca, que evidentemente se ha vuelto majara, porque vuela en círculos como una loca.

—¿Señorita Kupková?

Estoy de pie sobre la mesa, en la mano la *Estética de la Antigüedad*, y me agito histéricamente de derecha a izquierda. En la puerta, está el docente ingeniero.

—Una mosca —señalo al vacío.

El docente ingeniero me dedica una sonrisa benevolente, llena de comprensión. Luego suena un zumbido redentor. El enorme punto negro se dirige directamente al pedagogo. Cruzo la mesa y me lanzo (de manera totalmente desinteresada, aunque me iría bien sacar buena nota en cultura y civilización) a defender al profesor con mi propio cuerpo. Pero no llego a tiempo.

—Uf, de verdad, una mosca. Y en diciembre. Qué raro —añade el Doctor Ingeniero y, con un elegante salto a un lado, libera el camino al pasillo a la mosca. Cuando esta desaparece de escena, sigo blandiendo en la mano la *Estética* enrollada.

—No la mates. ¿No ves cómo junta las manos y ruega? —recita el pedagogo.

—Kobayashi Issa —respondo, como si fuera un examen.

—Debería leerlo, son poemas bonitos.

—Lo sé, gracias.

—Y bájese de la mesa antes de que se haga daño.

—Sí, perdón. —Bajo de la mesa y me vuelvo a sentar tras el libro que estoy leyendo.

No pasan ni dos minutos y por la habitación vuelve a sonar a todo trapo un ruidoso zumbido. Busco la *Estética de los viejos tiempos*, pero al final me pongo en pie, voy hasta la librería y saco una edición desgastada de la antología poética de Issa. Me siento y me lanzo a la lectura. La mosca zumba alegremente junto al techo.

Un par de moscas y yo.

7

La madre de Machiko es profesora de Educación Musical en una escuela de primaria y su padre trabaja en una empresa de bombillas, en la filial de Hokkaid.

—Mi hermano y yo, de pequeños, no lo veíamos nunca. Mamá, fundamentalmente, estaba sola con nosotros, papá solo enviaba dinero y aparecía de vez en cuando. Eso es muy corriente en Japón. Te trasladan a otra ciudad y tú vas y punto. Nadie te pregunta si tienes una familia. Simplemente te envían. En general es una práctica normal.

—Es como si los padres se divorciaran y al mismo tiempo no se divorciaran.

—Eso es preciso. También nos marcó mucho, a mi hermano y a mí. Yo, por ejemplo, seguía yendo al colegio. Mi madre en su momento estaba atacada conmigo. Por ejemplo, por la noche no iba a casa o salía en secreto a la una de la mañana, me quedaba dormida en las salas de ensayos y bebía con diferentes chicos de los demás grupos. No me gustaba ir a clase. Lo peor es que era una escuela católica. Allí había miles de normas para todo, tenía la sensación de que me estaban educando para ser una sirvienta temerosa. Era una escuela de chicas, pero más bien me parecía que fueran robots y no chicas normales. Es normal que se lleven uniformes en los colegios de Japón, pero estos de verdad que eran los peores sacos que te puedas imaginar. Escafandras marrón grisáceo, faldas plisadas debajo de las rodillas, jerséis *beige*. Si alguien se remangaba la falda, ya podía irse del colegio. No podíamos llevar pendientes, se consideraba un pecado terrible, no sé ni para quién ni por qué, y si querías hacerte una coleta, estaba prohibido llevar gomas de colores en el pelo, solo se permitían las corrientes negras. No se podía ni hablar de maquillarse o de teñirse el pelo. Era un infierno puro y duro. Al acabar el colegio, enseguida me hice agujeros en las orejas y me teñí de rubio. Cuando papá se fue a Hokkaidō, yo tenía quince y mi hermano un año más. Espera. —Machiko saca el móvil—. Te enseñaré el aspecto que tenía entonces.

Está unos momentos tecleando en la pantalla y entonces gira el teléfono para que pueda verlo. El chico de la foto recuerda a una persona solo de lejos. Tiene el pelo fijado en largas puntas, los ojos intensamente marcados de azul, las cejas convertidas en finas líneas y lleva una camiseta a rayas rosas y negras. En el ojo izquierdo reluce una lentilla azul celeste.

—Mi hermano tocaba con tres chicos más en un grupo de *visual kei*. Una vez estuve en un concierto suyo. Creí que me iba a morir de la vergüenza. No había manera de escucharlo.

Miro la foto de la criatura del móvil y tengo la sensación de haber visto antes a este chico. Pero cuesta decir dónde. En internet hay montones de fotos parecidas.

—Papá, por supuesto, no sabía que mi hermano y yo hacíamos esas locuras. Siempre venía una vez cada dos meses, mamá hacía toneladas de comida y entonces le contábamos con qué diligencia estudiábamos y lo que había pasado en el colegio desde la última vez. Mamá decía que si le contábamos lo que hacíamos en realidad, solo lo inquietaría innecesariamente, y además tampoco podría hacer nada.

Machiko bebe un trago.

—Cuando mi hermano entendió que no se convertiría en músico, se negó a ir a la universidad y empezó a alternar un trabajo tras otro. Siempre se peleaba con sus jefes y tenía que dejarlo. Al final acabó en una empresa especializada en limpiar ventanas. Bastante a menudo trabaja de noche, a veces se pasa el día entero colgado en un andamio, limpiando rascacielos. Es un trabajo de riesgo, pero le va bien porque le dan suplementos al sueldo. Y en su tiempo libre hace fotos.

—¿Fotos? ¿Qué fotos?

Machiko suspira.

—La mayor parte del tiempo ventanas, excepcionalmente puertas. Creo que lo de limpiar ventanas le ha vuelto loco. Saca fotos de gente en las oficinas, gente detrás de los escaparates de las tiendas o tras las paredes de cristal de las cabinas de fumadores.

—Es interesante. —Agito la cabeza—. ¿Y qué hace con las fotos? ¿Organiza exposiciones o algo?

—Por favor. —Machiko agita la mano—. Para nada. Quiere entrar en la universidad. En Fotografía. Se presentó el año pasado, pero lo echaron a la segunda vuelta porque no tenía suficientes conocimientos. Sus ventanas les gustaron, pero para entrar no basta solo el talento. Así que ahora ha empezado a estudiar Fotografía.

—Qué majo.

Machiko se ríe.

—A ti enseguida te gusta cualquier raro.

—No es verdad. Te sorprendería cuántos raros pesados de la facultad me dejan indiferente. Por ejemplo, un tal Viktor Klíma. Se pasea por la facultad con expresión presuntuosa en la cara, finge que le interesa la ciencia, y cuando alguien se dirige a él con una pregunta relacionada con su especialidad, esconde el rabo entre las patas como un cobarde y se larga por si alguien se da cuenta de que no sabe nada. Es un buen hipócrita.

Machiko me dedica una larga mirada.

—Pues tampoco me parece que te dé tan igual. Si te has molestado en formarte una opinión tan sofisticada sobre él.

—Porque quiero conocer a mi enemigo.

Machiko se ríe.

—Mi hermano seguro que te gustaría. No ha sido nunca un modelo, pero es majo.

Viktor Klíma tampoco es ningún modelo. Y no es majo para nada.

Kristýna saca del bolsillo un bolígrafo con una cuerda.

—Te lo envía mamá. Está cargado de energía positiva y debería funcionar como repelente contra los malos espíritus y atractor de energías positivas. Ayer por la noche se pasó unas dos horas encerrada en el Oráculo.

Suspicaz, cojo el bolígrafo. Se puede comprar en cualquier papelería. El bolígrafo es rosa y lleva escrito: «Jana: fiable y divertida». Ahora los hacen por todas partes. Los objetos más diversos en los que se imprimen nombres y debajo dos características de sus portadores. Cuando más se venden es en Navidad, cuando los clientes indecisos no saben qué regalar a sus seres queridos. Lo están petando especialmente las tazas.

Sinceramente, me gustaría ver a la gente que elige, para los nombres de los objetos de regalo, las características individuales de sus futuros dueños. Anna: atenta y resuelta. Aneta: fascinante y fiable. Adam: independiente e inteligente. ¿Cómo sería si realmente todos tuviéramos solo dos características? El mundo sería mucho más fácil de leer. Solo que entonces bastaría escoger a la pareja por su nombre. Y eso no sería demasiado divertido. En los anuncios bastaría poner: «Busco a una chica, Martin 35». Y todos sabrían que un chico amable y divertido busca chica. Me gustaría que algún punki de la empresa que imprime esta información positiva en las tazas y los bolis escribiera la cruda verdad en un producto aleatorio. A la gente seguramente no le gustaría saber que Matylda es aburrida y se mete los dedos en la nariz o que Alexander es tonto y tiene la polla pequeña.

Sopesé «Jana: fiable y divertida» en la mano. ¿Cómo puede estar esta bobada cargada de energía positiva?

—Sobre todo cógelo, por favor, porque si lo llevo de vuelta a casa mi madre me echará una maldición. Si quieres lo tiras en cualquier sitio, pero yo ya no quiero tenerlo.

Me meto el bolígrafo en el bolsillo.

—Se ve que te protegerá de los malos espíritus… —Kristýna se encoge de hombros.

—Más bien molaría que atrajera a algún espíritu bueno —digo, con un suspiro.

—Como mínimo que no atraiga a otro Nouzák.

9

Luboš Nouzák tiene más de treinta años. Cuando lo conocí por primera vez, yo estaba sentada en el suelo del pasillo, ordenando *Monumenta Iaponica* por años. La puerta del despacho estaba abierta, en el gabinete estaba sentado el docente Kadlec, y una alumna le consultaba sobre su trabajo de diplomatura. Yo estaba sacando del estante del pasillo un ejemplar de *Monumenta* tras otro, cuando me fijé en un chico que se comportaba como si estuviera haciendo algo ilícito, se había parado en la puerta y no había manera de que saliera de en medio.

—Vaya, ¡usted está aquí sentada literalmente como Cenicienta! —me dijo—. ¿Está clasificando algo?

No, si te parece. Solo estoy aquí sentada y en mi tiempo libre me entretengo desempolvando revistas viejas.

—Podría decirse así.

—¿Es de Japonología?

—Sí.

—¿Profesora?

—Estudiante.

El tipo sacudió la cabeza y se puso a pensar. Luego de repente saltó hacia mí, hasta me dio un susto. Tuvo suerte de no recibir un golpe de *Monumenta*.

—Perdón, ¡no me he presentado! Soy Luboš Nouzák.

No me apetecía mucho, pero soy educada, así que me levanté y también me presenté. Luboš Nouzák, acto seguido, empezó a hacerme una pregunta tras otra.

—¿Y clasifica a menudo?

—Casi a diario.

—¡Nunca la había visto aquí! —quiso admirarse Luboš Nouzák, pero en ese momento lo apartó de allí la secretaria, que abrió bruscamente la puerta.

Le dedicó una mirada irritada. Nouzák se quedó aturdido, se puso visiblemente pálido y se arrastró abatido al pasillo. Ni siquiera se despidió.

Me puse de pie y me fui a comprobar algo en el ordenador del despacho. Al entrar, el docente Kadlec y su alumna dejaron de hablar y me miraron desconcertados.

—¡Vaya, Jana! —Kadlec agitó la cabeza—. ¿Quién era ese ligón insaciable?

—Algún sinólogo —respondí.

—Terror.

—No, Nouzák.

10

Estoy en la silla del despacho, frente a la casilla número once. En el gabinete se elevan menudas partículas de polvo. A primera vista, la casilla parece absolutamente normal. Empotrada entre los demás armarios, no destaca de ninguna manera particular. También esta es de madera oscura y se abre con ayuda de una llave. Pero, mientras que las llaves de las demás casillas están colgadas en un colgador, alguien robó la llave de la número once, o se traspapeló en algún sitio. ¿Cómo he de revisar las revistas si no tengo la llave de la casilla número once?

Saco *Los amantes* y me pongo a traducir. Pero los ojos se me deslizan constantemente al casillero frente a mí. No puedo deshacerme de la sensación de que contiene algo importante.

Solo que sin la llave no podré abrirlo. Suspiro. Espero que la bibliotecaria no piense que fui yo quien robó la llave. Igual aún la encontremos cuando ordenemos el montón de libros nuevos que se amontonan debajo del alféizar.

———

Dos meses después de la noticia sobre la muerte de mi padre, me fui con mi tía a pasear por la ciudad. Mi madre en esa época ya salía de su habitación. De vez en cuando la veía arrastrándose por la casa. Me parecía mucho más pequeña que nunca. Mi hermano no salió a pasear con nosotros. En esa época estaba triste, taciturno y no quería jugar conmigo. Así que yo me pasaba días enteros sentado con los libros que mi padre nos había enviado de Europa antes de morir. Me gustaban las ilustraciones, pero no entendía lo que ponía.

Finalmente, fue mi tía quien me propuso ir con ella a la ciudad a comprarme algo dulce. Un paseo con mi tía, desde luego, no cumplía mi idea de una aventura, pero al final consentí. Además, necesitaba comprarme un pincel nuevo, porque había perdido el viejo volviendo del colegio, mientras jugábamos a luchadores, y la visión de un bollo dulce de judías también hizo su trabajo.

Saco una botella de agua de la bolsa y bebo. También me tomaría un bollo de judías, pero ahora mismo no me sobra el dinero y, además, en el bufé de la facultad la comida es realmente asquerosa, así que tendré que aguantar hasta la cena, en casa. La ensalada acuosa y de olor amargo de lonchas de soja es una especialidad tan famosa que cuando se menciona se ponen pálidos todos los estudiantes de Praga, independientemente de donde se encuentren. Al menos me meto un chicle en la boca.

———

Hacía un día hermoso, principios de primavera. Desde el suelo todavía llegaba el frío, pero el aire ya era cálido. Las tiendas de la avenida principal parecían mayores y más amenazadoras de lo que recordaba. Tenían las enormes contraventanas abiertas hacia fuera, de manera que dejaban entrar los primeros rayos primaverales en los espacios oscuros del primer piso. Los *onigawara*, las caras de monstruos con expresiones terroríficas colocadas en los bordes de los robustos tejados, miraban hacia los clientes debajo de ellos.

—¿Sabes por qué tienen una expresión tan horrible? —me preguntó la tía—. Es para expulsar todas las calamidades de las casas.

—¿Como un incendio, por ejemplo?

La tía asintió y una sombra de tristeza atravesó su rostro. Enseguida me arrepentí de haber hecho una pregunta tan tonta. Menos de diez años antes de mi nacimiento, nuestra ciudad fue presa de las llamas, entre las que murió el hermano mayor de mi tía, el tío Takesuke. Ella misma tenía, en el cuello y en las manos, cicatrices de las quemaduras de cuando estuvo apagando la tienda familiar durante el incendio. Tenía veinte años. Nunca se había casado y a menudo anunciaba, con tristeza, que no lo había hecho precisamente porque nadie quería una novia tan llena de cicatrices.

—Nosotros nos casaríamos contigo sin problema, ¿verdad, Satoshi? —decía mi hermano. Pero yo guardaba silencio. Yo no podría casarme con mi tía. Sus cicatrices no me gustaban nada. Cada vez que las miraba de cerca, me venían a la cabeza llamas devorando carne humana. No había vivido el incendio, solo lo conocía bien por los relatos. Y me podía imaginar vivamente la avenida principal sumida en llamas. La escena me horrorizaba. Desde que la sirvienta me había hablado por primera vez del incendio, soñaba con él con frecuencia. Me provocaba pesadillas y, sin embargo, no dejaba de fascinarme. En mis pensamientos, volvía a él una y otra vez y me imaginaba las llamas devorando el templo cerca del barrio comercial. A los bomberos esforzándose inútilmente por domarlas y el fuego entrando en las casas por los espacios bajo el suelo y tragándose los *tatamis*, los baúles con libros y los kimonos de colores guardados en los armarios.

Respiro hondo. Estoy cansada. Y también tengo hambre de verdad. Miro las cinco páginas de la traducción llena de tachones. Sigue sin salirme demasiado bien. Me apunto meticulosamente las palabras y por las noches intento aprendérmelas. Pero en el texto aparecen constantemente nuevas expresiones que no había visto nunca. Es una batalla infinita. Estoy a punto de cerrar la traducción, pero en ese momento aparece una cabeza ajena junto a la mía.

Flota junto a mi oreja y es de Viktor Klíma.

11

—¿Qué estás leyendo? —me pregunta y, sin permiso, cierra *Los amantes* para leer el título y el nombre del autor en la cubierta. En ella está el nombre de la revista *Bungei Jidai* y debajo, con letra pequeña, «Cuentos, 1923-1925»—. ¿Te interesan los *neosensualistas*?

Bungei Jidai era precisamente la revista de este grupo de escritores. Klíma seguramente me había encasillado como alguien que seguía el *mainstream*, y ahora no le cuadra por qué alguien así leería literatura *pura* de antes de la guerra.

No contesto. No solo no me ha saludado, encima se atreve a manosear mis cosas y me cierra el libro en mitad de la página que estaba leyendo. Me dispongo a levantarme de la silla.

—Espera. —Klíma se sienta a mi lado. Con cuidado, deja el *Lector modelo*, que tenía en la mano hasta el momento, en la silla a su lado—. Creía que te dedicabas al *mystery* —dice y se acerca la antología. Entonces empieza a hojear. Pasa los ojos por las páginas.

—Me interesa este autor. —Pongo el dedo sobre el nombre de Kawashita, que aparece bajo el título de *Los amantes*, cuando Klíma llega a su página.

—Kawashita Kiyomaru —lee Klíma en voz alta y luego empieza a examinar el texto. Eventualmente, la frente se le frunce—. Jolín —exhala—, es una lectura bien difícil. ¿Así pasas las tardes libres, si te gustan las novelas de detectives?

No respondo. Klíma tampoco espera respuesta.

—Te escribí un *e-mail* —digo—, ¿lo recibiste?

Klíma levanta la cabeza.

—¿Eras tú?

Asiento.

—Perdona por no contestar. Últimamente no paro. La semana pasada estuve en una conferencia en Bratislava y voy atrasado con todo.

—He oído que estudias la era Taishō. Trnka dijo que si en la facultad hay alguien que sabe de Kawashita, seguramente serías tú.

Klíma golpetea la mesa con los dedos y, enfurruñado, pasa la mirada por la estantería con diccionarios de escritores en la pared.

—Nunca había oído hablar de Kawashita. ¿No ponen nada de él en esos de allí?

—Casi nada.

Klíma inclina hacia atrás la cabeza, incrédulo, va hacia el estante y saca el diccionario de Kōdansha de 2003.

—Vaya. De verdad que casi nada. Solo que nació en Kawagoe y escribió *Los amantes*, y luego *Recuerdos estremecidos.*

—Klíma deja el diccionario abierto sobre la mesa—. Siempre pensé que este diccionario era superdetallado. —Se enfurruña y se rasca la cabeza.

—Lo es. En los demás que tenemos no sale Kiyomaru Kawashita.

—Hum, pues qué raro. ¿Y en la Wikipedia no sale nada?

Niego con la cabeza. Klíma reflexiona.

—Bueno, pero si escribió en *Bungei Jidai*, tiene algo en común con los neosensualistas y quizá se podría sacar algo de ellos.

—En internet no hay nada. Y en las biografías de los autores que tenemos en la biblioteca, tampoco. Es posible que solo colaborara un par de veces con la revista. No debió de ser un autor muy productivo.

—O se relacionaba con personalidades menos conocidas. ¿Cómo diste con él?

—Leí una cosa suya que salió en checo en los años cincuenta.

—*¿Recuerdos estremecidos?*

—No. Por desgracia, no puedo encontrarlo en ningún sitio. En las librerías normales no lo venden, y en internet no está. Leí *El desdoblamiento*.

Voy hasta el armario donde, entre las viejas revistas, rueda una edición harapienta de la revista *Oriente* y la dejo delante de Klíma, en la mesa, junto al diccionario de escritores abierto. Klíma hojea la revista.

—Me gustaría hacer Kawashita en el doctorado —digo—, si me lo aceptan, claro. Pero tan poca información no me basta ni para un proyecto. Si tuviera amigos en las universidades de Japón, podría pedirles ayuda, pero por desgracia no tengo a nadie.

—Yo tengo a un conocido en Waseda. Se dedica a Hrabal, así que de vez en cuando nos enviamos libros o documentos escaneados de las bibliotecas. Le preguntaré si tienen algo relacionado con Kawashita.

—Ostras, ¡eso sería genial! ¡Me ayudaría mucho!

Klíma asiente.

—Oye, ¿y qué hay de Kawagoe, donde nació Kawashita? —me pregunta—. ¿Has descubierto algo?

Me quedo parada. Seguro que Kawagoe tendrá una página en internet. Y en ese tipo de páginas suele haber una lista de personalidades importantes que nacieron en la ciudad. ¿Por qué no se me había ocurrido antes?

—Buena idea —digo—, lo haré.

Klíma me mide con la mirada, que dice: «Hace mucho que tendrías que haberlo hecho».

—Lo mejor, por supuesto, sería encontrar alguna publicación impresa sobre la ciudad —gruñe. Entonces mira su reloj—. Tengo que irme ya, tengo una clase dentro de un momento. —Recoge su chaqueta y el *Lector modelo*—. No te lleves esto a ningún sitio. —Golpetea con los dedos *El desdoblamiento*—. Me lo leeré cuando tenga un rato libre.

—Vale. Y gracias.

—Te avisaré si descubro algo.

Se detiene en la puerta del gabinete.

—Por cierto, te vi aquí bailando.

—¿Qué?

—Estabas levitando por el gabinete. Te vi por el patio, desde el pasillo del otro lado.

Me hundo en la vergüenza.

—No era un baile. Estaba echando a un moscardón del gabinete.

—Creía que estabas bailando.

—Qué va.

Klíma se enfurruña y luego asiente con la cabeza.

—Una pena. Lo hacías bastante bien.

12

En casa, enciendo el ordenador y empiezo a guglear el lugar de nacimiento de Kawashita. Klíma tenía razón. Debí haberlo hecho enseguida.

Kawagoe tiene una página web oficial llena de fotos e información para turistas en inglés, por supuesto no hay ni una mención a Kawashita. Llegan turistas de todo el Japón a admirar la arquitectura tradicional. Al repasar las imágenes, tengo la sensación de haber caído en una película de samuráis de

Akira Kurosawa. Las casas de las fotos tienen el revoque gris, tejas ricamente decoradas y grandes contraventanas. Pero quiero encontrar algo más interesante que solo información básica para turistas. Cambio el teclado a japonés y pongo en Google «Kawagoe – historia». Clico la primera propuesta.

現在でも川越に残る蔵造り商家。最盛期には100軒以上の蔵造り建物が街中にひしめき、特別な町並みを形成していました。なぜ、川越に蔵造り建物が建てられたのでしょうか？川越に蔵造りの町並みが形成される契機なったのは、明治26年の大火です。

Me estiro a por el diccionario.

También hoy en Kawagoe encontramos las casas comerciales que funcionan al mismo tiempo como almacenes. En la época de máximo desarrollo, se podían ver por todo Kawagoe más de cien de estas casas y conformaban la apariencia específica de la ciudad. ¿Por qué se construyeron en Kawagoe? En el principio, estuvo el gran incendio de 1893.

¿Así que en 1893 un incendio afectó Kawagoe? En *Los amantes* aparece el motivo del incendio. ¿Significa que sucede precisamente en Kawagoe? Sigo leyendo el artículo, pero me satura la cabeza solo una enumeración de medidas contra incendios que Kawagoe estableció después del mismo. Es agotador. Solo cuando llego al final del artículo, presto más atención.

En la reconstrucción de algunas casas participó el rico negociante de tabaco Bunzō Koyama, junto a su amigo Yasutake Ueda.

El nombre de Koyama me dice algo. Lo busqué una vez ya, en internet. Me levanto, saco de la mochila mi traducción de *Los amantes*. Bunzō Koyama, Bunzō Koyama, paso el dedo por el texto traducido. Claro. Aquí esta.

En particular, el comerciante de tabaco Bunzō Koyama visitaba a mi padre tan a menudo que mi hermano y yo teníamos la sensación de que vivía con nosotros.

¡Bingo! Esta es una pista interesante.

Bunzō Koyama nació en 1860 y murió en 1921. Su vida está envuelta en el misterio, pero se sabe que poseía una famosa tienda de tabaco en Kawagoe.

Levanto los ojos de la pantalla. Así que no solo el incendio del que habla el personaje principal realmente estalló en Kawagoe, incluso también Bunzō Koyama era una figura histórica real. Así que es posible que *Los amantes* esté atiborrado de elementos autobiográficos. Cojo un lápiz y apunto todo lo que he descubierto. Uno nunca sabe cuándo le vendrá bien. Solo que ninguna mención a Kawashita por ningún lado. Hacia medianoche, caigo agotada.

13

—Mis padres debieron de sufrir una psicosis posparto, o no sé qué, cuando nos pusieron los nombres a mí y a mi hermano —dice Machiko, riéndose—. A mí me inscribieron con los signos de *conocimiento elegante* y a mi hermano lo llamaron Akira, escrito con los signos de *cabeza* y *claro*. No es nada común, esta transcripción del nombre.

Machiko saca un bolígrafo y escribe el nombre de su hermano en una servilleta. En el correcto orden japonés. Primero el apellido, luego el nombre de pila.

川上頭明

Kawakami Akira

—Mis padres se morían por tener hijos inteligentes. El resultado es que yo soy más tonta que Abundio, en mi vida he aprendido a contar bien más allá de diez, y mi hermano se comporta como un tarado. La semana pasada, acabó en una comisaría de policía. Lo detuvieron porque había entrado en un edificio protegido para sacar fotos de las ventanas que le habían llamado la atención al pasar por delante. Se ve que le dio un ataque de inspiración repentino. Así que entró sin más. Pero lo pillaron antes de que pudiera enfocar.

—¿Y cómo acabó?

—Se ve que sacó una foto genial de la ventana de la comisaría.

Machiko menea la cabeza.

—No entiendo qué le ha dado con las ventanas. Está completamente poseído o yo qué sé…

—Será su tema, digo yo.

Machiko se enfurruña.

—Creo que a mi hermano le falta el instinto de supervivencia o yo qué sé. Tengo un poco la sensación de que busca estas situaciones. Podría sacar fotos de ventanas normales. Pero él no, él busca aventuras. Creo que necesita más adrenalina para vivir de lo que es sano.

—Oye, ¿y no tienes fotos de tu hermano en el móvil? ¿No las publica en Facebook, por ejemplo? Me gustaría verlas.

Machiko asiente.

—Claro. Por supuesto que tiene un perfil en Facebook. Pero mi hermano es un poco de la vieja escuela y se guarda las mejores cosas para luego imprimirlas. Le pediré que me envíe algo por *e-mail*.

Machiko coge la servilleta donde antes ha escrito el nombre de su hermano y se frota la boca.

—Me encantaría verlo —digo.

93

Los signos en la servilleta se emborronan lentamente. Al mirarlos, se me mete en la cabeza la idea de que quizá Akira, igual que yo, anhele desesperadamente dejar algo aquí tras él. Un reflejo de sí mismo en algo que fotografíe.

14

En la esquina, mi tía me compró un bollo de pasta de judías, me dio dinero y me envió por adelantado al vendedor de artículos de escritura. Ella misma quería comprarse un cepillo nuevo. Dijo que tenía que comprarme el pincel más corriente que ofrecieran en la tienda, porque igualmente pronto lo perdería. Antes de llegar a la esquina, me di cuenta de que se había puesto a hablar con la vendedora de cinturones *obi*.

Me quedé solo. A mi lado pasaron varios carros y *rikshas* de color bermejo. En el tejado de la tienda de tabaco ondeaba la bandera japonesa y otra con el escudo de la familia Koyama. La entrada de la tienda estaba decorada con guirnaldas blancas de tela. Desde las cajetillas pintadas expuestas en la tienda, llegaba hasta la calle el olor picante del tabaco.

—¡Satoshi! —Oí a alguien llamándome—. ¡Ven con nosotros! ¡Jugaremos a soldados!

Desde el final de la calle me llamaba Takeshi. Jugábamos a soldados desde que en la ciudad se había celebrado un gran desfile militar, supervisado incluso por el mismo emperador. Hasta entonces solo jugábamos a samuráis y bandidos.

—¡Satoshi! ¡Ven! —me llamó Takeshi, pero yo no quería. Ese día, no. Estaba de un humor especialmente festivo y llevaba un kimono de fiesta de color claro que no podía mancharme. Y no tenía para nada ganas de enfangar mi humor en el barro del patio de Takeshi con una lucha furiosa.

Finalmente llegué a la tienda de pinceles. La pequeña tienda estaba apretada entre un santuario y un menudo hotel con una pequeña laguna delante de la entrada. Estuve unos momentos observando una carpa escondiéndose bajo el follaje, luego levanté la cabeza y observé el comercio de productos de escritura.

En el letrero de madera, la tienda mostraba el signo de un pincel. Las persianas enrollables estaban bajadas, no se veía dentro. Y justo sobre la entrada del edificio, en lugar de un *onigawara*, la cabeza de un demonio, tenía un gran signo de *agua*. Para que el edificio esquivara los incendios.

La puerta estaba entreabierta.

15

He tenido que aplazar la lectura de las letras de hierba a causa de nuestra cita. Cuando Klíma me ha llamado por la mañana, sonaba como si hubiera descubierto como mínimo el testamento de Kawashita. Ha insistido en que debíamos quedar cuanto antes. Pero ahora me está mirando fijamente, sorbiendo cerveza, y por el momento no ha soltado nada decente. Estamos en el Plzeňka de la calle Truhlářská, cerca de la facultad. Huele a freidora y a queso empanado y el asiento en el que estoy está lleno de quemaduras. Me gustaría saber por qué Klíma ha querido quedar justo aquí. Seguramente, vive al lado.

—He leído *El desdoblamiento* —suelta.

—Ajá —contesto. Si hemos quedado solo porque quiere compartir conmigo su opinión sobre la escritura de Kawashita, será una decepción. Pensaba que quería enseñarme algo. Algo que no se puede enviar por *e-mail*. Algo relacionado con Kawashita. Pero parece que solo quiere charlar. ¿Le ha movido la soledad? Tampoco me extraña que se sienta solo. Si con todos es igual de altivo que conmigo, seguro que no tiene amigos.

—¿No quieres saber lo que pienso de *El desdoblamiento*? —pregunta. Parece que le gusta dar conferencias. Me encantaría ver su expresión si le soltara a saco que me trae sin cuidado su opinión sobre Kawashita. Pero, por supuesto, no lo hago.

—Cuenta. —Me armo de paciencia.

Supongo que me colmará con términos de los estructuralistas franceses (como les apasiona hacer a algunos intelectuales de la facultad).

—Mira —dice Klíma—, es muy interesante. Un poco esperaba una oda al pueblo trabajador, si salió aquí en el cincuenta y ocho y en Japón en el veinticuatro, pero al final me ha sorprendido agradablemente. Aunque un poco sí que había motivos proletarios. Parece que, a principios de los años veinte, Kawashita pasó por un periodo proletario.

—Creo que no es lo fundamental de lo que habla el cuento.

—No lo es —coincide Klíma—, el motivo principal es que cuando te aferras a algo, por dentro te parte. Me ha llamado la atención.

Asiento. Me sorprende bastante que Klíma hable como una persona normal. En la conferencia de Matsushita de noviembre daba una impresión altisonante, como si antes se hubiera comido un diccionario de terminología literaria.

—¿Alguna vez has leído algo de Ken Kaikō? —me pregunta—. ¿*El laberinto*, por ejemplo?

—Solo *Gigantes y juguetes* —admito.

—Creo que *El laberinto* te gustaría, porque es un poco una novela policíaca. Y no lo digo como ofensa para nada —añade cuando ve cómo cojo aire para soltarle algo sobre el prejuicio de género—. Me lo he leído. De manera parecida a *El desdoblamiento*, también en *El laberinto* trata del encarcelamiento de una mujer inocente, así que aparece cierto aspecto social, al mismo tiempo está presente la investigación y todo es una crítica a la corrupción de la policía japonesa y del sistema judicial.

—Hum, pues seguramente sea una buena recomendación. Nunca rechazaré una novela de detectives con temática social. Al fin y al cabo, tengo la librería llena de Seicho Matsumoto.

—¿Seicho Matsumoto? —Klíma levanta las cejas.

—¿No lo conoces?

—Por supuesto que sí —replica Klíma—, pero cada vez me sorprende más la selección de tus escritores favoritos.

No respondo.

—Cuando te vi la primera vez, supuse que serías una esforzada murakamista. No sé decirte por qué. —Klíma se rasca la cabeza—. Supongo que te vi de pie en el pasillo con varias chicas que iban conmigo a lectura de textos literarios. Lo que esas chicas soltaban por su boca no se puede repetir en voz alta, se me caería la lengua. Pensé que seríais amigas, así que automáticamente te incluí entre ellas.

Lo repaso con la mirada.

—Aclaremos una cosa, ¿vale? —digo—. No sé de dónde has sacado la sensación de que soy una tonta de bachiller que en su vida no ha leído nada más que Murakami, que su palabra favorita es *kawaii* y que entró en Japonología porque le gusta Sasuke de *Naruto*.

Klíma se encoge de hombros.

—Pero que sepas que no soy así. La literatura me interesa ya desde pequeña y quiero estudiarla bien y en profundidad. Y ya que estamos con Murakami, a mí me gusta bastante, que lo sepas. No digo que sea el mejor escritor japonés que jamás haya existido, pero algunas cosas suyas están bien. Y literalmente adoro *After Dark*. Entre otras cosas, por él empecé a interesarme por Japón. Así que te puedes guardar tus chorradas arrogantes.

Klíma solo pestañea.

—No quería ofenderte —dice entonces.

—Pues lo consigues constantemente, desde que nos conocemos.

—Perdona.

—Perdono. Pero no lo hagas más, ¿eh? Y ahora me gustaría saber por qué hemos tenido que quedar a las cuatro y no a las seis. Porque yo ahora tendría que estar en Hierba, que me he saltado ya dos. Y me da miedo que se líe parda.

Llamamos Hierba a la lectura de letra de hierba.

16

—He conseguido encontrar algo sobre tu Kawashita. —Klíma deja delante de mí una fotocopia de dos páginas.

—¿Qué es esto?

—Copias del libro sobre Riichi Yokomitsu. ¿Sabes quién era? —Que yo sepa, también colaboró en la revista *Bungei Jidai*. —Exacto. Era un escritor japonés, solo cuatro años mayor que Kawashita. El libro del que saqué esta fotocopia se llama *Oriente y occidente. Las penas en los caminos de Yokomitsu Riichi*, y lo escribió un tal Sekikawa Natsuo. Trata de la estancia de Yokomitsu en Europa en el treinta y seis —explica Klíma—, y mira... —Señala el centro de la página—. Lo que pone aquí.

Yokomitsu recordaba con claridad el bar Hasegawa, que se encontraba en la octava manzana del barrio de Ginza. A Yokomitsu, que se dirigía en barco a Kōbe, fue a acompañarlo hasta la estación de Tokio la dueña del bar, por cierto, poetisa de haiku, la señora Koyo Hasegawa. Su marido, Kintarō Hasegawa, también era poeta. Escribió bajo el seudónimo Shunsō y durante largos años trabajó como redactor de la revista Haikai Zasshi. *La tienda Hasegawa fue abierta por Shunsō y su mujer en 1931. A esta tienda, donde aparecían a menudo también Mantarō Kubota o Kiyomaru Kawashita, iba Yokomitsu, que no bebía alcohol, a pasar el tiempo.*

Klíma ha subrayado el nombre de Kawashita en el texto.

—¡Pues menudo descubrimiento! —digo.

—A ver, tampoco es para tanto. —Klíma se encoge de hombros—. Pero al menos sabemos que Kawashita vivió de verdad.

Empezaba a tener la sensación de que no había existido. O de que era el seudónimo de otro autor.

Asiento.

—Es seguro que en el treinta y seis se movía por Tokio alrededor de los demás escritores. Y eso no es todo. —Klíma saca de su bolsa otro papel y lo deja en la mesa.

—¿Es del mismo libro?

—Exacto. Intenta traducir esta parte. —Me indica una de las columnas con el dedo.

—El 2 de febrero de 1936 —silabeo—, en el número cuatro de la revista *Bungakukai* salió un texto que describía los acontecimientos de la despedida de Riichi Yokomitsu antes de su marcha de medio año a Europa. Participaron doce escritores, entre ellos, por ejemplo, Hideo Kobayashi o Kiyomaru Kawashita. Todos eran más jóvenes que Yokomitsu.

—¿Lo ves? Kawashita realmente se movía entre los demás escritores.

—Por Dios, qué fuente tan productiva.

—Sí. Parece que Kawashita y Yokomitsu eran amigos. Hojeé rápidamente el resto del libro y Kawashita ya no aparece por tercera vez. Pero hay una gran posibilidad de que salga algo de él en las notas del diario de Yokomitsu. Toda su obra está en internet, así que no debería de ser un problema encontrarlo.

Suspiro. Parece que me pasaré el próximo año pegada al ordenador.

—¿Y tú qué? ¿Has descubierto algo sobre Kawagoe, donde vivió Kawashita?

Asiento y pongo mi cuaderno de notas en la mesa.

—He descubierto que era una ciudad comercial tradicional que creció bajo el castillo de Kawagoe, que sin embargo desmontaron durante la era Meiji.

—Los japoneses y su relación con los monumentos —dice Klíma, suspirando.

—En 1893, Kawagoe fue afectado por un incendio —continúo— durante el que se quemó toda la ciudad. Este motivo aparece también en *Los amantes*, por lo que he podido traducir hasta ahora.

Klíma asiente.

—También he descubierto muchos detalles sobre los cauces de los ríos, el ferrocarril y cosas así. Creo que no servirá para nada. Pero es una ciudad superbonita, Kawagoe. Mira, aquí imprimí una foto.

—Qué bonito —asiente Klíma—, recuerda al antiguo Edo.

—Por cómo el protagonista de *Los amantes* describe la ciudad en la que vive, diría que la obra tiene lugar precisamente en Kawagoe. En general, me resulta muy autobiográfico. Está el incendio e incluso un tal Bunzō Koyama, ¡que por lo visto vivió realmente en Kawagoe!

—¿Bunzō Koyama? —Klíma ladea la cabeza—. No he oído hablar nunca de él.

—Según lo que he descubierto, era un rico comerciante de tabaco. Ayudó a reconstruir Kawagoe cuando se incendió.

—Ajá, interesante —asiente Klíma.

—Y en *Los amantes* he leído que el padre del protagonista murió en 1915 en el extranjero, probablemente en Europa. ¿No se podría aprovechar para la búsqueda?

—Cuidado —responde Klíma—, no puedes unir demasiado al protagonista y a Kawashita. Ya sabes. «La muerte del autor» y esas cosas. Pero podemos comprobarlo.

Intento no parecer confusa. No estoy completamente segura de qué ha querido decir con «la muerte del autor».

—¿Tú sabes cómo murió Kawashita? —pregunto.

Klíma me mira en silencio. Algo no va como debería. Ha pasado algo. ¿Me habré perdido algo importante de lo que ha dicho?

—Oye, ¿tú sabes quién es Barthes? —pregunta.

No sé qué contestar. El nombre me dice algo. Quizá lo haya oído en algún sitio. Podría ser un compañero de clase mayor. O algún profesor. No sé qué decir para no ponerme en evidencia por completo.

—Sí, un poco. —Me encojo de hombros.

—¿Y no has dado con su ensayo *La muerte del autor*? —pregunta Klíma—. Es superfamoso. Trata de la relación del autor con el texto, como si el texto después de su publicación debiera ser interpretado independientemente del autor y tal.

Ay. Por poco me cala que no tengo ni idea de ningún Barthes.

—Sí…, claro —asiento—, lo he visto en algún sitio. Pero me había olvidado.

Klíma se comporta como si no entendiera de ningún modo cómo alguien puede olvidarse precisamente de *La muerte del autor* de Barthes, pero afortunadamente no entra en detalles. Tendré que buscar información más concreta más tarde.

—Por cierto —dice Klíma, pensativo—, se me ocurrió si querrías un poco de ayuda con la traducción. Ya que nos hemos metido con Kawashita, quizá deberíamos traducir lo que escribió, antes que nada. Dios sabe qué cosas interesantes nos salen. Y parece que te está costando lo tuyo.

Titubeo. Es verdad que necesitaría ayuda.

—¿Y tú me quieres ayudar?

—Bueno, creo que igualmente ya estoy bastante metido. Y la verdad, Kawashita me ha empezado a interesar.

—Vale —consiento por fin—, me iría bien la ayuda.

—Hecho, pues. Ahora ya tengo que salir, porque doy una clase. Intenta traducir al menos la mitad, para que la próxima vez tengamos de qué hablar. Ya te llamaré.

—¿Das clases?

—En una escuela de idiomas —dice Klíma con un suspiro—, a una panda de niñas de catorce años.

Me imagino a Viktor Klíma delante de la pizarra, con un marcador en la mano, intentando explicar la gramática japonesa a unas chicas de catorce años. En la cara tiene una expresión mortalmente seria. Las pobres seguro que van a la escuela para hablar de *manga* y *anime* y no para mirar cada semana al pomposo Klíma, que cumple el ideal de belleza de los héroes románticos del *anime* igual que mi diccionario electrónico.

17

Traduce la mitad. Se dice fácil. Pero no me sale tan rápido como imaginaba.

En un estante del gabinete hay una taza de plástico con una cigarra seca. La miro y no sé qué hacer. Está sobre una almohadilla de algodón, reseca y silenciosa. Resulta antinatural, porque en Japón las cigarras vivas zumban de tal manera que recuerda al ruido de una sierra circular.

———

Entré.

En la tienda de productos de escritura olía a tinta. Particular, algo dulce, como no huele nada más en el mundo. Dentro estaba en silencio, en penumbra, y solo de vez en cuando llegaba un grito más ruidoso desde la calle principal.

—Buenos días —dije, pero nadie me contestó.

El espacio no era grande. En las paredes, colgados del techo, había papeles con inscripciones de cuánto costaban los productos ordenados en cestas, en el suelo a lo largo de la pared.

—Buenos días, joven. ¿En qué puedo servirlo? —Algo se movió en medio de las cestas, en una esquina del cuarto. Por poco solté un chillido del susto. Era el dependiente. Llevaba un kimono oscuro. Al principio no lo había visto en absoluto. Solo cuando alargué la mano hacia la cesta de mi derecha, me interpeló. El corazón se me aceleró.

—Necesito un pincel —contesté.

—¿Y qué tipo de pincel desearía?

—El más corriente —dije.

—¿El más corriente? —El vendedor levantó las cejas interrogativamente—. ¿Y por qué? ¿No desea el joven señor algo más especial? Me acordé del hermoso pincel con mango nacarado de mi padre, pero negué con la cabeza.

—Los pierdo.

El vendedor me clavó sus ojos penetrantes.

—Es una pena —dijo—, un pincel, si lo cuidamos bien, nos coge cariño y hace signos más bellos.

—¿De verdad?

—Sí —asintió el vendedor y luego me dio un magnífico pincel negro con un motivo de libélulas doradas en el mango. Lo cogí e inmediatamente deseé poseerlo. Nunca había visto algo tan fabuloso. Las libélulas se agitaban doradas en el fondo negro y parecía que en cualquier momento se elevarían y saldrían volando, como si estuvieran vivas.

—¿Cuánto cuesta? —pregunté. Pero el vendedor empezó a reírse.

—Es el más caro que tengo —dijo. Le devolví el pincel.

—Querría uno corriente —dije.

El hombre asintió.

—También se puede escribir bonito con un pincel corriente —dijo, sonriendo—, depende de lo que tengamos en el corazón.

La puerta de entrada chirrió. Entró un nuevo cliente en la tienda. Me di la vuelta. En la puerta había una joven en kimono. Desde atrás, la iluminaban los rayos que entraban, su cara ensombrecida por la penumbra que imperaba dentro.

—Ah. —Sonrió el vendedor de la tienda de productos de escritura—. Señorita Kiyoko. Entre, por favor.

Me gusta mucho la cigarra del estante, lo que es raro, porque no soy especialmente aficionada a los insectos. Lleva allí muchos años ya y está rodeada de leyendas. Nadie sabe de dónde ha salido, así que se creó el rumor de que la trajo Miroslav

Novák de Japón y que desde entonces nadie la llama sino «la cigarra de Novák». Novák era un japonólogo que se esforzó en que prosperara la especialidad, fundó la sociedad checoslovaco-japonesa y la revista *Nuevo Oriente*. También en su tiempo dirigió los Estudios Japoneses, por eso, aparte de la cigarra, tenemos un armario lleno de «escritos de Novák».

Seguramente Novák no trajo al gabinete la cigarra de Novák, pero no me gustaría restarle méritos. Está seca como una momia, solo sigue teniendo sobre los ojos unos puntos brillantes rojos y verdes que, incluso años después, brillan como piedras preciosas. Revelan que todavía hay algo en ella. Descansa en una almohadilla de algodón y tiene las piernas tranquilamente dobladas bajo el cuerpo. Una vez, se la saqué a nuestra lectora japonesa cuando estaba almorzando. Por poco se atragantó con el arroz. No sabía que a los japoneses les dieran tanto asco las cigarras. Pero es verdad que si alguien me sacara una cajita con una araña, saltaría por la ventana.

La cigarra lleva tanto tiempo en el estante que, de vez en cuando, pienso cuándo empezará a vivir su propia vida. Algunos doctorandos aseguran que en realidad no es una cigarra. Que es una zombi-cigarra. Una zombarra. Y un día irá a por todos nosotros. Pero de momento solo yace en silencio y en su frente relucen rubíes rojos y esmeraldas verdes. En todos estos años ha debido de oír tantas consultas y conversaciones privadas de profesores que seguro que es la cigarra más culta del mundo. Lo oye todo. Igual que un micrófono oculto.

Vuelvo a posar la vista sobre *Los amantes*. En todo el día apenas he traducido dos páginas. Me sale desesperadamente lento. Cuando Klíma vea como avanzo a ritmo de caracol, se reirá de mí. Tengo claro que debo avanzar.

———

La mujer dio unos cuantos pasos hasta nosotros.

—Buenos días, señor Kitamura. —Sonrió y luego se volvió a mí y también quiso saludarme, pero se quedó en silencio. Tenía una cara hermosa y redonda y una nariz menuda. Y ojos bellos. Oscuros, profundos, como dibujados con tinta.

—Buenos días —saludé. Me observó con una mirada larga y seria en la que había algo que yo no entendí. Quizá un sentimiento que a mis doce años no fui capaz de captar correctamente.

—Buenos días —replicó, por fin.

—Entonces, joven… —El vendedor me dio un pincel nuevo, esta vez corriente, con las fibras metidas en una barrita de bambú—. ¿Le va bien un pincel como este?

Asentí y le di el dinero. Me di cuenta de que tenía los dedos ennegrecidos por la tinta.

—¿Y qué puedo hacer por usted, señorita Kiyoko? —El vendedor se giró hacia la joven. Parecía que se conocían bien.

—Necesitaría solo piedra de tinta y papeles. —Metió la mano en su pequeño bolso y sacó el dinero.

Ya hacía mucho que tendría que haber salido, pero no era capaz de dejar la tienda. Repasé el motivo de su kimono y la manera en que tenía peinado el pelo, me parecía muy complicado. El vendedor, entretanto, sacó de las cestas los productos solicitados.

—¿No necesita un pincel nuevo? —preguntó el vendedor.

—De ningún modo. —Negó con la cabeza—. Los que uso me van bien.

Me acerqué a ella.

—¿Y qué pinceles usa? ¿Qué tipo de pelo? ¿Crines? —pregunté. Quería impresionar a la mujer, parecer más adulto. Los ojos de ambos se volvieron hacia mí. El vendedor parecía entretenido. Temeroso, miré a la cara de la mujer, por si encontraba signos de burla.

—Así es —contestó—, utilizo un pincel de crines. ¿El señor también está interesado en la escritura?

No había en su expresión ni una huella de mofa. Me sentí aliviado. De repente, me sentí muy cerca de ella.

—Sí —dije—, mi padre era calígrafo. Escribo ya desde niño.

—Ah, ya —asintió la mujer.

—¿Así que su padre era calígrafo? —Mi afirmación interesó al vendedor—. ¿Y puedo preguntar por el distinguido nombre de su padre?

Le dije al vendedor el nombre de mi padre y él se quedó en silencio. Luego miró largamente a la joven, que clavó su mirada en el suelo.

—Debí pensarlo enseguida —dijo el vendedor, asintiendo con la cabeza—, se le parece usted mucho. Su padre aquí era un cliente regular.

Luego le dio a la mujer la piedra de tinta y los papeles.

Vuelvo a mirar a la cigarra del estante. Después saco agua de la mochila y bebo. Estoy completamente reseca. No debí aceptar la traducción conjunta. Currar así, cuando además tendría que estar escribiendo la tesina, no es sano. Pero desde el último encuentro con Klíma no puedo pensar en nada más.

———

—¿Usted también escribe desde su infancia? —Yo no dejaba de mirar fijamente a la joven.

—Sí —asintió—, iba a clases ya desde mi tierna infancia.

Yo tenía doce años, todavía no entendía bien por qué no podía apartar la mirada de ella, pero pensé que si yo tuviera una hermana mayor desearía que tuviera el mismo aspecto que esta mujer.

Cuando pagó por la tinta, se inclinó primero hacia el vendedor y luego a mí.

—Le deseo un buen día —dijo.

—Yo también a usted —respondí. La mujer se dio la vuelta para salir. Pero en ese momento, desde fuera, sonó la voz de mi tía. Ya debía de haber comprado todo lo que necesitaba y había venido a recogerme. La joven delante de mí se estremeció, se detuvo y miró desesperada por la sala, como si buscara un lugar donde esconderse. Debí salir corriendo y ahorrarle el encuentro con mi pariente, pero no fui capaz de descifrar la situación a tiempo.

—¿Satoshi? ¿Estás aquí? —Mi tía apareció por la puerta. Su llegada, en comparación con la de la joven, no resultó en absoluto etérea.

—Buenos días —saludó mi tía al vendedor, y luego se giró hacia mí—, ¿has comprado el pincel?

Le enseñé mi compra.

—Excelente. Vamos ya —dijo mi tía, pero en ese momento vio a la joven, que seguía con la cara vuelta. Ninguna de las dos se saludó. Los rasgos de mi tía se pusieron rígidos.

—¡Satoshi, vamos a casa! —me dijo.

La seguí afuera, obediente. Cuando me volví a girar hacia la tienda, la joven se estaba tapando la cara con la manga y el vendedor estaba arreglando el papel del rótulo en la pared.

—¿Quién era esa mujer? —le pregunté a mi tía, de camino a casa—. ¿La conoces?

Pasaron unos momentos antes de que mi tía contestara.

—Es una bruja —me dijo— que te robará el corazón si no vas con bastante cuidado. No te acerques a ella. Si te la vuelves a encontrar, aléjate todo lo que puedas.

18

Dejo de leer y miro hacia el patio. ¿Qué dijo Klíma la última vez, sobre la muerte? No puedo acordarme. Tendría que habérmelo apuntado enseguida. Me froto los ojos. Seguro que tenía que ver con la muerte de algún autor.

Me pongo en pie y voy hacia el ordenador. Clico google y meto «muerte» en el buscador. Y detrás «teoría literaria».

Y olé. Me sale un artículo sobre Roland Barthes. Me pongo a leer. Pero gradualmente me inunda una ola de depresión. De repente, me siento supertonta. Así no puedo enfrentarme a Klíma en ningún debate. Él es experto en teoría literaria y aun se reiría de mí. Veo perfectamente la expresión de su cara. ¿Kupková quiere hacer el doctorado y no sabe la diferencia entre prolepsis y analepsis? Gracias a Dios que aún no me ha calado. Me moriría de la vergüenza. Tendré que hacer algo. Miro hacia la mesa donde ruedan, desplegados, *Los amantes*. Dios mío. Empieza a ser mucho para mí. Traducir, escarbar en el pasado de Kawashita, descifrar las notas de Yokomitsu Riichi y encima tengo que estudiar teoría.

Cojo la llave del estante con literatura sobre teoría literaria y saco los primeros cinco volúmenes de la izquierda. Tendré que tomármelo uno tras otro. Los dejo en el borde de la mesa y cojo el primero. Todorov, *Poética de la prosa*. El libro está raído, sin duda ya lo han tenido en la mano muchos estudiantes. Bastante posible que también Klíma. Lo abro y compruebo que está todo subrayado y tachado con fluorescente.

Basta un momento y tengo la sensación de que me va a estallar la cabeza. ¿Cómo puede alguien leer esto? No hay manera de entenderlo. Está lleno de conceptos y ya veo chiribitas. He cogido un diccionario de teoría literaria, pero no me ha ayudado para nada, porque, como con el paso de los años ha cambiado el sentido de los términos usados, a cada uno se le dedica doble página espesa. Tengo la sensación de encontrarme en medio de una telaraña. Desde cada palabra, salen un millón de hebras en todas las direcciones, no hay manera de pillarlo. Me he convertido en una presa fácil, una mosca pegada en la telaraña de la teoría literaria.

Miro fijamente a los libros y me desespero. Cuando Todorov habla de «motivo», se refiere a algo completamente distinto que Barthes y, antes de que te des cuenta, tienes la sensación de que te va a estallar el cerebro y que es urgente que te suicides preventivamente, antes de que de verdad te vuelvas loca, te desnudes y te pongas a caminar en bolas entre los ordenadores y los libros destinados a la catalogación. ¡Y todos estos nombres! ¡Y todos pensaban algo! Generalmente sobre algo que ya había pensado alguien antes. ¿Quién puede acordarse? Si Klíma se acuerda de todo esto, me quito el sombrero. Al final, me llevo varios libros a casa. Mi mochila pesa más de diez kilos. Empiezo a entender por qué Klíma siempre se arrastra. Con este peso en la espalda, ¡no se puede andar normal!

19

—Imagina… —Kristýna apoya la cabeza en la pared—. Ayer en el laboratorio me pasé toda la tarde llorando.

—¿Cómo es eso? —pregunto.

—Es difícil de explicar. Bueno, me llamó mi padre desde Sri Lanka.

—Ah, mira, eso es bueno, ¿no?

—Pues no sé decirte. ¿Sabes?, ellos durante la meditación tienen prohibido usar el teléfono, así que lo suele tener apagado y no puedes llamarlo. Te vuelves adicta a esperar cuándo se dignará a llamarte. Antes llamaba más o menos una vez cada tres meses. A ver, no bastaba, pero al menos tenía la sensación de que le interesaba un poco. La última vez que me llamó fue en marzo y desde entonces no habíamos hablado. Hace ya nueve meses. Así que primero me alegré de oírlo. Me dijo que quizá venga en verano, porque se lo paga un australiano a quien mi padre le parece un gurú espiritual de la hostia. Ya sabes que papá allí no puede disponer de dinero, así que depende de este tipo de contribuciones. En todo caso, se ve que viene y que estará aquí un tiempo.

—Pero eso es genial, ¿o no?

—Sí, pero le ha dado con que en Chequia quiere acabar definitivamente con todo lo que hacía aquí. Quiere cerrar lo que no pudo hace años, antes de irse al monasterio. Dice que confía en mí en este sentido. Ha decidido coger todo el dinero que tiene aquí en cuentas y repartirlo entre mi hermano y yo, como una herencia. Literalmente, me dijo que desea borrar todo su rastro aquí para que parezca que se murió. Bueno, eso me noqueó un poco. Me desquició completamente. Yo no soy un enterrador que tenga que organizar aquí sus asuntos y ayudarlo a desaparecer de mi vida. Es horrible.

No sé qué decir.

—¿Y tú qué? —dice Kristýna, con un suspiro—. ¿Hay alguna novedad? ¿Qué tal tu Kawashita? ¿Avanza hacia algún sitio?

—A ver, sí. —Me encojo de hombros—. Estoy traduciendo a destajo y Klíma ha conseguido comprobar que realmente vivió. Pero ahora tendremos que leer toneladas de textos diversos de autores de antes de la guerra y buscar si hay algo escrito sobre Kawashita. Y también me he lanzado a la teoría.

Kristýna se ríe.

—Pues parece que este Klíma te está dando caña, ¿no?

—Sí, bastante.

—¿Y te gusta la teoría?

—A ver, sí. —Me encojo de hombros. Kristýna da un sorbo de su café.

—Al final aún empezará a gustarte, Klíma —dice y se ríe.

—Eso ni lo digas. No me gustaría ni aunque se pusiera celo de los ojos a las orejas para tenerlos un poco rasgados.

Kristýna me dedica una larga mirada.

—Por favor, no me digas que lo has hecho alguna vez.

—En el insti. Quería convertirme en japonesa a saco. Pero no ayudó.

Kristýna me mira fascinada.

—Estás como una chota. Como una chota. Mira, me parecía raro cuando en el insti cada mañana me preguntabas si eras más japonesa que el día antes, pero esto es mucho, tía.

—¡No se lo digas a nadie! Me echarían de la universidad y me encerrarían en un manicomio.

—Ya lo creo. ¡Pero es donde tendrías que estar! Aunque…
quién sabe lo que hacen tus pícaros compañeros de clase.

—Pues uno piensa que es un demonio-perro de una serie
de dibujos animados.

—Espero que no sea este Klíma. —Kristýna dibuja con
la pajita una ecuación en la mesa.

—No. Este ya nació fantasma.

PARTE CUARTA

SHIBUYA

1

Últimamente no deja de llover. Ha llegado la temporada de lluvias. El aire está húmedo, la ropa se engancha a la piel de la gente como si se acabara de duchar. El aire huele a ropa vieja. Las cigarras cantan. Las hay por todas partes, no solo en el parque, sino también junto a Hachikō. La gente no deja de sacar sus paraguas. Me deslumbran las luces de neón que, por la noche, se reflejan en las aceras húmedas y en los capós de los coches.

Han desaparecido las multitudes de estudiantes de las calles. Están de vacaciones. Ya hace un par de días que no veo ningún uniforme escolar. Sin embargo, se mueve por aquí una enorme cantidad de adolescentes maquillados. Antes los veía sobre todo los fines de semana, ahora están aquí siempre.

Llevo quinientos ochenta y tres signos. Ya leo textos de dificultad media de los libros de texto y también libros en japonés simplificado para extranjeros. De repente, entiendo los letreros y los tablones con avisos de que dentro de un mes habrá obras. Empiezo a entender también lo que se dice la gente a mi alrededor. Las más inteligibles son las mujeres de unos cuarenta años. Sus conversaciones recuerdan a las frases de un libro de texto. Pero solo hablan de cosas aburridas. Cómo les va a sus hijos en el colegio, qué hacen sus maridos en las empresas, cómo se portan sus suegras y lo que tienen que comprar para la casa. Cuando me doy cuenta de que la gente a mi alrededor tiene vidas normales, y no vidas sin interés y clavadas en el tiempo, me entran ganas de llorar.

2

Creo que he entendido qué soy. He tenido en cuenta todas las variantes posibles. Espíritu, fantasma, zombi…, nada de eso era exacto. No me veo como un fantasma. Para poder ser un fantasma, tendría que asustar a alguien. Pero como nadie me ve, está claro que no soy uno. En este sentido, respondo mucho más a la idea de espíritu. Pero para ser un espíritu, tendría que ser transparente, y tampoco lo soy. Como de momento no he visto que se me hayan caído trozos de carne, también he desechado la variante de que soy un zombi. Y entonces se me ha ocurrido. Va a ser que soy *una idea*.

Suena raro, pero cada vez resulta más lógico. Por mucho que piense, de lo que más me acuerdo es de estar sentada con Bára al lado de Hachikō, deseando quedarme en Japón con todas mis fuerzas. Literalmente, recé para mis adentros no tener que volver a casa, por poderme quedar aquí. ¿Y si se cumplió mi deseo? ¿Y si la idea fue tan fuerte que se materializó? ¿Y si *yo soy esa idea*?

Tendría sentido. Por eso los policías, cuando me dirijo a ellos, repiten una y otra vez las mismas cuatro frases. Les fastidia la idea de una extranjera, por eso dicen lo que piensan al ver a algún extranjero. Igualmente no valorará como es debido la comida japonesa. Espero que se comporte aquí con decencia. Qué pelo tan rubio, seguro que es teñido.

Voy por Shibuya, pensando. Si realmente soy una idea, ¿qué será de mí? ¿Estaré paseando aquí eternamente y me quedaré aquí encerrada para siempre? ¿Qué puede hacer una idea solitaria y perdida? Me siento como una idea que se te ocurre en un momento de euforia y que luego no llegas a completar. ¿Por qué no deseé *quedarme aquí un poco más*? Tendría esperanzas de volver. Pero así temo que está perdido.

Llegué al final del libro de texto para principiantes, empecé el avanzado y ahora no tengo ganas de hacer nada. Todos mis esfuerzos pierden el sentido. Es ingenuo pensar que precisamente estudiar japonés será lo que me saque de aquí. Si algo me saca de aquí, será un milagro.

3

El grupo de Nakadai va a ensayar regularmente. Y, con la misma regularidad, luego se emborrachan en una taberna cercana. Desde que los vi, hace un par de semanas, maquillados, llevándose las guitarras de Shibuya, no han venido disfrazados ni una sola vez. Llevan tejanos y camisetas corrientes. Vestirse como los vi la primera vez debe de ser megacomplicado. Fui a escucharlos mientras ensayaban, pero no se podía aguantar. Es que no soy capaz de considerar música este ruido.

Se encerraron en la sala de ensayos a las cuatro de la tarde y no salieron hasta las dos de la madrugada. Justo después, se metieron en un bar veinticuatro horas cerca de la avenida principal y pidieron cerveza. Me senté en la mesa de al lado y los estuve escuchando todo el rato. Hablaban de una chica pesada, pero no los entendí muy bien. No tengo un diccionario de japonés borracho, así que me cuesta adivinar qué son palabras y qué solo gruñidos. Nakadai llevaba una camiseta negra con un enorme signo blanco impreso en el pecho. Escribí el signo en mi cuaderno para buscarlo más tarde. Era este:

Se lee *maboroshi* y significa «aparición». Teniendo en cuenta que todo lo que estoy viviendo aquí los últimos tiempos no está lejos de una aparición, le doy muchísima importancia.

Nakadai seguramente cogió esta camiseta porque le gustaba. Pero tengo la sensación de que el destino intenta decirme algo. Mola que cuando alguien se pone una camiseta con un signo en el pecho al mismo tiempo sepa lo que significa. A diferencia de todos los occidentales que, en la ropa, llevan con orgullo signos que no entienden. Es que no pillas que alguien, con expresión seria, lleve escritas en la ropa chorradas del tipo «salida de emergencia» o «aparcamiento». Claro que, cuando se escribe caligráficamente, hasta una salida de emergencia tiene algo, pero yo, la verdad, creo que la gente que no sabe signos debería mantenerse lejos de ellos. Y de ningún modo dejárselos tatuar.

La única excepción que autoriza a llevar signos en la ropa es una creación de tu propia mano con el objetivo de mostrar respeto a un escritor o artista concreto. Como lo hice yo cuando hace tres años me escribí en el culo de los pantalones, con signos, «Haruki Murakami» y «Toshirō Mifune». Los japoneses que entonces visitaban Praga y me veían debían de darse golpes en la frente con el dedo, preguntándose qué tipo de loco se escribe algo así en el culo. Quizá se lo tomaran incluso como cierta forma de profanación de sus personalidades famosas.

4

Nakadai tiene el pelo largo y negro. Tiene los incisivos torcidos, pero no me importa. Aquí casi todo el mundo tiene los dientes torcidos, ya me he acostumbrado. Es más importante el hecho de que Nakadai tiene los ojos bonitos. Lleva en las muñecas varias pulseras, que recuerdan todo lo que es capaz de ponerse para un concierto. Y, para ser japonés, es alto. De verdad que es una pena no poder dirigirme a él si, por ejemplo, me apeteciera. Por un lado, no nos entenderíamos, y además tampoco me ve. El mundo a veces es superinjusto.

Desde la ventana de la tienda de *manga*, hace poco vi a una chica que estaba justo delante de la entrada del sótano donde ensaya el grupo de Nakadai. Me llamó la atención porque llevaba unos ropajes realmente estrafalarios. Los jóvenes aquí van vestidos con cualquier cosa, pero eso de veras que no podía obviarse. Tenía la cara pintada de naranja, los ojos perfilados en blanco y en la cabeza se había puesto una peluca rosa de estilo francés, de la época Luis XVI. Parecía el primer premio de una tómbola que uno no desea ganar de ningún modo. Bajé para examinarla mejor. Después de repasarla más de cerca, resultó que llevaba abalorios azules en el cuello y, con los zapatos de tacón alto, calcetines violetas. Esta chica enmascaraba a la perfección su aspecto real. Si debajo del maquillaje se escondía algo bonito, no se veía. Estaba claro que estaba esperando a alguien. Tengo mucho tiempo, así que me puse a su lado, esperando a ver si me enteraba de a quién acecha. Supuse que era un miembro del grupo de Nakadai. La chica estuvo plantada delante de la sala de ensayos unas buenas dos horas y media, pero ese día el grupo no ensayó, así que al final cogió y se largó.

5

Deambulando por Shibuya, llegué a un sitio llamado Dōgenzaka. Las calles de repente se volvieron majaras. Desde todas partes me miraban bandadas de flamencos de plástico, sobre mi cabeza se tambaleaban palmeras artificiales y las casas recordaban escenarios de *Las mil y una noches*. En los letreros de la mayoría de ellas, con letras expresivas, ponía «HOTEL». Entre todo eso se movían parejas jóvenes y mayores, todas las mujeres llevaban mascarillas en la cara y capuchas en la cabeza y miraban el suelo en silencio. Nadie se puede alojar en serio en estos hoteles, pensé. Entonces lo entendí. Eran hoteles por horas. ¡Por eso las mujeres se mostraban tan tímidas! Debían de avergonzarse de haber ido a un sitio como ese con sus queridos. Sin duda no deseaban que nadie las reconociera. Decidí explorar debidamente el barrio. Inequívocamente, dominaba el color rosa. Delante de cada hotel había clavado un cartel con el precio de la habitación más barata e informaciones sobre los servicios que ofrecía. Entendí que no se trataba de burdeles, sino de hoteles adonde pueden ir los amantes que no tienen piso propio. Cada hotel presumía de un interior original en las habitaciones y, por supuesto, de discreción absoluta. Me detuve frente a un edificio revestido de azulejos plateados. Me llamó la atención la inscripción de la entrada:

*«All, everything that I understand,
I only understand because I love».*
Tolstói

Me gustaría saber qué diría Lev Nikoláievich sobre que su cita decore la entrada de un hotel por horas. Fui a examinar de cerca los azulejos relucientes del edificio. Me di cuenta de que mi reflejo, desde la noche antes, cuando lo observé en la ventana de la librería, no había cambiado. Y luego, en el reflejo detrás de mí, vi algo que me obligó a darme la vuelta. Una pareja joven se arrastraba hacia la entrada del hotel. La chica llevaba un vestido de verano amarillo. Tuve la impresión de haberla visto antes. Pero no estaba segura, porque las caras japonesas siempre se me lían un poco. Luego miré a su chico y me quedó todo claro. Era Nakadai. Y a la chica la había visto varios días antes, esperándolo delante de la sala de ensayos.

6

Esta vez había escogido un *outfit* mucho más sobrio que la última. Seguía manteniendo algo de su chifladura (en sus orejas

colgaban dos zanahorias violetas), pero sin duda no atraía tanto la atención como con su peluca rosa.

—Vamos ya —incitó a Nakadai cuando llegaron frente a la entrada. Luego se metieron rápidamente. Fui tras ellos.

En el pasillo, justo detrás de la puerta de entrada, había instalada en la pared una enorme tabla luminosa en la que brillaban fotos de las habitaciones que ofrecía el hotel. Algunas estaban apagadas, lo que indicaba que la habitación estaba ocupada en ese momento. Bajo las fotos se marcaban dos datos. El primero informaba del precio de la habitación por dos horas, el segundo del precio de la habitación por toda la noche. Me di cuenta de que las habitaciones estaban ordenadas de más a menos cara. Nakadai miraba en silencio la oferta de habitaciones y no era capaz de escoger. En el vestíbulo no había ningún mueble. Ningún sofá, ninguna butaca, nada que recordara al vestíbulo de un hotel corriente. Además, para qué. Si todos aquí se esfuerzan en meterse rápidamente en la cama y hacerlo de incógnito, en la medida de lo posible.

Nakadai y su chica por fin escogieron la segunda habitación más barata y solo por dos horas. Teclearon el número de la habitación en la pantalla de la máquina junto a la oferta reluciente, entonces la foto del cuarto pedido en la pantalla luminosa se apagó y de la máquina salió una papeleta que recordaba una entrada de cine. Nakadai lo cogió y ambos se fueron al otro lado del vestíbulo, a la recepción.

Tampoco la recepción recordaba a la de un hotel normal. Parecía una ventanilla de entrega de un comedor, con la diferencia de que la cara de la persona sentada tras el pequeño mostrador estaba oculta tras una cortina. Solo se veían las manos. Nakadai entregó el papel que había sacado de la máquina, pagó por la habitación y recibió la llave. Luego él y la chica se fueron al ascensor. Me quedé en el vestíbulo, observando un enorme póster con orquídeas. Podría haberlos seguido hacia arriba y haber fisgoneado mientras tenían sexo. Pero tan pronto surgió esa idea en mi cabeza, la asesiné agresivamente. Algo así habría estado profundamente por debajo de mi nivel.

Estuve observando el cuadro una buena hora y media. Luego Nakadai y su chica por fin aparecieron en el ascensor. Habían desaparecido las zanahorias de sus orejas. Devolvieron las llaves y en un minuto se habían ido. No los seguí mucho rato, porque desaparecieron tras la Frontera, el lugar que yo no puedo cruzar.

7

Fui a rezar al santuario. ¿Cómo es que no se me había ocurrido todavía? ¡Quizá si deseaba salir de allí se cumpliría! Convocaría para ello a algún espíritu japonés para que el deseo se intensificara. Un deseo poderoso ya se me había cumplido una vez, ¿por qué no podría hacerlo otra?

Delante del santuario, topé con una madre y su hija pequeña. Llevaban kimonos muy bonitos, la niña parecía como de porcelana. No sé qué hace que los niños japoneses sean tan bonitos. No se puede comparar con nuestros engendros europeos. Los niños japoneses (y, en general, los asiáticos) son tremendamente monos. Observé a la pareja para comprobar cómo tenía que comportarme de manera correcta. Nunca había rezado en un santuario. Bára y yo solo sacábamos toneladas de fotos. Realmente éramos peores que los japoneses en Praga. Y nosotros nos burlamos de ellos siempre porque no sueltan la cámara.

Entramos por una discreta valla roja, perdida entre edificios modernos. Nos encontramos las tres en un pequeño patio de arena, rodeado de edificios de madera, y de golpe caímos quinientos años atrás en la historia. El Tokio moderno solo se hacía presente cuando levantaba la cabeza. Edificios altos se alzaban sobre el santuario como si quisieran comérselo. Me di cuenta de que estábamos en un lugar santo, donde el tiempo y el espacio no estaban subordinados a las reglas del mundo actual. Aquí se decían plegarias y deseos.

Pasamos por delante de los oráculos trémulos impresos en papeles blancos, colgados a su vez en un soporte a nuestra derecha. La madre y la hija se dirigieron a un bebedero de agua. Las seguí. La madre cogió un recipiente de madera parecido a un cucharón y se limpió primero la mano izquierda, luego la derecha y al fin la boca. Luego ayudó a la chica a que la imitara. Cuando se purificaron ritualmente, yo lo repetí a su manera. Finalmente, la madre le dio a la hija una moneda de cinco yenes y fueron a tirarla al cofre en el interior del santuario.

Como no tengo dinero, recogí una pequeña piedra del suelo bajo la estatua de un león y fui a ver cómo rezaban correctamente. La madre y la hija primero echaron la moneda en el cofre, luego dieron dos palmadas, se inclinaron dos veces y volvieron a dar palmadas. Intenté imaginarme a alguna deidad a la que rezar, pero en mi cabeza solo apareció la cara de mi profesor, enmarcada por su pelo blanco. Me recordaba muchísimo a Jesús. Que pudiera volver a casa. Que no estuviera sola allí. Que volviera a hacerme visible. Si mi estancia allí tenía algún sentido superior, que por fin entendiera cuál, recitaba para mis adentros. Luego tiré la piedrecilla al cofre y di dos palmadas. Teniendo en cuenta que había pagado con una piedra, sin embargo, no supuse que se fuera a cumplir mi deseo.

Tampoco estoy segura de que las ideas puedan tener deseos.

8

He vuelto a ver a Nakadai y a su chica. Toda vestida de mal gusto, lo ha estado esperando delante de la sala de ensayos durante una buena hora, hasta que ha aparecido él. Cuando por fin ha aparecido con su guitarra, se le ha tirado encima, entusiasmada. Pero él estaba bastante tibio con ella.

—Hola, perdona, pero hoy no tengo tiempo —le ha dicho como saludo.

—¡No importa! Estaré supercallada.

—¿Sabes?, no podemos llevar chicas a los ensayos. Es una norma. Vete a casa, nos vemos otro día, ¿vale?

Nakadai ha sonreído en señal de disculpa y ha desaparecido en el sótano. La chica lo ha seguido sin vacilación. Me he puesto a caminar tras ellos. Hemos bajado por las escaleras de caracol de hierro. Ya estuve una vez aquí, cuando vine a escuchar cómo ensayaba el grupo de Nakadai. Igual que entonces, las escaleras de hierro emitían sonidos huecos. A la chica delante de mí, con tacones altos, le cuesta lo suyo no precipitarse escaleras abajo.

—¡Oye, de verdad que estaré callada! ¡No estorbaré!

—De verdad que no puede ser.

—Pero ¿por qué?

—Es una norma y punto. Las chicas en la sala de ensayos siempre molestan un montón. Mejor vete a casa, ¡por favor! Luego te llamo.

—Pero no molestaré. Si salimos juntos, ¿no?

Nakadai no ha contestado.

—De verdad que estaré en silencio, ¡lo prometo! ¡Solo quiero estar contigo!

—Oye, en serio que no. ¡Tenemos que ensayar! Nos vemos otro día.

—¿Qué te pasa? —ha gimoteado la chica. Entre tanto, hemos bajado hasta el pequeño pasillo bajo las escaleras. Nakadai ha marcado el código en la puerta, la ha abierto y se ha puesto en el marco para que la chica no pudiera seguir. Tras la puerta se extendía un gran almacén repleto de conservas. En varias ocasiones, he visto a empleados de uniforme, por la mañana, sacando cajas y cargándolas en furgones aparcados delante de la entrada.

—Vete a casa, en serio. Te llamaré.

—¡Vaaa! —ha suplicado la chica—. ¡Por favor, por favor, por favor!

Ya empezaba a resultar pesada.

—Hoy no puede ser. —Finalmente, Nakadai ha cerrado de un portazo en sus narices.

—¡Eh! ¡Abre, por favor! ¿Me oyes?

Dentro se oía una guitarra afinándose.

—¡Eooo!

Ninguna respuesta. La chica ha agitado descontenta la cabeza, ha sacado el móvil del bolso y lo ha intentado llamar. No lo ha cogido. Después de unos quince minutos, ha aparecido otro miembro de la banda.

—¿Qué haces aquí? —le ha preguntado a la chica.

—¿Puedo entrar, por favor? Estaré en silencio, lo prometo. —Lo miraba fijamente con sus ojos intensamente pintados.

—No puede ser.

—Pero… ¡de verdad que no os molestaré! Solo quiero escucharos. Tengo derecho a estar con mi chico, ¿no?

—Oye, déjalo, ¿vale? Luego te llamará.

—¡No es justo! —se ha indignado la chica, pero no le ha servido de nada. Ha esperado en el pasillo unos diez minutos más hasta que ha entendido que realmente no la dejarán entrar. Luego, enfadada, se ha marchado. Tengo la sensación de que a Nakadai empieza a sacarlo de quicio. Parece como que ella intenta apoderarse de él para sí sola. Así no se porta la gente normal.

9

Nakadai no parece enamorado de ningún modo. La gente enamorada sonríe, camina como desmayada y emite buena energía. Nakadai está enfurruñado y se arrastra, parece que le acabe de pasar algo fatal. Está claro que esta chica le absorbe la energía.

No deja de merodear la sala de ensayos, le trae la merienda en una cajita e intenta sonsacarle una invitación para entrar. Literalmente lo acecha, como una araña a su presa. Los compañeros de Nakadai se ríen de ella. Cada vez que la ven, hacen muecas y se dan codazos. Nakadai sufre. Con la expresión de un preso de permiso, recoge la cajita de la chica.

—No hacía falta.

—¡Pero me gusta hacerlo! Si no te gusta, no tienes por qué comértelo. ¡He hecho lo que he podido! También he hecho tus *onigiri* favoritos con atún y mayonesa.

Nakadai no sabe qué decir.

—Pues gracias —suelta, por fin. La chica le mira fijamente con sus enormes ojos realzados con perfilador verde y espera a que la invite a pasar.

—Oye, ya tengo que ir a ensayar. —Nakadai clava la vista en el suelo.

—¡Te esperaré aquí!

—No tienes por qué, estaremos mucho rato.

—¡Vendré a buscarte!

—No, acabaremos tarde.

—No importa, ¡no vivo lejos! ¡Basta que me llames cinco minutos antes de acabar!

—Oye, vete a casa, ¿eh? —Nakadai empieza a bajar las escaleras. La chica ya no lo sigue. Sabe que no entrará a la sala de ensayos. Pero se queda patrullando fuera, evidentemente no tiene nada más que hacer. Se saca *selfies* con la puerta de entrada al sótano.

10

Ya vuelve a estar esperándolo. He bajado para ver su *outfit* del día. Lleva polainas de lunares. Cuando Nakadai la ve, da media vuelta y se dirige en el sentido opuesto. La chica corre tras él. Luego las cosas adquieren una cadencia rápida.

—¡Espérame! ¿Adónde vas? —grita la chica y se tambalea sobre sus tacones altos, hasta me da miedo que se rompa el pie. Cuando pasa junto a los demás miembros del grupo, dos de ellos se intercambian miradas de desprecio.

—Esto no se acabará nunca... —dice uno de ellos, entre dientes. Me echo a correr tras la chica, que se tambalea, y Nakadai, que huye. Cuando los alcanzo, están en una calle adyacente, junto a una máquina expendedora de bebidas, discutiendo.

—¡¿Por qué eres así?! —chilla la chica.

No entiendo la respuesta.

—¿Qué te he hecho?

—Oye, tranquilízate.

—¡Explícamelo! ¿No me quieres?

—No pegamos nada. Yo ya no puedo más.

La chica grita a todo volumen algo que no entiendo.

—¡No grites, por favor!

—¡Solo te interesaba el sexo!, ¿eh?

Nakadai niega con la cabeza.

—¿Tan mala soy?

La chica estalla en un ataque histérico de llanto y se lanza al cuello de Nakadai. Él la empuja como si fuera venenosa. La chica se tambalea y se derrumba en la acera.

—¡Perdona! No quería hacerlo.

—¡No es justo! ¡No es justo!

—Lo siento, pero tú y yo de verdad que no funcionamos... —Nakadai alarga la mano hacia ella para ayudarla a levantarse. Pero la chica solo le da una palmada.

—¡...!

No he entendido lo que ha dicho, pero ha debido de ser algo realmente punzante. Nakadai, sin palabras, se da la vuelta y vuelve hacia la sala de ensayo. La chica llora en el suelo. Tiene el rímel corrido por toda la cara. La ayudo a levantarse.

—Perdone, perdone —repite, y entonces se dirige tambaleándose hacia el metro. Como todos, tampoco ella me ha mirado bien. No se ha dado cuenta de que una europea la ha ayudado a ponerse en pie.

11

Voy hasta la biblioteca y abro un diccionario de palabrotas. Tengo ganas de saber lo que la chica le ha dicho a Nakadai.

Descubro que el japonés no tiene casi ningún insulto como es debido. Solo expresiones como *koshinuke*, que significa «cobarde», o *yowamushi*, «debilucho». Domina la lista *mentecato*.

Repaso las hojas llenas de *tontos*, *bobos* y *locos*, pero ninguna de estas palabras me resulta conocida. Esa chica no le ha dicho a Nakadai ninguna de estas palabras. Ya pienso que nunca descubriré el significado del insulto cuando giro una página y de repente está allí, negro sobre blanco.

死ね!

Significa «muérete».

Sinceramente, espero que este deseo no se cumpla.

PARTE QUINTA

PRAGA

1

Viktor Klíma ha venido a devolver unos libros. La bibliotecaria acababa de irse a almorzar, así que tiene que esperarla en el gabinete. Ha abierto frente a él un libro enorme titulado *Generación de autores de antes de la guerra* y se está liando un cigarrillo.

Estoy colgada en la escalerilla, ordenando los libros en los estantes más cercanos al techo. Me dan pánico las alturas, pero desde que empecé a trabajar en la biblioteca he mejorado bastante. Me siento en el peldaño superior y observo al fantasma debajo de mí. Viktor Klíma está enfurruñado, intentando enconadamente sacar los últimos restos de tabaco del paquete vacío. Luego gruñe. El tabaco se ha esparcido por la mesa. Me meto la mano en el bolsillo y saco una cajetilla de Seven Stars. Quiero tirar a Klíma de su silla con un tiro bien dirigido. Pero los cigarrillos solo pasan volando por encima de él y aterrizan en el suelo. Es que esta aparición es más bien de otro mundo. Viktor Klíma recoge el paquete del suelo. Entonces levanta la cabeza.

—Japoneses, ¿eh? —Se asegura de que voy en serio. Uno no se deshace sin más de una rareza como unos cigarrillos japoneses.

—Quédatelos.

Me los dio Machiko. Si quiero, puede traerme más. Miro desde la escalerilla las greñas del fantasma malsanamente pálido y se me ocurre que podría ser un vampiro. Tendré que volver a hablar de esto con Kristýna. Viktor Klíma saca un cigarrillo de la cajetilla y me devuelve el resto.

—Gracias —gruñe y desaparece en el pasillo. Bajo de la escalerilla y voy a mirar cuánto ha corregido en mi traducción. La página está literalmente roja por las notas. Pero cuando la levanto a la altura de mis ojos y empiezo a leer, de repente fluye de una manera mucho más natural. Klíma domina el checo.

————

Desde el encuentro con la chica en la tienda de pinceles, habían pasado dos años. La olvidé rápidamente. En la vida de un muchacho como el que yo seguía siendo en esa época, existían muchas cosas más importantes e interesantes que comerse la cabeza con la clienta de una tienda de productos de escritura. Solo volví a recordarla cuando, dos años después de la muerte de mi padre, mi madre dejó abierto su despacho. Era el séptimo año de la era Taishō. Yo tenía quince años.

Estaba en el pasillo y, de repente, tuve ganas de entrar. No había estado en el despacho de mi padre desde que él, tan repentinamente, se había ido al extranjero. Literalmente, de un día para otro recogió un par de libros, se montó en un tren y se fue a Kōbe, donde lo esperaba un barco que se dirigía a Europa. Cuando le preguntamos cuándo volvería, no fue capaz de contestarnos, pero prometió que nos escribiría y que nos enviaría regalos. Eso hizo, con regularidad, hasta que murió, tres años más tarde, tras varios días de altas fiebres.

Con cautela, eché un vistazo en el despacho. El tiempo se había detenido en él. Llegué hasta el escritorio, donde se amontonaban los libros que mi padre no llegó a colocar en la librería. En los estantes se veían los agujeros dejados por ellos. No fui capaz de leer sus títulos porque estaban en lenguas extranjeras.

De nuevo me di cuenta de que no sabía nada de mi padre. No había conocido a su hermano mayor, porque falleció en 1893, durante el incendio, pero su hermano menor, que dirigía el negocio familiar, nos visitaba una vez al mes y nos traía dinero para el día a día. Era un hombre sombrío que parecía mucho mayor de lo que era en realidad. ¿Mi padre se le parecía? Casi no lo recordaba.

Cuando Klíma vuelve, me atrapa sentada con la traducción y mirando fijamente a la casilla número once.

—¿Qué pasa? —me pregunta.

—Nada —suspiro—, esta traducción un día me matará.

—Parecía como si quisieras derribar la pared de enfrente con la mirada.

—Es por la casilla. Hemos perdido la llave.

—¿Y te gustaría saber qué hay dentro?

Asiento. Klíma se sienta a mi lado.

—Como si no bastaran todos los enigmas alrededor de Kawashita, encima se le suma una casilla misteriosa.

———

Me senté en la silla alta del escritorio. La mesa tenía cajones al estilo occidental.

—Aquí te has dejado que la mesa era de madera —observa Klíma.

—¿En serio? Ah, sí.

———

La mesa era de madera y tenía cajones al estilo occidental. Me sorprendió que no estuviera cubierta de polvo. Mi madre debía de entrar a limpiar. Pero, por algún motivo, desde la muerte de mi padre no había ni tocado los libros esparcidos.

Sobre la mesa, en un marco, había una fotografía familiar. Mi padre y mi madre llevaban en ella sus mejores kimonos. Mi madre mecía en su regazo a un bebé, probablemente yo.

Mi hermano parecía asustado, debía de inquietarlo que le sacaran fotos.

Junto a la fotografía del marco, sobre la mesa, había una piedra para frotar tinta e incluso una tetera y la taza con la que mi padre bebía té mientras trabajaba. Nadie había tocado tampoco estos objetos. Solo su pincel, que yo recordaba, no estaba en ninguna parte. Los cajones que abrí para ver lo que había estaban vacíos. Alguien se había llevado las cosas de aquí después de la muerte de mi padre.

Cogí el primer libro del montón en la mesa. Era una novela en una lengua extranjera. En la primera página había algo escrito con letra menuda. Me acerqué el libro a los ojos.

De Kiyoko, ponía.

2

—Te he traído algo. —Machiko abre la cremallera del bolsillo en el lado delantero de la funda del contrabajo y saca unas carpetas naranjas. Por un momento, se me ocurre si ha descubierto algo relacionado con Kawashita. Últimamente estoy tan embebida con esto que tengo la sensación de que absolutamente todo el mundo tiene que estar ocupado con él.

—Escribí a mi hermano y me envió esto. —Saca varios papeles de las carpetas—. Así que te lo he imprimido en la facultad y te lo he traído.

Cojo los papeles. ¿Qué me ha imprimido Machiko? Enseguida lo entiendo. Son las fotos que hizo su hermano Akira para los exámenes de admisión a la universidad el año pasado.

—Ventanas y punto. —Machiko se encoge de hombros.

Reparto las fotos por encima de la mesa. De repente, parece como si en la mesa se abrieran agujeros a otros mundos. Me llama la atención la imagen del escaparate de una tienda de ropa por el que se ve a la dependienta pintándose la boca de rojo tras el mostrador.

—¡Pero si no son solo ventanas! Tú no dejas de decir que tu hermano solo fotografía ventanas. ¡Pero no es verdad! Mira, esta es una instantánea interesante. —Levanto al aire la foto en la que un policía gordo de patrulla observa con deleite por la ventana a una camarera vestida de doncella francesa.

—Sí, esta ha salido muy bien. Si te gusta, puedes quedártela.

—Vale, me la quedo. Me la pondré en el tablón de encima de la mesa.

Hay muchas más fotos interesantes. Oficinas fotografiadas a través de las ventanas de rascacielos, los colegas de Akira inmortalizados mientras limpian ventanas a decenas de metros sobre el suelo o gente con cigarrillos apretujada en la cabina acristalada de una estación. Se me pasa por la cabeza qué diría Viktor Klíma de estas fotos.

—Dile a tu hermano que me gustan sus fotos.

—Eso haré. —Machiko sonríe—. Se pondrá contento. Todo halago lo alegra siempre.

Luego nos quedamos en silencio. Machiko mezcla el café y empieza a observar la cucharilla, que tiene una forma curiosa.

—Oye —pregunta entonces—, y Klíma, ¿qué? ¿Qué tal con él?

—Bueno… —Me pongo a pensar—. Estamos corrigiendo juntos mi traducción y pensando qué pasos podríamos dar para enterarnos de algo sobre Kawashita.

—Así que por eso últimamente casi no tienes tiempo.

—Perdona —digo. Los últimos catorce días he cancelado tres citas con ella. Me sabe mal, porque aquí no tiene a nadie más que a mí. Pero Klíma no tiene tiempo si no es por las tardes. Y Machiko durante el día ensaya con la orquesta. Es muy difícil coordinarse para tener tiempo las dos. Además, ahora, en cada minuto libre me informo sobre teoría literaria, encima escribo la tesina y, por así decirlo, no doy abasto.

—No pasa nada. —Machiko agita la cabeza—. Al menos te lo pasas bien con él.

—Bueno, no sé si me lo paso tan bien con él —repito—, pero para mí es importante.

—Creía que Klíma al final está bien, ya que pasáis tanto tiempo juntos.

Es verdad que me he acostumbrado a él. Hay que conceder que es útil. Y, si omito su comportamiento altisonante, colaborar con él a ratos es incluso interesante.

Cojo la fotografía del policía que sacó Akira. Es realmente buena. El policía de uniforme está apoyado en una señal de tráfico, se rasca la cabeza y mira, fascinado, a la camarera de un local cobrando a unos clientes, inclinada sobre la mesa y sacando culo.

3

Viktor Klíma lleva una chaqueta a rayas con las mangas desgastadas. Recuerda a un poeta decadente japonés de la escuela literaria *buraiha*. Quedamos, esta semana ya por segunda vez, en Malá Ryba. Klíma obviamente viene a menudo, porque aquí todos lo conocen.

—He descubierto algo —anuncia al verme—, siéntate, fliparás.

—Yo también he descubierto algo. —Pido una cerveza.

—Yo primero.

—Vale. ¿Qué has encontrado?

—Bueno, varias cosas. ¿Sabías, por ejemplo, cómo se llamaba nuestro Kawashita de verdad? Porque Kawashita, por supuesto, es un seudónimo.

Pongo los ojos como platos.

—Su nombre verdadero era Satoshi Ueda.

—Eso sí que es información —suelto.

Si lo pienso, de hecho es bastante lógico. Ni siquiera daba por hecho que Kawashita se llamara realmente así. Casi todos los autores tienen un seudónimo. Pero, por Dios, ¿dónde ha hallado Klíma el verdadero nombre de Kawashita?

—Escribí a la biblioteca de Kawagoe. ¿Sabías que hay una biblioteca?

—La fundó en 1915 un tal Tatsurō Anbe —asiento.

Ahora es Klíma quien pone los ojos como platos.

—¿Y tú cómo sabes eso?

—Lo encontré gugleando «Kawagoe» en internet. Esto y mucha más información inútil.

—Solo que esto no es una información inútil. —Klíma sonríe—. Porque gracias a este señor en Kawagoe tienen bien documentado todo lo que ha pasado jamás allí. Así que cuando les escribí para preguntar si sabían algo sobre el escritor Kawashita, nacido en 1902, me enviaron un montón de material interesante.

Me muerdo el labio. Podría haberlo hecho yo la primera vez que encontré la mención a la biblioteca. Jo.

—Allí trabaja un tío que debe de ser bastante activo y enseguida me escaneó todo lo que tenía a mano. Tendré que enviarle algo a cambio —dice Klíma y saca de la mochila un montón de papeles—. Así que he comprobado que el nombre de nacimiento de Kawashita era Satoshi Ueda.

—De hecho, es bastante lógico —digo—, el personaje principal de *Los amantes* también se llama Satoshi.

Klíma asiente.

—Parece que la familia Ueda tenía raíces profundas en Kawagoe. Según este papel… —Klíma golpetea una fotocopia en la mesa—, comerciaban con seda ya a finales de la era Edo.

—Así que eran ricos.

—Sí, evidentemente pudieron asegurar una educación digna a sus hijos.

Entonces me da un papel lleno de garabatos indescifrables.

—Los últimos días estoy escarbando en las copias de las actas de nacimiento y de defunción. Puedo decirte que descifrar antiguas actas de nacimiento de la era Meiji no es algo que quieras hacer. No hay forma humana de aclararse. Incluso tuve que molestar al docente ingeniero Pěnkava. El pobre no estaba especialmente entusiasmado. Pero lo desentrañamos. Mira. —Señala al centro de la página.

Clavo la vista donde me indica.

—Para empezar, el padre de Kawashita, parece, era uno de cuatro hermanos. Tenía dos hermanos y una hermana menor. Espera, intentaré dibujártelo. —Klíma coge un lápiz y escribe cuatro nombres, uno al lado del otro.

Ueda Kitarō	Ueda Jasutake	Ueda Takesuke	Ueda Kaoru
上田希太郎	上田保剛	上田武介	上田薫
(1869-1942)	(1866-1915)	(1864-1893)	(1872-1930)
tío de Kawashita	padre de Kawashita	tío de Kawashita	tía de Kawashita

—El hermano pequeño… —Klíma tamborilea en el cuadro—, Kitarō Ueda, dirigió el negocio familiar hasta los años veinte. Pero los importantes son estos dos hermanos. Takesuke, que murió en el incendio de 1893, y Yasutake, el padre de Kawashita, que en 1913 se fue a Europa y murió de no sé qué enfermedad.

—¡Oye! —grito—. ¡No me lo creo! ¡Si yo conozco a Yasutake!

—¿En plan que te lo has encontrado? —Klíma parece no entender. ¿Cómo puede hacer una pregunta tan tonta alguien tan erudito?

—Claro que me lo he encontrado. Ayer en la taberna.

Klíma entrecierra los ojos.

—Lo encontré a partir del tipo que vendía tabaco en Kawagoe. En la web escribieron que habían reconstruido la ciudad juntos. Espera. ¿Cómo se llamaba el comerciante?

Pongo mis carpetas con notas en la mesa.

—¡Bunzō Koyama, se llamaba! En *Los amantes*, literalmente, pone que Koyama Bunzō iba a menudo a visitar al padre del protagonista. Podría haber caído en que el padre se-ría precisamente Yasutake. Soy burra.

—No es fácil relacionarlo. Lo principal es que hemos lle-gado.

Miro al diagrama de la mesa.

—Oye, y esta Kaoru, supongo que será la tía quemada de *Los amantes*, ¿no crees?

—Murió soltera y sin hijos. Parece que tampoco Take-suke llegó a tener hijos. Debió de quemarse aún joven. Pero Yasutake se afanó lo suyo, porque Kawashita era uno de dos hermanos.

Klíma coge el bolígrafo y añade al árbol otros dos nombres.

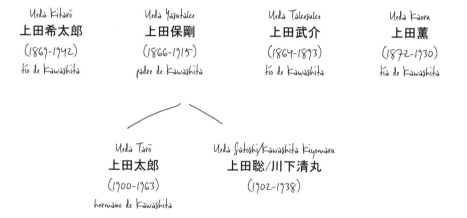

—Y ahora prepárate. —Klíma sonríe—. He descubierto que Kawashita estuvo casado.

Le sonrío.

—Ya lo sé.

4

—¿Cómo lo sabes?

—Bueno, es un poco mi hallazgo. —Le doy una página im-presa de Aozora, el depósito de literatura japonesa en internet—.

¿Te acuerdas de que la última vez dijimos que teníamos que leer las notas de los compañeros de viaje potenciales de Kawashita? Pues esto son las notas de viaje de Yokomitsu. Y mira lo que apuntó en su diario en junio del treinta y seis. Por cierto, salió bajo el título *Apuntes del viaje por Europa*, si te interesa.

La última carta que he recibido era de mi amigo Kawashita. Me he enterado de que se casó el mes pasado. No me lo puedo creer. Kawashita, en los diez años que hace que nos conocemos, no ha hablado de matrimonio ni una sola vez. Tampoco recuerdo que hablara nunca de mujeres. Me gustaría saber qué lo ha llevado a una decisión tan apresurada. Su mujer es Sachiko Kitamura, considerablemente más joven. ¿Quién lo habría dicho de Kawashita?

—Excelente. —Klíma se acerca el texto.
—También he descubierto que Yokomitsu tomó prestado dinero de Kawashita en el veintitrés, porque no tenía nada para comer.
Klíma repasa el texto que le he dado.
—¿Así que Kawashita estaba en Tokio en esa época?
—Parece que estudiaba Literatura en Waseda.
Klíma asiente. Alargo la mano para coger los papeles que ha traído él y miro las viejas actas de defunción de la familia Ueda.
—Oye, ¿y qué es esto?
Klíma levanta la cabeza de las notas de Yokomitsu.
—Es un informe policial del 18 de marzo del treinta y ocho.
Miro de qué trata. Klíma se pone serio.
—Es un poco triste —dice.
Miro la nota que tengo en la mano.
—Kawashita, dos años después de la boda, se suicidó —me cuenta Klíma.
—¿Por qué? ¿Qué pasó?

—Se ahogó. El 18 de marzo por la noche fue visto en la estación. Debió de venir de Tokio. Dicen que se comió un *rāmen* en la taberna de la estación, donde iba siempre que volvía a casa. Lo declararon los dueños del local. Está descrito en el comunicado. Comió, pagó y luego saltó al río desbordado. Se llama Iruma, el río. Lo encontraron por la mañana, clavado en el armazón del puente cerca de Kawagoe.

—Pero ¿por qué se mató? —No lo entiendo.

—No lo sé. —Klíma agita la cabeza.

5

Estoy sentada en el gabinete, mirando fijamente la pared. Delante de mí está *Los amantes*, abierto, pero se me han pasado todas las ganas de traducir. Así que Kawashita se suicidó. No sé por qué me afecta tanto. Realmente tengo la sensación de que se ha muerto alguien a quien conocía bien. Es una paradoja, si pienso en lo poco que sigo sabiendo de él.

———

Empecé a hojear el libro. Me sentía raro, sentado tras la mesa de mi padre, en su despacho, y repasando sus cosas personales. Giré una página tras otra y entonces algo cayó en mi regazo. ¿Un marcapáginas?, pensé. Era una fotografía. La cogí y me la acerqué a los ojos. La foto de una chica en kimono.

La observé con atención. No había duda, yo conocía a esa chica. De repente, recordé con claridad cómo dos años antes la había visto por primera vez en la tienda de pinceles, tapada con un kimono verde e iluminada por los rayos primaverales. ¿Era ella quien había dedicado el libro a mi padre? ¿Había metido ella su foto? ¿Sabía mi padre que tenía esta fotografía guardada en el libro? ¿O fue él quien la puso?

No me acabo de concentrar. En el gabinete, el reloj hace su tic-tac silencioso. Nunca me había molestado, pero hoy me pone extrañamente nerviosa. ¿Por qué saltaría Kawashita al río turbulento? ¿Qué lo atormentaba? Ojalá supiera la respuesta.

———

La chica de la foto sonreía alegremente. Parecía más joven que cuando la conocí. Me miraba amablemente desde una imagen en blanco y negro, en la cara tenía una expresión despreocupada y llevaba un kimono con un patrón de nenúfares. Volví a leer la dedicatoria en la primera página del libro. De Kiyoko. Me gustó.

—¡Satoshi!

Mi madre apareció en la puerta. Parecía que hubiera visto un espíritu. Me escondí la foto en la manga.

—¿Qué estás haciendo aquí? ¡Aquí no se te ha perdido nada!

Me levanté y salí obediente del despacho. Más tarde, ese mismo día, oí a mi madre hablando con mi tía:

—¡Me ha parecido ver un fantasma! Que en la silla estaba mi marido. Y era Satoshi. Empieza a parecerse tanto a él.

—Es verdad. Tarō es más de vuestra parte, pero Satoshi cada vez se parece más a mi hermano.

Marek Trnka entra en la sala.

—¿Jana? —me llama. Alzo la cabeza hacia él—. ¿Se encuentra bien? —pregunta. Asiento—. Está un poco pálida.

—Estoy un poco cansada —digo, sonriendo. No le voy a explicar que estoy hecha polvo por la muerte de alguien que se murió hace setenta años.

—¿Sigue esforzándose con la traducción? —se interesa Trnka. Se lo habrá contado Klíma.

Asiento.

—¿Y por dónde va?

—Como por la mitad. —Me encojo de hombros—. Klíma, quiero decir Viktor, me está ayudando.

Trnka asiente.

—Hoy debería dejarlo ya. No se nos vaya a desmoronar aquí.

6

Afuera está nevando.

Estoy en el patio, fumando. A mi alrededor viene y va en elipses perfectas el doctor Švihal. Cerca de mí, hay un grupo de estudiantes de segundo charlando. Un tipo espigado con coleta agita los brazos.

—Imagínate, acabamos de ver *Los siete samuráis*, y ¿sabes lo que me dice ella?

El grupo niega con la cabeza.

—¡Que eran muchos! ¡Que habrían bastado tres!

Los chicos se echan a reír.

—¡Jana! —me grita alguien desde la puerta del patio. Me doy la vuelta. ¿Será Klíma? Pero no es él. Es Luboš Nouzák. Dios, ¿este ser humano sigue existiendo?

—Jo, ¡es fantástico que esté aquí! —Se lanza hacia mí como un aligátor a su presa—. Justo quería preguntarle si ya ha cenado hoy.

—Sí… —Me da miedo contestar que no.

—Justo aquí en la esquina —continúa Nouzák— hay una tabernilla muy maja, ¡había pensado en invitarla!

—Es muy amable por su parte, pero no tengo hambre.

—¡Es una pena! Me gustaría tratar algo con usted. Concretamente, me gustaría proponerle algo.

Eso sí que no.

—Bueno, si no tiene hambre, podríamos ir un momento a sentarnos al club de estudiantes, ¿qué dice? ¿Tiene tiempo?

Tiro la ceniza del cigarrillo. No tengo ningunas ganas de ir al club de estudiantes con Nouzák. Y no solo es por el hecho de que tengan un café asqueroso. Más bien temo que la penumbra de los espacios subterráneos pudiera incitar a Nouzák a actividades que solo de pensarlas me entra un mareo.

—Bueno… —Tiro la ceniza—. Estoy aquí un poco esperando a alguien.

Nouzák parece decepcionado. Pero se recupera rápidamente.

—Pues podríamos tratarlo aquí, al aire libre.

—Bueno. —Aspiro del cigarrillo—. Supongo que sí.

—No sé si se acuerda de que hace poco le hablé de las novelas eróticas chinas… —empieza Nouzák.

¡Gracias a Dios que no he ido al sótano con él!

—… Y me gustaría saber si tienen algo parecido en la literatura japonesa. Estoy redactando una especie de proyecto subvencionado. Con una colega de Coreanística, investigaremos los motivos similares en las novelas eróticas chinas y coreanas.

Miro fijamente a Nouzák y tomo una calada. ¿Los motivos en las novelas eróticas? Cómo podrían ser, verdad…

—Pues digamos que se me ha ocurrido —Nouzák sonríe— si le gustaría unirse y colaborar con el análisis de alguna obra japonesa.

Pues la verdad que no sé. Por un lado, la literatura erótica tampoco es que me ponga, ni sé si he leído nunca una obra erótica, y sobre todo me comprometería a pasar mi tiempo libre con Nouzák. Y encima con un tema tan delicado.

—Gracias por la oferta, pero me temo… —empiezo. Pero Nouzák me interrumpe.

—¡Puede pensárselo tranquilamente! No hace falta que conteste enseguida.

—Bueno, ¿sabe…? —empiezo, pero me quedo en silencio.

Klíma aparece por la puerta del patio. Lleva al hombro una mochila enorme, atiborrada de libros. La cremallera de la mochila está abierta en una mueca. Lleva sobre la chaqueta un abrigo largo y en la cabeza un sombrero.

—Participar en un proyecto común… —Nouzák no deja de hablar— sin duda le aportaría mucha experiencia.

Quizá una que no me interesa, pienso.

—También es una oportunidad para mostrar lo que tiene. Seguro que le iría bien para el currículum académico. Obtendría una publicación impresa…

Observo de reojo a Klíma cruzando el patio en nuestra dirección. En el centro, literalmente, topa con el doctor Švihal. Perturba su elipsis regular y el doctor Švihal se queda quieto en su sitio, inseguro.

—… Bastaría que escogiera una obra cuyo autor se hubiera inspirado en un motivo original chino, eligiera sus pasajes más interesantes y los tradujera. Luego nos sentaríamos e intentaríamos encontrar cómo corresponden los fragmentos con la pauta y…

Klíma llega hasta nosotros. Repasa a Nouzák con una mirada inquisidora.

—Buenos días —saluda Nouzák.

—Buenos días.

—Hola —digo.

—Creía que estarías en la biblioteca, pero Marek ha dicho que te ha hecho salir. Que no tenías buena cara.

—Ya. Me ha dicho que no le gusto y que tenía que irme.

Klíma suelta una risilla.

—¿Necesitas algo? —pregunto.

—Pensaba avanzar con la traducción.

—Hoy estoy súper hecha polvo. La muerte de Kawashita me ha dejado como chafada.

Klíma se queda aturdido.

—Sí que estás un poco pálida. ¿Has comido?

—Bueno… —intento esquivar la respuesta. Hace unos momentos he rechazado la invitación de Nouzák.

—Vamos al menos a tomar una cerveza.

Titubeo. Al fin, asiento.

—No se moleste —le digo a Nouzák—, su proyecto suena interesante, pero me temo que tendrá que encontrar a otro japonólogo. Ahora estoy hasta las cejas de trabajo, y encima en mi tiempo libre estoy traduciendo una obra realmente complicada… —golpeteo *Los amantes*—, así que no se moleste, pero no creo que me una.

—Vaya —dice Nouzák con una sonrisa—, pues no hay nada que hacer. Pero si cambiara de opinión, ¡llámeme seguro!

—Vale. —Lo saludo con la mano.

—¿Quién era? —me pregunta Klíma cuando salimos de la facultad.

—Un sinólogo. Quiere que colabore con él en un proyecto que estudia los motivos en la literatura erótica.

Klíma hace una mueca.

—Me ha parecido más bien que quería convertirte en una esterilla de oración de carne.

—¿Cómo? —Pongo los ojos como platos.

—Es una famosa novela erótica china de mediados del siglo XVII.

7

Nos sentamos en El Koala Gordo y Klíma pide dos cervezas. He entendido que este local funciona como una especie de santuario japonológico, porque Klíma viene aquí después del seminario a beber cerveza, parece que con Trnka y los demás doctorandos. Cuando nos traen los menús, Klíma pide la sopa más barata que tienen. Asegura que es buena. Así que yo también la pido.

No sé cómo debería empezar la conversación. Si le pregunto si le está gustando *Los amantes*, parecerá como que en todo el mundo no hay nada que me interese aparte de Kawashita.

—No pensaba que te afectaría tanto esta muerte.

—Ya. Es patético, ¿verdad? Es que últimamente he pasado tanto tiempo con él que tengo la sensación como si lo conociera personalmente.

—Pero ya sabías que está muerto.

—Eso sí. Pero no sabía que se había matado. Creía que había muerto de alguna enfermedad o en la guerra.

—Ya, cuesta decir qué es mejor —suspira Klíma.

—¿Sabes?, ahora no puedo dejar de pensar en una cosa —reconozco.

—¿En qué?

—En que Kawashita escogió como seudónimo precisamente un nombre en el que aparecen los signos de *agua* y de *río*. Casi parece que planeara todo el suicidio ya con muchos años de antelación.

—Kawashita Kiyomaru. —Klíma repite el nombre de Kawashita.

—*Río*, *abajo*, *agua*, *círculo*. —Escribo en el aire los signos del nombre de Kawashita.

Nos quedamos mirándonos el uno al otro.

—O cogió el río del nombre de su ciudad natal.

—Que significa «cruzar el río». Lo que no acojona para nada.

—¿Y cómo llegaste al japonés? —me pregunta Klíma cuando nos traen la sopa.

—A los catorce leí *After Dark* de Mura —digo—, y sus escenas de Tokio me capturaron por completo. Luego leí otras cosas, se le sumaron las películas de Kurosawa. Y al final pensé que estudiaría Japonés.

—¿Nada de *anime*? —Klíma levanta las cejas. ¿Acaso todo quisque tiene que llegar al japonés por el *anime*? Está claro que Klíma menosprecia a esta gente.

—No —digo—, conmigo fue en serio por la literatura. ¿Y tú?

—Yo de niño amaba los videojuegos japoneses, sobre todo *Final Fantasy*. Me fascinaba lo complicados que eran los relatos de estos videojuegos. Bueno, luego a los quince encontré *Naruto*, me fascinó, y cuando lo leí me di cuenta de que también podría leer literatura japonesa. Me llamaron la atención las rarezas y extravagancias que se ocultan en ella. Y al final acabé en Japonología. —Klíma se encoge de hombros.

¡Esto es como un puñetazo en la cara! El mayor intelectual de la facultad reconoce su amor a los videojuegos. No me puedo creer lo que oigo.

—¿Alguna vez has jugado al *Final Fantasy*? —me pregunta Klíma.

—No.

—¿No te gustan los videojuegos?

—Nunca he jugado a ninguno.

Klíma me mira incrédulo.

—¿Ni siquiera a *Mario*?

Niego con la cabeza.

—¡Pues es una pena! Deberías corregirlo.

Klíma coge un pan de la cesta.

—¿Alguna vez has estado en Japón? —me pregunta entonces.

Asiento.

—¿Con una beca?

—No —muevo la cabeza—, hace seis años, de turismo. ¿Y tú? ¿Has estado alguna vez?

Klíma niega con la cabeza.

—Pero me gustaría. ¿Cuánto tiempo estuviste, hace seis años? ¿Y dónde exactamente?

—Un mes. En casa del conocido de una amiga que vino conmigo.

—¿En Tokio?

Asiento.

—¿Y qué tal estuvo?

—Bueno… —Me quedo pensando—. Bastante interesante. Pero lo más interesante seguramente fue el tío que vivíamos en su casa.

Klíma levanta la cabeza.

—¿Más interesante que todo Tokio?

—A su modo, sí.

Klíma ladea la cabeza.

—¿No me quieres contar un poco más?

—Lo llamábamos señor Pepa. Era un tío superamable, porque nos dejó dormir en su casa gratis un mes. Pero era un poco raro.

—¿Raro?

—Su frase favorita era: «Esto en Praga no lo veréis». Lo decía delante de cada pagoda, templo, restaurante japonés, la gente que iba en bici por Tokio, el metro, cuando veíamos la televisión, es decir, siempre. «Esto en Praga no lo veréis». Yo cada vez pensaba para mis adentros: «Sí, señor Pepa, ¡lo hemos entendido! ¡No hace falta que nos lo comunique cada vez! ¡Precisamente porque no lo veremos en Praga hemos venido aquí!». Pero no nos atrevíamos a decírselo y fastidiarle el rol de guía que asumió voluntariamente.

Klíma sonríe.

—Lo que más fascinaba al señor Pepa era el hormigón armado —continúo—, lo sabía absolutamente todo del hormigón armado. Cómo se elabora, en la construcción de qué edificios se usa, qué edificio de Tokio es de hormigón armado y cuál no. No dejaba de hacer hincapié en que la embajada checa de Tokio resulta que está hecha de hormigón armado y que, por lo tanto, en caso de terremoto no teníamos nada que temer. Nunca habría creído que alguien pudiera hablar precisamente de hormigón armado tanto rato y con tanto fervor.

—¿Y no le interesaba nada más?

—Bueno —reflexiono—, aparte del hormigón armado, al señor Pepa le interesaban los coches ecológicos, los movimientos de las placas tectónicas y los terremotos. De estos tres temas hablaba cada día, en diferente orden. Ante todo, sobre los terremotos, el señor Pepa se sabía de memoria todo un discurso que cartografiaba los números de fallecimientos por diferentes regiones de Japón.

—Un tipo así realmente lo quieres de guía. —Klíma se ríe.

—Según el señor Pepa, el mayor terremoto de Japón fue en el veintitrés. Murió mucha gente en él.

—No sé si el del noventa y cinco en Kōbe fue mayor.

—No lo sé, no soy una experta. —Me encojo de hombros.

—Tenemos que conseguir los *Recuerdos estremecidos* de Kawashita —dice Klíma, enfurruñado—, porque en él recuerda precisamente el gran terremoto de Kant. De hecho, escriben sobre él casi todos los escritores de la época que vivían en Tokio. Debió de ser algo absolutamente terrible.

—Supongo. Al menos al señor Pepa lo tenía todo loco. No dejaba de tranquilizarnos, la embajada checa de Tokio está hecha para el diez en la escala de Richter, algo que por lo visto aún no ha pasado, así que no hacía falta que tuviéramos miedo.

—No lo sabía.

—Primero soportábamos las charlas del señor Pepa sobre terremotos porque le estábamos superagradecidas por dejarnos estar en su casa. Pero cuando oímos por quinta vez su discurso de que en Japón, a causa de las placas tectónicas, la gente se muere en los terremotos y que nosotros también deberíamos ir con cuidado si vamos en metro de que no nos sepulten los escombros, nos empezó a hartar.

—No me extraña para nada. ¿Cómo vas a ir en metro con cuidado de que no te sepulte nada?

—Exacto. No es muy fácil, ¿verdad…?

—Bueno, en el mundo hay mucha gente rara así. Hay gente a la que, por ejemplo, solo le interesan los perros. Y lo saben todo de ellos. Esa gente me aterra de verdad. —Klíma se estremece.

—Bueno, pero es que lo que te acabo de contar del señor Pepa no es todo ni de lejos. También le encantaban todo tipo de anglicismos que en general no encajaban en el contexto, lo que era un horror. Vivimos el infierno total en la visita al museo histórico, donde el señor Pepa también asumió el papel de guía. Allí tuvimos que escucharle hablando de que en Japón tienen una línea ininterrumpida de *emperors* ya mil años.

—Vaya, no me extraña que lo fascinara. De eso en Praga no tenemos. —Klíma se encoge de hombros.

8

Cuando nos acabamos la sopa, pedimos una cerveza.

—No tenía ni idea de que te gustaran los videojuegos y el *anime* —digo.

—¿Cómo es eso?

—Bueno, no tienes precisamente pinta de consumidor de productos culturales populares.

—Más bien de consumidor de comida barata, ¿eh? —Klíma se ríe.

Me quedo pensativa.

—Y de ratón de biblioteca incurable.

—Y tú tienes pinta de estudiante exageradamente diligente.

—¿En serio?

—Porque te lo apuntas todo en cuadernos curiosos y encima pegas papeles con comentarios. Pero —dice después— hay que admitirte que a su manera es admirable.

—Gracias.

—Y aparte de Kawashita y de Seicho Matsumoto, ¿te gusta algún otro escritor?

—Pues claro. Me gustan muchos autores. Tanizaki, Kawabata, Oé —enumero—; de hecho, he leído casi todo lo que está traducido al checo. Y también muchas cosas en inglés. Mishima, por ejemplo. O cualquiera que tenga a mano.

—¿Qué te gusta de Mishima? —pregunta Klíma, con interés.

—Pues… lo mejor, por supuesto, es *Confesiones de una máscara*. Me fascina el estilo con el que está escrito. Cada frase suya es perfecta. Los párrafos están repletos de reflexiones, todo tiene su sitio, todo tiene su sentido, no desperdicia nada, no hay nada de más.

Klíma sonríe.

—¿Sabías que Mishima publicó *Confesiones de una máscara* después de caer bajo un tren por agotamiento cuando iba al trabajo por la mañana?

—No lo sabía.

—Bueno, seguramente llevaba mucho tiempo sin dormir, porque escribía por las noches. Solo cuando por poco lo mató un tren, su padre entendió que no tenía sentido cortarle las alas a su hijo y le dijo que si escribía un *best seller*, podría hacer lo que le viniera en gana. Así que Mishima publicó *Confesiones de una máscara* y llegó al mundo un escritor genial.

—Siempre que miro las fotos de Mishima me siento como una niña pequeña mirando las ilustraciones de los cuentos de príncipes y princesas. De veras. En la pared de casa tengo su foto que está sentado en un caballo. Debajo, pone: «El escritor disfruta montando». De verdad que parece tremendamente majestuoso. Le enseñé la foto a mi hermana, que antes iba a caballo, y también ella dijo que Mishima era un jefe, porque obligar a un caballo a que haga un *piaffe* no es ninguna broma, mucho menos que uno lo disfrute.

Klíma sonríe.

—¿Y por qué estás metida en el *mystery*?

—Quería hacer algo que fuera capaz de leer en el original. Así que eso me pareció un buen principio. Pero cuando escriba la tesina quiero lanzarme a otra cosa.

—¿Te me vas a meter en la Taishō?

—Antes tendré que hacer algo con mi japonés. Sigo sin saberlo como me gustaría.

—Eso mejorará.

—¿Por qué desprecias tanto las novelas policíacas?

—No las desprecio —se defiende Klíma—, simplemente no me interesan.

—Eso es porque nunca has leído ninguna buena.

Klíma mueve la cabeza.

—Pues vale —dice—, suena a desafío. Aconséjame la mejor novela de detectives japonesa que hayas leído jamás y yo me la leeré. Y veremos si cambio de opinión.

—*Los asesinatos del zodíaco* de Shimada Soji —disparo inmediatamente—, son lo mejor. Pero no ha sido traducido al checo. Espera, te lo apuntaré en un papel.

Saco el bolígrafo.

—¿Fiable y divertida, eh? —Klíma empieza a reírse cuando se fija en lo que pone.

—Me lo dio una amiga. —Me sonrojo. Mejor no le explico que esta cosa debe atraer la energía positiva y los buenos espíritus.

9

—Imagínate —me dice Machiko cuando, después de mucho tiempo, quedamos para tomar un vino—, me escribió mi hermano para decir que vendrá a verme. Incluso ya se ha comprado el billete.

—¿Cuándo?

—A finales de enero. —Sonríe.

—Espero que se quite el maquillaje loco, porque si no, no lo dejarán subir al avión.

Machiko pone cara de no entender.

—¡Joder, él ya no se pinta así! Lo hacía por el grupo cuando tenía diecisiete años. ¡Ahora va normal! Solo es raro por dentro. Dijo que quería buscar inspiración aquí, sacar fotos para usarlas como material para los exámenes de admisión.

—¿Ventanas, otra vez?

—Supongo. —Machiko entorna los ojos—. Él sigue erre que erre. Ya el año pasado le dijeron que para aceptarlo tenía que demostrar que tenía más, pero él no se deja disuadir respecto a su concepto. Dijo que febrero es un mes adecuadamente depresivo y que espera que aquí nieve. Quiere fotografiar edificios nevados, cristales empañados y tal. Ah, y que tengo que preguntarte si conoces algún edificio deshabitado.

—¿Quiere entrar aquí en edificios deshabitados?

—Si no lo llevamos a ningún sitio, se irá él solo por su propio pie. —Machiko se encoge de hombros.

Suspiro.

—De adolescentes nos metimos un par de veces en un edificio medio derruido en Kolbenova. No está permitido entrar, pero nos podrían dejar ver el patio.

—Pues le diré que lo llevaremos allí. Se pondrá contento.

10

El padre de Kristýna ha venido de Sri Lanka. Trae solo dos hábitos, porque no posee ninguna otra pieza de ropa. Estará aquí hasta finales de diciembre. Kristýna se niega empedernidamente a quedar con él.

—De gurú nada, lo que es, es un cobarde. Disfraza su cobardía con una evasión espiritual a un monasterio. En realidad, huyó y punto. Ante sus problemas en la empresa. Y tampoco le molestó tenernos que sacrificar también a nosotros. Ahora va de budista superiluminado. Un idiota.

—Yo creo que deberías quedar con él. ¿Hace cuántos años que no lo ves?

—Pues muchísimos… Mi hermano no lo ha visto desde que entró en primero del insti. Entonces tenía once años, ¿lo pillas? Que mi padre se meta su herencia donde le quepa.

—¿Y qué dice tu madre? ¿No cree que deberías verlo?

—¿Mi madre? —Kristýna lanza las manos—. Cuando fui a preguntarle qué tendría que hacer, me prometió que me tiraría las cartas. ¡Están chiflados los dos!

—Quizá son ellos los que tendrían que verse.

—Tía, no me puedo ni imaginar cómo iría. Se divorciaron porque a los dos se les apareció en sueños un gato que les dijo que sus caminos tenían que separarse. De verdad que no sé qué tendría que pasar para que sus caminos se vuelvan a juntar, ni que sea para un café.

11

Me siento rara. Klíma mira fijamente el libro, yo miro fijamente a Klíma y el *Lector modelo* dormita satisfecho en el estante en el que Klíma lo ha dejado al llegar. Las letras de sus páginas dan vueltas a un lado y al otro mientras el libro se sumerge en el sueño. Ya hemos corregido todo lo que he traducido yo sola y ahora intentamos continuar. Leo el texto original en voz alta, pero es difícil. Klíma me tiene que dar pistas en una de cada tres palabras.

—Tranquila —me dice—, al principio yo también iba a tientas cuando salían las formas antiguas de los signos. Pero cuando luego los ves por tercera o cuarta vez, se asienta y simplemente sabes dos variantes de algunos signos. Solo hay que entrenar.

Una idea aterradora. Me alegro de haber abarcado al menos un lote básico de unos mil quinientos signos y el dato de que Klíma tiene en la cabeza, además, una parte de este lote por dos me horroriza.

—Me recuerda… —Me aparto del libro y me apoyo en el respaldo de la silla— … A la primera vez que leí *País de nieve* de Kawabata. Lo cogí en japonés, todavía no sabía leer bien los textos de los manuales. Pero iba tope de chula y quería leerlo en el original. También está lleno de formas antiguas de los signos.

—¿Y cómo acabó? ¿Te lo acabaste?

—Qué va… No pasé casi ni la escena introductoria del tren. Me pasé todo el tiempo pensando que había un personaje de más. ¿Sabes las famosas escenas con el reflejo en la ventana? Era tan difícil para mí que todo el tiempo pensaba que había otra persona. Y entonces no me cuadraba nada dónde se había ido cuando todos se bajaban del tren. Y no paraba de buscarlo.

Klíma me mira unos momentos y entonces estalla en una carcajada.

———

La chica de la foto me gustaba mucho. Tenía unos ojos fantásticos, la nariz menuda y las mejillas redondas. Parecía de buena familia. De vez en cuando, por la noche, me despertaba y me poseía un deseo compulsivo de mirar la foto. Salía de debajo del edredón y abría el libro de chino clásico donde la había dejado. No sé por qué intuía que no debía quedar a la vista de mi madre.

La foto se convirtió en mi tesoro secreto. Me imaginaba pasando la tarde con la chica. Paseando con ella por la ciudad o sentados en un banco del parque. Comiendo juntos *onigiri* que ella misma me preparaba. Observando juntos los pájaros. O las libélulas del río. Me daba cuenta de que algo había cambiado en mí. Literalmente, me había enamorado de la chica de la foto.

Mientras leo, Klíma busca en el diccionario los significados de las palabras que no conocemos. Por algún motivo, no consigo concentrarme de ningún modo. No hago más que fijarme en cómo pasa el dedo por las páginas del diccionario.

—¿Cómo se lee esto? —Señalo una palabra compuesta al final de una columna.

—Es una forma antigua del signo de *amor*. Deberías conocerlo, no es tan difícil, además se puede deducir.

Me llevé la foto a la cama. En la habitación caía luz de fuera, coloqué la foto de manera que quedara iluminada. La chica ahora parecía casi espectral, toda envuelta en una luz azul.

Sin darme cuenta, mi mano bajó hasta el regazo, debajo del edredón. Miraba la fabulosa cara de la chica mientras mi mano, bajo la colcha, encontraba por sí misma algo a lo que hasta entonces, en mi vida, no le había atribuido mayor significación y que agarró de manera absolutamente natural. Casi como si supiera desde siempre que un día haría eso, empezó a moverse.

Excelente. Tengo la cara roja como un tomate. Klíma debe de estar viéndolo. Por suerte, finge galantemente que no se ha dado cuenta.

—Jo, es como sacado de *Confesiones de una máscara* —dice, pensativo—, sabes, cuando hablamos de esto.

—¿Crees que Mishima lo copió de Kawashita?

—¿Te acuerdas de la escena en la que el chico se pajea encima de la foto de san Sebastián que encuentra en la biblioteca de su padre? —Klíma desarrolla su idea—. Pues es bastante parecido, ¿no? Una cita literaria como una catedral.

—Ya. Quizá con esto Mishima le hizo un homenaje a Kawashita o algo.

—¿Lo acabas?

—Claro. —Vuelvo a fijar la mirada en el libro.

Así fue como llegué al orgasmo por primera vez en mi vida. Sobre la fotografía de una chica que encontré en un libro, en la mesa de mi padre.

Cuando acabamos de traducir, Klíma me da su número y me promete que llamará durante las fiestas de Navidad.

PARTE SEXTA

SHIBUYA

1

El lunes, Nakadai no ha aparecido. Los chicos han ensayado como trío. He estado esperándolo toda la tarde. Pero no ha aparecido. Estoy sentada en la ventana de la tienda de *manga* y fundamentalmente no hago nada más que controlar la entrada al sótano en el que ensaya el grupo. Pasa mucha gente por aquí. De vez en cuando viene una camioneta, se bajan unos tipos con uniformes azules y se llevan del sótano varias cajas con conservas, las cargan y vuelven a irse. Pero Nakadai se ha esfumado. No lo he visto desde que se peleó con su chica.

Haga lo que haga, resuena en mi cabeza constantemente lo que le dijo su chica. «Muérete». Estas cosas no deberían soltarse de ningún modo. Nunca. Las ideas son terriblemente peligrosas si uno no las vigila. Incluso un deseo bien intencionado puede torcerse de mala manera. Cierro el cuaderno y salgo a la calle. Tengo que hacer algo, al menos caminar. O me volveré loca.

Otra vez, quizá ya por centésima vez, resumo aquello de lo que fui testigo hace un par de días. Cuando Nakadai discutió con su chica y ella le dijo que se muriera. No puedo sacármelo de la cabeza. A mi lado pasa un grupo de adolescentes. Solo son un par de años más jóvenes que yo. Se ríen y, entre la oferta de modelos plastificados de comida frente a un restaurante, escogen lo que tomarán para almorzar. Los adelanto y sigo. Puedo ir en cualquier dirección tanto rato como quiera. No tengo que temer perderme. Una y otra vez aparezco junto a Hachikō.

No sé cómo funciona, de hecho. Qué idea se materializa y cuál no. No habrá muchas, porque, si así fuera, el mundo estaría lleno de ideas abandonadas, sobrantes, olvidadas y rencorosas. Y quizá así sea. Quizá funcione como en la lotería. De vez en cuando, una idea se mete en la realidad. Creo que estoy aquí porque tuve el pensamiento adecuado en el lugar adecuado. Y tal vez ayudara a su realización el hecho de que no amenazara a nadie. A nadie le importa que esté aquí deambulando una idea europea y un poco no del todo pensada.

Espero que Nakadai esté bien.

2

Hoy es jueves. Estoy nerviosa como una niña pequeña antes de la revisión médica. Más o menos intuyo que hoy me sacarán sangre. Como si sintiera que desde esta mañana estoy diferente. No sé qué es exactamente. Una premonición de que hoy pasará algo malo.

Por la mañana voy hacia Hachikō. Me siento en el banco frente al perrito de bronce y lo observo con atención. Tanto como lo he odiado todo este tiempo, ahora de repente me importa un rábano. No despierta en mí ningún sentimiento. Tengo otras preocupaciones que las que tenía hace una semana. Antes tenía la sensación de que Hachikō se reía de mí. Ahora me parece que más bien está enfurruñado conmigo. A mi lado, en el banco, se sientan dos chicas jóvenes a tomarse un granizado.

—¡Mamá está rollo capulla! —dice una de ellas—. ¡No me deja hacer nada! ¡No puedo ni ir al cine con Kei cuando me invita! ¡Es horrible! A veces desearía que no estuviera.

Su amiga asiente.

—¡Pues a mí me jode mi hermana! No deja de darme la lata, ¡es inaguantable! ¡Se cree que es la más lista del mundo! De verdad que espero que no le salga bien la entrevista. Eso le enseñaría.

—¡Mamá, mamá, quiero un perro! —suplica un chiquillo debajo de la estatua de Hachikō y tira de la manga de su madre.

—¡¿Qué dices?! ¿Dónde lo meteríamos? ¿Sabes cómo sufriría el perro? Y qué diría papá…, mejor olvídalo ya.

—¡Pero Maru tiene un perro! Si lo puede tener Maru, ¡yo también quiero tenerlo! —suplica el niño.

—He dicho que no. ¡Pórtate bien!

Me levanto y vuelvo hacia la sala de ensayos.

—Ojalá estuvieras aquí conmigo… —Una chica joven sonríe en el cruce mientras habla por teléfono—. Sí, sí, calor como cada año. ¿Cuándo vuelves?

—Por Dios, comería algo —gruñe bajo sus barbas un *salaryman* que pasa a mi lado en sentido opuesto.

—Cuanto suban las acciones…

—Ya podría ser más barato aquí…

—Espero que Kirara se recupere pronto…

—Lo mejor sería si…

—A ver si papá deja de montar el número de una vez y vuelve a casa…

De repente entiendo a todo el mundo. ¿Cuánto tiempo hace que estoy aquí? ¿Dos meses? Dos meses de estudio diario. Aquí todos tienen algún deseo.

3

Por la tarde, no me despego de la ventana de la tienda de *manga*. Nakadai sigue sin aparecer. Ya están todos dentro, pero él todavía no ha llegado. Seguro que le habrá pasado algo. No puede ser de otra manera. No puedo sacudirme de la cabeza esta terrible idea. ¡Espero que la chica no le haya provocado problemas en casa! A las cinco y media, Nakadai aparece por fin. Como si no pasara nada, abre la puerta de entrada al almacén y desaparece en el sótano. Me siento como una loca.

Qué miedo he pasado. Y para nada. Vuelvo al libro que estaba leyendo.

El grupo ensaya más o menos hasta las once y media. Luego los cuatro se tambalean hacia fuera y corren a por el último metro. En Tokio no hay transporte nocturno. Cuando bajo corriendo a la calle, los chicos se están despidiendo.

—Pues el lunes, ¿sí?

—Claro. Que disfrutéis las vacaciones. ¡Y saludos a tu padre!

Luego los cuatro se separan, cada uno en una dirección distinta. Sigo a Nakadai. Tengo claro que no llegaré muy lejos. Pronto acabaré escupida junto a Hachikō. Lleva la guitarra en la espalda y el pelo atado en una coleta. Shibuya está iluminada. Las luces azules, rojas y amarillas brillan unas sobre otras. Uno tiene la sensación de pasear por un caleidoscopio.

Entonces Nakadai se detiene. Se ha acordado de algo. Se rasca la cabeza. Se da la vuelta. Nos quedamos mirando. Por poco me da algo. ¡Nakadai me ve! ¡Me ve! ¿Qué he de decir? En estas semanas he dejado totalmente de poder hablar con gente.

—Hola —suelto. Pero Nakadai no me presta atención. Está enfurruñado y vuelve a dirigirse hacia la sala de ensayos. Seguramente se habrá dejado algo. Por supuesto, no me ve. Si no estoy viva.

Me doy la vuelta y lo sigo.

Nakadai llega a la entrada del sótano y abre la puerta. Enciende la luz del pasillo y cierra tras de sí. Estamos en las escaleras de hierro y Nakadai se queda pensando. Luego se quita la mochila de la espalda y apoya la guitarra en la pared. Un par de kilos más ligero, empieza a bajar hacia la sala de ensayos. Voy con cuidado tras él. La bombilla de las escaleras parpadea. Estamos aquí los dos solos. Las escaleras emiten sonidos metálicos cuando Nakadai pisa. Está claro. Se ha dejado algo abajo.

Cuando llega abajo, Nakadai teclea el código de la puerta y entra en el almacén. Bajo las escaleras tras él. No me encuentro bien. En el pasillo me asalta la angustia. La bombilla parpadea y castañetea. Clac, clac. Clac, clac. Nakadai vuelve. Oigo sus pasos acercándose a la puerta.

Entonces, de repente, se apaga la luz. En el almacén se oye un ruido. Inmediatamente después, unos golpes en la puerta.

—¿Aló? —oigo la voz de Nakadai.

—¿Aló? —digo.

—¡¿Aló?! —vuelve a gritar Nakadai. Pero nadie le contesta. Se oye la puerta agitándose. ¿Habrán saltado los plomos? Si es así, no se podrá abrir la puerta del almacén. No se ve a un paso. Nos ha rodeado una oscuridad negra total.

—¡¿Aló?! ¡¿Qué pasa?! —Lo oigo gritando. No puede salir. Tanteo el primer escalón. ¡Tengo que salir de aquí! O me desmayaré. Me entra el pánico. ¡Estoy aquí sola! ¡A oscuras! ¡No soy una idea! ¡De verdad que me voy a convertir en un espíritu!

Corro hasta la mitad de las escaleras cuando detrás de mí se oye un grito.

—¡Aló! ¿Hay alguien ahí? ¿Aló? ¡¡Ayuda!!

Me detengo. No estoy aquí sola. Nakadai todavía está aquí. Y en una situación significativamente peor que la mía. Oigo cómo me late el corazón. O quizá, abajo, Nakadai esté golpeando la puerta. El pasillo frente al almacén apesta a rancio.

4

Nakadai pide ayuda desde dentro del almacén. Pero, aunque me supiera el código de la puerta, no hay electricidad. He salido a mirar la calle para ver si el apagón afectaba a todo el edificio o a la manzana, pero todo parece normal. Nadie de fuera se ha dado cuenta de que justo en este edificio han saltado los plomos.

Ya me he tranquilizado un poco. He rodeado todo el edificio, pero no he encontrado por ninguna parte ningún cuadro eléctrico, nada que esté relacionado con los plomos saltados.

Abajo, debajo de las escaleras, la oscuridad es total. Cuando agito la mano frente a mí, con los dedos solo palpo el aire.

Nakadai se ha quedado callado en el almacén. Ha entendido que nadie lo oirá desde el sótano.

Quizá la luz vuelva a ponerse en marcha.

5

No tengo ni idea de cuánto rato hace que estamos aquí. Nakadai ha vuelto a pedir ayuda.

—¡Aló! ¡Ayuda! ¡Ayuda!

¡Me he dado cuenta de que la mochila de Nakadai está arriba! Quizá tenga el móvil. He subido las escaleras y la he registrado. He abierto la puerta para que entre al pasillo al menos un poco de luz de fuera. No ha servido de mucho.

He encontrado las llaves de su piso, una sudadera, un envoltorio arrugado de unos bocadillos, una botella de té a medio beber y finalmente también el móvil. Pero, como no conozco el código de seguridad de Nakadai, no he podido encenderlo.

Me siento mal por Nakadai, en el almacén. Pero seguro que alguien empieza a echarlo de menos pronto. Sus padres o sus hermanos. Me siento en el escalón superior. Sé esperar. Llevo tanto tiempo esperando aquí que ni siquiera me molesta. Nakadai, abajo, tiene que estar desesperado.

—¡¡Aló!! —llega amortiguado hasta aquí. Pero lo supera la música de la calle.

6

Está amaneciendo. La calle está desierta, nadie por ningún lado. Al cabo de un rato, aparecen los barrenderos. Empiezan a barrer la acera. Pasan por delante de la puerta abierta del sótano y siguen. Aparecen también los primeros trabajadores de las tiendas. Un par de *salarymen* se arrastran hacia sus casas después de las horas extras. Desayunan en el McDonald's de la esquina. Está abierto veinticuatro horas. Aparecen los vehículos de abastecimiento. La ciudad revive.

Nakadai no grita. Debe de estar durmiendo. Es muy posible que haya perdido el sentido del tiempo. Espero que esté vivo.

Me apoyo en la pared y miro fijamente a un tipo que está metiendo productos en una máquina expendedora frente a la tienda de *manga*. Entonces a mi lado se enciende el móvil de Nakadai. Alguien lo está llamando. Me lanzo hacia el aparato, pero no puedo descolgar la llamada. No hay manera humana. Aprieto los botones de la pantalla, pero el móvil sigue sonando y sonando y no puedo hacer nada. Desde abajo vuelven a oírse los golpes en la puerta. Nakadai está despierto. Debe de haberlo despertado la melodía de la llamada.

—¡¡Ayuda!! —vuelve a intentarlo. Aún gracias que está vivo. En cualquier momento puede venir la furgoneta de la que se bajarán los tipos de uniforme que se llevarán del almacén las cajas con conservas. Entonces liberarán a Nakadai.

Pero, como a propósito, justo hoy la furgoneta no viene de ningún modo. La ciudad revive igual que lo he visto ya un millón de veces.

7

Ya ha pasado medio día y la furgoneta todavía no ha venido. Creo que hoy ya no lo hará. La madre de Nakadai lo está llamando. El móvil suena y suena y me siento fatal. Miro la pantalla del pequeño teléfono verde y no puedo hacer nada.

Claro. Cualquier madre como debe ser busca a su hijo cuando no vuelve a casa por la noche. La ciudad revive, las luces se encienden, la música empieza a sonar y cada vez hay más gente por aquí. A las seis, la madre de Nakadai llama por última vez.

8

Tampoco la mañana siguiente pasa la furgoneta con los tíos de uniforme. Me traería algún libro, pero me parece injusto por Nakadai, que está abajo, solo, sufriendo en la oscuridad. De vez en cuando bajo, pongo la oreja en la puerta cerrada del almacén y escucho si está vivo. Oigo cómo camina por el cuarto, cómo cruje el suelo. Así que está vivo. Quizá haya comido alguna de las latas que almacenan allá abajo. Espero que no tenga mucha hambre.

Hacia mediodía, delante de la puerta se detiene un gato, me dedica una mirada de no entender y luego se va en dirección al parque. Podría intentar rezar en el santuario. Me pongo de pie. Sorprendentemente, no me duele nada. Me dirijo hacia el santuario, rezo y vuelvo. Al volver, no parece que nadie haya dejado salir a Nakadai.

9

¡Se me ha ocurrido una idea salvadora! He arrancado un papel de mi cuaderno y he escrito en japonés:

若い男は角にあるマクドナルドの隣の
ベースに閉じこまられている。

Hay un joven encerrado aquí en la esquina, en un almacén junto al McDonald's.

彼を助けてください。
Ayúdenlo, por favor.

Entonces he salido a la calle con el papel. Cada vez que me encontraba con alguien se lo ponía en las narices. Pero todos se apartaban y nadie me veía.

—Perdón, tengo prisa.

—Perdón, no tengo tiempo.

—Lo siento, no quiero nada.

Finalmente, he vuelto, sin éxito. Nakadai sigue dentro. ¡*Mecagüen* todo! ¿Tengo que quedarme aquí y soportar en silencio cómo sufre allí abajo? ¿En serio que no puedo hacer nada por él? Empiezo a odiar seriamente mi existencia. ¡Soy absolutamente inútil! ¡No puedo hacer nada! ¡No sirvo para nada!

10

Un rayo de esperanza ha relucido para Nakadai después de mediodía. De la nada, han aparecido en la puerta del pasillo dos zapatos verdes de tacón alto, una enorme falda rosa y una cara naranja. Era su novia. O, mejor dicho, su ex.

Ha mirado en el pasillo. Debe de haberle extrañado la puerta de la calle abierta. Entonces ha visto la guitarra y la mochila echadas en el suelo. Ha entrado con cuidado.

—¿Aló?

Ninguna respuesta. Nakadai debía de estar durmiendo abajo.

—¡¡Aló!! —ha vuelto a intentar la chica.

«Por Dios, ¡despiértate! ¡Despierta!», he pensado.

—¡Aló! —ha vuelto a intentar la chica.

Entonces se han oído unos golpes desde abajo.

—¡AYUDA! ¡Dejadme salir! ¡Estoy aquí encerrado! ¿Quién es? ¡¡Aló!!

La chica ha dado varios pasos en dirección a las escaleras.

—¡¿Quién es?! —ha gritado.

—¡¡Ayuda!! —ha gritado Nakadai abajo.

—¿Akira?

—¿Mieko? ¿Eres tú? ¡Estoy encerrado! ¡No puedo salir! ¡Pide ayuda, por favor!

Mieko ha saco el móvil del bolsillo, ha titubeado y ha vuelto a guardarlo. Yo no podía entender por qué vacilaba. Cualquiera habría actuado enseguida. Pero Mieko se ha apoyado en la pared y ha empezado a ocuparse de la uña artificial de su pulgar derecho.

—¡¿Cuánto tiempo llevas aquí?! —ha gritado hacia abajo.

—¡No lo sé! ¿Medio día? ¡Me parece una eternidad! ¡Me encuentro fatal!

¿Medio día? ¡Pero si ya lleva dos días encerrado abajo! Ha debido de perder completamente la noción del tiempo. Mieko ha agitado la cabeza.

—¿Sabes que la última vez te portaste muy feo conmigo?

No podía creer a mis oídos.

—¿Qué dices?

—¡Que te portaste feo conmigo! —ha gritado Mieko escaleras abajo.

—¡Lo sé, perdona! ¡Por favor, llama a alguien para que me dejen salir! ¡Llama a alguien del grupo! ¿Oyes?

—No sé si puedo… —Mieko se ha metido las manos en los bolsillos— … meterme en asuntos de vuestro grupo.

—¿Cómo?

—De hecho, ni siquiera sé si realmente estás allí abajo. Quizá solo sea un sueño. Ni siquiera puedo bajar a comprobarlo, porque *no tengo permiso* de bajar.

—¡Mieko, no digas tonterías! Necesito que me ayudes. Mi móvil está arriba, en la mochila, llama a los chicos, ¿oyes?

—¡Pero si no tengo tu código!

—¡Uno, cinco, siete, cinco!

Mieko ha mirado a su alrededor.

—Antes no me lo habrías dicho, ¿verdad? —ha gruñido para sí misma. Ha cogido el móvil y ha tecleado el código. Pero en lugar de llamar a alguien ha empezado a repasar las fotos de la galería de Nakadai. Luego ha vuelto a dejar el móvil en la mochila.

—Quizá dentro de un rato —ha refunfuñado para sí misma.

Y se ha marchado.

11

¡¿Será burra?! ¿No se da cuenta de que esto no es ninguna broma? Nakadai la ha seguido llamando unos buenos diez minutos. Luego se ha rendido. Seguramente haya empezado a tener dudas de si ha sido un sueño. De verdad que ya no se me ocurre nada que pueda hacer yo.

He cogido el móvil y he pulsado el pin. Pero no se ha abierto.

Las máquinas de este país realmente no me quieren.

12

Mieko ha vuelto unas dos horas después.

—¡Aló! —ha gritado escaleras abajo.

—Mieko, ¿estás ahí? ¿Has llamado a alguien?

—¡Todavía no!

—¿Por qué no? ¡Necesito salir!

Mieko se ha sentado en un escalón y se ha metido un caramelo en la boca. En este momento ha empezado a sonar el móvil de Nakadai. En la pantalla, ha vuelto a aparecer el pequeño teléfono verde y debajo la palabra *mamá*.

—¡Alguien te está llamando!

—¡Cógelo!

—¡Te está llamando mamá!

—¡Pues cógelo, por favor!

—¿A cambio de qué? —ha preguntado Mieko.

No me podía creer lo que estaba oyendo.

—¿Qué? —se ha oído a Nakadai desde abajo.

—Si lo cojo, ¿seguirás conmigo?

Desde el almacén ha sonado un silencio sepulcral. Creo que Nakadai acaba de entender que está tratando con una psicópata. El móvil seguía sonando desde arriba de las escaleras.

—¡¿Sí o no?! —le ha gritado la chica.

—¡Sí!

—¿Lo prometes?

—¡Sí! ¡Lo prometo!

—Es que no te acabo de creer… —La chica se ha encogido de hombros. El móvil seguía sonando.

—¡Lo juro! ¡¡Lo juro!! —ha gritado Nakadai desde el almacén—. ¡Descuelga!

Mieko ha agarrado el móvil.

—¡Vale! ¡¡Descuelgo!!

Y por fin ha apretado el botón verde.

—¿Hola? ¿Hola? —Desde el móvil se oía la voz asustada de una mujer. Pero Mieko no ha contestado. Ha puesto el dedo sobre el micrófono para que la persona que llamaba no oyera lo que decía y ha gritado hacia el almacén—: ¡Que lo sepas, no te creo! ¡Tendrás que convencerme! ¡Volveré dentro de un rato!

Entonces Mieko ha puesto el móvil en la mochila de Nakadai y ha cerrado la puerta. Me he lanzado hacia él. Quizá no pueda llamar yo a nadie, pero todavía no he intentado coger una llamada entrante.

—¡Hola! ¡Hola! —he gritado al móvil.

—¡Hola! ¡Akira!

—¡Ayuda! —he gritado al móvil.

—¡Akira! Akira, ¿dónde estás?

—¡En la sala de ensayos! ¡No puede salir! ¡Ayuda! —he gritado.

—¿Dónde?

—¡En Shibuya! ¡En Shibuya, al lado del McDonald's! ¡Venga! ¿Hola?

Se ha oído el pitido odiado y se ha interrumpido la conexión. He cogido el móvil y me lo he apretado a la frente. Esperaba que la madre de Nakadai me hubiera oído. Que le hubiera llegado dónde estaba encerrado Nakadai.

13

Más o menos al cabo de una hora ha venido corriendo una mujer con el pelo desarreglado, sin titubear ha bajado las escaleras sin luz y ha empezado a intentar abrir la puerta del almacén.

—¡Akira! —ha gritado, mientras la golpeaba.

—¡Mami! —ha dicho Nakadai, desde dentro.

—¿Estás aquí?

—¡Me encuentro fatal!

—¡Aguanta!

La mujer ha llamado a una ambulancia y a la policía. Antes de una hora, Nakadai estaba fuera. Cuando se lo estaban llevando, tenía la cara blanca como un espíritu. Si fuera así a un concierto, no tendría que pintarse para nada. Solo que no acababa de estar como para ir a ningún sitio. Más que ir él solo, lo llevaban.

Los de la ambulancia le han puesto una manta encima, lo han metido en el vehículo y se lo han llevado. Los policías han asegurado a la madre de Nakadai que investigarían el caso. Pero le han explicado que seguramente se trate de un accidente sin responsabilidad ajena. Un error hasta ahora desconocido ha provocado un cortocircuito en el distribuidor eléctrico, a causa del cual se ha producido una interrupción de la corriente en la parte subterránea del edificio. Mala suerte que el dueño de la empresa justo haya dado el fin de semana libre a sus empleados.

Mieko ha venido más o menos media hora después. Se ha inclinado sobre las escaleras y ha gritado:

—¡Aló! ¡¿Sigues aquí?!

Pero nadie le ha contestado. Cuando estaba asomándose sobre las escaleras con sus tacones altos, me han entrado mil ganas de empujarla. Sería sencillísimo. Bajaría volando y no llegaría ni a darse cuenta de que estaba cayendo. Y a mí realmente nadie me condenaría por un asesinato. Todos pensarían que se ha tropezado sobre sus zapatos inestables.

—¡Akira! ¡Contéstame! —ha vuelto a intentar Mieko. Silencio.

Bastaría darle un golpe pequeñito. Empujarla un poquitín. Del resto se encargaría la gravedad. La chica sin duda se merecería que le partieran la boca.

—¡Akira! ¡No hagas ver que no me oyes! —Mieko ha palpado el interruptor y ha intentado encender. Pero la luz seguía sin funcionar.

Ha empezado a bajar las escaleras. Se tambaleaba en sus tacones altos y, escalón a escalón, se sumergía en la oscuridad. Me he ido tras ella.

—¡Akira! —gritaba—. ¿Sigues ahí?… ¡AKIRA! ¡¿Qué pasa contigo?!

Ha empezado a temblarle el labio superior.

—¡ALÓ! ¡¿Me oyes?!

Solo le respondían sus propios pasos, que resonaban mientras bajaba por la escalera de hierro, cada vez más abajo, al almacén.

—¡¿Estás vivo?! —ha chillado al final, y ha empezado a buscar el móvil en el bolsillo. Finalmente ha entendido lo grave que era la situación en la que se ha encontrado Nakadai todo ese tiempo.

—¡Akira, aguanta! ¡Estoy pidiendo ayuda! —Ha intentado teclear el número en el móvil, pero el aparato se le ha resbalado de la mano. Han sonado unos golpes metálicos mientras caía por las escaleras.

—¡Joder! —ha gemido Mieko. Se ha tambaleado hasta abajo y ha empezado a arrastrarse por el suelo. Se esforzaba en recoger los trozos del móvil desmontado y juntarlos. Las manos le temblaban como si acabara de asesinar a alguien. Entonces ha entendido que, a oscuras, no conseguiría armar el móvil.

—¡Akira, aguanta! ¡Voy a buscar a alguien!

Finalmente se ha dado cuenta de que el ala derecha de la puerta estaba salida y apoyada en el muro de la entrada al almacén. Se ha incorporado, confundida.

—¡¡Aló!!

Nadie le ha contestado.

—Akira, ¿sigues aquí? —Mieko ha echado un vistazo hacia dentro.

En la penumbra, solo la miraban las filas de latas ordenadas en palés. Mieko ha dado varios pasos en el almacén y ha mirado insegura a su alrededor.

—¿Hay alguien aquí? —ha preguntado. Su voz se ha extendido por el espacio y luego ha vuelto en un eco.

—Solo yo —he dicho.

Mieko se ha estremecido y se ha dado la vuelta. Yo estaba de pie, cerca de ella. Una europea rubia en un sótano oscuro. Mi cara, el pelo suelto y los brazos blancos se elevaban en el aire, mientras que mi cuerpo, con la camiseta de tirantes oscura, desaparecía en la oscuridad.

—Estoy aquí —he dicho en japonés. Mieko ha chillado del terror. Se ha dado la vuelta y ha empezado a huir hacia dentro del almacén. Después de un par de pasos, se ha tropezado y se ha caído al suelo.

Me ha lanzado una mirada aterrorizada. Tenía los ojos como platos y la boca abierta. Me ha sorprendido que me viera. En todo el tiempo, es la primera vez que alguien me ve.

Quizá haya sido porque a mi alrededor no había nadie más. He dado dos pasos en su dirección.

—¡No! ¡No! —Ha esgrimido sus brazos frente a ella y ha intentado ponerse de pie. Pero las rodillas magulladas han rescindido su servicio.

—¡No! ¡No, por favor! —Ha empezado a arrastrarse entre las filas infinitas de palés. Yo iba lentamente tras ella.

—Lo has dejado morir —he dicho.

—¡No! ¡Por favor! ¡Yo no quería!

—¡Te he visto!

—¡No! Yo... —La voz de Mieko ha fallado. Con las manos tanteaba en la oscuridad. Buscaba algo a lo que agarrarse. Algo con lo que defenderse. Pero por todas partes solo había latas de atún. Largas e infinitas filas de latas metálicas.

—Lo has dejado solo en la oscuridad.

Mieko ha intentado sacar una lata de un folio de plástico. Seguramente quería tirármela. Pero no lo ha conseguido. Solo se ha partido las uñas artificiales. Finalmente, se ha acurrucado en el suelo bajo un palé y ha empezado a llorar ruidosamente. He llegado hasta ella.

—¡Lo siento! ¡Yo no quería! —Se ha cubierto la cabeza con las manos como si estuviera esperando a que la golpeara. Me he agachado hacia ella. De debajo de su pelo rizado, me miraban dos ojos llorosos.

—¿Quién... es usted?... —ha dicho Mieko.

—La Justicia —he dicho. Ha sido la primera palabra que me ha venido a la mente. Mieko ha empezado a gritar con todas sus fuerzas. El almacén se ha llenado del grito, que rebotaba en las paredes y las latas de vuelta a nosotros y de nuevo a las latas.

Luego se ha encendido la luz del almacén.

15

Cuando he visto a Mieko arrastrándose cada vez más adentro, hacia la oscuridad, me he dado cuenta de lo asustada que estaba. De repente, se me ha pasado la rabia. No tenía sentido golpear a esta chica. Igualmente, tampoco podría. No he pegado a nadie en mi vida. He pensado que, en lugar de eso, le daría un pequeño susto. Eso debería de enseñarle.

Las bombillas encima de nosotros se han encendido y han iluminado a Mieko, que seguía protegiéndose la cabeza con las manos.

—¿Aló? —He oído una voz de hombre. En la puerta del almacén ha aparecido un tipo con mono. Probablemente el técnico que venía a arreglar el problema de la electricidad. Ha debido de oír el grito de Mieko. Ha buscado por las filas de palés atiborrados de conservas. Luego ha visto a la chica acurrucada bajo uno de ellos.

—¿Señorita? ¿Está usted bien? —Se ha puesto a correr hacia nosotros. Mieko no dejaba de protegerse la cabeza con las manos. Él ha intentado ponerla en pie, pero recordaba a una figura de papiroflexia. No había manera de enderezarla.

—¡Señorita! Todo está bien, ¿me oye?

Mieko no parecía percibirlo.

—Ya ha pasado todo, ¿me oye? ¿Qué está haciendo aquí abajo?

Por fin ha conseguido poner a Mieko de pie y apoyarla en los palés detrás de su espalda.

—¿Ya se ha ido? —ha dicho ella.

—¿El qué se ha ido? —ha preguntado él. Ella lo ha mirado con los ojos llorosos.

—La Justicia.

El hombre ha supuesto que la chica no estaba entera y, sin preguntarle nada más, se la ha llevado a la calle. Allí, la ha apoyado en la pared y le ha dado azúcar de uva. Lentamente, ha vuelto el color a su cara.

—¿Ya está mejor? —ha preguntado entonces.

En lugar de asentir, Mieko se ha puesto a llorar.

—¡Señorita, no llore! —ha dicho él, asustado—. ¡Ya está todo bien! ¡No pasa nada! Solo tiene una herida en la rodilla, ¡en nada se curará y estará como nueva!

Pero Mieko negaba con la cabeza y las lágrimas seguían cayendo por sus mejillas.

—Este almacén parece maldito —ha dicho el hombre, enfurruñado—, primero se llevan de aquí a un chico medio muerto y luego la encuentro medio muerta a usted.

Solo entonces Mieko ha levantado la cabeza.

—¿Medio muerto? —ha dicho—. ¿Así que está vivo?

—¡Pues claro que está vivo! —ha dicho el tipo, sonriendo—. Pero se ve que al pobre se ha librado por poco. Llevaba aquí encerrado desde el jueves, el pobre.

16

Voy por la calle y me siento como una idea muy fuerte, muy asertiva. Las últimas semanas no he hecho más que pensar en cómo llegar a casa. Pero si lo hubiera conseguido, Dios sabrá cómo habría acabado lo de Nakadai. Y luego dirán que las ideas no pueden cambiar las cosas. ¡Al contrario!

Seguramente, en el tiempo que llevo aquí, me he convertido en una idea de salvación. Quizá por eso haya conseguido sacar a Nakadai del almacén. Quién sabe. Solo sé que esa vez, al lado de Hachikō, deseé quedarme aquí y vivir algo más. Y si no lo hubiera deseado, Nakadai ahora podría seguir metido en el almacén.

Si mis ideas de pasar un tiempo en Japón fueron tan fuertes como para que me quedara aquí clavada, seguro que algún día vuelvo. Y cuando vuelva, seguro que me encuentro a mí misma. Y luego ya no seré solo una idea perdida. Seré una idea encontrada. Y eso sin duda es positivo. Hasta entonces, queda bastante. Al menos podré acabar mi novela.

PARTE SÉPTIMA

PRAGA

1

La Navidad ha sido igual que cada año. Machiko no la celebra, pero al menos hemos ido a tomar un café. Me ha dicho que en enero tendrá muchos conciertos, así que no para de ensayar Vivaldi. También ha hablado sin parar de las ganas que tiene de ver a su hermano, que vendrá pronto.

Durante las Navidades, Klíma no me ha llamado ni una sola vez. Probablemente haya pasado todo el tiempo con su familia. Está haciendo su propia investigación y se acerca el periodo de exámenes, así que seguramente haya dejado a Kawashita en una vía secundaria.

—Por Dios, pues no te ha llamado un par de días… —Kristýna agita la cabeza—. Eso no significa que pase.

—Ya lo sé —digo y suspiro—, pero esperaba que durante las vacaciones avanzáramos al menos un poco.

—Cuando vuelvan a empezar las clases, te llamará, ya verás. Quizá tenga novia y tenga que dedicarse a ella.

Pues eso no se me había ocurrido. Curioso. Sin embargo, es una idea del todo lógica. Klíma nunca ha hablado de ninguna novia, pero eso no significa que no tenga una. Kristýna rompe con la cucharilla el hielo en el vaso de limonada.

—Oye, y tú padre, ¿qué? —le pregunto—. ¿Os visteis al final? ¿O sigue en Praga?

—Sí, sigue aquí. No para de llamarme —dice Kristýna, resignada—, se cree que si muestra interés por mí una vez cada diez años me pondré como una moto y correré a saltar entre sus brazos. Pero se equivoca asquerosamente.

—¿Y cuándo vuelve a Sri Lanka?

Kristýna se encoge de hombros.

—Oye, me da igual. Yo de verdad que no necesito quedar con él. En serio que no sé por qué iba a hacerlo.

—¿Y ya se ha visto con tu hermano?

—Sí, vino superdisgustado. Mi padre todo el rato le estuvo hablando solo de que repartiría entre nosotros los restos de su herencia y de qué le tocaría a cada cual. Eso es lo que quieres oír cuando tienes diecisiete años y llevas más de cinco años sin ver a tu papi… Mi madre dijo que mi padre siempre ha sido así, que no tiene ni una gota de sensibilidad y que no se convertiría en monje ni para atrás. Y luego se fue a pulir sus piedras mágicas.

2

La idea de que Klíma tiene novia, no sé cómo, no se me va de la cabeza.

Yo de momento solo he salido con dos chicos y en los dos casos acabó mal. El primero era matemático y no había manera de que se entendiera con mi padre. Yo me balanceaba constantemente entre ellos y le explicaba a uno o al otro qué quería decir el segundo o el primero. Cuando mi hermana y yo traemos a alguien a casa, mi padre no titubea e inmediatamente lo obsequia con un elegante mote. A este lo llamaba Petete. Cuando Petete y yo cortamos y llegué a casa llorosa, mi padre reaccionó abriendo una botella de champán y dándome a leer el guion de *Las mejores intenciones* de Bergman.

Mi segundo chico era un portero de *hockey amateur* siete años mayor que jugaba en la Liga de los Estanques de Mělník. Para mi padre, Patinador Artístico. Me gustaba que no me diera órdenes ni me prohibiera nada y que me dejara hacer todo lo que yo quería, lo que fue fantástico hasta el momento en que empezó a olvidarse de mi cumpleaños, y finalmente incluso de la Navidad. Me supo bastante mal.

A mediados de enero, encontré en la mesa de su casa una enorme caja con un lazo, y al lado un despertador.

—¿Qué es esto? —pregunté.

—Me he dado cuenta de que no te di nada para Navidad, así que quería corregirlo.

Sopesé el despertador en la mano. Era azul, con flores.

—Qué bonito. —Lo dejé sobre la mesa y cogí la caja con el lazo. Pensé que más valía perdonarlo, si finalmente se había dado cuenta de que se había equivocado. A los chicos de vez en cuando la cabeza se les va quién sabe dónde y se pueden olvidar tranquilamente incluso de que es Navidad. Examiné la enorme caja con el lazo.

—Déjala, está vacía. —El Patinador Artístico agitó la mano.

—¿Vacía? —Yo no entendía.

—El despertador iba dentro. Lo he comprado por internet y tenía curiosidad por ver cómo era. Así que lo he desenvuelto. Supongo que no te molesta.

No supe qué responderle. No me decepcionó que en la caja no hubiera algo espléndido o caro. Sino el simple hecho de que me estropeara incluso la estúpida alegría de desenvolverlo. Entendí que ese no era el camino.

3

La mañana siguiente, mi madre encontró la fotografía de la chica en el suelo, junto a mi cama. Me había olvidado de devolverla al escondite del libro de texto. Nunca se me habría ocurrido que mi madre montaría un escándalo así por ella. Se lanzó sobre ella como una fiera sobre una presa herida y en el sitio la despedazó en pequeños trozos. Solté un grito e intenté arrancársela de la mano, pero ya no estuve a tiempo. La cara suave de la chica, hecha añicos, salió volando por la estancia.

Después de romper la foto en pedazos, mi madre empezó a lloriquear histéricamente. Mi tía entró corriendo, debió de pensar que a alguien le había pasado algo, por ejemplo, que yo me había asfixiado mientras dormía. Cuando vio a mi madre tirándose del pelo, al principio no entendió lo que pasaba. Yo me tiré a por los restos de la fotografía que estaban en el suelo.

—Él… ¡tiene su foto! ¡Tiene la foto de ella! —gimoteaba mi madre.

—¿La foto de quién?

—¡De ella! ¡De la bruja!

—Te habrás confundido, seguro, ¿has mirado bien?

Entre tanto, yo estaba recogiendo los restos.

—¡Tráelo! —me ordenó mi tía—. ¿De dónde la has sacado?

No respondí.

—Que lo traigas.

A disgusto, le di la fotografía desgarrada.

—¡Cómo puedes atormentar así a tu madre! —me gritó mi tía. No entendí lo que quiso decir.

—¿Quién es esta chica? —pregunté.

Mi tía me miró de arriba abajo.

—Nadie que te tenga que interesar.

Entonces me entraron ganas de quedar con esa chica.

Cuando no llega mensaje de Klíma ni siquiera por Año Nuevo, le envío un fragmento de la traducción y lo invito a tomar un café.

4

Al día siguiente, después de clase no me dirigí ni al parque ni a casa, sino a la tienda de pinceles. Desde que había entrado dos años antes, no había vuelto, así que tuve miedo de que en lugar del viejo dependiente hubiera alguien nuevo, pero por fortuna mis temores no se confirmaron. Cuando entré, comprobé con alivio que desde la última vez no había cambiado casi nada. El vendedor estaba sentado en medio de la tienda, sobre un tatami, exactamente igual a como lo recordaba. Tuve la sensación de que en los dos años se había quedado pegado a la alfombrilla. Se estaba abanicando y tenía frente a él un libro abierto.

Klíma se enciende un cigarrillo. Tiene el pelo recogido con una goma para que no se le meta en los ojos mientras lee. Me apoyo la cabeza en las manos. No sé qué pasa, que Klíma hoy tiene un aspecto diferente. ¿Quizá le hayan regalado ropa nueva para Navidad? No estoy segura. Seguramente lo haga el pelo recogido en una coleta. Observo cómo se lleva el cigarrillo a la boca, cómo sopla el humo y revisa las palabras en el diccionario.

—Buenos días, joven —me dijo el dependiente—, ¿cómo puedo ayudarlo?

—Yo… —Miré a mi alrededor. ¿Se acordaría el vendedor de la mujer? Sin duda, cada día se alternarían muchísimos clientes. ¿Y si adivinaba que me gustaba la mujer?

—¿Sí? —El dependiente levantó las cejas.

—Tengo una consulta —saqué finalmente y sentí de manera inmediata cómo me sonrojaba. Podría haber dicho que había venido a por tinta. Pero no llevaba nada de dinero.

—¿Y sobre qué? ¿Busca un pincel nuevo? ¿O tal vez papel?

—Busco a una mujer.

El vendedor se removió ligeramente sobre su tatami.

—¿A una mujer?

—Sí. La conocí aquí hace dos años. ¿No tiene alguna idea de dónde vive?

Por la cara del dependiente pasó una expresión de sorpresa, seguidamente alternada por una frente fruncida.

—¿Dice que la conoció aquí hace dos años? Ya hace mucho…

—Se llamaba Kiyoko.

La expresión en el rostro del hombre cambió tras oír el nombre de la mujer.

—¡Ah, la señorita Kiyoko! —asintió—. Por supuesto, viene aquí a comprar regularmente.

—Me gustaría preguntarle algo —contesté—, ¿no sabrá dónde vive?

—Que yo sepa, detrás del río, junto al santuario de Kasuga. Pero está relativamente lejos, joven.

—¿Qué has hecho durante las vacaciones? —pregunto, con el bolígrafo en la boca.

Klíma levanta la cabeza del texto.

—Bueno —agita la cabeza—, más o menos nada. He estado leyendo, he salido un par de veces con los amigos a la taberna, quedé con Trnka y he estado por casa. Y también he traducido un poco.

—¿A Kawashita? —pregunto.

Klíma no contesta. Alarga el brazo para coger la mochila.

—Te he traído algo —dice, y me da un paquete plano envuelto en papel con un motivo de copos de nieve.

—¿Qué es esto?

—Ábrelo.

Parece que Klíma me ha regalado un libro. Desato la cinta. No es un libro, sino placas de papel duro. Las dejo sobre la mesa y las abro. Hay varios papeles escaneados. En la primera página pone, en letra grande:

Kawashita Kiyomaru
Recuerdos estremecidos

—¡¿Qué dices?! —grito—. ¡Lo has conseguido!

Klíma asiente.

—¿Cómo lo has conseguido?

—Un amigo de Waseda por esto se ha pasado todo diciembre yendo a las librerías de viejo de Kanda. Era caro, así que solo lo fotografió con el móvil a escondidas. Pero creo que basta.

—¡Joder, es fantástico! ¡¡Es genial!! —hojeo el texto.

—Lo he traducido detrás. —Klíma se enciende un cigarrillo—. He pensado que tienes la cabeza llena con *Los amantes* y ya ni pensarás en otra traducción. Solo es una versión de trabajo, pero te puede ser útil.

Paso las hojas hasta la traducción de Klíma.

—Vaya, ¡muchas gracias! —Sonrío—. Es increíble.

—Fundamentalmente, son recuerdos del gran terremoto que arrasó Tokio en el veintitrés. Me ha parecido bastante interesante.

—¿Puedo leer un trozo antes de ponernos con *Los amantes*?

Klíma se encoge de hombros.

—Pero no es una lectura muy alegre. Y la traducción es mediocre. Una versión aproximada solo.

Clavo la vista entre las líneas.

Justo estaba sentado con mi amigo Matsuoka en una cafetería de Asakusa. Varios días antes, Kan Kikuchi me había dicho que retocara Los amantes *y propuso aplazar su edición en* Bungei Shunjū *de manera indefinida. No pensé que más modificaciones beneficiarían a la obra, la consideraba acabada, y Matsuoka llevaba una buena hora escuchando mi monólogo sobre que Kan*

Kikuchi no me entendía y que estaba pensando en llamar a otra revista. Entonces el suelo empezó a temblar.

—¿Un terremoto? —Matsuoka levantó la cabeza del café y en ese momento, justo en medio de la sala, cayó la enorme lámpara de araña. Se oyó un grito. No pasó ni medio segundo y el suelo empezó a temblar de tal manera que casi no fui capaz de levantarme de la mesa.

—¡Rápido, fuera! —gritó alguien. Entonces los clientes empezaron a abalanzarse hacia la salida. Los cuadros que colgaban en las paredes, las tazas en las mesas, los vasos tras la barra, los jarrones con flores y la lámpara, en unos momentos todo estaba rodando por el suelo. Tuve la sensación de que la tierra se había abierto justo debajo de mis pies. «Así que esto es el infierno», pasó por mi cabeza.

¿A esto llama Klíma una versión aproximada de la traducción? Pero si está perfectamente pulido.

Me di cuenta de que el edificio se iba a derrumbar. Cogí a Matsuoka de la chaqueta y salimos corriendo hacia la salida. Literalmente, como si alguien me hubiera golpeado la cabeza con un mazo de madera, no pude acertar la puerta. En mi camino había aquí una mesilla de madera, allá una silla tumbada, más allá vi la expresión asustada en la cara de la chica que hacía unos momentos nos había servido el té. Me di cuenta de que caía sangre por la cara de Matsuoka.

—El resto me lo dejo para casa. Pero me has dado una gran alegría. Gracias.

—No me des las gracias.

—En serio que últimamente estás haciendo muchísimo por mí. Tengo un poco la sensación de estar aprovechándome de ti.

—Te estás aprovechando un poquito de mí —asiente Klíma.

Me sorprende.

—Pero solo un poquitín —dice y se ríe—; entre tanto, Kawashita me ha empezado a interesar. Así que no lo hago solo por ti.

Me estiro y le doy un abrazo. La americana de Klíma huele como los libros viejos. Será por cómo está siempre sentado en la biblioteca.

—Gracias de verdad.

Klíma está visiblemente perplejo. Se alisa el pelo.

—Me sabe mal no haberte traído nada. No lo pensé para nada.

—No pasa nada —dice—. Realmente no es un regalo muy bonito. Cuando lo leas, lo entenderás.

5

Después de volver a casa, me tumbo en la cama y me pongo a leer la traducción de Klíma de *Recuerdos estremecidos*.

Por fin conseguimos salir. Cuando nos encontrábamos en la calle, me inundó una ola de terror. No podía coger aire. El aire estaba lleno de polvo, no se veía a un paso. Oía solo llamadas y gritos desesperados. De vez en cuando, de la nube frente a mí salía gente corriendo, sin saber hacia dónde. Soplaba un fuerte viento. Me entró arena en los ojos.

—¡Al templo! —Mi amigo me cogió de la chaqueta y empezó a tirar de mí por la calle. Nos rodeaba un gris ceniciento.

Cuando se acabaron los temblores, la ciudad que conocía había desaparecido. Con cuidado, Matsuoka y yo nos despegamos de la columna bajo la que nos habíamos guarecido. El templo sobre

nuestras cabezas, oculto en una nube de polvo y humo, parecía in-
tacto. A saber por qué a Matsuoka se le había ocurrido refugiarse
precisamente allí. El templo podría haberse derrumbado exacta-
mente igual que cualquier otro edificio de la ciudad. Sin em-
bargo, instintivamente nos llevó justo a ese lugar. No éramos los
únicos que se escondían entre los muros del templo. La gente esta-
ba acurrucada en el suelo, se abrazaba y lloraba, muchos de ellos
gritaban los nombres de los familiares y conocidos que se les ha-
bían perdido en la huida frenética.

Respiro profundamente. Me doy cuenta de que estaba reteniendo
la respiración.

Salí del refugio junto al muro y caminé hacia la bruma blan-
ca y polvorienta de la que, como esperpentos, emergían los
edificios desgarrados. Oí llantos y ruidosos gemidos. A mi iz-
quierda, se agitaba, en espasmos mortales, un caballo, todavía
uncido con su collera. Estaba medio cubierto por una pared de
ladrillos que había caído sobre él. En sus ojos abiertos de par
en par tenía una expresión de locura; con las patas delanteras,
rastrillaba el suelo con sus últimas fuerzas, intentando liberar-
se. Excavó profundos rasguños en el suelo empapado de sangre
debajo de él.

—Por Dios —oí a mi lado. Me di la vuelta. Era Matsuoka,
apretándose un pañuelo sangriento a la herida de la cabeza.
Miramos hacia la calle frente a nosotros. Matsuoka tenía en el
rostro una particular expresión de calma que no cuadraba para
nada con el trasfondo. Más adelante, reconoció que le había pa-
recido que, durante el terremoto, se habían derrumbado todas
las emociones dentro de él. Me explicó que tenía la sensación
como si ni siquiera se encontrara en medio de todo ese horror.
Como si no tuviera nada que ver con él. Incluso ni siquiera se
había sentido amenazado.

A nuestro alrededor corrían varios hombres para apartar madera de la entrada a los restos de un edificio donde intuían que había supervivientes sepultados.

—¡Ayuda! ¡Que ayude quien pueda! —gritaban. Me eché a correr tras ellos y me eché sobre las vigas de madera. Inmediatamente acabé con las manos desgarradas hasta sangrar. Entonces alguien me cogió de la mano. Era Matsuoka. Señaló hacia algún lugar a mi espalda. Me di la vuelta.

—¡Fuego!

Por la calle se acercaban a nosotros altas llamas rojas. Relamían los edificios y se alzaban cada vez más y más. Las casas de madera, que hacía unos momentos se habían derrumbado, empezaron a desaparecer una tras otra en el fuego. Avanzaba increíblemente deprisa.

—¡Al río! —gritó alguien. Los hombres, que solo hacía unos momentos estaban apartando madera, se dieron la vuelta y empezaron a correr. De repente, no sabía qué hacer. Si seguir apartando tablas y esperar encontrar a alguien vivo debajo o huir. Finalmente fue Matsuoka, ya por segunda vez ese día, quien me agarró y tiró de mí para ponernos a seguro. Esa vez hacia el río Sumida. Solo entonces entendí plenamente cómo debió de sentirse treinta años antes mi padre en el incendio que asoló nuestra ciudad.

Pasamos la noche en Nippori. Sobre Tokio pendía un pesado nubarrón que apestaba a quemado. Media ciudad había quedado reducida a cenizas, no era fácil respirar. La ciudad estaba sumergida en la oscuridad. La iluminación pública había sido arrancada de la tierra, estaba doblada y partida. La gente que había sobrevivido estaba sentada en tatamis fuera, en la calle, y cansada, aunque visiblemente alterada, esperando por si la tierra volvía a ponerse a temblar. Tenían miedo y se miraban los unos a los otros, desesperados y con los ojos como platos. Yo recé para que mi familia estuviera bien. Pensé también en mis amigos, Yokomitsu, Kawabata y otros. Por todas partes reinaban el miedo y la tristeza.

Cuando giro la hoja, cae algo sobre mí. «¿Un marcador?», pienso. Pero ¿por qué pondría Klíma un marcador en su traducción? Cojo el papel. ¿Es una foto? Me la acerco a los ojos. Es el dibujo de un hombre en kimono.

El hombre de la imagen lleva un kimono oscuro y sujeta una pluma en la mano. Está inclinado sobre una mesilla japonesa, escribiendo. Tiene una expresión reflexiva en el rostro. Le doy la vuelta a la imagen. En la parte de atrás, con la letra de Klíma, pone: «Kawashita Kiyomaru, 1936». Me pongo de pie, cojo celo y engancho a Kawashita encima de mi cama.

6

Cuando abrí los ojos por la mañana, Matsuoka y yo estábamos apoyados en un trozo de muro roto. El sol brillaba, hacía calor. Era temprano, pero el tiempo hacía pensar que la temperatura subiría por encima de los treinta y cinco grados. La cara de Matsuoka estaba extrañamente blanca. Pensé que se habría muerto por la noche. Pero entonces me di cuenta de que absolutamente todo estaba blanco. Por cómo, sobre los restos de la ciudad, había caído una menuda ceniza blanca.

Nos incorporamos y salimos hacia la estación. Por el camino emergió ante mis ojos un paisaje de muerte. Tenía claro que mucha gente no había conseguido huir de los restos de las casas, pero vi la horrible realidad en un lugar que antes había sido la esquina de una calle. Aquí, entre los escombros, yacían cuerpos quemados. En muchos de ellos, no se podía distinguir si se trataba de un hombre o de una mujer. Todos estaban girados en un sentido, evidentemente de cómo se habían esforzado en huir del alcance de los incendios destructivos. Al día siguiente, me junté con los grupos que ayudaban a limpiar los destrozos. Así, realmente vi cantidades de cadáveres. Sin embargo, la mayor conmoción me la provocó precisamente el paisaje, la escena de terror llena de gente que se había quemado viva. Me di cuenta de que estábamos indefensos ante la naturaleza, y lo estaríamos siempre. La naturaleza no escoge si somos ricos, pobres, cristianos o budistas. Cuando nos da a conocer su poder destructivo, nos golpea a todos por igual.

Durante los siguientes días, conecté con mis amigos y conocidos. La mayoría de ellos había pasado el terremoto sin lastimarse. A Yokomitsu los temblores lo atraparon en una librería de Kanda. Cuando quedamos, me contó una escena irreal de la que había sido testigo. Contó que, cuando salió apresuradamente del edificio vibrante a la calle y vio el infierno que se había apoderado de Tokio, una monja salió corriendo del edificio de enfrente y, con la mirada fija en las nubes de humo en el cielo, se puso de rodillas y empezó a rezar en voz alta en mitad de la multitud que huía. A Akutagawa el terremoto lo alcanzó en casa, comiendo. Estos dos fueron los primeros con los que quedé, así que sus relatos fueron los que más se me grabaron en la memoria.

No llegué a Kawagoe hasta el quinto día después del terremoto. Hasta entonces estuve ayudando a los grupos locales a limpiar los escombros y las consecuencias de los incendios. Temí que también Kawagoe hubiera sido alcanzado por las llamas, pero cuando bajé del tren comprobé con alivio que la ciudad había quedado casi intacta. Mi tío, mi tía y mi madre estaban sanos.

7

En Japón no se puede hacer música como es debido —dice Machiko, suspirando—, es otra razón por la que me largué de allí. Allí todos son superconservadores. Se quedan mirando las notas y lo tocan todo exactamente como tienen que hacerlo. Pero luego nadie puede encontrar ninguna satisfacción en esta música. No hay nada. Ningún alma. Cuando va y alguien dice que tocará diferente a como se espera de él, se encuentra con duras críticas.

»En Chequia es diferente. Aquí todo va de diálogo. La música siempre va de diálogo. Creo que incluso en un concierto, donde el público no puede hablar en voz alta, se produce un diálogo. La música te incita a que pienses en ella, a que reacciones, a que esperes algo, te dejes sorprender cuando suena algo que no esperabas. Tan pronto alguien me dice que tengo que hacer algo de tal manera porque así debe ser, inmediatamente me pongo en contra y lo hago justo al revés. Por eso no puedo vivir en Japón. Cuando vivía allí, tenía la impresión de ser un bicho o algo así. Algo al final de la cadena alimentaria.

»En casa —continúa— tampoco era ideal. Me acuerdo, por ejemplo, de que de pequeña no entendía nada lo que pasaba entre mamá y la abuela. Antes de que papá se fuera a trabajar a Hokkaidō y mamá y yo nos mudáramos a Yokohama, vivimos con la abuela cerca de Yokohama, hasta que cumplí unos ocho años. En cuanto papá se iba a trabajar, la abuela sacaba a mamá a patadas de la cama y le ponía el yugo como a un esclavo. La obligaba a limpiar todo el día, a fregar, quitar el polvo, no la dejaba descansar ni un momento. Y por la noche, cuando se oía la puerta de la casa papá llegaba papá, la abuela le quitaba la aspiradora de la mano y la embutía en el sofá para que pareciera que mamá era una gandula. De niña no lo entendía para nada. Solo después entendí que si me casaba en Japón, podía acabar sufriendo igual que mamá.

Machiko se enfurruña. De repente, me parece que es de otro mundo. Estamos aquí sentadas en la mesa, dos chicas de la misma edad, pero por dentro hemos sido criadas en mundos completamente diferentes. De nuevo me doy cuenta de lo lejos que está Japón. Y de que el profesor tenía algo de razón cuando decía: «¡Sobre todo no se case con un japonés! ¡Son animales!». A lo mejor no se refería de ningún modo a los hombres japoneses, sino a sus madres.

8

―――

¿Qué, ya te has acabado *Recuerdos estremecidos*? —me pregunta Klíma cuando quedamos. Niego con la cabeza.

—He tenido que parar. Emocionalmente, era demasiado exigente para mí.

—Una locura, ¿eh?

Asiento.

—Yo hace un año escribí un trabajo sobre el terremoto para el seminario de historia —continúa Klíma—, y, por ejemplo, descubrí que el nivel de los temblores del suelo fue tan grande que en Kamakura, que está a unos sesenta kilómetros de Tokio, movió dos pies la estatua del Buda que pesa noventa y tres toneladas.

Nos quedamos mirando la traducción de *Los amantes*, pero no nos sale de ningún modo.

—Quizá deberíamos darnos una pausa —propongo—, estamos muy metidos. Nos falta perspectiva.

—Al menos una página más. —Klíma mueve la cabeza—. Me gustaría llegar ya.

―――

El camino era largo y pedregoso. Soplaba un viento frío ante el que no me protegía ni la ropa caliente. A los lados del camino rodaba la nieve. Caminaba a paso rápido, la piel de la cara me ardía por los latigazos del viento. De pensar que Kiyoko tenía que hacer este camino cada vez que iba a la ciudad, se me ponía la piel de gallina. ¿Por qué vivía tan lejos?

Por el camino, me asaltó el hambre. No había comido desde la mañana. Me sonaban las tripas hasta el punto de que consideré rendirme y volver a casa. Entonces ante mí emergió el río. Extenso, amplio y calmado, en un largo meandro junto a los árboles. Esos pocos árboles no conseguían detener el viento frío, que se metía bajo la ropa y mordía la piel. Mientras cruzaba el puente, me castañeteaban los dientes.

Crucé a la otra orilla y miré a mi alrededor. Me parecía haber entrado en un paisaje inhabitado. Nunca había estado allí. No había absolutamente nada. Solo en la distancia, entre los árboles, pude ver un santuario. Y cerca de él había varias casitas de madera, debían de vivir aquí familias campesinas. Pero ¿por qué Kiyoko, que a la vista era una mujer de buena familia, vivía en un lugar así?

«Tía, ¿quién es esta mujer?», me vino a la cabeza.

«Es una bruja que te robará el corazón si no vas con suficiente cuidado. No te acerques a ella. Si te la encuentras en algún sitio, aléjate cuanto puedas».

Klíma hoy está algo triste. Le sirvo vino.

—Oye, ¿estás bien?

Hoy ya hemos bebido media botella.

—Sí.

—¿Ha pasado algo?

—No quiero hablar de ello. —Mira hacia la traducción.

Observo cómo se enfurruña. ¿Qué le habrá pasado? ¿Ha pasado algo entre él y su novia? ¿Han discutido? Quizá a su pava le moleste que Klíma y yo nos veamos tan a menudo. A mí seguro que tampoco me gustaría, si mi novio pasara varias horas por semana yendo de taberna en taberna a sentarse con una compañera de clase, apretado junto a ella sobre la traducción de un libro en un idioma extranjero cuyo valor no soy capaz de apreciar.

Bebo vino. Me gustaría saber qué aspecto tiene la chica de Klíma. ¿Es guapa? ¿Dónde se conocieron? Seguro que no es deportista. No puedo imaginarme a una así junto a Klíma. Qué va, seguro que es algún horrible ratón de biblioteca.

—Esto no lo entiendo muy bien. —Klíma golpetea el papel con el bolígrafo. Miro el texto.

———

Fui hasta la primera casa. Estaba debajo de varios árboles grandes. Tenía las paredes de madera. Cerca de la entrada, una mujer con un kimono desgastado estaba limpiando cazuelas en un cubo lleno de agua helada. Llevaba en los pies sandalias de madera sin calcetines. Parecía ocupada y cansada. Titubeé unos momentos si debía hablar con ella.

—Disculpe —me atreví por fin. La mujer levantó la cabeza envuelta en un pañuelo. Tenía un aspecto cansado.

—¿Sí? —Se enderezó. Me di cuenta de hasta qué punto yo no cuadraba en este lugar. Mi ropa literalmente relucía de novedad.

—Busco a una tal Kiyoko, ¿no sabe dónde podría encontrarla?

La mujer me repasó con una mirada inquisidora. Entonces señaló hacia la derecha.

—¿Crees que es una casa a nuestra izquierda o la tercera casa desde el final?

Miro el texto.

—¿Y no es lo mismo?

—No creo. —Klíma niega con la cabeza.

—Yo diría que es la tercera casa a nuestra izquierda.

———

—La tercera casa a nuestra izquierda —dijo—. Pero seguramente no esté en casa. A esta hora va a ayudar a la ciudad.

Le di las gracias y salí hacia donde ella había indicado. Pasé por delante de una valla de estacas de bambú.

La casa de Kiyoko era algo mayor que las demás. Parecía nueva. En el tejado no faltaba ni una teja. La rodeé por todas partes y eché un vistazo hacia dentro. Parecía que no había nadie. Me senté en un banco frente a la entrada. Si había llegado tan lejos, no pensaba volver. Pero tenía tanto frío que por unos momentos me volví a levantar y empecé a pasear. Quizá no importaría si entraba y me sentaba en el suelo. Dentro, no haría viento.

Miré a mi alrededor. Entonces moví con cuidado la puerta. Detrás solo había barro apelmazado, pero justo después un escalón elevado y el suelo de madera. Se veía el *irori*, el lugar para la hoguera, en el centro de la habitación. Con cuidado entré y me senté en los tablones de madera.

La casa tenía el techo alto, las vigas estaban ennegrecidas, también el suelo de madera estaba oscuro. Junto a las paredes había arcones, en la parte de atrás del cuarto, en la oscuridad, relucía la vajilla y en el centro había una pequeña mesa. Daba impresión de sencillez, pero me di cuenta de que los baúles junto a la pared estaban grabados y que la mampara se veía aparatosa. Como si alguien hubiera cogido cosas de nuestra casa y se las hubiera dado a una familia pobre.

Me apoyé contra la pared. En el barro apelmazado bajo mis pies había alineados varios zapatos de mujer.

9

Fuera hace frío y llueve. La calle está embarrada, mojada y fría. Tanto Klíma como yo tenemos las manos en los bolsillos, yo llevo la bufanda envuelta hasta las orejas. Pasa un tipo con una hamburguesa. El viento sopla hacia mí el olor a carne asada. Tengo hambre.

—Perdona si hoy he sido desagradable. —Klíma da una patada a la grava.

—No pasa nada.

—Me alegro de poder estar contigo.

Inclino la cabeza sin entender. Klíma mira fijamente la acera y no deja de dar patadas a la gravilla. Lleva sus botines usados, seguro que le entra agua. Está pensativo.

—Vivo aquí al lado —dice.

—Qué suerte, no tienes que caminar mucho a la facultad —digo yo.

—Lo que quiero decir es si quieres venir a casa a tomar un té.

Me quedo en silencio.

—Jo, no sé. ¿Qué dirá tu novia?

Klíma no entiende.

—¿Mi novia?

Asiento.

—¡No tengo novia!

Me sorprende. ¿No tiene novia?

—Pensaba que sí.

Klíma niega con la cabeza.

—Pues… es que si me invitas a casa…

—¡No lo decía en ese sentido! —se apresura Klíma—. Solo es que no quiero estar solo hoy. Puedo cocinar algo para cenar y todavía tengo una botella de vino. Pero, por supuesto, si no quieres, no tenemos por qué…

Es raro. A Klíma hoy le pasa algo.

—Nada, perdón —dice cuando no contesto—, ha sido una idea tonta. Está claro que no te apetece, ¿qué ibas a hacer en mi casa, verdad…?, solo se me acaba de ocurrir, no te preocupes.

—No, vamos —suelto.

La curiosidad es más fuerte que yo.

—¿En serio?

—Claro. Tengo ganas de saber dónde vives.

—Pues vamos. —Klíma se dirige hacia el portal detrás de nosotros—. Tengo muchísimo frío.

—Yo también.

10

No pasó mucho rato y oí unos pasos. La puerta se abrió y apareció una mujer joven. Tenía la nariz enrojecida del frío, en la cabeza un pañuelo y sobre el kimono una manta gorda. Al verme, dio un salto del susto. Durante unos momentos pareció que empezaría a gritar. Tuve miedo de que me echara. Me levanté e hice una reverencia.

—Siento mucho haberme metido en su casa. La estaba esperando fuera, pero tenía muchísimo frío.

Me miró fijamente, parecía que no me reconocía.

—Buenos días —dijo—, siento que haya tenido que esperar. Hace frío, ¿verdad?

Cerró la puerta tras de sí y subió al suelo de tablas. Llegó hasta el espacio para la hoguera en el centro de la habitación, encendió la leña preparada y preparó el té. Finalmente se quitó el pañuelo del pelo.

—Pase, por favor —me dijo.

11

—Pasa. —Klíma enciende la luz de la puerta del pasillo y me hace pasar. Enseguida me llega el olor de cigarrillos mezclado con el de comida. Es interesante cómo cada casa huele diferente.

Klíma se descalza y entra en su cuarto. Me quedo de pie en el pequeño pasillo. La americana desgastada de Klíma y varios jerséis cuelgan de perchas. Toco la manga de uno de ellos. Me siento rara.

—Oye, ¿seguro que no pasa nada por que esté aquí?

—Entra.

Me descalzo y entro. Klíma está de pie, en la cocina, mirando la nevera.

—¿Quieres un poco de sopa de ayer? Verdura con eneldo.

—¿No te faltará?

—No, igualmente mañana ya la tendría que tirar. Me la trajo mamá ayer, les sobró a papá y a ella en casa.

Miro a mi alrededor. El cuarto es pequeño y los libros parecen rodar por todas partes. Bajo la ventana, Klíma tiene una placa para calentar comida, una pequeña nevera y un microondas. La mesa de la cocina probablemente también sirva como mesa de trabajo, porque está cubierta de papeles escritos.

—Está un poco desordenado. —Klíma tira los papeles al suelo para hacer sitio en la mesa para el plato.

—No me importa, yo también soy una desordenada incurable. Nunca sale nada decente del orden. Un espacio estéril es horriblemente poco inspirador. Mira a Fleming. Si no hubiera sido un desordenado, no le habrían crecido hongos.

—Es verdad —coincide Klíma.

—En el insti tuve una profe —continúo— que literalmente se deleitaba cultivando moho. En la ventana del despacho había hecho una especie de jardín mohoso con diferentes restos de comida, hasta que la directora se lo prohibió por motivos higiénicos.

Klíma pone el plato frente a mí. Lo huelo.

—Aquí no hay moho —me asegura—, es una receta polaca de mi abuela.

Cojo la cuchara y saboreo. El caldo tiene un sabor particular. Avinagrado pero dulce al mismo tiempo. Lleva eneldo, patata, zanahoria y laurel.

—¿Tu abuela era polaca? —pregunto.

—Sí —asiente Klíma—, mamá es una especie de *mix* del Este.

12

Me levanté y subí al suelo. Estaba desagradablemente frío.

—Usted es Satoshi, ¿verdad? —me dijo la mujer.

—Sí.

—¿No quiere sentarse junto al fuego? —me preguntó y puso junto al fuego una almohada de hierba trenzada. Me senté donde me dijo y observé cómo alimentaba la hoguera. Las pequeñas llamas crecieron gradualmente hasta alcanzar la tetera con agua, colgada del techo de una larga cadena. En poco rato, el cuarto se llenó de un agradable olor a madera ardiente. La mujer se quitó el abrigo. Debajo tenía un sencillo kimono de color marrón claro. Me pareció que debía decir algo. Aclarar de alguna manera la razón de mi visita. Pero no parecía que a esta mujer le interesara.

—Perdone por molestarla —dije.

—No pasa nada —contestó. No sabía qué más decir, así que me senté en silencio y esperé a que me diera la taza con la bebida. Cuando el agua de la tetera empezó a hervir, la sacó del gancho, la colocó en la ceniza junto a la madera ardiente y empezó a preparar el té. Primero enjugó un tazón con agua caliente, en la que hundió el batidor. Seguidamente, echó té en el tazón, vertió agua y lo batió.

—Aquí tiene —dijo cuando me dio una taza de té ya listo.

—Gracias. —Me esforcé en comportarme con la mayor educación, tal como nos había enseñado mi madre a mí y a mi hermano. En su vivienda, me sentía mucho mayor de lo que era. Observé cómo atendía el fuego con movimientos expertos.

—Creí haber visto un espíritu, de tanto que se parece a su padre —dijo, como de la nada.

—¿De dónde conocía a mi padre? —le pregunto.

La mujer levantó la cara hacia mí y se alisó el pelo en la cabeza. Era mayor que en la fotografía del libro de mi padre.

Y sin embargo encantadora, mientras se reflejaba en su cara el fuego llameante.

—Su padre —titubeó— me enseñó caligrafía.

—¿De verdad?

—Sí —asintió—, durante varios años.

Miré a mi alrededor. No era capaz de imaginarme a mi padre dando clases a alguien en un ambiente como este. A todos sus alumnos los traían criadas a nuestra casa. La mujer pareció percatarse de mi expresión incrédula, porque se levantó del fuego, fue hasta la mesilla y trajo de vuelta una larga caja barnizada.

—¿Qué es esto? —pregunté.

—Ábralo.

En la cajetilla estaba el pincel nacarado de mi padre.

—Esto me lo dio su padre de regalo —dijo la mujer.

Cogí el pincel. Me acordé de que de niño tenía expresamente prohibido tocarlo.

13

En la pared de enfrente de la ventana hay una librería abarrotada, debajo un sofá chirriante en el que Klíma supongo que duerme. También aquí ruedan libros. Bajo el sofá hay una guitarra.

—Mis padres nos la compraron a mi hermano y a mí cuando era pequeño.

—¿Y sabes tocar?

—No mucho, no fui a clases. —Klíma niega con la cabeza.

—Seguro que sabes más que yo.

Desde pequeña fui a clases de piano. Pero en casa también teníamos una guitarra, así que aprendí a rasgar un par de canciones. La guitarra de Klíma tiene las cuerdas lejos del diapasón y es realmente difícil de coger. Intento rasgar algo de Joni Mitchell, pero no me sale muy bien.

—Ahora tú. —Le doy la guitarra a Klíma. Este coge el instrumento a desgrado y saca una púa del monedero. Entonces empieza a tocar. Por supuesto, toca mucho mejor que yo.

Apoyo la cabeza en el sofá. Miro por la habitación. Seguramente hace bastante que nadie ha quitado el polvo aquí. Tiene la mesa repleta de papeles, manuales, libros, lápices, y sobre todo esto reina un ordenador enorme y viejo, probablemente no demasiado funcional.

Klíma se inclina sobre la guitarra. Ha olvidado recogerse el pelo, así que lo lleva colgado sobre la cara. Sus dedos pasan por el diapasón. Está sentado en una vieja silla de oficina que chirría horriblemente. Acude a mi pensamiento un poema que escribí en el instituto.

Escribo poemas mientras escucho
cómo tú cantas los tuyos.
Y tengo la hermosa sensación
de que estás solo.

Quedamos dentro de un año en el mismo bar.
Con la misma gente, en el mismo lugar.
E igual que este año, en el que vendrá,
tocarás la guitarra y cantarás.

Klíma deja de tocar. Hay unos momentos de silencio.

—Hoy se han llevado a mi padre al hospital, mamá ha ido con él. Ha dicho que volverá por la mañana.

Me siento. ¡Así que de eso iba todo!

—¿Qué ha pasado?

Klíma agita la cabeza y apoya la guitarra contra la pared.

—No lo sabemos seguro. No tiene por qué ser nada grave. Se ha encontrado mal durante una comida de empresa. Se lo ha llevado la ambulancia. No sabrán nada más hasta por la mañana. Mañana iré a verlo.

—Seguro que no es nada grave —digo.

—Seguro que está bien. —Klíma bebe vino. De repente no sé qué tengo que hacer, qué tengo que decir. Klíma sonríe.

—No quería decírtelo. No quería decírselo a nadie. Pero me alegro de que estés hoy conmigo.

Sonrío.

—Yo también me alegro de poder estar contigo.

Klíma se levanta, saca de una pila de libretas en la mesa una bien gorda y se sienta a mi lado en el sofá, con las piernas cruzadas.

—Te enseñaré algo —dice y busca la debida página.

—¿Qué es?

Son caricaturas. Habrá pintado a toda la gente que conozco. Está el docente ingeniero Pěnkava, el doctor Kadlec, Marek Trnka, los compañeros de clase de Klíma y los míos, el portero, e incluso Luboš Nouzák. Y, por supuesto, yo.

—Joder, no sabía que dibujabas —digo. Miro mi imagen. Me ha captado con precisión. Estoy de pie en la escalerilla de la biblioteca, con aspecto serio. Miramos los dibujos y Klíma se obliga a sonreír. No está para echar cohetes, pero se esfuerza. Está bien que haya venido con él.

14

La mujer me dio un trozo de pescado asado.

—Tiene hambre, ¿verdad? Tome. Me los han dado hoy los pescadores. Están frescos.

—Gracias. —Hambriento, le di un mordisco al pescado—. Y le pido disculpas por causarle problemas —añadí, con la boca llena. La mujer sonrió.

—También le ofrecería sake, pero por desgracia no tengo.

Negué con la cabeza en señal de que no me importaba. De todas formas, el alcohol no me gustaba.

—¿Le habló alguna vez mi padre de mí? —pregunté, por curiosidad.

—Sí. Y de su hermano. Los quería mucho.

—¿De verdad?

La mujer sonrió con tristeza.

—No lo recuerda bien, ¿verdad?

—No, por desgracia. ¿Cómo era?

—Era un hombre muy culto y guapo. Amaba la literatura y ansiaba tener estudiantes entusiasmados a los que transmitir sus conocimientos. ¿Conoce al señor Anbe, de la biblioteca? También él fue alumno de su padre.

—No lo conozco —reconocí—, a mí los libros no me interesan mucho.

—¿En serio? —preguntó la mujer, extrañada—, es una pena inmensa.

—Leer me resulta largo e inútil.

—Seguramente porque no lee los libros correctos —dijo la mujer, pensativa.

—¿Y usted sabe de libros que me podrían gustar?

La mujer titubeó.

—Sí, tengo muchos cuadernos interesantes. Historias de aventuras y un par de historias de amor.

—Las historias de amor no me interesan.

La mujer sonrió.

—Pero las de aventuras podrían hacerlo. —Sacó un cuaderno de un baúl junto a la pared y me lo trajo.

—*Nansō Satomi Hakkenden* —leí el título—, es antiguo.

—Pero interesante. Inténtelo. Se lo presto.

—No sé. —Me imaginé la cara de mi madre si llevara el libro a casa. Seguro que lo despedazaría, igual que la fotografía.

—Puede venir a leerlo aquí, a mi casa —me propuso la mujer—, yo lo ayudaré.

—¿Podría?

—Sí —asintió, pero luego se puso seria—, pero no se lo cuente a nadie, joven. La gente habla mucho y no sería necesariamente bueno para usted.

15

—Resumamos —dice Kristýna, enfurruñada—, porque yo ya de verdad que no lo entiendo. ¿Cuándo exactamente Klíma, un intelectual pesado y presuntuoso, se convirtió en una persona sensible, inteligente e interesante?

Me pongo a pensar.

—En Navidad.

Estamos sentadas en Újezd y Kristýna se está pintando los labios.

—¡Pero si no te has visto con él en todas las vacaciones!

—Precisamente.

Kristýna frunce el ceño y agita la cabeza.

—Y tú estuviste la semana pasada en su casa, no había nadie más y no pasó nada.

—Exacto.

—No lo entiendo. Estuviste en su casa, ¿no? ¡Y se ve que te gusta! Pues esperaría que pasara algo.

Niego con la cabeza.

—No pudo ser. ¡No voy a seducirlo cuando se acaban de llevar a su padre al hospital! Simplemente necesitaba charlar con alguien. Y no dormir con alguien.

—Quizá estuviera deseando que hicieras algo. —Kristýna se encoge de hombros. En mi lugar, ella seguramente no se lo hubiera pensado dos veces. En esto es mucho más directa. Cuando alguien le gusta, se le tira encima. No le importan mucho las consecuencias.

—¿Y su padre? ¿Ya se sabe algo?

—Sí, ayer lo trasladaron de la UCI a una habitación.

—Así que está bien, ¿no? ¿Y qué le pasó?

—Solo un colapso por exceso de trabajo. Pero por seguridad quieren que esté aún un par de días en cama.

Kristýna rompe con la cucharilla el hielo en el vaso de limonada.

—Oye, y tu padre, ¿qué? —le pregunto.

—Es un burro —dice con un suspiro.

—Qué va… —Niego con la cabeza—. Es un monje.

16

—¿Sabes hechizar, Kiyoko? —le pregunté cuando estábamos inclinados sobre el cuaderno abierto. Kiyoko había acercado la mesilla al fuego y me estaba ayudando en las partes que yo no era capaz de leer. Tenía las manos blancas manchadas de tinta. Iba a ayudar a la biblioteca, donde pasaba días enteros transcribiendo textos antiguos.

—¿Hechizar? —ladeó la cabeza, sin entender.

—Sí. Dicen que eres una bruja.

—¿Quién lo dice?

—Mi madre. Y mi tía.

Kiyoko inclinó los ojos.

—Pues será verdad.

—¿Me haces algún hechizo?

Kiyoko se quedó pensativa. Entonces sacó la lengua y se lamió la punta de la nariz. Puse los ojos como platos. Resultaba tan cómica que no pude evitar reírme. Nunca había visto a una mujer haciendo tonterías como esas.

—¡Pero eso no es ningún hechizo! —protesté.

—Sí que lo es —insistió Kiyoko—, he hecho que sonrieras.

Kiyoko tenía veinticinco años y vivía sola. Su padre había muerto cuando era pequeña, su madre en verano, hacía menos de un año.

—Me llamo Kiyoko —me dijo cuando fui a visitarla por segunda vez, y puso sobre la mesa un papel y un pincel. Miré cómo preparaba la tinta.

—*Kiyoko* —repitió— se escribe con los signos de *puro* y *niño*. El primer signo incluye el *agua*. Me llamaron así porque nací durante un incendio.

—¿De verdad?

—Sí. Mi madre empezó a parir cuando nuestra casa fue asaltada por las llamas. Pero sobrevivimos. Por eso me llamó Kiyoko.

Kiyoko tenía una caligrafía excelente. Fluida, nítida, hermosa. En comparación, yo escribía como un niño pequeño.

—Yo me escribo con el signo de la *sabiduría*. —Le cogí el pincel y escribí mi nombre junto al suyo. Mis signos eran toscos, turbios, y de lejos no resultaban tan bonitos. Observé cómo la tinta se absorbía en el papel.

17

Últimamente, en la literatura para chicas se ha extendido una especie de moda. Una chica corriente se enamora de un tipo *supercool* que a primera vista parece absolutamente inalcanzable, pero pronto el protagonista inalcanzable se enamora, quién se lo iba a esperar, precisamente de la chica corriente, parecida a todas las lectoras acomplejadas que anhelan algo asombroso que no pueden obtener y que ni siquiera existe. Idealmente, tiene que ser un vampiro resplandeciente. Es increíble hasta qué punto funciona. Sinceramente, me dan ganas de vomitar.

Viktor Klíma no resplandece. Está cubierto de polvo, su pelo apunta en todas las direcciones y en la americana tiene los botones arrancados. Ninguna de las lectoras de literatura para chicas se fijaría en él ni para apoyar la bici. Pero, a diferencia de todos los vampiros y demonios de las novelas para chicas, este fantasma al menos parece que tiene cerebro. Y eso es lo que me pone a mí.

—He conseguido descubrir algo sobre la mujer de Kawashita —le anuncio cuando nos vemos—, descubrí que después de su muerte sus colegas escritores tuvieron bastantes problemas con ella.

—¿Problemas?

—Vaya, no quería dejarles que miraran su legado. O, dicho de otro modo, les dijo que había liquidado todo su legado y que la dejaran en paz.

—¿Dónde lo encontraste?

—Ya sabes —digo, sonriendo—, repaso Aozora para delante y para atrás, a ver si encuentro algo sobre él. Ya me he leído todos los textos de Yokomitsu y Kawabata y ahora me he puesto con Dazai.

Klíma asiente.

—Y bien, su mujer se llamaba Sachiko Inoue. Cuando la guglé, no salió nada sobre ella, pero según Mantarō Kubota, cuyas notas leí, su padre trabajaba en una imprenta. Ella y Kawashita se conocieron a finales de 1935. Se ve que él dijo que le recordaba a una mujer a la que solía ver de pequeño, en su Kawagoe natal. Debió de imponerle que no fuera una intelectual ni nada.

—¿Y qué pasó con su legado? —pregunta Klíma con interés.

—Mira esto —le enseño el texto—, lo pone aquí.

Después de la muerte de Kawashita, intenté, junto a Kan Kikuchi, Yasunari Kawabata e incluso Yokomitsu, varias veces visitar a Sachiko. Considerábamos que en el legado de Kawashita podía encontrarse algo valioso que no podía quedar oculto a los ojos del público. Sabíamos, por ejemplo, que desde el veinticinco, cuando estaba enfermo en su Kawagoe natal, Kawashita estuvo trabajando en una novela de la que nos hablaba y que debía llevar el título de Cruzar el río. *Sin embargo, se negó obstinadamente a permitirnos ver el texto empezado hasta que la obra estuviera lista.*

Además, era probable que Kawashita hubiera ocultado en sus notas una carta de despedida, o al menos algún indicio a partir del cual deduciríamos por qué había decidido acabar su vida de una manera tan triste. Pero Sachiko rechazó empedernidamente las visitas, se encerró completamente en sí misma y era evidente que quería romper todos los vínculos que su marido hubiera tenido con sus amigos. Al final nos comunicó que no nos esforzáramos en contactar con ella, porque había destruido todos los escritos de Kawashita. De él quedaron, pues, un par de cuentos y un ensayo que consiguió publicar en vida.

Kan Kikuchi, después, se reprochó durante mucho tiempo haberse enemistado tanto con Kawashita cuando rechazó publicar Los amantes *en* Bungei Shunjū *en el veintitrés.*

—Hum —suspiró Klíma—, no parece muy esperanzador para tu investigación, si realmente lo destruyó todo.

—Quizá solo se lo dijo para que la dejaran en paz. ¡Debía de sentirse terriblemente herida! Tú imagínatelo. Tu marido se mata dos años después de la boda y cada dos por tres entran en tu casa unos escritorzuelos que de repente aprecian un montón lo que escribió. Yo quizá también los echaría.

Klíma se encoge de hombros.

—Es posible. Seguramente ya no se lo podamos preguntar.

—Seguramente —suspiro.

—Por otro lado, es un poco prometedor —señala Klíma— que, evidentemente, publicó más cuentos antes de la guerra. Aquí dice «quedaron un par de cuentos y un ensayo». Si conseguimos sacar esos cuentos de donde sea, podría construirse algo.

—Si no desaparecieron irreversiblemente durante la guerra.

—Así es —suspira Klíma. Luego levanta la cabeza hacia mí—. Oye, ¿ya te has acabado *Recuerdos estremecidos*?

Niego con la cabeza.

—Quizá deberías —señala Klíma—, es triste, pero dice bastante sobre Kawashita. Sobre todo, al final.

—Me lo leeré.

—El pobre no lo tuvo nada fácil —dice Klíma, con un suspiro—, no me gustaría haber vivido su vida.

18

Después de volver a casa, abro la traducción de Klíma de *Recuerdos estremecidos* y me pongo a leer las memorias sobre Kawashita del gran terremoto de Tokio.

Después de volver a casa, en Kawagoe, mis primeros pasos se orientaron hacia el agua. Me senté a la orilla del río y encendí un cigarrillo. Todo a mi alrededor causaba tal impresión de paz que resultaba aterrador. De repente, tuve la sensación de que la naturaleza no era necesariamente amable. Los pájaros cantaban, junto al río soplaba una suave brisa y oía el zumbido de los insectos. Adonde alcanzaba mi mirada, había hojas verdes. A primera vista, la orilla del río parecía tranquila y apacible. Sin embargo, me sentía como si me hubiera sumido en la peor de mis pesadillas. Me di cuenta de que nada de lo que me rodeaba era real. Que era solo una ilusión que en cualquier momento se derrumbaría. En cuanto cerraba los ojos, aparecían frente a mí los cuerpos muertos y abrasados por el fuego.

La familia se esforzó en animarme con todo su empeño. Mi madre ya en esa época estaba débil y pasaba mucho tiempo tumbada, pero mi tía se ocupaba de mí todo lo que podía, cocinaba mis platos favoritos, y mi hermano debatía cada día conmigo sobre los negocios. Se estaba preparando para asumir la empresa familiar y me propuso contratarme, si me interesaba. Me ocuparía de la escritura de octavillas. Dijo que me iría bien, ya que tenía talento para la escritura. Rehusé, dándole las gracias. Dijo que si cambiaba de idea, siempre contaría conmigo.

Mi madre me llamaba a su lecho. Yo le recitaba los poemas que había escrito durante mis dos años de estudios. Me recordaba que tenía que casarme sin falta, porque ella pronto ya no estaría, ¿y quién se ocuparía de mí? Yo asentía y le prometía que sin duda encontraría a alguien. Pero cuando propuso que sus conocidos preguntaran por ahí, negué con la cabeza. «Todavía tengo tiempo», dije sonriendo. Por la noche, cuando me quedaba dormido en mi habitación infantil, por la cabeza me pasaba un único nombre. Kiyoko. Sus manos blancas me abrazaban como algas y tiraban de mí hacia el sueño. Tantas veces reprimí su recuerdo hasta el mismo fondo de mi memoria, pero igualmente volvía a emerger.

Kiyoko. Sus mejillas frías, su pelo negro, sus largos dedos teñidos por la tinta. Una fría tarde de marzo. Qué hermoso había sido. Qué breve había sido. Qué poco entendí lo que estaba viviendo, sin intuir que nunca se repetiría.

Un par de días después de volver de los incendios que habían abrasado Tokio, guardé cama con fiebres altas. Era propenso a las enfermedades ya desde la adolescencia, cuando caí al Iruma turbulento y tuve una pulmonía. El doctor al que llamó mi tía vio que me encontraba en una alta excitación mental y me dio un medicamento con el que me sumergí en sueños todavía más profundos y oscuros. Mientras mi cuerpo ardía y me consumía la pasión, por dentro me atravesaba un río gélido del que nacieron fantasmas que desde entonces no dejaron de perseguirme. Lo peor de todo era la imagen de un cuerpo hinchado y supurante que los pescadores habían sacado de debajo de las raíces de los árboles en otoño del séptimo año de la era Taishō.

Recordé que cuando llevaron el cuerpo en un carro a la comisaría de policía de la ciudad, acudió toda la calle. Estaba tumbado boca abajo en el carro y llevaba puestos los restos desgarrados de su ropa. Pero ya no se podía distinguir de qué color. Ni siquiera se podía distinguir si el ahogado era un hombre o una mujer.

—Sin duda lleva allí más de medio año —juzgó el policía que estaba ese día de servicio.

Cuando giraron el cuerpo, una rana saltó de la cuenca del ojo. Estaba igual de muerto que los muertos quemados por el fuego durante el incendio de 1923. Y sin embargo parecía tan distinto... La muerte tiene muchas formas. Pero ninguna de ellas es bella. Reflexiones como esta y parecidas me sacudieron cuando estuve enfermo y también luego me persiguieron con tanta fuerza que, por recomendación del médico, tuve que interrumpir los estudios y pasar seis meses más en casa.

Mi madre murió en enero del siguiente año de una muerte plácida mientras dormía. Su cuerpo muerto emanaba calma. Sentí tristeza, pero era una tristeza bella y equilibrada. No se podía comparar ni un poco con el pesar ardiente que me había asaltado después del terremoto. Mi madre se fue de este mundo reconciliada con su destino, pacífica, ligera. «¡Qué muerte tan hermosa!», pensé mientras estaba sentado junto a su cama. Deseé poder morir alguna vez como ella. Rodeado por la familia, en mi propia cama y durmiendo. Pero en el fondo de mi alma sabía que no sería así. Ya solo porque cada vez que cerraba los ojos se estiraban hacia mí dos brazos largos y blancos que ondeaban como algas en pleamar.

19

Ya está oscuro, son las ocho de la tarde. Viktor Klíma está en la calle Celetná, junto a una papelera, frente a la puerta de la facultad. Se ha apoyado el paraguas en el hombro. Desde la tienda de cristal de enfrente se extiende una música disco demencial. Aunque esté lloviendo, la gente corre de aquí para allá, de una taberna a otra. La calle está llena de paraguas y colores. Recuerda a los cuadros *kitsch* que se venden en el puente de Carlos.

—Hola. —Me detengo frente a él—. ¿Qué pasa?

No tengo ni idea de lo que quiere de mí. Hace un tiempo asqueroso y frío. Cualquier persona normal quedaría en una taberna, pero Klíma ha escogido este sitio húmedo junto a la papelera.

—Se me ha ocurrido algo. —Klíma aspira del cigarrillo. Tiene toda la cabeza bajo el paraguas, solo se le ve claramente la punta del cigarrillo, que se refleja en sus gafas. En la cabeza oscura brillan tres puntos rojos. Realmente, ahora recuerda a un fantasma.

—¿Qué?

—Se me ha ocurrido esta mañana cuando ponía el cepillo de dientes en el armario sobre el lavabo.

—¿Cómo? No entiendo. ¿De qué va?

Klíma se ríe.

—¡Ven! —Apaga el cigarrillo—. A ver si tenía razón.

El portero nos mira con rencor cuando vamos hacia el ascensor. Dios sabe lo que piensa que haremos detrás de la esquina. A esta hora de la tarde, los alumnos de la facultad más bien suelen irse.

—Pasa de él. —Klíma hace una mueca—. Tenemos derecho a estar aquí hasta las nueve, aunque solo estuviéramos paseando frente a la portería.

En el ascensor, una voz femenina habla desde el altavoz, contando los pisos. No entiendo lo que quiere Klíma.

—Estás rara —me dice.

—¿Y te extraña? Me haces venir a la facultad por la noche y no quieres revelarme por qué.

—Tiene que ver con tu casilla.

Pongo los ojos como platos.

—¿Tienes la llave?

Klíma niega con la cabeza.

—Creo que no necesitaremos llave.

Sin entender, ladeo la cabeza. Mi corazón late más rápido de lo normal. El secreto de la casilla pronto será desvelado.

Con los ojos, hipnotizamos la casilla número once. Se oye el tictac del reloj. Tic, tac, tic, tac. En toda la facultad seguro que ya no hay nadie, solo nosotros y el portero. Estoy tan nerviosa como si tuviera el examen final dentro de unos momentos. Miro a Klíma, a mi lado.

—¿Qué crees que habrá dentro? —me pregunta Klíma.

—Tal vez las gafas perdidas de un profesor. El esqueleto de un dinosaurio o los primeros signos chinos grabados en el caparazón de una tortuga. O unos rollos místicos del periodo Heian. U otra cigarra disecada. O los sinólogos tienen aquí un dispositivo de escucha. Eso explicaría por qué Nouzák siempre sabe que estoy en el despacho.

Klíma tiene unos espasmos en la comisura izquierda.

—Ya me gustaría tener tu fantasía. —Va hacia la mesa del docente ingeniero y coge una regla. Entonces se pone en cuclillas y mete la regla entre la casilla número once y la doce. Hace palanca. Suena un chasquido y la puerta de la número once se abre. Para que no se cierre enseguida, Klíma mete la mano en la rendija recién creada.

—Como no tenías llave, ni siquiera intentaste abrirla, ¿verdad? —dice Klíma, riéndose.

—Yo… —Incrédula, pongo los ojos como platos—. ¡Joder! ¡Ni se me había ocurrido! ¡Hostia! ¿Es posible? ¡Estas casillas siempre se abren con llave! ¡Dios, soy tonta!

—No eres tonta. —Se ríe Klíma—. Simplemente no se te ocurrió. A mí tampoco. Hasta esta mañana, cuando he abierto el armario sobre el lavabo. De repente lo he pillado.

—¿Y qué hay dentro? —Me inclino para acercarme.

—Creo… —Klíma echa un vistazo adentro con cuidado, pero enseguida vuelve a cerrar la puerta— … que será mejor no saberlo.

—¿Y eso por qué?

—No es algo para naturalezas delicadas.

—¿Qué? ¿Qué hay? —Me pongo en cuclillas a su lado—. ¿Crees que me da miedo, que no lo aguantaría?

Klíma no contesta.

—¡No tengo miedo! —Le aseguro.

Klíma me dedica una larga mirada.

—Si abrimos el armario, soltaremos al mundo algo terrible. Ya no se podrá volver a meter.

—Pero ¿qué hay? —Hipnotizo la puerta de madera de la casilla. Entonces me quedo pasmada—. ¿Hay algo vivo?

—Creo que sí.

—¿Cómo? ¿Qué es? ¿Es una araña?

Estamos en cuclillas uno junto al otro, bajo la mesa.

—¡Me estás engañando! ¡No hay nada!

—No quiero que te haga daño —dice enfurruñado—, basta que me muerda la mano a mí, si aguanto la puerta un poco más.

—Pero si… —Intento objetar algo, pero Klíma ya no me da opción.

—¡¡AAAAAAAAAAAAAAAAAAAH!! —grita y se coge la mano.

—¡¡AAAAAAAH!! —grito yo y salto sobre Klíma. En ese momento, a Klíma le entra un ataque de risa histérico.

—¡Joder! —Intento levantarme del suelo—. ¡¿Estás bien de la cabeza?!

Pero Klíma sigue rodando por el suelo de la risa.

—¡Que te den! ¡Por poco me desmayo de miedo!

—Yo… —Klíma no consigue levantarse.

Entonces, la secretaria entra en el despacho.

—¡Jesús! —chilla cuando ve a Klíma rodando por el suelo—. ¿Qué está pasando aquí?

—Nosotros… —Empiezo, pero esto no hay manera de explicarlo. A Klíma le entra otro ataque de risa. Ahora comienzo a reírme también yo.

—Pero bueno, Viktor… —La secretaria agita la cabeza sin entender—. ¡Precisamente de usted me esperaría un comportamiento más serio!

Pero no hay manera de que el fantasma deje de reírse.

—¡Por Dios, levántense del suelo y váyanse a casa! —Dice la secretaria, enfurruñada—. ¡La facultad está a punto de cerrar!

Klíma se pone en pie, me coge de la mano y, con una reverencia de disculpa, me lleva hacia afuera.

20

No abrimos la casilla. Tendré que hacerlo yo sola la próxima vez que esté en el despacho. Pero no estoy triste por no saber lo que hay dentro. Es mucho más importante saber cómo se abre. Y saber que ahora estoy con Klíma y estamos bien. Cuando pasamos por delante del tétrico portero, Klíma todavía se está riendo a carcajadas. El portero parece cabreado. Piensa que nos estamos riendo de él. O que nos lo hemos montado detrás de la esquina y eso nos ha puesto de superbuén humor. Nos tiene envidia.

Fuera ya no está lloviendo, pero la calle está llena de charcos. Entre ellos se arrastran multitudes de turistas. Una banda de coreanas admira el cochinillo pinchado en una brocheta frente al restaurante delante de la facultad. El aire frío y empapado de lluvia huele a comida italiana. No tengo ganas de ir a casa. En la cabeza no deja de reproducirse el momento en que he saltado encima de Klíma en el despacho.

—¿Una cerveza?

—O dos, sin problema. —Me encojo de hombros.

—Pues ven. —Me coge de la mano. Sus dedos me abrasan la palma. Sin entender, lo miro. Pero Klíma se abre paso entre la gente, tira de mí y se comporta como si no hubiera nada raro en el hecho de que su mano queme como un diablo. Pasamos por debajo de la Puerta de la Pólvora y Klíma se dirige a Konírna.

Dentro hace frío. Solo están encendidas varias pequeñas lámparas en las paredes, aparte de nosotros no hay nadie. Klíma pide dos cervezas y después se quita la americana y la tira al extremo del banquillo. Mi mano sigue quemándome como por la picadura de una medusa. Pero cuando la miro bien no veo nada raro en ella.

El camarero pone la cerveza frente a nosotros y desaparece tras la barra de la otra sala. Alargo la mano hacia el vaso para brindar con Klíma, pero él me coge de la muñeca.

La lámpara de la pared lanza una luz tenue sobre su cara. Realmente ahora parece un espíritu. Este es un gesto claro. Ya no se puede hacer ver que no pasa nada. Ya no soy capaz de fingir nada. Levanto la mano y toco con cuidado su cara. Friego entre mis dedos su pelo negro y despeinado. Es todavía más áspero de lo que parece. Entonces nos besamos. Es como si alguien encendiera las luces en un pasillo muy largo y oscuro. Me supera por completo. Me aprieto más contra Klíma y lo abrazo. ¿Cuándo me he enamorado así de él?

—Espera.

Es solo una palabra, pero su efecto es como el de una navaja clavada en la espalda.

—Yo… —empieza Klíma, pero no acaba. Me aparto despacio de él. En lugar de ojos, solo tiene unos profundos agujeros negros. Su pelo brilla, iluminado por la pequeña lámpara. Lo miro y gradualmente entiendo una cosa. El momento ya se ha ido. Y no volverá tan fácilmente. Seguramente, nunca.

—Perdona —suelta por fin Klíma—, no puedo…

Me siento idiota. ¡No me he inventado todo esto! ¡Todas las señales! ¡Si últimamente nos vemos cada semana! ¡Y varias veces! Pasamos tanto tiempo juntos y apretados en un banco sobre una traducción. ¡Encima me invitó a su casa!

Me levanto y cojo el abrigo.

—Jana, espera. —Klíma me agarra del jersey.

—¿A qué?

—Quiero decirte algo. Quiero explicártelo.

Me pongo la boina en la cabeza.

—Perdona. —Klíma se incorpora—. Yo…, es que ahora no puedo empezar nada contigo. Sé que me estoy portando como un imbécil, y así es como me siento, pero es que ahora no puede ser… —Estira las manos.

—Y que sea yo quien se sienta ahora como una imbécil, no pasa absolutamente nada, supongo.

—¿Qué quieres decir?

Anudo el cinturón del abrigo.

—¡Qué voy a querer decir! ¡Paso el suficiente tiempo contigo como para que entiendas lo que quiero decir!

—Por favor, no te vayas. Siéntate. Quiero hablar de esto contigo.

—¡No hay nada de que hablar! —Estiro los brazos.

—¡Sí que lo hay! ¡Hay bastante de que hablar!

—Este es tu mayor problema, ¿sabes? —le espeto—. Que lo único que haces es hablar de todo. Le das la vuelta a las cosas, teorizas sobre ellas y te inventas toda clase de métodos sobre cómo hacer las cosas, en lugar de hacer algo.

—¿Qué quieres decir?

—¿Sabes cuánto hace que espero que te lances a hacer algo?

—Yo… —Klíma tose—. Me han dado una beca para Japón. Para dos años. Me voy el mes que viene.

Me quedo pasmada.

—¿Te vas dos años?

—Exacto. Pedí la beca ya el año pasado, en junio, y hace una semana me confirmaron que voy. Dudaba de cómo decírtelo.

—¿Cuándo te vas?

—A principios de febrero.

Clavo la mirada en el suelo.

—Jana, últimamente no paro de pensar en ti. Te habrás dado cuenta. Pero no sé qué hacer ahora. Y creo que empezar juntos algo, cuando no nos veremos durante dos años…, no sé qué decirte.

—Puedo esperarte —digo.

—No quiero limitarte —dice Klíma—, no sería justo.

—¡Pero a mí no me importa! Tengo paciencia.

—Lo sé —dice Klíma con una sonrisa—, pero igualmente…

—¿Quieres tener las manos libres en Japón? Si es así, ¡dilo directamente!

—No va tanto de eso, pero… ¡no puedo prometerte nada! Me voy por dos años. No tengo ni idea de cómo cambiará todo con eso. Quizá me quede allí más tiempo.

—Simplemente no quieres que te frene una chica que se quedó en Praga —le lanzo—, lo entiendo. ¡Pero podrías habérmelo dicho directamente! Y no montar evasivas ridículas.

Klíma no contesta.

—¿En qué universidad te han aceptado? —pregunto, entonces.

—En Waseda.

—Es una universidad excelente. Estarás de maravilla. Felicidades.

Miro hacia la mesa.

—Está bien que nos lo hayamos aclarado.

—No quería aclararlo así.

—Bueno… —Me encojo de hombros—. Quizá en Japón conozcas a una japonesa guapa a quien le interese la literatura y lea contigo Umberto Eco, el *Lector modelo* y Barthes, como he hecho yo hasta ahora.

21

Más tarde, al llegar a casa, mamá y mi hermana están sentadas en la mesa de la cocina.

—¿Qué ha pasado? —preguntan al unísono cuando aparezco por la puerta.

—Nada. —Paso corriendo hacia mi habitación. Veo perfectamente cómo se han intercambiado miradas interrogativas.

Me encierro en el cuarto. Me quedo de pie en el centro, sin saber qué hacer. Sobre la mesa está la traducción inacabada de *Los amantes*. Me sumerjo en el texto para olvidar todo lo demás. Busco concienzudamente cada palabra. Me está costando. Mi pensamiento vuelve una y otra vez a Klíma. «¡Concéntrate!», me exhorto.

———

—¿Por qué no estás casada, Kiyoko? —pregunté.

—Seguramente porque nadie quiere casarse conmigo —dijo, sonriendo.

—¿Porque dicen que eres una bruja?

—Probablemente. —Ladeó la cabeza.

—Yo tranquilamente me casaría contigo.

—No te puedes casar conmigo. —Sonrió.

—¿Por qué?

No contestó.

—¿Tienes miedo a lo que diría la gente?

Kiyoko sonreía.

—Si esperas a que crezca, ¡me casaré contigo! —dije.

—No puede ser. —Negó con la cabeza.

Me acarició la cara.

—No puede ser, querido. Tu padre no me perdonaría algo así en la vida.

Su mano estaba fría como el hielo. Con cuidado, la cogí y me la llevé a los labios. Kiyoko callaba. Sentí cómo me latía el corazón.

—Satoshi, no deberías.

Pero yo me sentía embelesado. Le pasé la mano por la cara. Realmente estaba fría como el hielo. La cabeza me daba vueltas como si me estuviera ahogando. No podía coger aire bien.

—Te quiero —dije.

Kiyoko quitó mi mano de su cara.

—Y yo a ti también. Pero eres pequeño y no entiendes nada.

PARTE OCTAVA

PRAGA

1

Ni me acerco a la biblioteca, aunque tendría que ordenar en los estantes tres cajas de libros que nos han enviado de regalo desde Japón. No quiero ver ni el despacho, ni la biblioteca, ni la casilla número once de las narices, ni a los profesores, mucho menos a mis estúpidos compañeros de trabajo, y al que menos quiero ver de todos es a Viktor Klíma. Tampoco quiero quedar con Kristýna. Maldito fantasma. Todo es su culpa. En mis sueños no dejan de aparecérseme dos profundos cuencos oculares sin ojos.

Mamá está preocupada por mí. Aunque siempre está trabajando, cocina cada día. Siente que algo no va bien conmigo y se esfuerza en levantarme el ánimo. Me hace mis platos favoritos. Sopa de eneldo, pasta con jamón, champiñones empanados. Normalmente, en casa ni rozo recetas como estas, porque no son sanas y mi hermana está eternamente a dieta, pero desde que volví de la taberna de Klíma, cada día ceno una copiosa porción de calorías. Mamá se esfuerza en darme fuerzas para la vida. Y dice que el último mes también he adelgazado muchísimo. Es porque siempre estaba bebiendo por las tabernas, por la noche no dormía y no dejaba de traducir. Incluso papá, siempre sumergido en su trabajo, se ha dado cuenta de que algo pasa.

—¿Qué haces siempre encerrada en casa como un jubilado? —me preguntó una vez, durante la cena—. ¿Te han dejado sola todos tus amigos o qué, que de repente estás siempre en casa y no vas a ningún lado, mientras que antes ibas por ahí por la ciudad cada dos por tres?

No contesté.

—Vas como un cuerpo sin alma, tendrías que hacer algo contigo misma… —dijo.

—Gracias, papá, me acabas de subir el ánimo. —Clavé el tenedor en una albóndiga. Que me dé la tabarra. Me da igual.

———

El tiempo se meció hacia la primavera. Los árboles alrededor de la casa de Kiyoko florecieron en rosa. Iba a verla cuando no tenía colegio. Hice creer a mi madre que iba a jugar con mis amigos. De repente, no obstante, me parecía estúpido e inútil escupir al río y correr por el parque. Sentía la necesidad de ir más allá del río, a casa de Kiyoko, al mundo de las historias de sus novelas y en busca del tiempo pasado escribiendo signos.

Kiyoko leía conmigo historias de aventuras y me enseñaba a escribir. Nunca me había gustado la caligrafía, pero cuando estaba con ella, que halagaba todos mis éxitos o, al contrario, me explicaba dónde había cometido la falta, tenía la sensación de haber nacido para el arte de la caligrafía y quería ser mejor que mi padre. Entrenábamos sobre viejos periódicos.

—¿Ves cómo se te ha corrido aquí la tinta? —Kiyoko señalaba cada vez que, en lugar de un trazo limpio, en el papel aparecía una mancha emborronada—. Es que has cogido demasiada tinta. Mira, tienes que hacerlo así.

Miraba su escritura elegante. Cuando escribía, parecía que la punta del pincel se entregara voluntariamente a su arte. Se retorcía justo como debía. Con una seguridad imperturbable, Kiyoko escribía trazos precisos y perfectos.

2

Al final, Kristýna me saca de casa. Me pregunta qué tal va con Klíma y, cuando le explico lo que pasó entre nosotros, se muestra empática y parece que realmente le sepa mal.

—¡Hiciste bien! —me dice—. Ya llevabas mucho tiempo dejándote engatusar.

—Ya lo sé —digo, suspirando—, pero es que le quiero, ¿vale?

—Ya, pero él a ti, evidentemente, no. Así que no tiene sentido alargar el sufrimiento.

—Ya, pero precisamente… —Me encojo de hombros—. Es que tengo la sensación de que él también me quiere. Porque cuando nos besamos no fue sin más.

—Pero, por favor, cualquiera sabe besar bien, no hay nada mágico en eso.

—El momento lo fue.

Kristýna niega con la cabeza.

—Te convences a ti misma. Pasa ya de esto. Deja de pensar en él.

—No sé qué decirte. —Clavo la cucharilla en el pastel de ciruelas.

—¿Qué no sabes?

—Quizá no debí salir corriendo así.

—Tonterías. Y deja de jugar con la tarta, te la he comprado para que te la comas, ¡no para que embadurnes el plato!

Pero no tengo nada de ganas de comer. Así que solo hurgo en la tarta y mordisqueo a pizcas el mazapán de los bordes. Mucho más que un pastel de ciruelas, me vendría bien un aguardiente.

—Oye, por si te sube el ánimo, mi semana también ha sido una mierda —dice Kristýna con un suspiro, tras unos momentos.

—¿Cómo es eso? No será peor que la mía…

—Yo de ti no lo diría dos veces —suspira Kristýna y empieza a relatar—. Decidí intentar ponerme en contacto con mi padre. En el finde tenía que volver a Sri Lanka, así que era la última oportunidad de verlo. Bueno, primero le propuse si quería venir conmigo a ver a mi hermano compitiendo. A papá siempre le gustó el deporte, mi hermano juega a baloncesto, pensé, al menos lo animamos si no tenemos nada que decirnos. Pero mi padre me contestó que lo sentía mucho, pero que como monje no podía asistir a ninguna carrera por el triunfo, así que rehusó. ¿Sabes? —Agita su cabeza rosa—. En su monasterio tienen una enorme cantidad de normas monásticas absurdas que tienen que respetar.

»Y bueno, cuando me explicó que no le interesaba el baloncesto de mi hermano porque solo es una carrera tras una satisfacción mundana, me afectó bastante. Pero igualmente le propuse que quedáramos al menos en un restaurante. También lo rechazó, porque no puede comer nada que no se haya preparado él mismo. Además, sigue una dieta vegana o yo qué sé qué. Así que al final quedamos en la biblioteca, fue el único sitio que le pareció lo bastante espiritual como para encontrarse con sus propios hijos.

Kristýna se queda en silencio y bebe un sorbo de café.

—Cuando lo vi después de tantos años, no lo pude reconocer. Había adelgazado bastante y, con la túnica de monje, parecía como desgastado. No tiene más ropa, porque los monjes no pueden poseer nada. Pero el peor *shock* para mí fue que ni siquiera me diera un abrazo al verme. Cuando estiré los brazos para abrazarlo, se retiró un poco hacia atrás, agitó la cabeza y, con la expresión mortalmente seria, empezó a decir: «No, no». Que es otra de sus mierdas de normas monacales. Que un monje no puede tocar a ninguna mujer, aunque sea su madre. Pero a mi hermano lo abrazó sin ningún problema, porque es un tío. Me quedé allí como una idiota, me impactó a saco, hasta me puse a llorar.

—¡Es horrible! —Pongo los ojos como platos—. ¿Después de tanto tiempo ni siquiera te da un abrazo?

—Y como me puse a llorar, empezó a contar que si alguien lo viera lo expulsarían de su comunidad monástica o lo que sea. Aquí. En la biblioteca municipal. Aquí seguro que lo delata alguien…

—Bueno, tampoco va de eso, verdad. Más bien, que no es capaz de romper una puta norma ni con su hija.

—Exacto. Me sentí superengañada. De repente me llegó de verdad que mi propio padre se ha convertido en un absoluto extraño.

—¿Y luego hablasteis de algo?

—Mira, en realidad ni eso. Solo hablaba de cómo dividiría el resto de su dinero y, como yo no paraba de llorar, luego en la esquina se sobrepuso y, como para que no nos viera nadie, *me dio la mano* para despedirse.

—Pues qué asco.

Kristýna parece resignada.

—Bueno, qué le voy a hacer. Creo que mi hermano lo lleva aún peor que yo. Tenía muchísimas ganas de ver a papá. Pero después de este número, finalmente ha entendido que pasa de nosotros en serio. Creo que hasta ahora tenía esperanzas de que, cuando se tranquilizara espiritualmente, quizá un día volvería.

—Lo siento.

—Yo también. Pero así son las cosas.

Entonces Kristýna se queda en silencio.

—Pero un día lo sentirá —dice— cuando ya no pueda volver. No se da cuenta de lo que se está perdiendo. Está tan absorto consigo mismo y con su budismo que se perderá nuestras vidas. Y la suya. Y luego, cuando ya no pueda rectificar, querrá volver y arreglarlo todo. Pero ya no podrá.

»Quizá no sea en esta vida —Kristýna sigue desarrollando sus reflexiones—, quizá sea en la próxima. Querrá volver, pero nosotros ya no estaremos aquí. Tal vez tope con nuestros hijos, pero estos ya no lo conocerán. Dará vueltas en círculos, nos buscará y nunca encontrará la paz.

Me estiro y le acaricio el hombro.

—¿Sabes? Tengo que decirte otra cosa, pero es fatal, así que lo digo rápido y luego ya no hablaremos más —dice, suspirando—. Cuando nos despedimos de papá, por la noche tuve un sueño horrible. Soñé que mi hermano había roto una norma monástica y que mi padre lo había hecho colgar de la farola delante del centro comercial para que todos vieran que él no tenía nada que ver y que juzgaba a todos por igual.

3

Una semana después, empiezan a llegarme avisos de retraso del préstamo bibliotecario y tengo que volver a la facultad, lo quiera o no. Me arrastro por el pasillo, rezando por no encontrarme con Klíma. Pasan a mi lado grupos de estudiantes alborozadas, profesores de aspecto grave, e incluso nuestra secretaria. Cuando me ve, me sonríe con complicidad. Le devuelvo la sonrisa, pero me siento fatal.

En el pasillo, entre los despachos, hay un fantasma. Por suerte, no es Klíma, sino Luboš Nouzák. Nunca habría pensado que me sentiría tan aliviada al ver precisamente a Nouzák.

—¡Señora Kupková! —Me saluda agitando la mano—. Intuía que hoy me la encontraría aquí. Hace mucho que no nos vemos, ¿verdad?

—Sí, es cierto —confirmo y me dirijo a la puerta al final del pasillo.

—¡Espere! —Nouzák me detiene cuando paso a su lado—. ¿Está bien? Tiene un aspecto fatal.

—Gracias.

Nouzák se queda pálido.

—¡No! ¡Jesús, perdón! ¡No lo decía en ese sentido, por supuesto! ¡Solo es que tiene un aspecto fantasmal! Se arrastra como un cuerpo sin alma. ¿No puedo ayudarla de algún modo?

—Últimamente no me encuentro demasiado bien. Pero no tema, voy mejorando.

—Espere, tengo algo aquí para usted. —Nouzák empieza a cazar en su mochila—. Hace mucho que lo llevo. Lo encontré aquí en el pasillo, delante del despacho de Japonología, y enseguida pensé que sería suyo.

Y me da el bolígrafo en el que pone «Jana». Es el bolígrafo mágico de la madre de Kristýna. Ni me había dado cuenta de que lo había perdido.

—Gracias. —Me lo meto en el bolsillo del abrigo.

—No debería llevar en los bolsillos tan a la ligera cosas con su propio nombre. Ya sabe lo que creían en el antiguo Japón. Que las cosas tienen alma y que los nombres son sagrados. El que conoce tu nombre auténtico puede robarte fácilmente el alma. Puede poseerte, hechizarte, destruirte. Un bolígrafo aparentemente sin importancia, en manos de la persona equivocada, por ejemplo, alguien que no la quiera, puede hacer muchísimo daño.

Repaso a Nouzák con la mirada.

—¿Usted ha hecho algo últimamente con el bolígrafo?

—No, por Dios, ¡ni se me pasaría por la cabeza! ¡Lo he cuidado como si fuera mío!

Silencio.

—Gracias por cuidármelo —digo, golpeteando el bolsillo.

—Ha sido un honor.

Ya me dispongo a continuar hacia la puerta de la biblioteca, pero Nouzák me vuelve a detener. Jesús, espero que no vuelva a invitarme a almorzar, me pasa por la cabeza.

—¿Sabe? —dice Nouzák—. La semana que viene me voy dos años a Pekín. Me han dado una beca estatal, me ocuparé un poco más profundamente de las novelas eróticas chinas de las que le hablé. Así que supongo que no nos veremos durante un tiempo.

¡Es el colmo! No solo Klíma, ¡hasta Nouzák se va con una beca! Solo yo tengo que sentarme sobre mi culo en Praga.

—¿Se va con una beca? ¡Lo felicito! Yo siempre estoy pidiéndolas y estoy desesperada por irme a Japón. Pero de momento no me sale demasiado bien. ¡Espero que lo disfrute!

Nouzák sonríe.

—¿Sabe qué? Tengo la sensación como si usted ya tuviera un pie en Japón. Si aguanta, seguro que le sale bien.

Le devuelvo la sonrisa.

—También pensaba… —Nouzák se agita—… que cuando vuelva de Pekín podríamos ir a almorzar juntos.

Repaso a Nouzák con la mirada.

—Vale —digo, por fin—, me lo apunto y cuando vuelva contaré con usted.

—¡Excelente! —Nouzák se ilumina—. ¡Pues hasta la vista dentro de dos años!

—Que vaya bien —digo y me giro para devolver los libros a la biblioteca.

Al menos hay alguien contento hoy.

4

———

—¡En el colegio escribí una redacción sobre ti! —le dije un día a Kiyoko.

Kiyoko se quedó rígida.

—¿Sobre mí?

—Sí.

—Pero… —objetó Kiyoko— no pusiste mi nombre, ¿verdad?

—No temas. —Negué con la cabeza—. Por supuesto que no.

—¿Y qué escribiste sobre mí? ¡No hay nada interesante en mí!

—Y tanto que sí —dije—, eres una bruja.

—Ah —asintió Kiyoko—, es cierto.

—Algún día lo publicaré.

—Pues seguro que es un éxito.

—Seguro, si va sobre ti.

Kiyoko sonrió.

—¿Y me lo dejarás leer?

Me sonrojé.

—Me lo pensaré.

5

Un poco tengo la esperanza de que Viktor Klíma entre en la biblioteca. Pero en toda la hora no aparece. Me pongo en pie y me estiro. Es muy probable que así sea mejor. Me quedo derecha, apoyada en la mesa de la sala. Observo la casilla cerrada número once. Ha llegado el momento de ver lo que hay dentro. ¿Tiene algún sentido mi investigación, todavía? ¿No ha perdido su hechizo la casilla, si no está aquí el fantasma? Tengo que comprobarlo. Voy hasta la mesa del docente ingeniero, le cojo prestada la regla y la meto en la rendija de la portezuela entre la casilla diez y la once. Suena un chasquido y la puerta cede.

Me asalta una sensación particular. Como si en esta habitación, de repente, no existiera nada más que yo y esta casilla misteriosa. El hechizo, parece, no se ha esfumado. Oigo el silencioso tictac del reloj puesto a la hora de Tokio. ¿Y si esto es un viaje de vuelta al pasado? ¿O la casilla lleva a Japón? Igual, si la abro, me despertaré en Shibuya hace ocho años. Tal vez esta casilla sea un portal en cuyo final haya un oscuro sótano japonés. Quién sabe.

Lentamente, abro la casilla. La portezuela chirría y desde sus entrañas se extiende el olor a cerrado, después de tantos años sin ser abierta. Sea lo que sea que hay al otro lado, espero que no sea peligroso. Entonces la portezuela se abre por fin y me desvela su secreto. Noto un escalofrío en la espalda, como si la muerte me hubiera tocado. El tictac del reloj enloquece.

En el fondo del armario, hay un paquete amarillo. Estiro la mano y lo cojo con cuidado. Hay algo dentro. Le doy la vuelta y solo entonces entiendo qué sobre es. No puedo creerme lo que veo. Me inunda el calor. En el sobre pone: «Le devuelvo su libro». Es el mismo sobre que, hace muchos años, después de la muerte del profesor, metí en su buzón cuando le devolví los *Versos escritos en el agua*.

¿Qué ha de significar esto? ¿Cómo ha llegado aquí? Miro fijamente la letra sin entender nada. ¿Significa que el profesor me devuelve el libro? ¿Que me lo regala? ¿Y por qué justo ahora? ¿Intenta decirme algo con esto? Miro por el despacho. Tengo la sensación de no estar sola. Pero no hay nadie, solo la cigarra disecada en el estante y montones de libros. Abro el sobre. Cuesta. Está claro que nadie lo ha abierto desde que lo sellé. Finalmente, el papel cede y caen al suelo los *Versos escritos en el agua*. Se abren en el poema «La arañita», de autor desconocido.

> *Me dijo: ¡Hoy ya no vendrá!*
> *un remolino de pensamientos negros:*
> *la araña se agarró*
> *al dobladillo del vestido,*
> *como si susurrara: ¡No desesperes!*

¿Cómo han llegado hasta aquí los *Versos escritos en el agua*? Del legado del profesor, en la biblioteca no tenemos ni un libro. Leo el poema una y otra vez y tengo la sensación de que el profesor me avisa de que no hay nada perdido.

¿O es Viktor Klíma quien ha metido este sobre en la casilla número once? ¿No le habré hablado por casualidad de cuando murió el profesor? ¿No lo habrá tramado él? Vuelvo a examinar lo que pone en el sobre. Klíma conoce mi letra. En su casa tiene un montón de papeles con nuestra traducción. Repaso lo escrito en el sobre y no estoy segura. En el instituto escribía diferente que ahora. Quizá lo escribí yo, pudo escribirlo otro. No pensaré en esto. Vuelvo a meter el libro en el sobre y lo meto en la mochila. Ahora los *Versos escritos en el agua* son míos. Tal vez lleven siete años aquí esperándome en la casilla número once cerrada.

6
____

Un par de días después, le traje la redacción a Kiyoko.

—«La bruja que vive fuera de la ciudad» —leyó en voz alta el título y me miró inquisitiva. Yo estaba sentado a su lado y tenía la cara roja como un tomate.

—El tema de la redacción era: «Una persona que me inspira».

—¿Y a ti se te ocurrió escribir sobre una bruja? Seguramente a los profesores no les gustó mucho, ¿verdad?

—Todos los demás escribieron sobre sus familiares, profesores o hermanos mayores.

Kiyoko mira el texto y abre la boca para tomar aire.

—No tienes por qué leerlo en voz alta —dije.

—«Fuera de la ciudad vive una bruja» —leyó—, «todos lo dicen así. Pero no es una bruja corriente. No se alimenta de niños, sino de pescado asado. Se los dan los duendes del agua que viven debajo del puente».

Kiyoko se rio, divertida.

—¡No te rías de mí! —grité e intenté arrebatarle la redacción. Pero levantó la mano por encima de su cabeza. Con eso, cayó la manga del kimono y descubrió el brazo blanco. Relució en la penumbra de la casa, casi brilló de una manera azulada. Como el nácar. Mi corazón latía. Me volví a sentar sobre la estera.

—«La bruja es muy bella. Se pasa días enteros escribiendo hechizos en papel que va a comprar a una tienda de pinceles. Lo que escribe, enseguida se cumple. Por eso tiene que ir con mucho cuidado con lo que desea».

Kiyoko leyó con atención.

—«Nació del deseo de protección cuando la gente estaba en su peor momento. Como una gota de esperanza. Por eso la llamaron Agua. Pero pronto el Agua empezó a ser un problema para la gente. Era inestable, se agitaba y a todos les recordaba al incendio por el que la habían invocado. Así que la apartaron fuera de la ciudad, donde, en soledad, escribe hechizos y en sus momentos libres confraterniza con los duendes del agua. Están cerca. El agua y los duendes.

»El agua por dentro no es mala, pero es muy desgraciada. Desearía volver a la ciudad, pero la gente no la quiere allí. Temen las inundaciones. La gente siempre teme algo. Teme el fuego, teme el agua, teme el viento y los corrimientos de tierras. La gente incluso teme a la gente. Lo que la gente piensa, lo que la gente dice, incluso lo que puede nacer de los deseos de la gente. Pero lo que más teme son los hechizos».

Tuve la sensación de que a Kiyoko le había saltado la voz.

—«El Agua es la persona que más quiero en el mundo. Cuando habla, es como el gorgoteo de un arroyo. Los árboles que crecen frente a su veranda estiran los brazos hacia ella cuando pasa por delante. Intuyen que ella les dará su humedad. Son sus hijos. Sin ellos, se secarían hasta convertirse en yesca. Y sin embargo ellos mismos le ofrecen su madera como leña cuando el Agua necesita calentarse. Viven solo para ella, y ella para ellos. Entre ellos hay una relación mágica que la gente nunca entenderá».

Kiyoko cogió aire ruidosamente.

—«Cuando voy a verla, siento una calma particular. Me gustaría estar a su lado para siempre. Tengo la sensación de que no tiene a nadie más que a mí. Y quiero tenerla solo a ella».

Kiyoko dejó caer la mano con la redacción sobre su regazo e inclinó la cabeza.

7

Me llama Machiko, que su hermano está en Praga y quiere verme. Desea sacar fotos de viejos barrios de bloques, así que quedamos en la parada de Koh-i-noor.

Hace frío y sopla el viento. Por el suelo frente a mí se persiguen dos vasos de Coca-Cola. Parece que estén jugando al pillapilla. Primero se tocan, luego corren girando entre sí. Me recuerdan a Viktor Klíma y a mí. Un día ideal para entrar en viejos barrios de bloques.

Miro a la gente a mi alrededor y tiemblo de frío. Enero es el mes que menos me gusta del año y supongo que la experiencia con Klíma no cambiará mi amor hacia él. Machiko y su hermano no aparecen. Ya llevan quince minutos de retraso. Empiezo a pensar que me habré confundido de día.

¿Qué debe de estar haciendo Viktor Klíma? En cualquier momento se irá a Japón. Seguro que pasa todo el día en la cama. Quién tendría ganas de salir con este tiempo tan asqueroso. El viento me trae uno de los dos vasos vacíos y yo, con gusto, le doy una patada.

No pasa mucho rato y me fijo en un chico con chaqueta negra y una bolsa al hombro, mirando con inseguridad a la gente a su alrededor. Entrecierro los ojos y enfoco. El chico se da cuenta de que lo miro y se dirige hacia mí.

—Soy Akira.

Nos damos la mano.

—Machiko se disculpa, ha tenido que ir a la facultad con prisa. La han llamado para una suplencia, porque se les ha puesto enfermo el contrabajo y por la noche alguien tiene que tocar en el concierto —dice Akira.

Un poco tenía la esperanza de que viniera emperifollado tal como Machiko me lo enseñó en la foto de la época en que todavía tocaba en el grupo de *visual kei*. Me gustaría ver cómo reacciona la gente. Pero Akira ya hace muchos años que no toca en ningún grupo, así que, por supuesto, tiene un aspecto absolutamente normal. Es más alto que yo, lleva una gorra y unos vaqueros oscuros. A primera vista, no se parece mucho a Machiko. Pero desde el primer momento me gusta mucho. Lo que me alegra, porque al menos tendré algo que mirar cuando lo acompañe por los viejos barrios.

—¿Así que Machiko no vendrá? —pregunto.

—No, por desgracia. Pero no importa tanto, espero.

Algún parecido hay con Machiko. Tienen los mismos ojos. Algo que todas las coreanas envidian a Machiko y le preguntan dónde se dejó operar. ¿Cuántos años mayor era Akira? Me esfuerzo en recordar lo que me ha contado Machiko de él. Debe de tener mi edad. Quizá un año más.

—Pensaba ir esta noche a ver a mi hermana. ¿No quieres venir también? Se ve que es gratis.

Hace mucho que no escucho a Machiko, así que enseguida asiento.

—¿Pues vamos a sacar las fotos? —pregunta Akira. Se le entiende bien. Habla despacio, además creció en Tokio, así que habla con el dialecto de allí. Uno no tiene que investigar y deducir qué significa tal o cual desinencia.

—¿Y tienes la cámara?

Akira golpetea la bolsa con la mano.

—Pues vamos. Aquí en la esquina hay un barrio de muestra.

Cuando era pequeña, mi abuela vivía en Praga Sur. Pasé entre los bloques bastante tiempo, porque a menudo me cuidaba, los fines de semana. Cada mañana, íbamos al cementerio a encender una vela a la tumba del abuelo, luego íbamos a comprar y por el camino a casa nos parábamos en la zona de juegos. Los bloques del Sur, entonces, todavía eran enteros grises, sin reformar, y se elevaban monstruosamente hacia el cielo, colocados en filas uno tras otro, como naves oxidadas, clavadas en un banco de arena, que ya jamás volverán a navegar. Todo era anguloso, sin rincones, sin recovecos. Fueras adonde fueras, siempre se abría ante ti el mismo paisaje. Además, me fascinaban los grupos de adolescentes tirados por las estructuras para colgar ropa y sentados en los soportes para alfombras. Todos parecían llevar la misma ropa que, aunque en realidad era de colores, siempre parecía gris.

Luego arreglaron todo el barrio. Las casas se pusieron abrigos de colores y el regusto a socialismo desapareció. Hoy ya casi no lo reconozco. Y, paradójicamente, siempre echo de menos el gris en el que crecí.

Los bloques de Kolbenova están viejos, descuidados, con las barandillas oxidadas delante de cada entrada y con pequeños patios hormigonados que se ven desde todas partes y donde sin duda, en verano, no hay niños pasando el rato. Hay decenas de escaleras que llevan de patio a patio, árboles y arbustos sin podar alzándose en todas direcciones, papeleras destrozadas y bancos grafiteados. Las casas se ven apagadas. Los marcos de las ventanas son de madera, antiguamente pintada de blanco, pero hoy agrietada, gris, deslustrada. Evidentemente, no cierran bien. La gente dentro tiene que pasar un frío horrible. Siempre que me encuentro en un barrio como este, me asalta la nostalgia.

8

Akira va un par de pasos por delante de mí, mirando fascinado a su alrededor. De vez en cuando, fotografía algún recoveco descuidado o una puerta oxidada. Me parece que caminamos entre los bastidores de una película apocalíptica. Yo y un japonés con una cámara. Solo espero a que se nos eche encima algún espectro. O un fantasma. Akira se tumba en un banco para fotografiar las ventanas de un edificio encima. Me apoyo en la barandilla a su lado y me enciendo un cigarrillo. Al pensar en un fantasma, de repente se me ha aparecido en la mente una imagen clara de Viktor Klíma. Maldita sea. Rápidamente pisoteo la imagen.

—Tus fotos… —me giro hacia Akira. Es lo primero que digo desde que nos hemos visto en la parada. Ya llevamos veinte minutos deambulando sin rumbo por el barrio. Akira se estremece.

—¿Qué les pasa?

—Machiko me enseñó algunas fotos tuyas. —Expulso el humo—. Solo quería decirte que me parecen buenas.

—Gracias.

Tiro la ceniza y miro alrededor.

—¿Te gusta esto? ¿He encontrado un lugar lo bastante inspirador?

—¡Es genial! —asiente Akira—. Tiene una atmósfera fantástica.

—Un recuerdo de los tiempos en que no había kétchup en las tiendas. —Sonrío.

Akira se sienta en el banco y empieza a cachearse.

—¿Qué buscas?

—Un cigarrillo.

Le ofrezco uno mío.

—Gracias. —Se lo enciende, se apoya en el respaldo e inclina la cabeza hacia atrás. Sobre nosotros se elevan cientos de ojos apagados. Algunos quizá nos observen. Quizá.

—Ventanas. —Soplo.

Akira asiente.

—¿Qué te fascina tanto de ellas?

Akira toma una calada. Luego se encoge de hombros.

—No son solo ventanas lo que fotografío. Saco fotos de lo que hay detrás o de cosas a las que no puedo llegar. O que solo las veo detrás de una ventana. No puedo tocarlas porque están detrás de un cristal. Saco fotos de cosas que están cerca y sin embargo me parecen lejos.

Me acuerdo de mí misma en el instituto. Lo cerca que me parecían algunas personas y, sin embargo, nunca llegué a ellas. Nunca me convertí en una parte plena de un colectivo. Entre los demás y yo siempre pareció haber una pared de cristal. Quizá Akira viviera algo parecido.

—Me parece que cuando miras algo a través de un cristal, de repente cada cosa que ves cobra una dimensión completamente distinta.

—De hecho, se parece un poco a fisgonear, ¿no?

Akira se ríe.

—¿Y no es lo mismo con las fotos en sí?

—¿Qué quieres decir?

—Cuando fotografías algo, un momento que de repente se encuentra en el papel, ¿este momento no cobra una dimensión completamente distinta?

Akira me mira largamente.

—O un recuerdo. Cuando se te imprime bien en la memoria, adquiere una dimensión completamente distinta.

—Eso puedes decirlo de cualquier cosa. Es sencillo. Me interesan las ventanas y las cosas que hay detrás de ellas. Y lo atrapo en una foto.

—¿No te gusta fotografiar a personas?

—No mucho.

—Tengo un amigo que dibuja retratos muy buenos. Sobre todo, de chicas. Incluso dibujó a tu hermana tocando el contrabajo. Él dice que no le gusta dibujar nada más que gente.

—¿Y a ti te ha pintado?

—No, yo para él no soy ningún objeto.

Akira se ríe.

—Así que mi hermana es un objeto, ¿eh?

Parece tan suelto, tan satisfecho, como si un paseo con una extraña por un barrio guarro fuera lo mejor que le ha pasado últimamente. Siento toda su alegría entrando también dentro de mí. Hará catorce días que no sonreía como debe ser. Quizá realmente sea el momento de seguir adelante. Podría ayudarme precisamente este chico.

—¿Sabes qué? En checo tenemos un dicho —continúo—, se dice que los ojos son la ventana del alma.

Akira se queda pensando.

—¿Qué significa?

237

—Es como que… cuando miras a alguien a los ojos, puedes reconocer de qué va o de qué humor está, en qué piensa, si miente y así.

—Es un dicho genial.

Akira se pone de pie y tira la colilla.

—¿Vamos a tomar un café? Tengo muchísimo frío —pregunta y mete la cámara en la bolsa.

9

Estamos totalmente congelados. Nos metemos en la primera cafetería que hay a mano. Las paredes están pintadas de un asqueroso color violeta. Tengo la sensación de que esta cafetería la apreciaría más un grupo de jubilados que un fotógrafo vanguardista. Pero la camarera sonríe amablemente y hace calor. Akira repasa el menú escrito en checo, pero no se entera de mucho.

—¿Cómo te sienta el alcohol? —pregunto.

—¿Por qué preguntas?

—No, solo… —Giro la hoja— … que podríamos tomar un grog. Es lo mejor para quitarse el frío.

—¿Qué es un grog?

—Té con ron. Es superbueno. ¿No lo quieres probar?

Akira asiente. Nos pedimos dos grogs. Cuando Akira se quita la gorra, compruebo que tiene el pelo bastante largo. De repente, vuelve a parecerse un poco más a Machiko. Ella es más menuda, pero cuanto más miro a Akira, más me la recuerda.

—¿Os veis a menudo, Machiko y tú? —pregunta Akira cuando se quita la chaqueta y se saca los cigarrillos del bolsillo. Me ofrece uno. Son cigarrillos japoneses de la marca Hope.

—Nos vemos… más o menos una vez cada catorce días. Machiko siempre está ensayando y yo siempre en la biblioteca.

Akira asiente y mira hacia el cenicero.

—¿Crees que está contenta aquí?

—Supongo que sí. —Me encojo de hombros—. O sea, espero que sí.

Nos traen el grog. Akira mira cómo echo el azúcar y exprimo el limón. Luego, dócilmente, hace lo mismo que yo. El grog está caliente, me quema los labios. Y siento cómo el sorbo se abre camino por mi cuerpo.

—¿Me enseñas lo que has fotografiado?

—Claro. —Akira saca la cámara de la bolsa, se sienta en la silla a mi lado y me mete la cámara delante de la nariz. Es interesante ver el lugar por el que he ido hace unos momentos en la foto de otro. Desvela cómo percibía todo el paisaje el que ha hecho la foto, mientras yo estaba concentrada en cosas completamente distintas.

—Esta es buena. —Señalo la pantalla cuando en ella reluce la foto que Akira ha sacado desde el banco.

—¿Verdad? A mí también me gusta. Realmente era un sitio interesante. Da gusto fotografiar eso.

—He pensado que te enseñaré otro edificio abandonado en Kolbenova. No se puede entrar, pero también vale la pena desde fuera.

—¿Hay muchas ventanas?

—¡Claro! Es un viejo edificio de una fábrica, hay muchas. Pero la mayoría estarán hechas pedazos.

Akira parece entusiasmado.

—¡Ostras, me gustaría verlo! Pero… —Mira por la ventana—. Hoy ya no sacaré muchas. Está anocheciendo.

—Si quieres, podemos ir mañana.

—Esto…, no quiero molestarte.

—No me molestas para nada. —Agito la mano—. Al contrario. Necesito entretenerme, los últimos catorce días no han sido muy divertidos. Me gustará llevarte.

—Vale, hecho. —Akira sonríe.

—¿Por qué decidiste estudiar Japonés? —me pregunta Akira.

—Porque me gusta la literatura japonesa y quiero traducir.

—¿Y qué te gusta leer?

Le hablo de Kawashita.

—No lo conozco. —Akira se encoge de hombros. Saco *Los amantes* de la mochila.

—Ahora voy por aquí —le digo. Akira se inclina y lee un par de frases en voz alta. Luego golpetea la traducción.

—¿Esto es checo? —pregunta.

—Claro.

—¿Y podrías leerme un trocito? Me gustaría saber cómo suena.

———

Kiyoko dejó a un lado la redacción y aparecieron lágrimas en sus ojos. Me asusté.

—Kiyoko, ¿qué pasa? —Me lancé hacia ella—. ¿Por qué lloras?

Pero Kiyoko apartó la cabeza y se tapó la cara con la manga.

—¿Te ha disgustado mi redacción?

Negó con la cabeza.

—Entonces ¿qué ha pasado?

—Por favor, déjame. Vete.

No lo entendí. Cogí su mano y la bajé para verle la cara.

—¿Qué pasa?

Kiyoko no contestó.

—Lo has escrito muy bonito —me dijo entonces. Preferí no contarle cómo los profesores de la escuela se habían enfurecido cuando entregué la redacción.

—¿Kiyoko?

Giré su cara hacia mí. Y entonces la besé.

—Hum. —Akira sonríe—. No he entendido nada.

—Puedes leerlo en el original, aquí. —Le paso el texto por encima de la mesa, pero Akira niega con la cabeza.

—Mejor no. Me ha gustado cómo sonaba. Tan extraño. No quiero estropeármelo enseguida con el japonés.

—Puedo leértelo en japonés si quieres. También sonará extraño. Porque leo como una alumna de primero.

Akira sonríe. Pero me doy cuenta de que no le interesa. Así que meto *Los amantes* en la mochila. Recuerdo la sonrisa de Viktor Klíma, con la que me obsequiaba siempre que conseguíamos descifrar un párrafo.

10

A las cinco nos despedimos para que nos dé tiempo a prepararnos para el concierto de la noche. Akira viene con su chaqueta negra, pero lleva una camisa blanca y una corbata. La debe de haber traído por si acaso de Japón, seguramente suponía que vería tocar a su hermana. Le queda bien.

—Hace la tira que no oigo a mi hermana. Hace como cuatro años, en una grabación.

—¡Es buenísima!

—Tengo ganas. —Akira repasa el programa del concierto en el tablón frente a la entrada del edificio.

—¿Te gusta la música clásica?

Akira niega con la cabeza.

—Para nada. ¿Y a ti?

—A mí, sí. Pero no me aclaro nada. Apenas distingo a Smetana de Dvořák. Pero me gusta ir a conciertos. Me gusta cómo funciona toda la orquesta. Cómo el director no para de mirar a todos, hace muecas y agita los brazos. Es fantástico, como una pantomima, todos lo entienden, todos se comunican entre sí. Y también me gustan las caras que ponen las chicas que tocan los segundos violines cuando los primeros violines tocan algo mal. Hay muchísimo fervor y me encanta.

Akira me mira como si estuviera loca.

—Sueno como una idiota, ¿verdad?

—No, para nada. Eres buena si observas este tipo de cosas.

—De pequeña cantaba en un coro. Todavía me acuerdo de los gestos del director. Y lo oigo si algo desafina.

—¿Te das cuenta?

—Sí, a veces sí.

—Pues dame un codazo cuando mi hermana haga algo mal. —Akira se ríe.

Nos sentamos en la sala y esperamos a que empiece el concierto. En poco rato, entra la orquesta al podio. Machiko lleva una camiseta de tirantes negra de lentejuelas y unos largos pantalones sueltos con un lazo en la cintura. Como siempre, es la única mujer que toca el contrabajo. La luz de la sala se apaga. Solo a los lados de la sala brillan unas bombillas azuladas. Cuando me giro, veo el perfil azulado de Akira. Qué distinto es su perfil del de Viktor Klíma.

11

Después del concierto, cada uno se va a su casa. Akira y Machiko hace mucho tiempo que no se ven, así que no quiero estar de más. Estoy en casa, trabajando en la traducción. Ya está lista, pero he empezado a leerla otra vez desde el principio, controlo si cada palabra, cada frase, responde al original. Quiero que la traducción acabada sea perfecta. En los lugares en que no estoy segura, supongo que iré a ver un profesor a pedir consejo. Por suerte, no hay muchos sitios así. Pero también descubro cuáles se podrían traducir mejor. Se me ocurren palabras mucho más interesantes, traducciones mucho más bonitas de una u otra palabra. Me esfuerzo en unificar el estilo de Klíma y el mío. Me he dado cuenta, por ejemplo, de que Klíma traduce la palabra japonesa *aoi* como «verdoso», pero yo como «azul». Tengo que concentrarme y leer con cuidado, porque en *Los amantes* hay bastantes más desajustes.

Alrededor de medianoche, me llama Kristýna. Se ve que su padre ha vuelto a Sri Lanka.

—No sé cuándo volveré a verlo. Si es que vuelvo a verlo. No sé ni si quiero.

—¿Y tu hermano?

—Ya ves… —Puedo verla encogiéndose de hombros—. ¿Es que hay algo que hacer? Desde la última escena, no quiso ni despedirse de papá en el aeropuerto. Prefirió irse a casa de su amigo a una fiesta de no sé qué juego de ordenador.

—Pues qué triste.

—Tampoco —oigo a Kristýna al otro lado de la línea—, parece que en la fiesta conoció a una chica.

—¿De verdad? ¡Pues qué grande! Si no es una elfa de un juego de ordenador.

—No, parece que es real.

—Pues felicidades. Al menos alguien de aquí encuentra a alguien.

—A mí me lo cuentas —dice Kristýna, suspirando.

—Oye, pero nosotros no podemos tirar la toalla, ¿está claro?

—Sí. La vida no solo gira alrededor de los tíos.

—Exacto.

—Lo intentaré con una chica. —Kristýna se ríe al otro lado de la línea.

—¿Cómo?

—Bueno, creo que no me queda otra. Es que todos los tíos son tan imposibles.

Me quedo en silencio.

—Pues a mí déjame, por favor. Yo ahora me estoy matando por salir de mis propios problemas y si encima te meto a ti, ya la liamos.

12
—

Le di un beso tan rápido que ni siquiera me dio tiempo a darme cuenta de lo que estaba haciendo. Sus labios estaban fríos. Eran delicados y mullidos como los dulces japoneses. Y, al mismo tiempo, sabían amargos como el té verde que bebíamos. En el momento en que apreté mi cara contra la suya, el pánico se apoderó de mí. No supe qué más hacer. Kiyoko olía ligeramente a humo, hacía pocos momentos había estado encendiendo el fuego. Suponía que me apartaría de ella, pero para mi sorpresa se acercó aún más. Sus lágrimas me quemaban la cara.

13

Al día siguiente, Akira me espera en Kolbenova. Esta vez tiene la cámara directamente colgada del cuello. Está fotografiando el cristal roto de la parada de autobús. Nos saludamos y partimos.

—El lugar que te quiero enseñar está en ruinas. Creo que hace mucho que quieren derribarlo, Dios sabrá por qué no lo han hecho aún. En secundaria entré con mis compañeros de clase, pero nos echó el vigilante. He intentado encontrar en internet algo sobre el edificio. Dicen que no hay sintechos, como mucho nos encontraremos a alguien sacando fotos o grabando vídeos. Pero igualmente preferiría no entrar.

Akira asiente y sonríe. Vamos junto a una larga pared llena de grafitis hasta el final de la calle. Akira lleva la misma chaqueta que ayer, una sudadera rojo oscuro y unos pantalones marrones. No sé dónde aprenden estos japoneses a vestirse así de bien. Aquí, cuando empieza a apretar el frío, todos los tíos sacan sus chaquetas de nilón de colores y unos vaqueros azul marino, se ponen unas deportivas desesperadamente asquerosas (preferiblemente Prestige) y salen a la ciudad. Los japoneses, aunque a menudo escojan un *outfit* bastante poco tradicional, al menos cada vez tienen estilo.

Pronto llegamos a la valla del recinto. Sorprendentemente, entrar no es problema. Justo pasada la puerta hay un taller mecánico y un *hostel,* basta fingir que vamos a preguntar por los precios del alojamiento y la portera nos deja entrar. Cuando entré hace años con los chicos, tuvimos que arrastrarnos por un agujero detrás del edificio, en dirección a las vías.

La silueta de la robusta fábrica cascada, con las ventanas rotas, se ve ya desde la calle, pero solo cuando cruzas el portal te das cuenta de cuántos edificios hay aquí en un estado desolador. Akira está en éxtasis. Solo oigo el chasquido de su disparador. Pasamos junto a las naves abandonadas por un patio enfangado, nos adentramos cada vez más por entre los edificios, hasta que llegamos a la nave mayor de todo el complejo. Justo debajo de nosotros se alza la alta pared, sembrada de arriba abajo de ventanas cuadradas. Algunas han sido golpeadas, el marco de metal barnizado de verde está desconchado y agrietado. De vez en cuando sobresale la hierba seca. El pavimento frente al edificio está resquebrajado, en la escalera crece un árbol. Estoy completamente aturdida por la escena. Debió de ser un edificio maravilloso, cuando todavía estaba en funcionamiento.

Akira levanta la cámara de la cara y empieza a caminar de aquí a allá junto a las paredes de cristal. Las ventanas llegan hasta el techo, que es abombado. Me acerco. La sala por dentro está llena de grafitis, destrozada. Repararlo costaría millones.

—Me gustaría mirar adentro. —Akira examina la puerta del edificio.

—Bueno, no sé si es buena idea. ¿Y si nos encontramos con alguien?

—No hay nadie. —Akira niega con la cabeza y coge el picaporte de la puerta desconchada. Me acuerdo de la mano de Klíma empotrada en la portezuela entreabierta número once.

—¡Espera! ¿Qué haces?

Algunas cosas no deberían abrirse.

—Solo echo un vistazo. ¡Dentro será magnífico!

—¿Pero y si hay alguien viviendo aquí? ¿Y si nos encontramos a alguien? ¿Qué hacemos?

—Pero si has dicho que no había sintechos…

—Lo ponía en internet. ¡No tiene por qué ser verdad!

Akira sonríe y entreabre la puerta.

—Oye, de verdad que no es buena idea.

—¿No te interesa? ¿Saber cómo es por dentro?

—Quizá esté vigilado. Si viene el vigilante a por nosotros, ¿qué hacemos?

—Decimos que no sabíamos que no se podía entrar. Hablaremos inglés y nos haremos los turistas confundidos.

No me lo habría imaginado de él. Aunque tendría que habérmelo imaginado. ¿A cuántos japoneses del mundo no les interesa el puente de Carlos, sino un viejo barrio de bloques y una fábrica derruida?

—¡No querrás tener problemas con la policía! ¡Eres un turista! ¡Si te pillan metiéndote en espacios ajenos, podrías meterte en un lío!

No sé si no me entiende o simplemente no quiere entenderme. Sus ojos brillan y en su cara se ha posado una expresión de anhelo. Debe de haberle atrapado una especie de furor artístico. Miro alrededor. No veo a nadie por ningún lado. Ni cámaras.

—No sé qué decirte. —Todavía quiero disuadirlo, pero Akira ya está dentro. Seguramente hace un par de semanas, en Tokio, entró de manera parecida a aquel edificio privado, tal como me contó Machiko.

Vuelvo a mirar alrededor y entonces entro en el edificio tras él.

14

Se llega a la nave por un pequeño y estrecho pasillo. Apesta a algo muy desagradable. Noto barro y las paredes mohosas. Debajo de nuestros pies, crujen las baldosas y los escombros. Ruedan por aquí trapos sucios y bolsas de plástico.

—¿De verdad que tenemos que entrar? —susurro. Pero Akira se dirige, sin vacilar, directamente a la nave industrial, como si se hubiera convertido en un buscador de tesoros. No me resulta especialmente agradable. Sé que nos estamos metiendo donde no debemos. Que esto no es nuestro y no se nos ha perdido nada. El pasillo parece querer dejárnoslo claro. Huele raro, está oscuro y sucio. No, este no es mi sitio, sin duda. Pero Akira, la figura negra frente a mí, continúa hacia delante sin vacilar.

Solo son unos pocos pasos y de repente hay luz por todas partes. Como si nos encontráramos en otro mundo, como si hubiéramos pasado un túnel hacia otra dimensión.

Dentro, la nave es todavía más espléndida que desde fuera. Las ventanas de cristal se extienden por toda la pared, desde el suelo hasta el techo, algunas sucias, otras sacadas, dejan entrar luz al espacio. Por el suelo ruedan hojas traídas por el viento. El techo está apuntalado por vigas de madera podrida. El muro enfrente de las ventanas está lleno de grafitis. Dios sabrá de dónde ha salido un viejo sofá que alguien ha pegado en él. En la pared hay montados unos viejos lavabos que rebosan de escombros y trastos. Alguien incluso se ha encendido aquí una pequeña hoguera, hay restos de madera quemada. Una copa del KFC. Una bolsa de plástico de Billa.

—Con cuidado. —Señalo el techo. Akira asiente y empieza a sacar fotos. Me siento como si estuviera en un mundo después del Apocalipsis. Me imagino que aquí debía de haber máquinas de coser ordenadas en línea, o yunques, o algún tipo de máquinas qué ni sé para qué servían. Gente caminando por aquí. Veo para mis adentros a hombres sudados o costureras con faldas a cuadros. No sé para qué servía concretamente esta nave. Pero es un espacio imponente.

El firmamento se nubla lentamente. Gradualmente perdemos la luz.

—Creo que deberíamos irnos.

Igualmente ya llevamos aquí más tiempo del que me gustaría. El primer hechizo del lugar ya se ha esfumado. No me siento segura. Al nublarse, se pierde la luz de la sala y se extiende el vacío y la nada de las posibilidades incumplidas y los viejos tiempos olvidados. Las paredes parecen gemir. Quiero irme.

—¿Tienes miedo?

Akira suelta la cámara y la deja colgando de su cuello.

—Tengo miedo de que alguien nos pille aquí. Vamos ya.

Me doy la vuelta para irme. Pero Akira no se mueve. ¿Qué le pasa? Me giro y quiero decirle algo, pero se pone el dedo en la boca.

—Chist.

—¿Qué? —susurro en voz tan baja que ni se oye, y aguzo los oídos.

Akira está como encadenado. Mi corazón ha empezado a latir con fuerza. Late a toda prisa. Desbocado, irregular. Niego con la cabeza hacia Akira. No oigo nada. Pero Akira sigue sin moverse. Y luego lo oigo. Voces extrañas. Y pasos. Se dirigen hacia aquí desde la vía.

Pongo los ojos como platos. Akira me devuelve la mirada estupefacta. ¿Correr? Eso solo armaría jaleo. Solo nos miramos el uno al otro. No sé qué hacer. Mis piernas se han quedado clavadas.

—Puto tiempo, qué mierda tiempo, a tomar por culo. Se me están congelando los huevos —oigo con bastante claridad. Las voces se acercan. Y no parece que sea un vigilante.

—¡A mí también! ¡Puta rasca de mierda! Espero que al menos nos quede cambio para privar.

Akira sale corriendo hacia mí y me coge de la mano. Por fin me pongo en movimiento. Con dificultad, torpemente.

Como si mis pies se quedaran en su sitio mientras el cuerpo se mueve.

—Ya no volveré a cruzar esta puta vía —oigo una voz de mujer—, el arbusto ese de las pelotas por poco me pincha el ojo.

Akira y yo nos abalanzamos hacia la puerta.

—Te dije que habían quedado algunas vigas. Lo vendemos, sale a dos coronas el kilo.

En la penumbra del pasillo, le doy una patada a un ladrillo y me precipito al suelo a toda velocidad. Duele. Con el hombro he golpeado algo duro. Akira me levanta. Me siento como en una película a cámara lenta. ¿Me he dado en la cabeza? No lo sé. Creo que me he mordido el labio.

—¡Coño, qué montón! Todo esto ni lo sacamos. Mira, tío.

Akira me levanta y me aparca en la esquina tras la puerta, donde no se ve desde la nave. Suena una voz de hombre:

—Oye, ¿no habéis oído algo?

—¿El qué?

—Un golpe o algo.

—Yo no he oído nada.

—Ni yo.

—No sé, tío. Serán las vigas. Siempre está cayendo algo. Cógelo rápido y nos piramos antes de que se nos caiga encima.

Por la nave se mueven varios hombres y una mujer, los oigo pisar, los escombros crujiendo bajo sus zapatos. Han venido a robar. Dios sabe qué clase de chusma es. Akira y yo nos apoyamos en la pared del pasillo oscuro y yo no puedo respirar. Huelo barro y moho, noto sangre en la boca. Y también la colonia de Akira. Desde su chaqueta se extiende olor a mentol. Es una extraña mezcla de olores y es curioso lo intensivamente que los percibo, de repente. Como si estuviera vestida con ellos.

Se me ocurre una idea terrible. No he apagado el sonido del móvil. Si llaman ahora, estamos perdidos. Saco el móvil del bolsillo y lo apago. Enseguida entiendo que no ha sido una buena idea. Si nos pasa algo, ¿quién llamará a una ambulancia? Akira, difícil.

—Puto curro. Esto pesa un huevo.

—Un huevo tuyo, amigo.

La banda se echa a reír.

—Callaos y a currar.

—¡Va! ¡Levantadlo, joder! ¡Venga, no tenemos tiempo!

Akira, en silencio, se mueve hacia la puerta de la nave. Lo agarro de la chaqueta.

¿Qué crees que estás haciendo?

Akira señala la cámara que lleva colgada del cuello.

¿TE HAS VUELTO LOCO?, agito bruscamente la cabeza. Akira coge la cámara.

¡NO LO HAGAS!, le doy un codazo.

Pero Akira levanta la cámara a los ojos y saca el visor por un agujero en el vidrio que ha quedado en la puerta. ¡¿Seré burra por haberlo traído?! ¡Machiko, te mato! ¡Tendrías que haberme dicho que tu hermano es un suicida!

Un segundo después, la cámara chasquea.

—Eh, ¿qué ha sido eso? —oigo la reacción inmediata desde la nave.

El silencio se extiende.

—Corre a echar un vistazo —oigo la voz de la mujer.

Cierro los ojos y me meto la mano en el bolsillo. Algo hay.

—Paso de tu culo, habrá sido una rata o una paloma.

—No sé yo. ¡Mejor que alguien vaya a mirar!

En el bolsillo tengo el bolígrafo mágico. El de la madre de Kristýna. Lo aprieto convulsivamente. Y también la mano de Akira. No quiero estar aquí completamente sola, cuando nos encuentren. Oigo mi corazón y unos pasos ajenos acercándose cada vez más y más. Aprieto el bolígrafo en el bolsillo y siento cómo me vienen lágrimas a los ojos. Tengo miedo. Últimamente nada sale como debería. Y se acabará aquí. En un pasillo oscuro y asqueroso. Nadie nos encontrará aquí nunca.

Viene a por nosotros un demonio de otra dimensión.

16

—¿Qué? ¿Hay algo?

En la puerta a nuestro lado aparece una criatura repugnante. Clava las garras en el marco de la puerta, apesta a alcohol. No veo su cara, solo la melena alborotada que apunta en todas las direcciones.

Akira tiene la mano sudada. La cámara en su pecho envía señales claras: «Soy cara. He costado muchos yenes».

Oigo mi corazón y el de Akira. Laten al unísono, como dos banderines dando palmadas al aire y marcando el camino. Estamos aquí. Por favor, venid por aquí. No hay manera de no vernos.

—Aquí no hay nada, hostia. Te lo he dicho.

—¿En serio?

—¡Sí!

—Pues ven, acabemos con esto.

El hombre desaparece de la puerta.

—No hay más que ratas…

—No des la chapa y píllalo por aquí. ¡Joder, tira! Vamos. Mára va a coger un cabreo si tardamos tanto.

Oigo cómo se debilitan las voces.

Todavía pasamos un buen rato en silencio en el pasillo.

17

Solo cuando estamos seguros de que se han ido, salimos corriendo. Cruzamos el complejo de edificios abandonados hasta llegar afuera, a la calle.

—¿Estás bien? —pregunta Akira cuando llegamos a la civilización. Alrededor pasan coches y gente.

—¡¿Te has vuelto loco?! —me pongo a gritarle, en lugar de contestar—. ¿Qué se supone que significaba eso?

Akira apoya las manos en las rodillas y exhala. Luego se saca del bolsillo el paquete de cigarrillos y me ofrece uno. Hago ver que no lo veo.

—¿Eres idiota o qué? ¿Por qué coño tenías que sacarles una foto? ¿Qué te ha dado? ¿Sabes qué habría pasado si nos llegan a encontrar? ¡No nos han visto de milagro! Amigo, adiós a tu cámara. ¡Y esa sería la variante buena!

La cajetilla de tabaco sigue flotando por delante de mi cara. ¿Un gesto de reconciliación?

Meto la mano en el bolsillo y saco mi propio tabaco.

—Me voy a casa —informo a Akira y me giro hacia el metro.

—Espera. —Me coge de la mano.

—¡No me toques! —Me aparto.

Me tiemblan la voz y la mano con la que sostengo el cigarrillo. Tengo que apoyarme en la barandilla. Akira me da fuego. Luego me da un pañuelo de papel.

—Te sale sangre. —Se señala el labio. El filtro de mi cigarrillo está completamente rojo.

—¡Es tu culpa!

Empiezo a frotarme la boca. Luego meto el pañuelo en el bolsillo.

—Perdona, lo siento.

Y yo que me lo trago.

—No tendríamos que haber entrado.

No dejo de temblar. Akira se apoya en la barandilla a mi lado e intenta frotarme los hombros. Me lanzo hacia él. No quiero que me toque.

—Pero me ha salido una foto fantástica.

—¿En serio? Vaya, pues mola mazo, ¡ya me encuentro mejor! En el Guggenheim ya te están preparando un sitio.

—¿No quieres verla?

—No.

De repente me llega la información de que tengo muchísimo frío. Quizá no esté temblando de rabia. Quizá solo tenga frío. Cuando acabo el cigarrillo, piso la colilla y me pongo de pie.

—Adiós. —Me voy hacia el metro. Akira, a dos pasos por detrás.

—No te enfades conmigo.

—Déjame.

—De verdad que me sabe mal.

—¡Dios! —Me detengo. Vuelvo a enfurecerme—. ¿Entiendes lo que habría podido pasar? ¡Habría bastado que ese tío cogiera un ladrillo y te diera en la cabeza! ¿Qué habríamos hecho? ¿Cómo llamaría a una ambulancia? ¿Adónde la dirigiría? ¿A uno de los edificios derribados de Kolbenova?

Akira parece decaído.

—¡Podría haberte matado sin más! ¡Por la cámara! ¿Lo entiendes? ¡O a mí! ¡O te mata a ti y me viola a mí! ¡No le habría costado nada! ¡No entiendo que no te afecte!

—Lo digo otra vez. Me disculpo.

—¿Cómo se te ha ocurrido encima fotografiarlos?

—No he podido evitarlo. —Akira estira las manos—. Una foto así no la sacas dos veces.

—¡Estás loco!

Akira no contesta.

—¡Eres un tarado! —Vuelvo a ir hacia el metro. Y Akira detrás de mí.

—Al menos déjame pagarte una copa. No puedes irte a casa así. Si te pasara algo, no me lo perdonaría.

Clavo la mirada en la acera y reflexiono.

—Vale. Me tomaré un *whisky*. ¡Pero luego me voy a casa!

—Vale —consiente Akira—, te invito. Pero no te enfades más.

18

En el vagón, Akira se ha negado a sentarse, ha estado todo el rato de pie en la puerta, agarrando convulsivamente la barra, la cara rígida, el puño apretado hasta emblanquecerse los nudillos. Estaba mirando fijamente el suelo, no veía ni oía y en las pocas paradas no me ha dirigido la palabra, como si yo ni estuviera.

Hemos llegado al Bukowski's. Akira ha pedido dos *whiskies*. Está en penumbra, en unos estantes de la pared brillan velas.

—¿Estás bien?

—Sí.

Akira levanta el vaso. Brindamos. Luego bebemos. El *whisky* es bueno, siento cómo fluye directamente a mi estómago, cómo me quema la boca. Al menos me desinfecta el labio. De repente, tengo ganas de emborracharme. Absolutamente todo me da igual. Lo expulso todo de la cabeza.

—En serio que estás loco. —Agito la cabeza y bebo un poco. Akira deja la cámara sobre la mesa—. Pues enséñame la foto. —Me mata la curiosidad. Akira sonríe y empieza a clicar algo en la pantalla. Entonces se inclina hacia mí. Vuelvo a sentir el olor a mentol.

En la foto, bajo el techo acristalado y con el fondo de una pared de cristal de la nave industrial abandonada, discute un grupo de sintechos que, con todas sus fuerzas, levantan un enorme marco de hierro sin cristal para llevárselo a un centro de reciclaje.

Después del tercer *whisky*, todo el incidente ya no me parece para tanto. De hecho, pienso que me he puesto exageradamente histérica. Me río de la anécdota de Akira sobre su colega del trabajo, que se quedó dormido de agotamiento durante su turno, cuando estaba colgado en un andamio a decenas de metros del suelo, babeando con esmero la ventana de la oficina que tenía que limpiar. No sé qué hay de verdad en ello, pero Akira es un buen narrador y necesito reírme.

También entiendo que un tipo que cada día está colgado a decenas de metros sobre el suelo probablemente tenga un concepto del peligro completamente distinto al mío.

—Igualmente es curioso lo obstinado que eres con las ventanas… —Agito la cabeza—. ¿Cuándo se te ocurrió exactamente?

—Hum —Akira reflexiona—, fue después de la secundaria. Cuando empecé a trabajar para la empresa de limpieza. Pero, si te he de ser sincero, ya hace mucho tiempo que tengo cuentas pendientes con las ventanas.

—¿Cuentas pendientes? ¿Qué significa eso?

—Que una vez me pasó una cosa y desde entonces sé que tendré un problema con las ventanas hasta que me muera.

Lo observo sin entender.

—Limpiar ventanas, de hecho, es una especie de terapia. Me lo recomendó un psicólogo.

—¿Vas al psicólogo?

—Ya no mucho. Pero iba regularmente. Antes de empezar a trabajar en Wasshingu.

—¿Qué significa *wasshingu*? —pregunto.

—Es el nombre de la empresa para la que trabajo. —Akira sonríe.

—Ah, pensaba que era alguna palabra desconocida. Claro, tiene sentido. Viene del inglés *washing*.

—Para ser sincero —continúa Akira—, mis padres siempre se imaginaron que me haría abogado, profesor o médico. Así que después de secundaria no entendieron de ningún modo por qué no me metía en la universidad y por qué encadenaba un trabajo tras otro. No sé cuánto te ha contado mi hermana de mí. Pero no era capaz de quedarme en un sitio más que un par de meses.

—¿Por qué?

—Por las ventanas.

—¿Cómo?…

—No se lo he contado mucho a la gente, pero a ti te lo voy a contar, porque tengo la impresión de que te lo debo. —Akira bebe. Él también ha bebido bastante. Su cara se ha enrojecido visiblemente. Los japoneses no suelen aguantar mucho y parece que Akira no será una excepción—.

Sufro de claustrofobia. En cuanto me encuentro en un espacio cerrado sin ventanas, inmediatamente me encuentro mal y tengo la sensación de que voy a salir de mi piel. Me parece que en cualquier momento se me va a caer el techo encima, que las paredes se acercan las unas a las otras y que el mundo ondea en espirales. Empiezo a sudar y de vez en cuando incluso me desmayo. Por eso no me gusta ir en metro. Empezó cuando tenía diecisiete años. Hasta entonces, estaba bien.

—¿Qué lo activó?

Akira toma un trago de *whisky*.

—Cuando tenía diecisiete años tocaba en un grupo que no valía nada. Entonces nos extrañaba no ser famosos, pero mi hermana te confirmará que era un horror. Al fin y al cabo, has visto las fotos, así que puedes imaginártelo. Entonces era lo más el *visual kei*, las chicas de la clase constantemente se intercambiaban fotos de tíos pintarrajeados. Yo siempre estaba solo, pensé que si me ponía maquillaje podría tener efecto. Y la guitarra más o menos la pillé por el camino.

—¿Y funcionó?

—¿Con las chicas? En nuestro primer concierto, me acosté por primera vez con una chica. Una del público. Así que diría que funcionó. Pero volviendo a las ventanas… —Akira tira la ceniza al cenicero—. Como teníamos que ensayar al menos un poco, encontramos una sala de ensayos en un sótano de Shibuya. Allí son tolerantes con los artistas jóvenes. Íbamos dos veces por semana, el resto del tiempo la sala funcionaba como almacén de conservas que pertenecía al padre del chico que tocaba la batería con nosotros. Nos lo alquiló para ensayar por un precio ridículo. Estaba abajo de todo, en el subterráneo, así que no molestábamos a nadie cuando tocábamos.

»Machiko te habrá contado la vida que llevábamos entonces. Papá estaba en Hokkaido, mamá se quedó sola con nosotros. Entonces lo pasábamos bomba. Siempre dormíamos en casas de amigos, creo que a mamá por poco la matamos. La pobre, estaba siempre asustada porque no sabía lo que nos pasaba. Los móviles sin cobertura, mi hermana seguía metida en ese horrible colegio cristiano, yo seguía por ahí con el grupo, no iba a casa y, por ejemplo, durante varios días seguidos no daba señales de vida. Mamá al principio, por supuesto, se alarmaba, pero luego se acostumbró. Al final, esta vida se vengó de mí, porque en la sala de ensayos me pasó una cosa terrible. —Akira bebe.

»Fue durante las vacaciones de verano. El chico que el almacén era de su padre tenía que irse de vacaciones con la familia al principio de la tercera semana. Su padre anunció en la empresa un fin de semana largo y se fue con la familia a disfrutar en un balneario. El día antes de que se fueran, estuvimos ensayando. Cuando acabamos y nos despedimos, me di cuenta de que me había dejado la cartera abajo. Todavía no estaba lejos, así que volví a por ella. Como he dicho, era en un subterráneo. No quería llevar la guitarra escaleras arriba y abajo, así que la dejé con la mochila arriba de las escaleras, con la idea de bajar rápido a por la cartera. Bajé las escaleras, tecleé el código de la puerta para entrar y encendí la luz. La cartera estaba debajo de la caja de madera donde poníamos los amplis.

»Me lancé a por ella y quise volver a subir enseguida, pero en ese momento saltó la electricidad en todo el almacén. No sé qué tipo de fallo fue. La luz se apagó y la puerta, que funcionaba con un zumbido, no se podía abrir. Me quedé completamente solo en una absoluta oscuridad y tenía el móvil arriba, en las escaleras.

—¡Es terrible!

—Bueno, al principio no fue tan terrible. Pensé: «Me espero, en un rato arrancará». Pero no arrancó. No arrancó durante dos días y medio. Intenté gritar, pero nadie me oyó. Apalanqué la puerta como un loco, pero no ayudó. Después de un tiempo oí que desde las escaleras, en la mochila, estaba sonando mi móvil. Mi madre me estaba buscando. Solo que, como entonces bastante a menudo no volvía a casa durante varios días seguidos, no se preocupó especialmente. En los dos días, nadie vino a por mí. Porque era fiesta.

»Pasé casi dos días sentado en una caja, comiendo conservas con atún en escabeche. Desde entonces no puedo ni oler el atún en conserva. En Japón es un problema bastante grande. —Akira se ríe—. Tras un rato perdí la conciencia del paso del tiempo. También me resfrié.

—¿Y quién te liberó?

—Una chica con la que había cortado poco antes. Me encontró y llamó a mi madre, que yo estaba encerrado en la sala de ensayos y no podía salir. Se ve que estaba bastante histérica. Cuando me encontraron, estaba agotado, empachado de atún y mi última preocupación era llamarla. Y como ella tampoco me llamó y, fundamentalmente, ya habíamos cortado, pasé.

19

—¿Has estado alguna vez encerrada a oscuras mucho tiempo?

—No.

Akira hace una mueca.

—Primero piensas que pronto se pasará. Pides ayuda e intentas salir. Cuando no te sale, piensas que esperarás, pronto tienen que empezar a echarte de menos. Juntas cajas para poder tumbarte, intentas orientarte.

»Entonces empiezas a notar intensivamente los olores. Y los ruidos. Oyes toda una escala de sonidos. Roces. Crujidos. Golpeteos. Te imaginas qué animales pueden hacer estos ruidos. ¿Te dan miedo los ratones? En el almacén había bastantes.

»Luego empiezas a anhelar desesperadamente la luz. Al menos un destello de luz. El parpadeo de una bombilla. Te golpeas con las cosas en el espacio antes de entender que lo mejor será estar sentado. Luego te duele todo el cuerpo, así que quieres caminar otra vez. Tienes hambre y sed, pero de qué sirve, no hay nada, solo miles de conservas de atún. Primero te alegras, es mejor eso que nada. Y el atún es una buena variante. Podría ser, por ejemplo, rábano en vinagre. Así que comes atún. Luego empieza a sentarte mal. Toda la sala apesta a atún. Y necesitas ir al baño. Creo que no hace falta que te describa los problemas que trae consigo.

»Al final, solo esperas. Esperas, esperas y esperas los pasos en las escaleras. Y no viene ninguno. Y pasa un tiempo increíblemente largo.

»Entonces empecé a anhelar las ventanas. Al menos una ventana pequeñita. Donde veía a la gente andando por la calle. O por el parque. Me imaginé todos los tipos de ventanas. Ventanas sucias, ventanas limpias, ventanas rotas, ventanas de casas, de oficinas, escaparates de tiendas, paradas de autobús, ventanas de techo, ventanas a ras del suelo, ventanas de almacenes, ventanas de casetas de jardín, ventanas occidentales y ventanas japonesas. Y también puertas. Todos los tipos posibles de puertas.

Akira toma un trago.

—Cuando me sacaron del almacén, estuve dos días en el hospital en observación. Había una luz fantástica. Bombillas por todas partes. Recuerdo cómo pasaban mientras me llevaban en camilla. Bombillas en el techo. Después de dos días, me enviaron a casa.

»Y entonces empezó. Dejé de dormir. No conseguía estar tumbado en la oscuridad, tenía que iluminar con una lámpara, como un niño pequeño. Tenía miedo de ir solo por la noche al váter. Pasé despierto decenas de noches seguidas, durante el día no era capaz de concentrarme en nada. Me quedaba dormido por los rincones. Luego empecé a evitar los espacios cerrados. Empezó discretamente. En lugar del ascensor, iba por las escaleras. Me consolaba diciéndome que era más sano y que me sentaría bien. Después, empecé a ir a pie distancias enormes solo para no tener que coger el metro o el autobús. Al final, me daba problemas incluso entrar en un taxi. Tuve que dejar el grupo. Ya nadie consiguió que volviera a entrar en ese almacén. Tenía problemas en todos los trabajos en los que entraba. Por la noche no dormía, llegaba tarde, no era capaz de ir a buscar algo al almacén, bajar en ascensor a un piso inferior. Al final siempre me echaban. Hasta que acabé con un psicólogo.

—Vaya, ¡es terrible! ¿Y qué te aconsejó?

—Cuando se lo expliqué todo, como ahora a ti, y me costó muchísimo más, me aconsejó que buscara trabajo en algún sitio donde no tuviera que estar en un espacio cerrado. Las recepciones de hoteles y las cocinas de restaurantes no entraban en consideración. Propuso trabajos de jardinería, pero no era fácil encontrar algo en este campo. Y no quería de ningún modo barrer aceras. Al final, como si fuera mi destino, acabé limpiando ventanas. Miro habitaciones, pero desde fuera. Es bastante paradójico. Pero me va bien. Y luego pensé que empezaría a sacar fotos de las ventanas. Y me atrapó. Últimamente me encuentro mucho mejor. Ya consigo incluso entrar en ascensores e ir en metro, incluso vine en avión completamente solo. Tengo la sensación de que estoy volviendo a la vida corriente.

20

Salimos de la taberna tambaleándonos, en un estado marcadamente ebrio. Nos paramos en el cruce más próximo. Akira está alojado en un hostal cercano, yo tengo que cruzar toda Praga hasta Kačerov. No me apetece mucho.

—Hoy ha estado bien. —Akira sonríe y se mete las manos en los bolsillos—. Gracias por todo. Espero que nos volvamos a ver, quizá en Japón, cuando vengas.

—Y tanto. Tendrás que llevarme a un andamio para limpiadores de ventanas. De los que cuelgan de los tejados de los rascacielos. Quizá sea la única variante para superar el horror de hoy en Kolbenova.

—¿Sigues cabreada?

Niego con la cabeza.

—Espero que te vaya bien el examen de admisión. Mucha suerte.

—Gracias. —Akira sonríe—. Tengo un candidato perfecto para la foto del examen. —Tamborilea en la cámara—. Gracias a ti.

—Bueno, supongo que me alegro.

Akira entrecierra los ojos.

—¿Por qué eres así siempre?

—¿Cómo?

—Tan depresiva.

—¿Cómo que depresiva?

—Como si estuvieras aquí y al mismo tiempo no. Tengo la sensación de que la mente se te va siempre, de vez en cuando miras hacia el vacío y te enfurruñas muchísimo. Hoy me he dado cuenta de esto varias veces. ¿Ha pasado algo?

—¿Aparte de que por poco me violan unos vagabundos?

Akira frunce el ceño.

—¿Lo ves? Ya lo vuelves a hacer.

—No sé… —Me encojo de hombros—. Últimamente estoy como triste.

—¿Y puedo ayudarte de alguna manera? Hacer que pienses en otra cosa. —Akira se acerca.

—De hecho —reflexiono—, creo que hoy lo has conseguido bastante. Aunque no paraba de pensar que me violaría un sintecho, al menos me he distraído un poco.

—No son ideas muy bonitas. —Akira se acerca hasta mí y me toca el pelo.

Me acaricia la cabeza. Es alto, guapo, tiene los ojos rasgados… Quizá no estaría de más cogerlo de raíz y sacudirme el tema de Viktor Klíma con sexo de una noche con un japonés loco en un hostal de Žižkov. Literalmente sacar un clavo con otro, me río tontamente para mis adentros. Tampoco tiene gracia. Simplemente estoy borracha perdida.

—¿Qué haces? —susurro.

—¿No debo?

Pues esa precisamente es la cuestión. Aunque es un chico guapo, sin duda es interesante y seguro que no es aburrido estar con él, también es el hermano de Machiko. No tengo nada contra los desliz de una noche, pero este podría traer consigo horas de explicaciones. No creo que la cabreara especialmente si me acostara con su hermano. Pero uno nunca sabe.

—Tienes el pelo genial.

Sí. Porque no es negro, sino rubio. De eso en Japón no tenéis, ¿eh? Desde las entrañas de mi mente se me aparece el señor Pepa, llevándonos a Bára y a mí por Tokio y diciendo: «Esto en Praga no lo tenéis. Esto en Praga no lo veréis». Por Dios. ¿Por qué justo ahora pienso en el señor Pepa? Enseguida ahuyento el recuerdo.

—¿No quieres pasar la noche conmigo en el hostal? —pregunta Akira.

Y además está Viktor Klíma. Su sonrisa, su pelo despeinado que no deja de rascarse con la mano. Sus dedos buscando signos en el diccionario. La americana despellejada de Viktor Klíma, las gafas destartaladas de Viktor Klíma. Viktor Klíma tocando la guitarra en su casa. Viktor Klíma dando vueltas, eternamente borracho, y que cuando nos sentamos juntos tiene la tendencia a moverse hacia un lado hasta que acabo arañándome contra la pared. Un fantasma arrastrándose por los pasillos del colegio.

—Perdona, me voy a casa —digo y sonrío hacia Akira. Él se encoge de hombros, sonríe y se aparta un par de pasos.

—Vale, como quieras.

—Perdona.

—No pasa nada. Supongo que es mejor.

Miro a Akira y de repente me sabe mal por él. Tengo la sensación de que hace varios años se olvidó algo en aquel sótano. Alguna parte de sí mismo. Una parte de sus sentimientos. El equilibrio interior. Y está buscándolo desde entonces.

Buscando situaciones extremas quizá esté volviendo atrás. Se pone a sí mismo a prueba.

No es un chico con el que debiera empezar algo. Si me acercara mucho a él, acabaría en la posición de eterno protector. Siempre me esforzaría en sacarle del sótano al mundo real. No es mi futuro, tiene que hacerlo otro.

—¿Llegarás sola a casa? —me pregunta Akira.

—Sí, aquí me subo al tranvía.

—Vale.

—En Japón, cuento con el andamio —digo y me río.

—Y tanto. Te lo debo.

21

Cuando llego a casa, compruebo que mi móvil ha estado apagado toda la tarde. Lo he apagado en la fábrica de Kolbenova y me he olvidado de encenderlo. Cuando lo hago, aparece en la pantalla un ejército de llamadas perdidas de mamá (pero nada más llegar me ha echado bronca por no decir nada en todo el día). Y también hay dos de Klíma.

22

———

Con movimientos hábiles, me desató el kimono. Me di cuenta de lo que iba a hacer.

—¿Kiyoko? —dije, pero ella no contestó. Dejó caer el kimono de mi espalda y entonces se desató el suyo.

Antes había visto incontables mujeres desnudas. A mi madre y a mi tía, a las vecinas de los baños, mujeres bañándose en el lago. Pero nunca había tocado a ninguna. Kiyoko tomó mi mano y se la puso en el pecho. Era pequeño, ligeramente puntiagudo y blando. Me atravesó una ola de calor. Cuando apreté un poco el pecho, Kiyoko soltó un gemido silencioso.

Alarmado, levanté la cabeza hacia ella. Me asustó pensar que le había hecho daño. Esperé que me dijera algo, pero en lugar de eso se apretó más contra mí y me beso en el cuello. Su cuerpo estaba frío como si no fuera de este mundo. También el suelo de madera estaba frío.

Ese día hice el amor con una mujer por primera vez. Cuando más tarde estaba mirando el alto techo, en el que se perdían las vigas negras, lo que más deseaba era no tener que volver a casa. Pero sabía que debía hacerlo. Kiyoko suspiraba en el suelo a mi lado. No tenía claro por qué había decidido hacer el amor conmigo. Si era por mi redacción o simplemente solo por el hecho de que estábamos solos y ella se sentía abandonada.

Si realmente era por mi redacción, me pareció increíble que el mismo texto pudiera despertar en varias personas sentimientos tan diversos. En mis profesores ira e incomprensión, y en la mujer a la que amaba, ternura y amor. Entonces decidí que sería escritor. Me había dado cuenta de que quería despertar sensaciones en la gente.

—Seguro que te convertirás en un gran escritor —dijo Kiyoko en el silencio.

—¿Tú crees?

—Te lo prometo.

—No puedes prometer algo así.

—Yo sí. Porque soy una bruja.

PARTE NOVENA

SHIBUYA

1

Es marzo. Florecen las *sakuras*. El sol empieza a calentar. En la librería de Shibuya abren las ventanas. Estoy junto al estante de *mystery*, hojeando el último libro de Keigo Higashino. Suena una música en volumen alto y las voces de las vendedoras se tapan las unas a las otras cuando saludan a los clientes recién llegados. «Mamá, papá, me voy a casar», canta con la voz emocionada una chica desde el altavoz. Meto a Higashino de nuevo en el estante. Con este jaleo, no hay manera de concentrarse.

Paso por un pasillo de la sección de *manga*. A diferencia de la sección de literatura, aquí hay mucha gente. Sin contar que desde el altavoz no dejan de extenderse las peticiones de los trabajadores para que la gente limite la lectura en los pasillos, porque con eso reducen su transitabilidad. Justo en el borde hay una chica con el uniforme del colegio. Debe de tener mi edad. Está mirando los *mangas* para niñas, donde un chico rubio declara su amor a una colegiala sonrojada. La página está ribeteada por capullos de rosa.

Al lado de la chica, un tipo con traje hojea un cómic histórico de la era Edo. Repasa la cabeza cortada de un samurái, dibujada con detalle. Paso junto a cientos de portadas y lomos de cómics en los estantes. Hay gente que está años paseando entre pasillos como estos. Miran las páginas en blanco y negro y se pierden en mundos diferentes al que viven. Yo también hago algo parecido. Si no, ya hace mucho que me habría vuelto loca, aquí sola.

Al final de un pasillo hay un chico con traje gris. Tiene el pelo largo y lleva gafas. Cuando paso por su lado, levanta la cabeza y me mira, totalmente como si me viera. Es extranjero, pero sostiene en la mano un *manga* de Osamu Tezuka, así que debe de saber japonés. Paso a su lado y rápidamente giro en la esquina. Cuando me doy la vuelta, el chico asoma la cabeza desde detrás de la estantería. Me acompaña con la mirada, evidentemente no cree que no haya sido un sueño. Parece que, de los *thrillers* de misterio que leo últimamente, se me empieza a ir la cabeza. Necesito salir al aire fresco.

Fuera, me da la bienvenida una Shibuya alborozada. En la esquina, junto a la tienda de cigarrillos, cojo un periódico y busco en la sección de cultura. Cerca de aquí, en un par de días, abrirán una exposición sobre Takashi Murakami, no puedo perdérmela. He visitado todas las exposiciones permanentes de Shibuya, así que, después de mucho tiempo, me alegro de ver algo nuevo.

Me dispongo a cruzar la calle, pero me bloquea el camino un grupo de chicas perfectamente elegantes. «¿En seeerio? —pregunta una a otra—. ¿Y cuánto te costaron?». Hablan de zapatos. Cogen un taxi justo delante de mí. El conductor lleva guantes blancos y los asientos del vehículo están cubiertos por tapetes de ganchillo. Las chicas entran en el coche riéndose. Deben de tener un buen dineral, si pueden permitirse ir por Shibuya en taxi. Intento atrapar adónde van, cuando, en el reflejo de la ventana del taxi, me doy cuenta de que hay alguien de pie detrás de mí. Al darme la vuelta, mi mirada topa con la del mismo tipo que se me ha quedado mirando hace unos momentos en la librería. Durante unos momentos, parece que realmente me ve, pero entonces desvía la mirada hacia el edificio a nuestro lado. ¿Le habrá llamado la atención la oferta de reparto de comidas a *seniors*? Su cartera, a simple vista, debe de pesar al menos diez kilos.

El taxi, con chicas incluidas, se aleja y en el semáforo para peatones salta el verde. Suena un pitido ruidoso, que señala que puedo continuar hasta el otro lado. Avanzo por el paso de peatones. El tipo va detrás de mí. Paso junto a un tenderete de *souvenirs*. Paso por delante de un McDonald's y varias máquinas expendedoras. El tipo me sigue persiguiendo. Incluso acelera cuando lo hago yo. Realmente, no me resulta agradable. ¿De qué va este tío? ¿Debería pararme y hablar con él? Tonterías. Si no me ve. En todo el tiempo que llevo aquí, me ha visto una única chica, además en circunstancias bastante específicas. Pensar que ahora, después de siete años aquí, alguien me haya registrado es una locura. Lo mejor de todo será perder a este tipo de vista. Me pone nerviosa que nos dirijamos en la misma dirección. En la esquina, junto a una casa de juego *pachinko*, hago un regateo y, por varias tiendas, salgo al otro lado de la calle.

Cuando el tipo desaparece de mi horizonte, me siento aliviada. Pero al mismo tiempo me anega el vacío. Sería genial tener aquí al menos a un amigo. Encontrar a otra idea perdida. Aunque, con mi suerte, seguro que sería una idea horriblemente depresiva de suicidio o, Dios no lo quiera, de un ataque terrorista, por ejemplo.

2

Ya hace tres días que me deshice de mi extraño perseguidor, pero no he podido dejar de pensar en él. Después de muchísimo tiempo tuve la sensación de no estar sola en este mundo. Por supuesto, solo era una sensación, pero me apenó tanto que, si pudiera dormir, esto segura de que me quitaría el sueño.

Estoy sentada en la barandilla de una estación, tomando el sol. Por supuesto, no me bronceo ni un miserable tono. En general, esta actividad pierde su sentido también porque no hay nadie que vaya a apreciar un eventual moreno. Y, no menos importante, tampoco siento los rayos del sol en mi cara. Así que no hay el menor motivo para realizar esta actividad.

Pero al menos, cuando lo hago me puedo sentir un poco viva. Y no como una sombra que se arrastra.

Justo delante de mí, un autobús da un ruidoso bocinazo. Abro los ojos. El autobús se ha parado en mitad de la bulliciosa carretera. Un coche que iba detrás por poco ha chocado con él. Intento entender lo que ha pasado. No tengo que esperar mucho.

—¡Vayan con cuidado! —grita el conductor desde la ventanilla. Entrecierro los ojos para ver mejor. Delante del autobús, un chico recoge del suelo libros y cuadernos desparramados. Parece que ha entrado en la calzada sin mirar. Apresuradamente, intenta meter los libros en la mochila, sin dejar de hacer reverencias en señal de disculpa. Está bien que no le haya pasado nada a nadie. Si por ejemplo un coche atropellara a alguien directamente delante de mí, no tengo ni idea de lo que haría. Por supuesto, supongo que intentaría dar los primeros auxilios a esa persona, pero quién sabe si funcionaría y si para el pobre esos auxilios serían los últimos.

Antes de que el chico termine de meter los libros en la bolsa, el semáforo se pone en verde y mucha más gente se mete en la calzada. El tipo endereza la cabeza y continúa de camino hacia el otro lado. Se acerca poco a poco. Cuando está más o menos a un metro de la acera, me doy cuenta de que ya lo he visto antes. Y no hace mucho. Si fuera japonés, ni se me ocurriría pensar que lo conozco. Pero es occidental. El mismo tío del que hui hace tres días.

No me lo puedo creer. La probabilidad de encontrarme dos veces seguidas en este lugar a la misma persona durante tres días, sin haber quedado con ella previamente, es literalmente minúscula. Debe de ser el destino. El chico pasa junto a las máquinas expendedoras en dirección a la librería. Cuando está al menos a cuatro metros, me pongo a caminar tras él.

¿Qué quiere? ¿Cuántos años tendrá? ¿Veinticinco? ¿Treinta? No estoy segura, porque todos los chicos mayores me parecen mayores de lo que son en realidad. El tipo se detiene frente a la librería y durante unos momentos mira con deseo la obra comentada de Sōseki, en una bonita edición ilustrada. Pero al final no entra. En lugar de eso, continúa hacia la tienda veinticuatro horas.

Por el escaparate, veo cómo su cabeza pasa junto a los estantes de cosmética, productos de oficina y conservas hasta la nevera con comida. Allí coge el *onigiri* más barato por cien yenes, paga en la caja y sale. Se sienta en la barandilla, se recoge el pelo con una goma y muerde hambriento el almuerzo recién comprado.

Tiene la cara angulosa. A mí estos tipos europeos no me gustan. Incluso yo misma no me gusto. Cuando, por casualidad, veo mi propio reflejo en un espejo o un escaparate, siempre me sorprende lo extranjera que soy. Cuánto sobresalgo aquí y hasta qué punto no pertenezco a esto. Cuando paseo por la ciudad o leo, ni siquiera me parece que haya ninguna diferencia entre los japoneses y yo. Esto se debe a que no me veo. Ni la lengua que hablan aquí me parece extranjera. Entiendo la radio, voy al cine a ver películas sin subtítulos y escucho a la gente, lo que se cuenta en las cafeterías. Me siento como uno de ellos. Pero cuando luego, por casualidad, me veo en algún sitio, siempre me asusto de qué clase de criatura me está mirando. Por supuesto, no soy la única extranjera en este país, aunque siempre me sorprenda a mí misma. A lo que más recuerdo es a un maniquí de un escaparate de una *boutique* francesa o italiana. Con la salvedad de que no soy muy guapa.

Este chico aquí destaca. Aunque tenga el pelo oscuro, por su figura y la nariz grande no recuerda a un japonés ni por casualidad. De repente, se apodera de mí una sensación de afecto. Más o menos como la que deben de sentir dos astronautas que se encuentren en un planeta deshabitado en el que hasta el momento pensaban que estaban solos.

El chico se mete en la boca el último trozo de *onigiri* y levanta la cabeza. Nuestras miradas se encuentran. Pierdo la calma. ¿He de hablar con él? Qué tontería, igualmente no me vería. ¿Pero por qué parece que me ve con claridad? No lo entiendo. Algo ha pasado. Algo que no entiendo. ¿Acaso para el mundo a mi alrededor ya no soy invisible? El chico se pone de pie, tira el paquete de *onigiri* y se lanza hacia mí.

No espero a nada y salgo corriendo. Salto por encima de un bolardo, corro junto a una máquina de café, paso por delante de una tienda de ropa y giro por un callejón lateral.

—¡Eh! ¡Espera!

Oigo cómo ha salido corriendo tras de mí. Delante de mí, emerge un rótulo que advierte del peligro por la presencia de pervertidos en esta calle. ¿Quién es? ¿Y qué quiere de mí? Voy al centro comercial del lado derecho de la calle y cruzo corriendo el primer piso. El chico corre tras de mí, pero no lo tiene fácil. Los clientes se meten en su camino. Al contrario, a mí todos me esquivan. Me escondo detrás de una estantería con máquinas de afeitar.

—¡Jana! —grita el tipo, perdido entre los tipos más nuevos de móviles—. ¡Jana!

¿De dónde sabe mi nombre? Echo un vistazo a la sección de móviles, donde mi perseguidor intenta coger aire. Mira hacia todas partes. Pero a su alrededor no hay más que japoneses. Una chica de pelo largo examina una funda brillante para un iPhone, un hombre mayor mira en un catálogo que ofrece móviles para jubilados, la vendedora, con una sonrisa estéril, explica algo a una joven madre con un niño en brazos.

—A la mierda —blasfema el chico. Claro, entiendo. Habla checo. ¿Será algún antiguo compañero de clase del instituto? ¿Pero qué haría alguien así en Japón? Además, ¿no es un poco mayor para ser alumno de octavo?

El tipo mira a su alrededor, buscándome. Al final, se lanza a tontas y a locas entre las aspiradoras. No estoy segura de lo que tengo que hacer. De hecho, ni sé por qué he corrido hace unos momentos. En todo el tiempo que llevo aquí, esta es la primera persona que me ve. ¿Y qué hago yo? Huyo.

A cuatro patas, me alejo del estante con máquinas de afeitar hacia los microondas. El tipo, junto a las aspiradoras, sigue mirando confundido a su alrededor. Espera ver en la multitud mi cabeza rubia. Quizá este chico sea la única oportunidad para salir de aquí. Debería aprovecharla. Seguro que algo me une a él, si conoce mi nombre.

Me levanto y me sacudo el polvo de las rodillas. Luego me cuelo junto a los hornillos de gas rebajados y llego a la sección de los ventiladores, por donde deambula mi perseguidor. En los aparatos hay fijadas banderolas de papel de aluminio plateadas y azules para que se vea lo fuerte que sopla cada ventilador. El aluminio agitado recuerda largas hojas de algas elevándose en el mar. Se revuelven en el aire y murmuran. El tipo que hace unos momentos me estaba siguiendo mira anheloso hacia las videoconsolas en la otra punta del centro comercial.

—¿Quién eres? —Aparezco detrás de él—. ¿Y de dónde me conoces?

El chico, del susto, se aparta de un salto.

—¿Jana? —Levanta las cejas—. ¿Eres tú?

Por la cara se le derrama una sonrisa.

—Eres tú, ¿verdad? ¡Lo sabía! —Entonces se acerca a mí y me da un abrazo. Desde los altavoces suena un anuncio de un tipo revolucionario de planchas.

3

Salimos y nos sentamos en el bordillo. A nuestro lado, retumba la máquina expendedora de café. Ofrece todas las bebidas por ciento diez yenes. El chico saca tabaco y empieza a liarse un cigarrillo. Se me ha presentado. Se llama Viktor Klíma.

Yo sigo desconcertada por que me vea. ¡Incluso me ha abrazado! No me ha dado tiempo ni de protestar. Tiene veintiséis años y estudia Literatura Japonesa en la Universidad Carolina.

Klíma se lía el cigarrillo, contrariado. No le ha gustado nada cómo lo he apartado. Probablemente pensaba que me alegraría de verlo. En lugar de eso, en un arranque de forcejeo hemos tirado al suelo un ventilador del estante.

He intentado explicar a Klíma que soy *la idea* de Jana Kupková en Japón, que se quedó aquí clavada hace siete años, pero no parece que lo haya entendido. Le he dicho que no puedo cruzar la Frontera, no puedo comer ni beber y tampoco puedo llamar por teléfono. Parecía suspicaz. Más bien piensa que le estoy tomando el pelo. Y se lo he intentado explicar lo más claramente posible. Por supuesto, entiendo que una información así no se digiere fácilmente, pero al menos no tendría por qué callar aturdido. De lo poco que me ha dicho, he entendido que la Jana Kupková real estudia Japonología en la Universidad Carolina, igual que él. Al parecer, al volver a casa, no abandoné el japonés. Me gustaría preguntarle a Klíma un millón de cosas, pero diría que el interrogatorio cruzado tendrá que esperar hasta que acepte el hecho de que soy una *idea*.

Klíma está sentado en el bordillo y parece que le haya hecho un *spoiler* de un libro que haya acabado de empezar a leer. O como si se hubiera enterado de que alguien arrancó las últimas páginas de un libro que tomara prestado en la biblioteca. No consigo saber plenamente si está decepcionado, cabreado o confundido. Es bastante probable que sea un poco todo. Mira fijamente a la acera delante de él, en silencio.

—Mira —dice, por fin—, sé que nuestra despedida en Praga no fue la mejor. He pensado mucho en esto y de verdad que la cagué. Debería haber empezado contigo. Soy un idiota por no haberme dado cuenta a tiempo de lo genial que eres.

Pongo los ojos como platos. ¡Me está declarando su amor!

—No he dejado de pensar —continúa su monólogo— si debía llamarte o no. Al principio, lo intenté un par de veces, pero nunca estabas accesible. No quería ser pesado, así que al final me rendí. Pero no dejaba de pensar en ti. Cada día que estoy aquí he deseado que vinieras. Hiciera lo que hiciera aquí, pensaba en si te gustaría, qué dirías o si te parecería buena la comida. Siempre pensaba: «Tengo que decírselo a Jana», y luego me daba cuenta de que no hemos hablado desde la pelea. Y cada vez era más y más difícil escribirte sin venir a cuento.

Le escucho buscando las palabras correctas, y medito. ¿Nosotros dos nos peleamos en Praga?

—Cuando te vi aquí anteayer —continúa Klíma—, realmente pensé que me había vuelto completamente loco. Que había soñado contigo, que no eras real. Que solo eras una aparición. Alguna idea mía materializada. También desapareciste como un espíritu, de repente. Ya pensaba que había perdido el juicio. ¡Y hoy te vuelvo a encontrar!

Klíma sonríe y agita la cabeza.

—Es casi increíble. Casi como un milagro.

—No es un milagro, estoy aquí atascada, ¿sabes? No puedo salir, puedo moverme solo por Shibuya. Así que tampoco es una casualidad.

—Sigues enfadada conmigo, ¿verdad? Por eso este teatrillo, ¿verdad? Entiendo. Tienes derecho a estar enfadada y ofendida.

No contesto.

—Perdóname ya…

Creo que lo he entendido. Yo y este chico debemos de tener algo. O más bien tuvimos, luego nos peleamos por algo y él se fue sin despedirse. ¿Qué debió de pasar entre nosotros? Preferiría preguntárselo enseguida. Pero cuando veo cómo se disculpa desesperadamente, tengo la sensación de que le haría daño. ¿Cómo resolver esta situación?

—No sabía que ibas a venir —Klíma continúa su monólogo—, ¿te dieron una beca? ¿Te ha invitado alguna facultad? ¿O estás solo de turismo? ¡Cuéntamelo todo! ¡Cómo estás y qué haces! ¡Quiero saberlo todo!

Justo frente a nosotros baja un enorme pájaro y empieza a picotear una bolsa de basura. Con su gran pico, saca unos fideos fritos y empieza a esparcirlos por la calle.

—Yo… —Me quedo mirando mis zapatos. Aunque voy con ellos cada día, siguen pareciendo como cuando los compré aquí hace siete años. Son grandes, rojos, verdes y rosas y brillan. Hoy ninguna joven japonesa se pondría unos zapatos así, porque hace mucho que pasaron de moda. Levanto la cabeza y miro a Klíma, a mi lado.

—Oye —digo—, lo siento muchísimo. Pero en serio que no te conozco.

—Entiendo que pienses que te equivocaste conmigo.

Me froto los ojos. Esto va a ser difícil.

—Mira —lo vuelvo a intentar—, sé que suena loco. Realmente es una locura. Pero te prometo que no estoy mintiendo. Di sobre qué tengo que prometer y lo haré.

El chico frunce el ceño.

—Mira —continúo—, parece que te gusto bastante, ¿no? Al menos es lo que he entendido de lo que me dices. Si te gusto, por favor, créeme. No sé mentir, de verdad que no. Siempre que miento todos se dan cuenta. Ni siquiera sé usar chuletas en el cole. En cuanto escribo una, los profes se dan cuenta enseguida. Y no soy nada buena actriz. Una vez intenté actuar en una película de unos estudiantes y acabó fatal. Seguro que no sería capaz de fingir que soy algo que no soy. Te darías cuenta. Te estoy diciendo la verdad. Me llamo Jana Kupková, pero no soy la misma Jana que tú conoces de Praga.

El pájaro negro grazna, coge con el pico un trozo de pescado que ha sacado de la bolsa de basura y, con un potente aleteo de las alas, se eleva en el aire. Se posa en una columna de un tendido eléctrico sobre nuestras cabezas. Klíma apoya la espalda en la máquina expendedora a nuestro lado. Tiene el aspecto de haber comido algo que le ha sentado mal. Por lo que parece, realmente se está esforzando en digerir la información de que soy *una idea* en Japón. Pero no acaba de dársele bien. De momento, se ha obligado varias veces a pronunciar en voz alta la palabra *espíritu*.

—Pero si… —Klíma niega con la cabeza— … te estoy viendo. Y sintiendo. —Me da un empujón con el dedo—. Eres absolutamente real. ¿De verdad que no me estás tomando el pelo? ¿No te estás intentando vengar de mí?

Niego con la cabeza.

—Pues ahora también sigues metida en todo lo japonés. —Klíma apoya la cabeza en la máquina—. Pero que llegue a tener un impacto tan extremo en tu psique me resulta raro. ¿Estás segura de que no te estás burlando de mí? ¿En serio que no estás *viva*?

Asiento.

—Si esto es un sueño —dice entonces—, es el sueño más raro que he tenido nunca.

—¿Me ayudarás a salir? —pregunto.

—¿Y tienes alguna idea de cómo podría ayudarte?

—Esa es precisamente parte de la ayuda, ¿sabes? —digo—. Descubrir qué hacer.

Klíma suspira y se enciende el cigarrillo.

4

—Tú y yo en Praga ya no nos hablamos. Por desgracia —me explica Klíma.

—Tal vez, si me ayudas, volveréis a hablaros.

—Quizá Jana no pueda venir aquí *precisamente porque* ya está aquí una vez. —Se enfurruña después de unos momentos—. Quizá para que tú puedas irte, tienes que venir aquí.

Lo miro fijamente, sin entender.

—Si eres la idea de estar en Japón, naciste porque deseabas poder estar aquí. Así que si no haces más que querer irte de aquí, de hecho te estás contradiciendo a ti misma.

—¿Cómo? —Ladeo la cabeza. Es muy filosófico para mí.

—Lo mejor sería si los japoneses te dieran una beca y pudieras venir. Os encontraríais y ya estaría. Pero tendrías que investigar algo que resultara más atractivo para los japoneses —dice Klíma, molesto.

—¿Yo estoy investigando?

—Claro que sí. Hasta ahora estabas metida en las novelas de detectives japonesas. Pero has empezado a sumergirte en Kawashita y, aunque hemos descubierto cosas sobre él, sigue siendo poco como para construir algo con sentido. Cinco cuentos no te bastan para un doctorado. Especialmente cuando la mitad de ellos desaparecieron durante la guerra.

—¿Kawashita? —repito.

Klíma suspira y luego se quita la mochila, saca un libro y me lo da. Lo cojo. Tiene la cubierta verde y parece sacado de la biblioteca. No parece muy nuevo. En las tapas tiene cuatro grandes signos en letra plateada.

—Kawashita… Kiyo… maru —leo.

Klíma me mira con atención. Como si acabara de decir un conjuro en voz alta. Como si este nombre tuviera que liberarme de la maldición. Espera a que suceda un milagro.

—No lo conozco. —Niego con la cabeza—. ¿Quién es?

Klíma suelta un ruidoso suspiro. Parece que solo ahora ha asumido que todo lo que le he contado era verdad. Se remueve el pelo con la mano y mira hacia el cielo, donde, en el cable del teléfono, sigue posado el pájaro negro. Entonces se toca la frente para comprobar si tiene fiebre.

Pongo el libro verde en mis rodillas y lo abro. Debe de ser un texto antiguo, en comparación con la prosa actual las frases resultan densas y largas. Cada frase es un ejército de signos. Casi hace daño a la vista. Hoy ya casi nadie lee textos como este. Quién sabe de dónde ha sacado Klíma este libro. Lo abro en el epílogo. La mitad lo ocupa un esbozo de un tipo en kimono.

—¿Y quién era este Kawashita? —pregunto.

—Un escritor japonés que se suicidó en el treinta y ocho. Lo adoras completamente. O, es decir…, tú que vives en Praga. Dios. Suena tan raro cuando lo digo en voz alta. Creo que nunca había dicho en voz alta una frase tan rara.

—¿Por qué me gusta?

—Te llamó muchísimo la atención su cuento *El desdoblamiento* —dice Klíma y me mira durante unos largos segundos—, supongo que empiezo a entender por qué.

—¿De verdad que escribió algo llamado *El desdoblamiento*?

—Exacto —confirma Klíma.

Me quedo pensativa.

—¿Me lo prestas?

Klíma titubea.

—Te lo devolveré intacto —digo.

—Vale —consiente por fin.

5

Dos días después, quedamos al lado de Hachikō. Klíma no tiene tiempo antes. Va a clases en Waseda y tiene que escribir bastantes ponencias. Tengo mis dudas de si vendrá de verdad. Al fin y al cabo, no estoy viva. Entretanto, podría haber cambiado de idea y haber llegado a la conclusión de que no se relacionará con una idea ajena, o quizá espíritu.

En el regazo tengo a Kawashita, empezado.

———

Después de que hiciéramos el amor, no vi a Kiyoko durante varios largos días. Intenté visitarla varias veces, pero no pasó por casa durante días enteros. Y yo no podía ir fuera de la ciudad cada día después de clase. Tenía miedo de que mi madre pudiera adivinar que no iba a jugar con los demás chicos. Así que pasé varias mañanas de tortura sentado en casa, practicando caligrafía. Mi madre estaba sorprendida por mi repentino fervor por la escritura. Cuando se lo pedí persistentemente, incluso me permitió ir a escribir al despacho de mi padre. Me sentaba en la mesa de mi padre y pensaba sin parar en Kiyoko.

De todas las palabras en el mundo, deseaba escribir su nombre una y otra vez. Pero sabía que no podía. Así que escribía una y otra vez solo *agua, agua, agua, agua*. Era lo que más me recordaba a ella. Cuando mi tía me preguntó por qué no practicaba también otros signos, le expliqué que en el signo del *agua* aparecen varios trazos básicos que hay que dominar magistralmente antes de que uno pueda avanzar. Como era verdad, no tuvo nada que decir. Pero la sorprendió un poco mi respuesta mecánica.

En estos dos días he conseguido leer *El desdoblamiento* y unos tres cuartos de *Los amantes*. Cuesta lo suyo leerlo. Ya solo porque lo leo más bien por obligación, tardo la tira. Pero si le interesa a la Jana que está en Praga, algo habrá. También quiero impresionar un poco a Klíma cuando lo vea. Sería estúpido que me prestara un libro si luego ni le echara un ojo.

El desdoblamiento ha sido largo. Las descripciones prolijas nunca me han gustado mucho. A quién le interesan qué flores crecen en los campos de Shikoku. Pero es cierto que el motivo del desdoblamiento del escritor en dos partes me ha recordado mi propio caso. Es bastante probable que Kawashita se encontrara con algo parecido a lo que yo. Como mínimo, no le era extraño un estado mental parecido. Debía de ser un tipo reflexivo. En los esbozos del epílogo no se puede descubrir mucho, pero emite cierta dosis de nostalgia.

———

Tenía miedo de que Kiyoko se hubiera arrepentido de lo que había hecho y que ya no quisiera seguir viéndose conmigo. Yo sabía que algo así me mataría. Estaba decidido a pedir su mano. Quería casarme con ella y colmarla de las cosas bellas que merecía. Comprarle kimonos magníficos. Y entonces siempre me daba cuenta de lo impotente que era. Un alumno de secundaria quinceañero.

—Estás un poco pálido, Satoshi —me dijo mi tía el cuarto día que pasé en casa—, deberías salir a tomar el fresco.

—¿Tú crees? —le pregunté—. Quizá lo haga.

—Seguro que te sienta bien.

Inmediatamente, me dirigí a casa de Kiyoko. Entre los árboles brillaban tímidamente los rayos del sol. El agua del río pasaba impetuosa por encima de las piedras. Era marzo, la nieve de los caminos se había derretido y la superficie del río había crecido. Vi a los pescadores enfrentándose a la corriente. El barco se les iba, se gritaban ruidosamente los unos a los otros y les costaba su trabajo no volcar.

Miro el reloj. Son las tres y media y Klíma sigue sin aparecer. Levanto la cabeza. Sobre mí se elevan los altos edificios. Parece que va a llover.

6

Cuando corrí a casa de Kiyoko, la puerta estaba abierta. Entré apresuradamente. Kiyoko estaba escribiendo en la mesa. Llevaba un kimono amarillo.

—¡Kiyoko! —la llamé y me quité los zapatos. Me lanzó una mirada fría.

—Vete.

Tuve la sensación como si me echara a la cara todo un bote de tinta.

—¿Kiyoko?

—¡No me mires así! ¡Nosotros dos no podemos estar juntos!

—Pero… —objeté.

—Nada de peros. —Negó con la cabeza.

—Si es por la gente, ¡a mí me da igual lo que piense cada cual! —grité.

—No es por la gente. Simplemente no puede ser.

—¿Por qué? —Me llegué hasta ella—. ¿Porque soy joven? Entonces miré el papel frente a ella.

«Kiyoko Ueda», ponía, realizado en una caligrafía exquisita. Levantó la cabeza hacia mí. En sus ojos había una expresión pétrea.

—¿Te apellidas Ueda? —pregunté. Ella asintió.

—Yo también soy Ueda. —Empecé a intuir algo terrible.

—Lo sé —dijo—, tu padre era mi tío.

La miré sin entender. ¿Por qué no me lo había contado hasta ahora?

—Y yo soy la razón por la que perdiste a tu padre —añadió.

La gente a mi alrededor saca sus paraguas. Cuando empieza a llover, el mundo alrededor se acelera. De repente todos corren, esforzándose en huir del alcance de las gotas. No pasan ni tres minutos y desde el cielo caen chuzos de punta. Literalmente, como si alguien arriba hubiera volcado una bañera.

Viktor Klíma no llega. Tendré que aguantarme. Mi única opción de salvación está perdida. Me pone de mal humor. Quizá no debí haberlo amenazado con lo del fantasmeo. La estatua de bronce de Hachikō, delante de mí, reluce cuando rebotan en ella las gotas de agua.

—Cómo hemos acabado —le digo al perro—, los dos estamos aquí esperando a alguien que ya no vendrá.

El perro se levanta, se sacude y se va corriendo. Ni a él le apetece esperar bajo la lluvia. Me quedo completamente sola. El reloj sobre la entrada a la parada indica las cuatro menos cuarto. Es inútil.

———

—¿Qué quieres decir? —pregunté.

—Fue por mí que mi tío se fue a Europa. No podía seguir aquí. Se fue para que se mantuviera el buen nombre de nuestra familia. Y a mi madre y a mí nos desplazaron aquí.

—¡Pero no lo entiendo! —Agité las manos—. ¿Por qué te iban a desplazar aquí?

—Kiyoko miró al papel frente a ella. Luego hundió el pincel en la tinta e hizo un círculo alrededor del signo de *niño* en su nombre.

Cierro el libro y me pongo de pie. Me dispongo a ir en dirección al cruce, cuando literalmente topo con Klíma, completamente empapado.

—¡Perdona, perdona! —se disculpa—. ¡Se me ha alargado una clase!

—¿No tienes paraguas? —pregunto.

—No. ¿Y tú?

—No lo necesito. —Me encojo de hombros.

—¿Cómo es eso?

—Yo no me mojo.

7

Navegamos hasta la taberna cerca de la parada. Klíma bebe cerveza y con los palillos coge *sashimi* de pulpo. Justo frente a nosotros, un pez solitario nada en el acuario. Me sabe un poco mal por él, porque pronto se lo comerán. Los dos, a nuestra manera, estamos encerrados en un acuario de cristal.

Lo mejor será si voy despacio con Klíma. La última vez creo que me pasé un poco. Llevo aquí encerrada siete años, así que un día de más tampoco me va a matar. Si ni siquiera sé si me servirá de algo. Primero tendría que intentar ponerlo de mi lado. También por eso, por cierto, le pedí su libro. Tendría que despertar simpatía en él. Que quiera ayudarme por sí mismo. Por supuesto, hay algo de manipulación, pero ¿qué otra me queda? Ya lo he probado todo y tengo que salir de aquí.

—¿Qué tal la clase? —pregunto.

—Decente. —Klíma bebe cerveza—. Era una conferencia de mucha gente interesante, por ejemplo, el escritor Gen'ichirō Takahashi, no sé si lo conoces. Sobre todo, han hablado del escapismo en la literatura japonesa moderna. Y lo mejor ha sido que uno de esos tipos se llamaba Sombrero.

Estallo en una carcajada.

—¿Qué? ¿Hoy te ha dado una conferencia el señor Sombrero?

—Exacto. Incluso realmente se escribe con el mismo signo. No he podido concentrarme para nada en lo que decía.

Klíma bebe de la cerveza. Entonces golpetea el libro en la barra del bar.

—¿Qué tal con Kawashita? —pregunta—. ¿Has leído algo?

—Me he leído *El desdoblamiento*, y *Los amantes* unos tres cuartos. El resto no me ha dado tiempo.

—Pues eres buena. Cuesta un montón leerlo.

—Es verdad. Quizá me haya saltado cosas —admito.

Klíma se queda pensativo.

—A ti te habría parecido bastante interesante la conferencia sobre la huida —dice entonces.

—Sí, pero no habría podido llegar —recuerdo a Klíma. No puedo salir de Shibuya. Klíma asiente con atención. Probablemente se le haya quedado de la conferencia.

—Necesitamos que escribas un proyecto, entregues una petición de beca en la embajada y te dirijas a alguna facultad japonesa. El proyecto tiene que ser currado e irresistible. Algo innovador. Algo fantástico. Y si te sale bien, te aceptarán.

—¿Y tú me ayudarías con el proyecto?

Klíma se enfurruña.

—Creo que no querrás ninguna ayuda. Querrás dominarlo tú sola. Además, creo que estás hecha para esto. Solo te falta el material adecuado.

—¿Crees que este Kawashita no es bueno?

—Como escritor, sí que es bueno. Pero escribió poco. Casi no dejó nada. No es un material estimulante.

—¿Cómo es eso?

—Porque su mujer, después de su muerte, liquidó todo su legado.

—¿De verdad? Pues qué mala pata.

—Y tanto. Si hubiera dejado al menos una novela. O algo que lo aproximara un poco más a la época en la que escribió. Sería genial. Pero casi no dejó nada. Y, además, él era como un *outsider* poco comunicativo, que ni los demás escribían sobre él. Porque no participaba en casi nada.

—Pero escribió esto. —Señalo el libro en la mesa—. ¿De verdad que no basta? ¿Necesitamos tener a mano algo más sobre su vida para que salga una buena investigación?

—Estudiar tres cuentos no basta para una tesis.

—En otras palabras —resumo—, ¿necesitamos descubrir más información sobre Kawashita, enviármela a Praga y esperar que a partir de esto escriba un buen proyecto?

Klíma suspira.

—Estaría bien. Pero me temo que no encontraremos nada revolucionario sobre él. Yo no llevo más de un mes y medio, pero en este tiempo he podido fisgonear en casi todas las librerías del centro. Y no he encontrado mucho sobre Kawashita. No vale la pena.

—¿Y quedar con alguien que lo haya conocido?

Klíma niega con la cabeza.

—Dudo que quede nadie vivo. Sus coetáneos ahora tendrían más de cien años. Y no llegó a generar muchos seguidores.

El cocinero viene al acuario que tenemos delante, saca al pez solitario y luego se lo lleva a la cocina.

8

—¿Así que tú y yo salíamos juntos en Praga? —pregunto.

—Bueno…, íbamos juntos a traducir. A Kawashita.

—¿Y por eso lo llevas siempre encima? ¿Porque te recuerda al tiempo que pasamos juntos?

Klíma asiente.

—Es conmovedor.

Klíma no contesta.

—Pero igualmente, ¿estamos juntos…?, quiero decir…, ¿sabes? —pregunto.

Klíma niega con la cabeza.

—Pues es un alivio —digo.

—¿Cómo es eso?

—Bueno, cómo lo diría… —Me quedo pensativa—. Es que no eres mi tipo.

—¿Y quién es tu tipo? —pregunta Klíma.

—Mi tipo, por ejemplo, es… Toshirō Mifune. O Tatsuya Nakadai.

—En otras palabras, japoneses.

—Más o menos.

—¿Y todavía no te has hartado de ellos, teniendo que mirarlos cada día durante siete años?

Niego con la cabeza.

—No tiene nada que ver con hartarse o no hartarse. Simplemente es una cuestión de preferencia.

Klíma se enfurruña y clava su mirada en la mesa.

—Bueno —dice entonces—, más o menos me lo imaginaba.

—¿Ah, sí? ¿Ya hemos hablado de esto? —pregunto.

—No. —Klíma agita la cabeza—. Pero está más claro que el agua. En la pantalla del móvil tienes una foto de Mishima a caballo y últimamente en Facebook no haces más que darle «me gusta» a las fotos de un japonés tarado que solo fotografía ventanas.

—¿De verdad? ¡Suena interesante!

—Y un pepino. —Klíma agita la mano—. Es un *amateur*. Sus fotos no valen mucho.

—Me gustaría verlas —digo. Pero Klíma niega con la cabeza.

—Todavía no tengo internet en el móvil.

—Vale —asiento.

—¿Tú no tienes teléfono? Sería más fácil contactar contigo en el móvil que esperar así siempre junto a Hachikō, como en los años ochenta.

—Pues no, por desgracia. —Niego con la cabeza—. No me llevo muy bien con los móviles. No puedo ni llamar a casa.

Klíma suspira.

—Por eso quedo contigo a horas concretas. Si no, ni quedaríamos.

9

Como no tengo móvil, hemos quedado en que cada día esperaré a Klíma a las cinco junto a Hachikō.

—Estoy en contacto con un chico que trabaja en la biblioteca de Kawagoe —me dice—. Le escribí para preguntarle por Kiyoko, la que sale en *Los amantes* y en *Recuerdos estremecidos*. Ya sabes. Hemos encontrado que toda una serie de cosas de *Los amantes* realmente pasaron en la familia de Kawashita. El incendio y no sé qué más. Pero Kiyoko está fuera de todo eso. En *Los amantes*, aparece como la prima de Kawashita, pero en los documentos familiares, que me enviaron de la biblioteca de Kawagoe, nunca estuvo. Así que pedí directamente sus documentos. ¿Y sabes lo que descubrí? Que nació Ueda, pero la expulsaron de la familia.

Klíma saca de su bolsa una carpeta y coloca frente a mí un diagrama del árbol genealógico de la familia de los Ueda.

—Si no la hubieran expulsado, en el árbol genealógico saldría más o menos así.

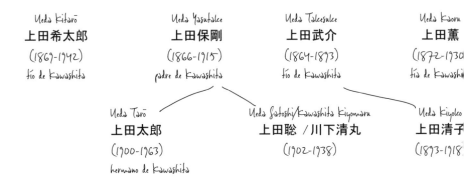

Ueda Kitarō
上田希太郎
(1869-1942)
tío de Kawashita

Ueda Yasutake
上田保剛
(1866-1915)
padre de Kawashita

Ueda Takesuke
上田武介
(1864-1893)
tío de Kawashita

Ueda Kaoru
上田薫
(1872-1930)
tía de Kawashita

Ueda Tarō
上田太郎
(1900-1963)
hermano de Kawashita

Ueda Satoshi/Kawashita Kiyomaru
上田聡／川下清丸
(1902-1938)

Ueda Kiyoko
上田清子
(1893-1918)

—En otras palabras, Kiyoko sería la prima de Kawashita —digo.

—He descubierto en qué casos pasaban este tipo de expulsiones bruscas de la familia. Lo más corriente era en caso de escándalo o por deshonra de la familia. Kiyoko estuvo inscrita en los registros familiares hasta 1913.

—¡Es el año en que el padre de Kawashita se fue al extranjero!

—Precisamente. Los dos acontecimientos están relacionados. En *Los amantes* está insinuado, pero ¿has dicho que aún no te lo has acabado?

Niego con la cabeza y lo pongo sobre la barra.

———

—¡¿Qué dices?! —empecé a gritar—. ¡¿Qué significa esto?!

Kiyoko clavó su mirada en mí.

—Kiyoko —dije, con un suspiro—, ¿por qué no me lo dijiste?

—Te lo dije. ¡Eres pequeño y no entiendes nada!

Sentí la traición. Era afilada, dolorosa. Como si Kiyoko me hubiera clavado su aguja para el pelo. Dejó a un lado el pincel y se puso en pie. Era más alta que yo.

—¡Todos se preocupaban únicamente de cómo verían los vecinos a la familia! ¡A nadie le importó cómo me sentía yo! ¡A

nadie le interesó cuánto sufrió mi madre! Nos expulsaron aquí
—levanta las manos—, ¡entre aldeanos! ¡Nos lo quitaron todo!

No fui capaz de contestar. Tuve la sensación de que me
ahogaba en un pozo profundo.

—Y cuando parí y el niño no sobrevivió, ¡qué alivio sintie-
ron todos! ¡Qué contentos que estaban! ¡Tu madre! ¡Tu tía! ¡Todos los problemas se resolvieron solos! —Kiyoko se acercó a mí.

«¡Se ha vuelto loca!», me pasó por la cabeza. Reculé varios pasos.

—Ahora serán ellos los deshonrados. Que el mundo se
entere de lo que hemos hecho juntos.

Mis ojos se llenaron de lágrimas. No era capaz de entender de dónde salía toda esa rabia. O más bien cómo había sido
capaz de ocultarla tan bien hasta ahora. ¿Cuándo pensó en uti-
lizarme así? ¿Realmente no me amaba ni un poco?

Me di la vuelta y salí corriendo hacia el río.

Levanto los ojos hacia Klíma.

—Entonces… —Ladeo la cabeza—. ¿Crees que esto
realmente pasó?

Klíma asiente.

—Bueno, *Los amantes* solo es ficción. Tendríamos que
mirar en las publicaciones locales de la era Meiji para confir-
mar que le pasó al propio Kawashita.

—¿Se pueden encontrar en algún sitio?

—Me enviaron algo de Kawagoe. Lo tienen escaneado.
Pero ni te imaginas cuánto hay.

—Bueno —digo—, pues tenemos suerte de que yo no
duermo.

10

Mis pies se hundieron en el barro helado. Corrí hacia el puente. No
sabía qué hacer. ¿Correr a casa? ¿Esconderme entre los brazos de mi

madre? ¿En mi propia cama, para que nadie me viera? Nada podía salvarme. Nada podía hacer que no hubiera pasado. Podría negarlo, pero ya nunca me abandonaría la sombra de la duda. Y además no conseguía entender la traición de Kiyoko.

Corría, el viento me quemaba los ojos. Los pescadores ya se habían marchado. El agua del río se arremolinaba y se partía contra la roca. Me paré en la orilla.

—¡Satoshi!

Me di la vuelta. Kiyoko se reunió conmigo, vestida con su kimono amarillo.

—¡Déjame! —grité.

—¡Satoshi!

—¡Vete! ¡Déjame en paz!

Kiyoko seguía acercándose.

—¡Perdona! ¡Perdona!

Negué con la cabeza y reculé un paso. Kiyoko alargó la mano hacia mí.

—Ven conmigo.

—Igualmente, nunca podremos estar juntos.

—Claro que sí. Lo prometo. Te esperaré. No se lo diremos a nadie.

Titubeé. ¿Podía fiarme de ella? Tenía en la cara una expresión aterrorizada. ¿De verdad me tenía miedo? ¿O era solo otra máscara?

—¡No te creo! —Me eché a llorar—. ¡Ya no te creo!

Kiyoko saltó a mi lado e intentó cogerme de la mano y apartarme de la orilla. Me solté y quise apartarme fuera de su alcance, pero me tambaleé, perdí el equilibrio y me precipité en el río. Inmediatamente me hundí y los pulmones se me llenaron de agua.

Vi cómo Kiyoko estiraba el brazo sobre mí para ayudarme a salir, pero estaba muy lejos. Con horror, me di cuenta de que me estaba ahogando. Mi ropa se volvió pesada. La corriente empezó a llevarme.

—¡Satoshi!

Kiyoko corría junto al agua.

—¡Ayuda!

—¡Satoshi! —gritó Kiyoko. La corriente me alejaba más y más, hasta que mis pies se quedaron clavados entre dos grandes piedras en medio del río. Agité los brazos a mi alrededor. Tragué agua. Y finalmente, como por milagro, conseguí soltarme del agarre y escalar una de las piedras.

—¡Satoshi, aguanta! —gritó Kiyoko—. ¡Voy a por ayuda!

—¡No! —chillé—. ¡No pueden encontrarnos!

Kiyoko miró desesperada a su alrededor. Luego cogió una rama, se tumbó sobre la orilla y se estiró todo lo que pudo.

—¡Agárrala!

Estiré el brazo hacia la rama. No bastaba.

—¡Estírate más! —gritó Kiyoko.

—¡No funciona, me caeré!

Kiyoko avanzó un poco por la orilla, sobre el agua agitada. La rama estaba húmeda y se me resbalaba entre los dedos. Finalmente, la agarré con firmeza.

—¡Agárrate! ¡Tiraré de ti! —Kiyoko empezó a tirar en su dirección, pero me daba demasiado miedo saltar de la piedra sobre la que había subido. Kiyoko, que esperaba que me apartara de la piedra cuando tirara de la rama, se precipitó al agua, exactamente igual que yo hacía unos momentos.

Vi sus manos blancas desapareciendo entre el agua espumeante. Intenté inclinarme hacia ella, pero la piedra era muy resbaladiza.

—¡Kiyoko!

Su kimono amarillo se empapó de agua, su pelo negro se arremolinó a mi alrededor y yo la intenté atrapar inútilmente en el agua oscura, siempre cogía solo espuma blanca.

—¡Kiyoko! —grité, pero la corriente se la llevó a los rápidos y tiró de ella bajo la superficie.

—¡Ayuda! —grité—. ¡Que alguien me ayude!

Pero nadie vino. Los pescadores se habían ido a la ciudad por la mañana.

Me encontraron dos horas después, cuando mi madre empezó a buscarme. Dos kilómetros más abajo, descubrieron en el agua espumosa un kimono amarillo. Giraba en un remolino y una y otra vez emergía y volvía a desaparecer bajo la superficie. No encontraron a Kiyoko.

Me resfrié y cogí una pulmonía. Mi madre y mi tía se alternaban regularmente, me cambiaban las compresas y me secaban el sudor. Yo deliraba. En sueños, decía el nombre de Kiyoko. Estiraba las manos frente a mí y me esforzaba en atraparla en el agua agitada.

—Satoshi, no llores —me tranquilizaba mi madre—, ya está bien. Ya no puede hacerte nada.

Y me acariciaba la cabeza. Su mano estaba fría como el hielo.

—Menuda bruja. —Mi tía negó con la cabeza—. Habría preferido llevárselos a los dos. A mi hermano y a Satoshi. Creo que nunca nos desharemos de ella.

11

Me paso todo el día en la biblioteca repasando los periódicos que Klíma me dio en un lápiz de memoria. Temía que el ordenador no me funcionara, pero, mientras no intente contactar con mis padres, se doblega. La ventaja es que no necesito dormir. Puedo mirar el ordenador durante días enteros sin que me duelan los ojos. Aguanto aunque todos ya se hayan ido y la bibliotecaria cierre. Klíma finalmente aparece el viernes por la noche.

—Mira. —Pongo un papel frente a él.

—¿Has encontrado algo?

—Poco —asiento—, por ejemplo, en el *Yomiuri Shinbun* del 10 de febrero informan de la muerte de su corresponsal Yasutake Ueda en Europa. Pero no he encontrado nada de ningún escándalo relacionado con su persona.

—Hum. —Klíma se rasca la cabeza—. Parece que estamos dando palos de ciego.

—O no pasó ningún escándalo con el padre de Kawashita y él se lo inventó todo.

—También es posible. Pero tengo la sensación de que habrá algo de verdad.

—Mira —dijo Klíma—, he mirado nuestro problema realmente desde todos los ángulos posibles y, piense cuanto piense sobre esto, tu situación me recuerda a una clásica trama de cuento. Fundamentalmente, eres algo así como una princesa maldita que necesita liberarse.

—Y tú eres como un príncipe que ha de ayudarme, ¿no?

Klíma asiente.

—Sí, ¿y qué vas a hacer? No hacemos más que analizar mi situación, hurgamos en el pasado de Kawashita y tengo la sensación de que no lleva a ningún lado.

—No subestimes las soluciones teóricas —gruñe Klíma.

—Claro. Pero todo lo que has dicho hasta ahora son solo hipótesis y no llevan a ningún lado. Tendríamos que hacer algo de verdad.

Klíma asiente.

—Primero tenemos que escoger el método correcto. Establecer un objetivo.

—Pues el objetivo es fácil. Que pueda ir a Japón. Y para eso necesitamos una beca. Así que el objetivo y el método están claros y ahora vamos a pensar qué más.

Klíma mira hacia la estatua de Hachikō frente a él.

—Una cosa se me puede haber ocurrido —suelta entonces—, pero es como disparar a ciegas.

—Cuenta. ¿Qué has pensado?

—Bueno, Kawashita está enterrado en el cementerio de Kawagoe. ¿Qué tal visitar su tumba?

—No sé. —Miro al suelo—. ¿Crees que nos ayudará para algo?

—Como mínimo es interesante. Me gustaría mucho ver la tumba de Kawashita. He pensado que podría sacarle una foto y enviártela a Praga.

—¿Y estás seguro de que lo primero que quieres enviarme después de habernos peleado es justo una foto de una tumba?

Klíma pierde la seguridad.

—Bueno, ya ves. Podría resultar un poco raro —reconoce después.

—Además —digo—, igualmente no puedo ir contigo, por mucho que quiera. Está más allá de la Frontera.

—Pero tiene que haber una manera de que llegues. Quizá si nos cogemos de la mano, te llevaría a Kawagoe.

—¿Cogernos de la mano? —Pongo los ojos como platos—. ¿En plan todo el tiempo? ¿Cuánto dura el viaje?

—Como una hora. Pero solo hay un trasbordo, en Wak. Es una línea bastante sencilla.

Suspiro.

—¿Tienes una idea mejor? —me pregunta Klíma.

Ir de la mano todo el rato desde Shibuya a Kawagoe no es lo que más me apetece. Pero parece que no me queda otra.

12

La estación de metro de Shibuya recuerda a un gigantesco hormiguero. El martes a las tres y media de la tarde está petada. Estoy colgada del brazo de Klíma para que la multitud que fluye por los tornos al andén no nos separe. La gente se abalanza al subsuelo como una inundación. Klíma llega a la máquina expendedora de billetes y echa yenes.

Mientras Klíma compra el billete, miro la enorme tabla con el desglose de paradas del metro de Tokio fijada en la pared sobre nuestras cabezas. No entiendo cómo alguien puede moverse por aquí. Yo no voy en metro, así que nunca he entendido el sistema local de líneas. Las decenas de rutas de diferentes colores en el tablón sobre mi cabeza se entrelazan como serpientes. Los nombres de las estaciones escritos en signos, muy a menudo, se leen de manera completamente distinta a como uno supondría. Mientras nos comprábamos el billete, detrás de nosotros se ha formado una larga cola de viajeros que cambiaban impacientes de pie.

Pasamos por el torno sin problemas. Bajamos por las escaleras mecánicas al andén repleto y nos ponemos en fila. La voz robótica del altavoz anuncia que pronto llegará un tren a la vía. Los viajeros, por seguridad, han de mantenerse tras la línea marcada amarilla y no pueden saltar al tren en marcha en el último momento. Alguien me pisa el pie. Siento cómo la gente a mi alrededor se agrupa, preparada para los apretones.

—Aguanta —dice Klíma.

Justo en un minuto se detiene un tren en la plataforma y sale una multitud de pasajeros. Luego empezamos a apretujarnos hacia dentro. Los viajeros que acaban de entrar se abren paso hacia los asientos vacíos como si les fuera la vida, pero la mayoría no tiene éxito y se queda de pie, fastidiada. Entre los asideros en los que se agarran decenas de manos, en el techo cuelgan anuncios de cursos de inglés, una nueva sopa instantánea y hoteles lujosos en Hokkaido. La gente se apretuja cada vez más, tengo la sensación de que me voy a desmayar. Entonces el tren se pone en marcha traqueteando hacia la siguiente estación. «Vayan con cuidado, dentro de unos momentos el vagón temblará», nos avisa amablemente una voz desde el altavoz.

Me agarro a Klíma y no puedo coger aire. Ya solo unos momentos y me largaré de este tren. Klíma me sujeta con tanta fuerza que me hace daño. Me empieza a llegar la información de lo mayor que es con respecto a mí. Nunca habría pensado que iría de la mano de un chico de casi veintiséis años. Ahora tendría que verme Kristýna. Estallaría de envidia. Ella siempre intenta ligarse a tíos mayores. Hombres que, como ella dice, ya hayan vivido lo suyo.

Nos acercamos a la Frontera. Deseo muchísimo no tener que volver con Hachikō. Necesito salir de este lugar. Necesito continuar, a otro lugar, a otro mundo. Ya ni siquiera me acuerdo de cuándo deseé algo así. Me gustaría tanto ver lo que hay detrás de la Frontera… Aunque tenga que ser precisamente un cementerio. Pero por dentro sé que seguramente no lo consiga. Nunca he conseguido cruzar la frontera de Shibuya. Sería estúpido pensar que justo ahora funcione.

Siento cómo me late el corazón. A cada metro avanzado, nos acercamos a la Frontera. Cierro los ojos.

—Sobre todo, no me sueltes.

El cementerio de Kawagoe me parece lejísimos.

13

Estamos sentados uno junto a otro y el paisaje tras las ventanas del tren va pasando. Vamos cogidos de la mano y Klíma está durmiendo. Ya hemos hecho trasbordo en Wakō y ahora nos dirigimos en tren a Kawagoe. No durará ni dieciocho minutos. No puedo creerme que realmente haya salido de la Frontera. Que no sea un sueño.

Tras la ventana pasan infinitas casas con paredes cubiertas de baldosas, escaleras, aparcamientos, campos de *baseball* y templos. De vez en cuando, la ciudad es interrumpida por un breve tramo de bosque, pero nunca dura mucho, la ciudad sigue más allá. Casi no se puede distinguir dónde ha acabado Tokio y dónde ha empezado la prefectura de Saitama.

Klíma suspira regularmente. Con nosotros, en el tren, ya solo hay dos viejas señoras y una niña jugando con el móvil. Aparte de ellas, nadie.

Nos bajamos en la estación de Kawagoe-shi. Klíma parece cansado. Supongo que tiene mucho trabajo en la facultad. Y guglear de noche el pasado de Kawashita y hurgar en viejos materiales seguramente tampoco le ayude. En la estación se compra un café en la máquina. Entonces salimos.

La ciudad a primera vista no nos llama la atención de ninguna manera particular. El entorno de la estación parece exactamente igual que la mayoría de las otras ciudades japonesas.

—¿No dijiste que aquí tenía que haber un barrio turístico lleno de casas antiguas? —pregunto.

—Sí —asiente Klíma—, aguanta, llegaremos.

Vamos por una larga calle bordeada por pequeñas casas familiares y bloques. Tras las ventanas hay ropa colgada y huele a pollo frito. Pasamos junto a una gasolinera y una larga fila de bicicletas. A lo largo de la carretera hay aparcados coches corrientes, en las ventanas de las casas hay cortinas corrientes de las rebajas e incluso la gente con la que nos cruzamos parece absolutamente corriente.

Caminamos unos veinte minutos y el paisaje empieza a cambiar. Entre las casas nuevas, de vez en cuando aparece alguna notablemente más antigua. Tiene los tejados negros de tejas pesadas. Klíma me explica cómo esta ciudad quedó reducida a cenizas y la reconstruyeron entera. Y luego frente a nosotros, de repente, se abre una calle llena de casas antiguas, construidas al estilo japonés. Tienen paredes de ladrillo pintadas de un color oscuro, tejas oscuras y rótulos de madera. En la mayoría de ellas, se venden *souvenirs*. También hay relativamente bastante gente. Occidentales con kimonos prestados en un puesto cercano, japoneses en bicicleta que ni se dan cuenta de que la calle por la que pasan recuerda a un museo histórico y vendedores con atuendos tradicionales. Sobre la entrada a las tiendas, hay una cortina de tela *noren* con su nombre. Entre las casas japonesas, de vez en cuando, asoma una torreta o un balcón de las casas de aire occidental.

—¡Qué bonito es esto!

La calle es larga, bordeada por una tienda tras otra. Una vende abanicos, la otra dulces japoneses.

—Así que aquí nació Kawashita, y aquí vivió. —Klíma mira a su alrededor—. Su familia debió de tener una casa parecida con una tienda. También eran comerciantes.

Asiento.

Vamos por toda la calle hasta el final. Es bastante larga. Todo el tiempo vamos de la mano. Si los demás pudieran vernos, pensarían que estamos aquí en una cita.

—¿Y ahora, qué? —pregunto—. ¿Vamos al cementerio?

Klíma mira a su alrededor.

—Sí. Y luego podemos pasar por la biblioteca. A ver si por casualidad está el tipo con el que me escribo.

—Buena idea —digo.

14

Sobre nosotros se expanden altas *sakuras* cubiertas de flores. Klíma y yo vamos por una amplia calle con guijarros. Domina el silencio. No hay casi nadie. En comparación con el centro, por el que hemos pasado hace unos momentos, el cementerio de las afueras parece ser de otro mundo. Quizá precisamente porque está conectado con el otro mundo. Con el mundo de los muertos. Oigo el canto y el zumbido de los insectos. Vuela una libélula. Desde la lápida más cercana, nos observa la cara de piedra del Buda. Mientras avanzamos, el cementerio continúa más y más, extendiéndose hasta el infinito bajo los árboles en flor.

—Tendríamos que haber cogido un mapa —gruñe Klíma. Seguimos cogidos de la mano. Nos apartamos del camino principal y navegamos entre las lápidas y las placas de piedra rodeadas de pequeñas vallas. De vez en cuando nos mira la estatua inmóvil de un *bodhisattva*, colocada en la hierba demasiado crecida en alguna de las tumbas. Algunas lápidas están mantenidas, otras están cubiertas de musgo. En varias de ellas hay fijadas finas tablas con fechas grabadas, que simbolizan las últimas visitas de los parientes. Por el viento, las tablas chocan entre sí y emiten un sonido extraño y mecánico. Es como se comunican entre sí las almas de los muertos enterrados.

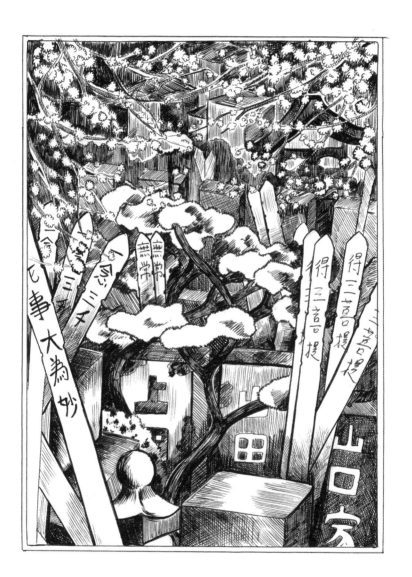

—Debe de ser por aquí. —Klíma mira entre los cientos de lápidas que se extienden ante nosotros.

—Nos pasaremos una semana buscando.

Oigo el sonido del agua llenando un cubo. Alguien ha venido a limpiar una tumba. Empezamos a buscar. Klíma recita a media voz los nombres de los fallecidos. Nos llega el olor de una barra aromática. Caminamos durante veinte minutos de una tumba a otra, pero no hay manera de dar con la de Kawashita.

—¡Creo que lo tengo! —Klíma finalmente me da un codazo y nos lleva por entre dos grandes lápidas hacia una muy pequeña.

—Colega, esta tumba es de otro —le digo.

—No, estoy seguro, de verdad.

—¡Pero si esto es de un tal Ueda! —digo, irritada—. ¡Es otro! ¿Sabes con qué signos se escribe *Kawashita*?

—Sí —asiente Klíma—, pero es un seudónimo. Este es su nombre auténtico. Se llamaba Satoshi Ueda.

Sobre la tumba de Kawashita se alzan dos pinos estrechos y entrelazados. Tienen los troncos cubiertos de musgo, que empieza a avanzar también por la lápida de piedra. Esta tiene el aspecto de estar abandonada. Como si ya nadie tuviera fuerzas para ocuparse de ella como es debido. Si bien no está cubierta de plantas como algunas tumbas del entorno, de lejos no puede decirse que esté cuidada con esmero. Está aquí ya desde el cuarenta y uno. Quizá pronto la devore una alfombra de musgo, pero seguirá aquí. El contraste entre el musgo vivo que todo lo devora y la lápida inmóvil de mármol tiene un efecto particular, casi tranquilizador.

Por su forma, la lápida es indistinguible de las de alrededor. En el bloque de mármol sobre el pedestal en forma de cubo está grabado el nombre de Kawashita. En un costado, también, el día, el mes y el año del fallecimiento.

上
田
聡
之
墓

—«Tumba de Satoshi Ueda» —lee Klíma.

—Al menos podrían haberle grabado su seudónimo en la lápida, ya que lo escogió él mismo —digo.

—Yo ya hace bastante tiempo que tengo la sospecha —dice Klíma— de que alguno de sus parientes no deseaba que Kawashita se hiciera famoso después de su muerte.

15

Observamos la lápida en silencio. Los escritores, cuando mueren, acaban en las mismas tumbas que los demás. No sé por qué esperaba que la tumba de Kawashita fuera algo excepcional.

Hace solo una semana que supe de Kawashita y, sin embargo, ahora de pie sobre el lugar de su morada eterna, me inunda una extraña ola de melancolía. ¿Qué diría Kawashita si alguien le hubiera pronosticado que setenta y cinco años después de su muerte, sobre su tumba, habría dos extranjeros, uno de ellos un espíritu, a los que les sabría mal que hubiera muerto tan joven y hubiera llegado a escribir tan poco?

En el camino de acceso, cerca de nosotros, aparca un coche. Sale una chica con un vestido rosa. Miro cómo va a la puerta de atrás y luego ayuda a salir a una anciana con un kimono oscuro. La señora seguro que tiene más de ochenta años. Tiene el pelo blanco atado en un moño y se apoya en una muleta inglesa.

La chica dice algo al conductor y después lleva a la anciana a un caminillo entre las tumbas.

Klíma saca un bolígrafo del bolsillo y lo coloca sobre la lápida. Sacrificar al recuerdo de un escritor amado su bolígrafo preferido me parece lo mínimo que podemos hacer.

16

—Con cuidado, con cuidado —oigo una voz ajena. Se nos acerca la vieja señora con las muletas, acompañada por la señorita del vestido rosa. La señora está inclinada a un lado, mientras avanza entre las tumbas. Gradualmente, se aproxima hasta pararse junto a nosotros. Tiene el kimono azul oscuro fijado con una faja *obi* gris, en las mangas, bordado, un delicado patrón floral y en las manos unos guantes blancos. Recuerda a una mujer de una fotografía en blanco y negro hecha en los años treinta. La chica lleva una bolsa de tela. Junto a la anciana decentemente vestida, recuerda un poco a un caramelo.

—Buenos días —saluda Klíma. Las dos hacen una reverencia. La vieja mujer señala el bolígrafo frente a la tumba de Kawashita.

—Un bolígrafo, ¿eh? —La chica sonríe—. Alguien ha debido acordarse de su marido.

—Un fantasma —juzga la señora.

—No, señora Ueda, no existen los fantasmas.

—Un espíritu, un espíritu. —La anciana agita la cabeza.

—Para nada. Tampoco hay espíritus. —La chica sonríe. Solo ahora me doy cuenta de que en el vestido lleva una etiqueta con su nombre. Se llama Natsuko y trabaja de asistente en la residencia de ancianos de Aoyama.

—Un espíritu, un espíritu —no deja de repetir la señora mayor—, él siempre esperó a un espíritu y uno lo ahogó.

302

La asistenta niega con la cabeza.

—Para nada. Ahora se está confundiendo con lo que escribió su marido.

La asistenta saca de detrás de la tumba un cepillo y una pala y, al menos simbólicamente, barre las ramitas frente a la lápida. Luego las dos rezan. Pero la anciana no parece muy concentrada en la oración. En lugar de eso, todo el tiempo me repasa con una mirada inquisidora. Su cara arrugada recuerda a un periódico estrujado destinado a encender el fuego. Casi no se puede distinguir dónde tiene los labios y dónde las grietas de los ojos.

—¿Es usted un espíritu? —me pregunta.

Asiento con cautela.

—Jesús, perdone —se disculpa la asistenta a Klíma, porque cree que la anciana se ha dirigido a él.

—Llega tarde —me dice la anciana—, ya está muerto.

Vuelvo a asentir.

—De verdad, lo siento muchísimo. —La asistenta hace una reverencia—. Es por el cementerio. Siempre que venimos no para de hablar de fantasmas y de muerte. Tampoco es de extrañar. Aquí reina una especie de atmósfera tenebrosa.

La señora Ueda no contesta. En lugar de eso, examina con interés la americana desgastada de Klíma.

—¿Usted conoció a mi marido? —le pregunta entonces. Klíma niega con la cabeza.

—No personalmente —dice—, pero me gusta mucho lo que escribió.

La señora no parece escuchar a Klíma. Le ha llamado la atención un botón descosido en la solapa de su chaqueta.

—Pues ya podemos irnos, ¿qué dice, señora Ueda? —dice la asistenta, sonriendo a la anciana. Esta asiente y luego vuelve a girarse hacia mí.

—Tiene que venir a verme —me dice—, vivo en la habitación número once.

—Pero bueno… —La asistenta niega con la cabeza—. El señor seguro que tiene mucho trabajo, no lo va a invitar a una visita. Venga. Dígale adiós y vamos a casa. ¿Sabe lo que habrá hoy para cenar? ¡Su *udon* favorito! ¿Le apetece?

La señora Ueda asiente.

—El espíritu ha venido tarde —oímos cómo le dice la señora Ueda cuando se alejan de nosotros—, debió haber venido hace setenta años. Mi marido siempre lo esperó.

—Pero déjelo ya, ¿oye? De nuevo no podrá dormir por sus espíritus. Y luego, ¿quién irá a consolarla por la noche, eh? Venga, cuidado aquí, hay un escaloncillo…

17

—Por favor, es absurdo. Esa señora no sabía lo que decía. —Klíma niega con la cabeza, de camino a la biblioteca.

—Pero me ha visto y me ha invitado a su casa.

—Pero si no sabes ni dónde vive.

—En la residencia de jubilados de Aoyama. En la habitación número once.

—No puedes tomarte en serio una invitación así. —Klíma agita la cabeza—. La pobre señora dentro de cinco minutos ya ni se acordará de ti.

Seguimos cogidos de la mano. Tengo la sensación de que la mano de Klíma es de espuma.

—Pero no desaprovecharemos la invitación. ¡Es una oportunidad!

Klíma calla.

—Pero yo no sé si es sabio obligar a una anciana que ya tiene un lío en la cabeza a hablar de su marido, que se suicidó hace setenta años.

—Pobrecilla —digo—, ¿te puedes imaginar cómo se debió de sentir cuando se despertó una mañana y descubrió que su marido la había dejado?

—Se ve que se cabreó de lo lindo. Quizá precisamente por eso destruyó todo su legado.

Salimos del cementerio y navegamos entre las casas. Sus paredes están cubiertas de azulejos y delante de cada una hay una maceta con flores o con un arbusto. Como si los habitantes del lugar intentaran enmascarar el hecho de que viven en un infierno de hormigón.

—Oye —digo—, yo creo que igualmente deberíamos visitar a la señora. Creo que dejarlo sin más sería una pena. Podemos llamar, organizamos una cita con ella y le llevamos flores o caramelos.

—No sé qué decirte.

—No tenemos por qué preguntarle por su marido. Si ella no empieza a hablar de él, nos despedimos educadamente y nos largamos. Quizá al final se alegre de que alguien la visite.

—De verdad que no sé.

Nos quedamos en silencio.

—Lo que pasa es que no quieres llamar por teléfono en japonés, reconócelo.

—Porque es horrible —gruñe Klíma—, tienes que usar millones de fórmulas de cortesía y la persona a la que llamas también habla como un hotentote, así que casi no se le entiende. El japonés de cortesía es un infierno a saco. Y si encima no ves a la persona con la que hablas, es un suicidio total.

—Yo misma llamaría, pero sabes bien lo que me pasa con los teléfonos.

Klíma suspira profundo.

—¿Eres un príncipe salvador o no? Tampoco fue fácil salvar a la Bella Durmiente. O, por ejemplo, a Blancanieves.

—Preferiría luchar con un dragón a llamar en japonés a un hogar de pensionistas —rezonga Klíma.

Cuando llegamos a la biblioteca de Kawagoe, comprobamos que está cerrada.

—Así que llamé al hogar de pensionistas —anuncia Klíma, tres días después—, les dije que me gustaría verla, pero no me dejan.

—¿Qué quieres decir, que no te dejan?

—Bueno, me dijeron que su estado está empeorando y que tienen miedo de que mi visita la perturbe innecesariamente.

Klíma está sentado en un banco, hinchándose a helado de judías.

—¿En serio? —pregunto—. Pero es cierto que parecía superfrágil, arrastrándose en sus muletas entre todas esas lápidas. Encontrarse con un espíritu en el cementerio al lado de la tumba de su marido seguramente no la haya ayudado.

—Pero no es tu culpa que seas un espíritu. Y de ningún modo podías esperar encontrártela allí y que te viera. Además, me dijeron que ella, después de la visita al cementerio, siempre durante unos dos días pierde el contacto con la realidad, por eso no quieren llevarla. Pero es su obligación, atenderla una vez por semana.

Miro fijamente una caña de hierba que crece por el asfalto agrietado frente al banco en el que estamos sentados. Klíma mastica ruidosamente el cucurucho del helado.

—¿Tú les dijiste que querías verla porque os conocisteis en el cementerio? No me extraña que les resultaras sospechoso.

—Algo tenía que decirles, ¿no? Difícilmente podía alegar que era su sobrino de séptima generación, que de repente sentía el deseo de estrechar las relaciones familiares.

—Podrías haberte inventado algo. Por ejemplo, que estás haciendo una investigación para la facultad sobre la vida de los ancianos en Japón.

—O decirles que me ha poseído el espíritu de una compañera de clase, que hace siete años se quedó clavado en Shibuya. Eso podría resultar más verosímil. Tienen reglas megaestrictas para estas investigaciones en el terreno, tienen que responder por ti la facultad y tu tutor y luego se alarga muchísimo hasta que te dejan ver a la gente. Así que esta señora podría morírsenos tranquilamente, si ya tiene noventa y cinco años.

—¿Crees que está tan mal?

—Qué va... —Klíma remata el helado y saca el tabaco de la bolsa—. Está genial.

—¿Cómo lo sabes?

—Bueno, no me acabó de convencer cómo la enfermera se escaqueaba al teléfono, así que comprobé que entre las doce y las cinco los jubilados del centro tienen organizados paseos al parque, me senté delante en una cafetería y durante dos días he monitoreado la entrada. Y, por supuesto, he visto a la señora Kawashita. Bailotea con sus muletas como si fuera joven. No está ni de lejos en su lecho de muerte.

—No me digas. —Niego con la cabeza—. ¿Has estado patrullando?

—Exacto. Y se me ha confirmado que las enfermeras del centro están acomplejadas y llenas de prejuicios.

—Bueno, pero no puedes estar seguro. Quizá realmente solo teman por su estado de salud.

—Tal vez —replica Klíma, pero no parece especialmente convencido—, pero aquí ya he vivido escaqueos parecidos varias veces. Ahora vivo con un amigo y estoy intentando encontrar piso. Pero cada vez que parece que el contrato está al caer, los dueños del piso reculan. Empiezan a buscar excusas con que si la situación en realidad es mucho más complicada de lo que parecía y que sin duda llamarán cuando revisen algunas cosas indispensables. Y ya no vuelven a llamar. Y solo porque tengo careto occidental. Y eso que hablo japonés, estudio aquí, en su universidad, y me paga su Gobierno. En el caso de las enfermeras del hogar de jubilados será parecido. Si fuera japonés, seguramente se comunicarían diferente conmigo.

—No te lo tomes así —digo—, lo principal es que la señora esté bien. Se nos ocurrirá otra manera de llegar a ella.

Klíma no contesta. Hoy me parece algo de mal humor.

—Oye, ¿ha pasado algo? Quiero decir, otra cosa aparte de que te hayan rechazado en el hogar de jubilados.

Klíma suspira.

—Ayer por la noche le volviste a dar «me gusta» a unas quince fotos de ese japonés que trabaja con ventanas.

—Y a ti te sabe mal.

Nos quedamos en silencio y Klíma se lía un cigarrillo.

—Soy tonto por haberte dejado escurrir entre mis dedos. Ahora te ligará un limpiador de ventanas.

—¿Él limpia las ventanas? Creía que solo les sacaba fotos.

—Parece que trabaja para una empresa llamada Wasshin-gu. Limpian las ventanas de edificios altos.

—Pero si ni siquiera sabes si lo he conocido. Puede ser el conocido de un conocido. O un desconocido total. Quizá simplemente me hayan gustado sus fotos.

Pero Klíma niega con la cabeza.

—Sus últimas entradas son de Praga. Incluso le comentaste largamente una foto. ¿Y sabes lo que él te contestó? ¡«Gracias por una bonita tarde»! ¡Debisteis de pasar juntos toda la tarde, joder!

—Bueno, pues en Praga me lo llevé a una taberna. O a una visita por la Ciudad Vieja. Eso no tiene por qué significar nada. Simplemente es un chico que limpia ventanas.

—Se ríen de mí —dice— por haberla cagado así.

—En mi opinión, me estás subestimando profundamente. Yo nunca he sido de un rollo de una noche.

Klíma levanta la cabeza.

—Por favor —dice—, ¿cuántos rollos de una noche has tenido, si tienes diecisiete años?

—Podría haber tenido un par ya —digo, cortante—, pero nunca lo aproveché. Soy más bien de relaciones largas. Con mi primer chico llevo ya ocho años.

—¡Porque llevas siete de ellos clavada en Shibuya!

19

—¡Por fin he conseguido enterarme de algo sobre el padre de Kawashita! —Agito un papel delante de la cara de Klíma, cuando volvemos a vernos.

—¡A ver! —Me arranca el papel de la mano—. ¿Qué pone?

—Es del diario de Sanae Takata. ¿Sabes quién era?

Klíma ladea la cabeza, ha oído el nombre antes.

—En Waseda tienen una biblioteca con su nombre.

—¡Claro! —dice Klíma—. Sabía que había oído este nombre en algún sitio. Era un político de la era Meiji. Y al principio de la Taishō ejerció de ministro de Educación.

—Exacto.

—¿Y qué tiene en común con Ueda?

—Bueno, entró en el Parlamento cuando hubo las primeras elecciones, en 1890. Y adivina por qué ciudad llegó.

—¿Kawagoe?

—Eso mismo. Se ve que Ueda y él se conocían. Quizá precisamente gracias a cómo Ueda estaba comprometido con la educación.

Klíma mira el diario frente a él.

————

3.3.1912

El sábado, hacia las ocho y media, ha venido el señor Ueda a hacerme una visita. Le he servido un café. Luego ha estado unos buenos quince minutos en silencio. Me imaginaba a qué tema llevaría la conversación. Algo he oído sobre el escándalo. Pero no he osado empezarla yo mismo. Personalmente, no me creí el rumor sobre la aventura del señor Ueda con su propia sobrina. Pero cuando esta mañana ha aparecido en mi puerta, he tenido claro que las habladurías eran ciertas.

No podía reconocer al señor Ueda. Parecía un extraño. Pero quizá solo haya cambiado mi mirada hacia él. Después de veinte minutos de silencio, ha levantado la cabeza. —¿Tiene alguna idea de lo que debería hacer?

He suspirado.

—Debería irse del país. Deje que la gente se olvide.

El señor Ueda ha suspirado.

—Tengo unos conocidos en el *Yomiuri Shinbun*. Podría preguntarles si les iría bien un corresponsal extranjero. Podríamos organizarlo.

El señor Ueda ha vuelto a suspirar.

20

—¿Pues qué vamos a hacer con la señora Ueda? —pregunto—. ¿No hay ninguna otra manera de llegar a ella?

—Como no entremos en secreto… —dice Klíma, con un suspiro.

—Si al menos no tuviera que cogerte todo el tiempo de la mano —digo, enfurruñada—, sería más fácil. Entraría en un tris, si nadie me ve. Pero si tenemos que estar siempre de la mano, todo se complica muchísimo.

—Exacto.

—Un extranjero de uno ochenta que habla con acento no se esconde en una multitud de jubilados japoneses. Si decidiéramos entrar. Puramente hipotético, por supuesto.

—Claro, puramente hipotético —convengo—, lo mejor sería, obviamente, que un japonés nos ayudara a entrar. Este seguro que no sería tan sospechoso. Pero ¿de dónde lo sacamos, eh?

—Yo tengo unos conocidos en Waseda, pero es difícil que pueda pedirles algo así.

—Yo tranquilamente entraría por la ventana, si pudiera —suspiro.

—Por la ventana —dice Klíma, enfurruñado, y clava la vista en la parada del lado opuesto de la calle. El cartel en la hoja de cristal de la puerta anuncia que la escuela de arte de Kanda abre desde julio cursos de caligrafía, pintura con tinta china y fotografía para el público.

—¿Y el tipo del que hablamos hace poco? —propongo.

—¿Cuál?

—El que saca fotos de ventanas. Dijiste que también las limpia o algo así.

—¿Qué pasa con él?

—¿Y si lo usamos? Tendrá herramientas o algo para poder entrar en las casas desde el tejado, ¿o no?

Klíma pone los ojos como platos.

—¡Pero bueno, te has vuelto loca!

—¿Por qué? Estamos en una situación de crisis que requiere una solución de crisis.

—¡Pero si no conocemos a ese chico!

—¡Pero por lo visto yo sí! ¿No pasamos una bonita tarde en Praga? Quizá lo haría por mí.

Klíma se estremece.

—Yo no sé de dónde sacas el convencimiento de que los chicos saltarán de las ventanas por ti en cuanto se lo pidas.

—No de las ventanas, más bien *a* las ventanas.

Klíma se enfurruña.

—No, no. —Niega con la cabeza—. ¡Meter en esta empresa a alguien de fuera es arriesgado! ¡Todavía te colgarás de él!

—¡Pero si de eso se trata! Colgarme para entrar desde fuera.

—¡No juegues con las palabras! —grita Klíma y los transeúntes se giran hacia él—. ¡Te digo que yo con este tipo no colaboraré!

—¡Sé tan amable de no gritar! —le grito de vuelta—. ¡Date cuenta de la pinta que tienes! ¡Que nadie me ve! ¡Y luego te extraña que los japoneses miren a los extranjeros como si estuvieran locos!

Nos quedamos en silencio.

—¿Tienes tantos celos de este chico que sacrificas incluso mi última esperanza para salvarme solo para no tener que verlo? —le pregunto luego.

Klíma suspira.

—Escríbele al Facebook —digo.

Klíma se enfurruña.

—Hazlo. Dile que eres amigo mío y necesitas ayuda. Si me ocupé bien de él en Praga, seguro que te contesta.

PARTE DÉCIMA

SHIBUYA

1

Anochece. Caminamos por Shimokitazawa. Pasamos por delante de tiendas, tabernas, un estanco. Está animado. Sobre todo, hay jóvenes.

—No puedo creerme que me haya dejado convencer para esto —protesta Klíma.

Llegamos a una sala de juegos *pachinko*, de donde emanan una ruidosa música y un hedor que recuerdan el aire de un gimnasio. Aquí los jugadores sudan intentando romper récords en tal o cual juego.

—Creo que es por aquí.

Nos llega el olor a pescado asado.

—Podrías haber quedado en un sitio que conocieras.

—No. —Klíma niega con la cabeza—. Ha querido quedar aquí. Dice que está cerca de su trabajo.

Pasamos por delante de varios locales con rótulos encendidos hasta pararnos delante de uno llamado Toritonkun. Bajamos por una escalera de caracol hacia la entrada.

—¡Bienvenidos! ¡Bienvenidos! —Un camarero se lanza hacia Klíma cuando entramos—. ¿Una mesa para uno?

—Para tres —responde Klíma—, o sea, mejor dicho, para dos —se corrige inmediatamente.

El camarero nos lleva a la parte de atrás de la sala. Nos sentamos uno al lado del otro y Klíma pide una cerveza. Seguimos cogidos de la mano.

Las paredes del local están literalmente cubiertas con las ofertas de lo que cocinan aquí. Carne asada en brocheta, tripas de pollo fritas, sepia a la parrilla. Lo probaría todo. Si pudiera comer. Klíma pide pulpitos fritos, ensaladilla rusa y rodajas de pollo crudas, que son superficialmente tostadas a la parrilla. El camarero lo mira con inseguridad.

—*Batto thisu izu rō* —dice, golpeteando la foto de las lonchas de pollo en el menú.

—Lo sé —contesta Klíma, en japonés—, no me importa.

El camarero sonríe, asiente y corre a transmitir el pedido al cocinero. Klíma se recoge el pelo con una goma, saca los palillos de una cajetilla barnizada en la mesa y empieza con el entrante que ha recibido junto con el vaso de cerveza.

No pasa mucho tiempo y aparece en la puerta un japonés con el pelo muy corto. Lleva una camiseta azul de manga corta y en la espalda una mochila deportiva negra. Mira por el local. Klíma agita la mano. El chico viene hasta nosotros y deja la mochila en el suelo, debajo del asiento.

—Hola —dice a Klíma—, ¿hace mucho que esperas?

Klíma niega con la cabeza.

—Para nada, acabo de llegar.

¡No soy capaz de creer lo que veo! ¡Conozco a este chico! ¡No me olvidaría de esta cara ni si los extraterrestres me borraran la memoria! Tiene el pelo más corto de lo que recuerdo, y han desaparecido los pendientes de las orejas. Sin embargo, sigue siendo él. Se ha presentado como Akira, pero para mí simplemente es Nakadai. Nakadai, al que hace siete años que no veo. Nakadai, al que salvé de un almacén de Shibuya.

2

—Gracias por encontrar tiempo —le dice Klíma.

—Está bien. —Nakadai se frota las manos en la toalla húmeda—. Trabajo aquí en la esquina, así que en serio que no es ningún problema para mí. Igualmente, después del trabajo vendría a tomarme una cerveza.

El camarero viene a la mesa y deja frente a nosotros un plato de carne de pollo.

—¿Así que conoces a Jana? —pregunta Nakadai. Luego pregunta si puede probar el pollo. Klíma lo anima a que se sirva.

—Jana y yo nos conocemos de la facultad —contesta—, los últimos meses la ayudé con la traducción de un escritor japonés.

—¿Te refieres a Kawashita?

—¿Lo conoces? —Klíma pone los ojos como platos.

—Jana me dijo que lo estaba traduciendo —responde Nakadai—, pero no me habló de ti.

—Yo en ese momento debía de estar en Japón. ¿Y de dónde la conoces tú?

—Por mi hermana. Ella estudia contrabajo en Chequia.

Nakadai coge del plato de ensaladilla rusa que, entre tanto, ha aterrizado en la mesa.

—¿Y sobre qué querías que te aconsejara? —pregunta entonces.

—Bueno, ¿sabes…?, es complicado. —Klíma suspira y deja los bastones. Le muestro el pulgar señalando hacia arriba—. Necesito consultarte algo relacionado con las ventanas. Tú trabajas con ventanas, ¿no?

Nakadai asiente.

—Necesito saber dónde se podrían encontrar herramientas que permitieran bajar del tejado hasta una ventana.

—¿Necesitas limpiar alguna? —pregunta Nakadai—. Si es así, basta decirlo y lo organizo, no es problema. Para eso no necesitas conseguir herramientas.

Klíma se agita.

—Más que limpiar las ventanas, va de descolgarse.

Nakadai ladea la cabeza, sin entender.

—Necesito entrar en un sitio —dice Klíma.

—¿Dónde?

Klíma mira hacia la mesa e intenta ordenarse las palabras en la cabeza.

—Necesito entrar en una habitación.

—¿Por una ventana desde el tejado?

—Sí.

Nakadai se enfurruña.

—¿No tienen puertas?

Es un poco obtuso. Pero no es de extrañar. Las demandas de Klíma no entran precisamente en la escala del programa laboral corriente de un mantenedor de ventanas.

—Tienen puertas —dice Klíma—, pero… es complicado.

Nakadai deja los palillos a un lado. Klíma se rasca la cabeza. Empieza a perder suelo firme bajo sus pies. Entiendo que no es sencillo convencer a un chico al que nunca has visto de que entre por la ventana en un hogar de jubilados por el espíritu de una chica que te gusta, pero estaría bien si al menos soltara la información de manera que tuviera sentido.

—No quiero robar, ni nada de eso. Solo necesito quedar con una mujer que vive dentro.

—¿Quieres colarte en la habitación de una chica? ¿Sus padres no te dejan verla o qué?

—Es más una señora que una chica —dice Klíma.

—Colega… —Nakadai empieza a reírse—. ¡Estás loco! Ir a ver a una pava entrando por la ventana desde el tejado. Te gustan las películas de acción, ¿eh?

—A decir verdad, no mucho. —Klíma se encoge de hombros—. Pero no he podido pensar en ninguna solución mejor.

—¿Y dónde vive esa mujer?

—En un hogar de jubilados.

Nakadai pone los ojos como platos.

—¿En un hogar de jubilados? ¿Tan vieja es?

—Pero yo no quiero verla porque esté enamorado de ella.

—¿Pues por qué?

—Porque… —Klíma se queda pensativo—. En realidad ni siquiera sé por qué. Me invitó a verla y quiere algo de mí. Y yo necesito llegar a ella cueste lo que cueste. Tiene un significado más profundo, pero no me pidas que te lo explique. Entonces pensarías de mí que me he vuelto loco de verdad.

No progresa nada bien. Si a Klíma le dieran la tarea de escribir una redacción sobre nuestra situación, seguro que le saldría mejor que explicarlo oralmente, y encima en japonés. Nakadai calla.

—¿Vas en serio?

—Totalmente.

—Quieres de mí un consejo relacionado con meterte por una ventana de un hogar de pensionistas.

—Sí.

Nakadai se frota las sienes.

—Vale. Procederé como un profesional. En primer lugar, esto que dices es ilegal. Yo también de vez en cuando me meto donde no debería. Por ejemplo, para sacar una foto. Pero siempre dejo abierta la puerta de atrás para poder decir que no sabía que no podía, si me pillan. Pero en cuanto entras a un sitio por el tejado, es difícil que nadie se trague tu disculpa.

»También necesitas una licencia. Algo así como un carné de conducir para limpiar ventanas. Y ni siquiera sabes cuántos pisos tiene el edificio. ¿Cómo llegarías? ¿En ascensor? Es bastante probable que ni siquiera haya donde agarrar una cuerda. Los edificios altos cuentan con la limpieza de ventanas desde fuera y tienen preparada para ello una estructura especial. Pero dudo que un hogar de jubilados tenga construido algo así.

Klíma calla. Nuestro plan se desmenuza.

—Y, además —continúa Nakadai—, ¿realmente te crees que en un hogar de pensionistas no tendrán las ventanas aseguradas con rejas para que los viejos no salten?

3

Observo cómo Nakadai vuelve a coger los palillos y continúa consumiendo carne.

—¿Has probado a llamarlos y simplemente concertar una cita con ella? —pregunta a Klíma.

—Claro que sí. Pero me aseguraron que ahora no pueden dejar que la vea ningún desconocido, porque lo prohibió el médico. Se ve que ha empezado a perder la cabeza, ve espíritus por todas partes y delira. Como ya es vieja, tienen miedo de que la visita de un extranjero la perjudique.

—¿Y tú igualmente quieres verla? ¿Aunque sabes que podría hacerle daño?

—Tengo la sensación de que no está para nada tan loca como dicen todos.

Nakadai ladea la cabeza y se queda pensando.

—¿Y quién es esta mujer?

—Se llama Ueda y nos conocimos en el cementerio, junto a la tumba de Kawashita —dice Klíma—, vive en Aoyama.

Nakadai se queda rígido.

—¿No será por casualidad su hija o algo así?…

—No. Es su mujer.

Nakadai mira la mesa. Se puede ver cómo está haciendo cálculos en silencio.

—Oye… —Se enfurruña—. Esta locura está relacionada con Jana, ¿verdad? Más de lo que me cuentas.

—Es bastante complicado. Y también bastante increíble.

Nakadai se mete un cigarrillo en los labios y lo enciende.

—¿Y si intentas explicármelo? Es difícil que sea más loco que tu plan para entrar desde el tejado.

—Que no te extrañe —dice Klíma, suspirando.

—Inténtalo. —Nakadai le da una calada al cigarrillo y tira la ceniza al cenicero.

—Pensarás que me he vuelto loco.

—Por favor, no lo alargues más.

Klíma suspira en voz alta.

—Vale. Pero te he avisado. Has intuido correctamente que todo está relacionado un poco con Jana. De hecho, totalmente. Pero es una Jana un poco diferente de la que tú conoces. O en realidad la misma, pero en una forma un poco distinta.

Nakadai ladea la cabeza, sin entender.

—Va de que hace unos catorce días me encontré con el espíritu de Jana.

Nakadai no mueve ni una ceja. Solo se queda sentado en silencio. Del cigarrillo que sostiene sube una cinta de humo perfectamente recta. Parece como si Nakadai se hubiera quedado bloqueado.

—¿Cómo? —suelta, al final. Debe de pensar que Klíma ha tenido un lapsus. O que se ha equivocado de palabra.

—Oyes bien. Me encontré con el espíritu de Jana.

—Más bien *la idea* —lo corrijo. Nakadai observa a Klíma sin moverse. Curioso. No se puede saber qué le pasa por la cabeza. Tal vez esté pensando que cómo es posible que el Gobierno japonés le haya otorgado una beca a un tarado como este. Quizá esté sopesando si debe llamar a un manicomio. ¡Quizá Klíma sea peligroso!

—Este espíritu de Jana, o *idea* o lo que sea —continúa Klíma—, se quedó clavado aquí hace siete años y desde entonces no puede salir de Shibuya. No la ve nadie más, aparte de mí. No sé por qué la veo precisamente yo, pero quiero ayudarla a salir. Para eso necesito hablar con la mujer de Kawashita. O sea, es Jana quien necesita hablar con ella. Pero para salir de la frontera de Shibuya tiene que ir cogida de mi mano. Sin mí, no podrá verla. Como ves, es complicado de verdad.

Nakadai apaga el cigarrillo en el cenicero.

—Y supongo que el espíritu ahora está sentado a tu lado.

—Exacto.

Nakadai suelta una risa floja y bebe cerveza.

—Colega, de verdad que admiro tu imaginación y tus dotes de actor.

Klíma no contesta.

—Mira —continúa Nakadai—, Jana es maja. Me atendió bien cuando estuve en Praga. Si necesitara mi ayuda, por supuesto que me gustaría ayudarla. Pero esto es un poco demasiado raro para mí, en serio. No sé bien qué intentas conseguir. Si te has apostado que me tragaría este cuento, pues lo siento.

—¡Pero cuento la verdad! —suelta Klíma. Nakadai hace una mueca y saca su mochila negra de debajo de la mesa. Luego saca el monedero del bolsillo y deja mil yenes en la mesa.

—Espera. —Klíma intenta retenerlo—. Sé que suena absurdo, pero, por favor, intenta creerme. ¡Aunque solo sea por Jana!

Nakadai se levanta de la mesa.

—Dile que me lo debe —le digo a Klíma.

—Tengo que decirte que se lo debes a Jana —dice Klíma.

—Dile que fui yo quien lo soltó hace siete años del almacén de Shibuya.

4

Nakadai se queda aturdido y atraviesa a Klíma con la mirada.

—¿Jana te contó que estuve encerrado en la sala de ensayos? Estas chicas lo cuentan todo.

Klíma no entiende de qué habla Nakadai. Y no entiende en absoluto de qué hablo yo.

—Repite lo que yo diga —le ordeno—, luego te lo explicaré.

Nakadai se echa la mochila al hombro y se dispone a irse.

—Fui yo quien llamó a tu madre. Va, díselo.

—Dice que fue ella quien llamó a tu madre —repite obediente Klíma.

—¿Creías que te había ayudado tu ex, verdad? —continúo—. Mieko, se llamaba, ¿verdad?

Ahora Nakadai se queda parado y suelta la mochila de nuevo en el asiento. Tendré que acordarme de todos los detalles del acontecimiento para que crea que realmente estuve.

—Entonces llevabas el pelo fijado en agujas y recuerdo que llevabas una camiseta con un gran signo blanco de *maboroshi* en el pecho.

Nakadai mira inseguro a su alrededor.

—Colega… —suelta.

—Estuvisteis juntos en un *lovehotel* de Dōgenzaka. Fuisteis casi a la habitación más barata. Mieko llevaba en las orejas unos pendientes de zanahorias.

—¿Cómo… sabes eso? —pregunta Nakadai a Klíma.

—También estuve cuando Mieko y tú os peleasteis y ella cayó al suelo —continúo— y te dijo que te murieras.

Nakadai se vuelve a sentar despacio en el asiento.

—No puede ser. —Nakadai niega con la cabeza—. ¿Cómo te has enterado de estas cosas?

—Es la primera vez que lo oigo. Solo repito lo que Jana me está diciendo.

Nakadai cierra los ojos y se aprieta las sienes. Cuando los abre, mira en mi dirección, pero obviamente no me ve. Su expresión ha cambiado. Como si hace unos momentos hubiera mordido un *fugu* y se acabara de dar cuenta de que el trozo que se ha comido estaba contaminado con veneno.

—No es posible —suelta—, fue Mieko la que pidió ayuda.

—Para nada. —Niego con la cabeza—. Mieko descolgó la llamada, pero enseguida se fue. Habría dejado a tu madre gritar tu nombre al vacío del aparato igual una hora más. Fui yo quien le dijo a tu madre dónde estabas encerrado.

Nakadai mira el vaso vacío de cerveza. Parece que la cabeza está a punto de estallarle. Mira a hurtadillas al lugar donde se imagina que estoy.

—Es una locura. —Agita la cabeza.

—Sí que lo es —dice Klíma y me mira con una mirada que pide una explicación. Le hago señas de que no me pregunte nada. Sobre todo, ahora tenemos que darle tiempo a Nakadai para que se recupere.

—Es que esto…, esto simplemente… —suelta Nakadai, mientras mira sin entender a Klíma, frente a él—. ¡No tiene ningún sentido! ¿Cómo te has enterado de todo esto? ¡No se lo he contado a nadie!

—Solo repito lo que me está diciendo Jana a mi lado.

—Yo… —dice Nakadai—, yo… no…, esto… no puede ser.

Klíma no contesta. Nakadai se levanta.

—Perdona —le dice entonces a Klíma—, pero yo…, es que no me lo puedo creer. Perdona, pero… tengo que irme.

Coge la mochila y se la echa al hombro. Luego se va tambaleándose. Un golpe directamente entre los ojos no lo habría desequilibrado más.

5

Klíma y yo pasamos por una larga callejuela, entre bicicletas. Vamos de la mano mientras pasamos por delante de las ventanas apagadas entre los edificios durmientes. De vez en cuando, nos llega un ronquido ruidoso. Como si las casas roncaran a nuestro alrededor, y no la gente dentro tendida en sus futones.

—Lo tenemos crudo —dice Klíma.

El firmamento está amarillento, las estrellas como siempre no se ven. En la calle frente a nosotros aparece una sombra. Salta al murete bajo un limonero y empieza a lamerse las garras. A esta hora de la noche, el barrio está desierto. Recuerda un paisaje posapocalíptico.

—No nos creerá. Tampoco es de extrañar. Yo tampoco me lo creería si no te viera con mis propios ojos.

Llegamos al cruce y Klíma gira a la izquierda. Ante nosotros se abre una calle idéntica a aquella por la que acabamos de ir. Caminamos en círculos por un barrio de villas. Aquí todo da impresión de limpieza. Los coches elegantemente aparcados en las pequeñas casetas frente a las puertas de entrada recuerdan juguetes de Lego. Las macetas ordenadas en los muros por su tamaño. Figuritas de cerámica de animales en los alféizares. Felpudos frente a las puertas de entrada. Cortinas de encaje. Nombres grabados en placas en las puertas. La hiedra que se enreda por una valla de bambú.

—¿Por qué no me dijiste que lo conocías?

—Porque nunca me lo enseñaste. Pero en cuanto lo vi, tuve claro que era él.

—¿En serio que lo ayudaste a salir de un almacén?

Asiento y le cuento a Klíma cómo Nakadai pasó tres días encerrado en la sala de ensayo.

—Pobre —dice Klíma, enfurruñado—, no es una experiencia nada agradable. Tendremos que inventarnos otra manera de llegar a la señora Kawashita. Pero es que me estoy quedando sin ideas.

Asiento.

—Seguro que se nos ocurre algo.

—Quizá Akira todavía cambie de idea y se le ocurra algo a él.

—Bueno, no sé —digo—, tendría que pasar algo. Algo…

No acabo de decirlo porque la tierra empieza a temblar. Tengo la sensación como si alguien me cogiera de los hombros y me zarandeara furiosamente. No sucede a menudo. En la mayoría de los casos, uno ni se da cuenta. Pero esta vez se siente mucho.

—¿Qué está pasando? —Klíma se gira hacia mí.

—Un terremoto. —Me encojo de hombros. Klíma mira alarmado alrededor.

—Un poco fuerte, ¿no?

En la casa frente a nosotros se enciende la luz. Desde lejos, oigo los ladridos de un perro. Un enano de cerámica sobre un alféizar a nuestro lado baila hasta el borde y luego se lanza, suicida, hacia la acera, donde se rompe en pedazos. Cuento los segundos. Uno, dos, tres, cuatro. Luego el mundo se calma. La única prueba de que hace unos momentos estaba temblando es el enano muerto en el suelo. Klíma, inseguro, se queda mirando lo que ha quedado de él.

—No me gustaría acabar así —gruñe entonces.

—Tranquilo. Hoy la mayoría de los edificios de Japón son de hormigón armado.

Volvemos a ponernos en marcha. Pero pronto Klíma se detiene.

—¿Qué pasa? —pregunto.

—No sé. —Ladea la cabeza—. ¿Me parece o empieza a temblar otra vez?

Me paro.

—Yo no siento nada.

—Raro. —Klíma niega con la cabeza—. Es como si mis piernas volvieran a vibrar.

—¿Te vibran las piernas?

Klíma mete la mano en el bolsillo y saca el teléfono que vibra. En la pantalla brilla el nombre *Limpiador de Ventanas*. Klíma debe de detestar seriamente a Nakadai si ni siquiera lo ha guardado con un nombre más digno.

6

Quedamos tres días después en el mismo local. Cuando entramos, Nakadai ya está sentado. Lleva un pañuelo negro en la cabeza y un uniforme azul oscuro; en la mesa, unos guantes de trabajo del mismo color. En el banco, a su lado, hay una bolsa negra y un casco amarillo.

—Hola —lo saluda Klíma y nos sentamos en el banco libre, frente a él.

—Hola —saluda Nakadai y luego los dos piden una cerveza. Nakadai pide entrañas de pollo en vinagre, hígado de cerdo en brocheta y granos de soja salados. Pero cuando el camarero trae la comida, ninguno de ellos toma nada. Ambos están callados. Espero a ver qué sale de Nakadai.

—He traído algo —dice por fin y saca de la bolsa un fajo de papeles. El corazón se me acelera cuando veo cómo los extiende sobre la mesa. Parece que tiene un plan. O que se le ha ocurrido algo que podría ayudarme.

—¿Qué es esto? —Klíma mira los papeles, enfurruñado.

—Son los planos del edificio al que necesitas entrar. Se pueden bajar sin más de internet.

—Ajá —dice Klíma—, ¿y de qué sirve?

—Para saber... —Nakadai sonríe—... cómo tiene resueltos el hogar de jubilados los espacios interiores, por supuesto. No puedes entrar en secreto en un sitio que no sabes cómo es.

Klíma dedica a Nakadai una mirada suspicaz.

—¿Así que has decidido ayudarnos?

—Exacto.

—¿De verdad? —decimos Klíma y yo al unísono.

—Sí —asiente Nakadai.

—¡Es genial! —digo yo, pero Nakadai no me oye. Klíma no comparte mi entusiasmo. Mira alternativamente a Nakadai y a los papeles sobre la mesa y se puede ver que, para variar, algo no le cuadra en el enfoque de Nakadai.

—¿Así que creíste todo lo que te dije? —pregunta.

—Bueno... —Nakadai agita la cabeza—. Es una fantasmagoría tremenda. Pero he estado pensando mucho en todo y he llegado a la conclusión de que nada de lo que me contaste la última vez se lo he explicado a nadie. Así que tu afirmación de que me salvó *un espíritu*, a su manera, es posible. Y si realmente me salvó, se lo debo y sería egoísta por mi parte no ayudarlo si lo necesita.

Klíma asiente con cautela.

—Con una condición —añade Nakadai.

—¿Qué condición? —pregunta Klíma.

Nakadai bebe cerveza, abre la cremallera de su mochila y saca una piedra de al menos medio kilo. La deja en mitad de la mesa, sobre los planos de la estructura interior del hogar de jubilados de Aoyama.

—Si estás dispuesto a demostrarme que no te lo has inventado todo, te…, es decir, *os* llevaré hasta el edificio.

—¿Y qué tengo que hacer con esto? —Klíma se enfurruña—. ¿Tengo que romperme la cabeza con este pedrusco para demostrarte que voy en serio o qué?

—La cabeza no. —Nakadai sonríe.

—Entonces, ¿qué?

Nakadai sonríe.

—¿Ya te he dicho que en la empresa de ventanas no solo limpiamos, sino que también arreglamos?

Klíma se queda pálido. Nakadai aparta la piedra a un lado y señala con el dedo al papel en la mesa.

—Mira. Justo delante de esta ventana hay un paso elevado. Ayer fui a echar un vistazo. Desde el paso a la ventana hay unos tres metros. Así que no tendría que ser difícil romperla con este pedrusco.

—Pero —objeta Klíma— ¡si eso es ilegal! ¡Si me pillan, me deportan!

—No es mucho más ilegal que tu idea de bajar por el tejado. —Nakadai se enciende un cigarrillo.

Klíma frunce el ceño.

—Bueno —dice entonces—, pero si bajaba no tenía que destruir una propiedad ajena.

—Ya. Pero querías colarte en terreno privado. Mira. Si tu espíritu de Jana realmente necesita ser salvado, no os dejaré solos. Pero necesito una garantía de que no lo estoy haciendo para saciar algún deseo perverso tuyo de manipular a la gente. Y no temas. La ventana rota tendrá su papel en nuestro plan. No temas, no la romperás sin más. Es justo, ¿qué dices?

No soy capaz de descifrar la expresión en la cara de Nakadai. ¿Está tomando el pelo a Klíma? ¿O solo necesita verificar hasta qué punto Klíma le ha dicho la verdad? ¿Espera que Klíma se asuste y reconozca que se lo inventó todo? ¿Y podemos confiar en que realmente cumplirá su promesa y nos ayudará si Klíma cumple su parte del acuerdo?

A Klíma le hipnotiza la piedra de la mesa. Tiene todo el aspecto de que preferiría negarse, pero después de todo lo que le explicó a Nakadai es difícil.

—¿Y si le doy a alguien?

—La ventana da al pasillo. Por la noche estará vacío.

—No tienes por qué hacerlo —digo, pero Klíma no me escucha.

—Pues vale. —Al fin, levanta los ojos—. Lo haré. Y tú ahora explícame cómo piensas entrar.

Nakadai asiente y empieza a explicar.

7

Junto al paso elevado frente al hogar de jubilados de Aoyama, crece un cerezo. En esta época del año, está cubierto de flores. En realidad, son rosas, pero en la oscuridad brillan blancas. El paso no está iluminado, pero la carretera de debajo sí. De vez en cuando pasa un coche. Pero como son las dos de la madrugada, el tráfico es mínimo. La vida nocturna estalla en otras partes de la ciudad. Donde hay bares, discotecas y clubes. La avenida de Aoyama está bordeada por edificios administrativos, cafeterías oscuras y oficinas. Casi todas las ventanas están apagadas. Excepto las ventanas frente a nosotros.

Cuando aguzamos la vista, a través de la cortina de papel bajada vemos cómo la enfermera con traje rosa lee en la mesa, con una lámpara iluminada. El hogar de pensionistas a esta hora está durmiendo, pero ella tiene que estar despierta, por si uno de los clientes necesitara ayuda. También la ventana junto a la sala de enfermeras está encendida. Una luz blanda y amarillenta ilumina un largo pasillo.

—Si alguien se entera de esto, es el final de mi carrera —susurra Klíma, aunque la cuidadora no puede oírlo a través de la ventana cerrada.

—No temas, nadie se enterará.

Klíma tiene la cara todavía más blanca que las flores del cerezo florecido junto a nosotros. Miro por el agujero de la barandilla a la oscuridad entre las casas al final de la calle. Allí está Nakadai, seguramente observándonos. Concretamente, observa a Klíma. Es muy posible que se esté divirtiendo. O está absolutamente igual de nervioso que nosotros.

—A ti te puede dar igual, nadie te ve —susurra Klíma—, pero si me atrapan a mí o, Dios no lo quiera, hay cámaras en algún sitio, será mi fin.

Sopesa la piedra en la mano.

—No tienes por qué hacerlo si no quieres —digo—, de verdad que no me enfadaré contigo.

Curioso. Hace catorce días no conocía a este chico y ahora está a punto de romper una ventana por mí. Si te pones a pensar, es romántico a su manera extraña. Como mínimo, muestra que realmente me quiere.

La enfermera de la ventana frente a nosotros se pone en pie, sale del cuarto y cruza el largo pasillo a las entrañas del edificio, seguramente al baño.

—Ahora —digo—, ¡este es el momento adecuado!

Klíma levanta la mano al aire, pero no hay manera de que lance la piedra.

—¡Venga! —digo—. ¡Antes de que vuelva!

—Es fácil de decir. —Klíma se gira hacia mí—. ¡Pero no es tan fácil de hacer!

—Por Dios, trae.

—¡No! ¡Si la tiraras tú, yo no cumpliría mi parte del trato!

—¡Deja de filosofar por una vez y tírala!

Klíma vuelve a asomar la cabeza desde detrás de la barandilla.

—De verdad que preferiría bajar por el tejado —gime.

Luego vuelve a levantar la mano al aire.

—Sobre todo, cierra el ojo correcto —aconsejo— para acertar. Como cuando disparas con una pistola.

—¡Yo nunca he disparado con una pistola!

—Pero, por Dios, sobre todo, dispara ya antes de que vuelva del váter, ¡no vayas a darle a ella!

Klíma cierra un ojo.

—Un acto destructivo —gime.

—¿Qué?

—Nada. Solo me he acordado de algo.

—¡Por Dios! ¡Ya vuelve! ¡Dale, dale!

Klíma se estira. Miro cómo la piedra sale volando no muy elegantemente. Entonces suena el ruido de cristal roto. Estamos agachados, escondidos tras la barandilla.

—¡Lo he hecho de verdad! —Klíma levanta la cabeza para controlar qué ha roto.

—¡No hagas tonterías! —grito y tiro de él hacia el suelo con todas mis fuerzas—. ¡Que no te vea!

Oigo cómo late el corazón de Klíma. Tengo miedo de que se desmaye. Solo me faltaría eso, reanimarle aquí. La mano que me sujeta tiembla. Levanto la cabeza para convencerme de lo que ha roto Klíma.

—¿La he matado?

—No.

—¿Y he acertado la ventana correcta?

—La esquina inferior derecha. Y ahora, ¡ven! —Me pongo a cuatro patas y empiezo a tirar de él. Desde el hogar de jubilados frente al paso elevado oímos voces exaltadas. El ruido de cristales rotos debe de haber despertado a los ancianos.

8

Nakadai calla. Está sentado al lado de Klíma, apoyados en la barandilla blanca de metal del parque cercano, los dos miran fijamente el suelo. A Klíma le tiemblan las manos.

—¡Podría haber matado a alguien con el pedrusco!

Es obvio que le ha bajado la adrenalina y ahora se maldice por lo que ha hecho. Nakadai tampoco tiene un aspecto especialmente sano. Seguramente hasta el último momento creía que Klíma abandonaría la acción. Pero Klíma no ha abandonado, con lo que ha confirmado la presencia del espíritu de Jana Kupková en este mundo.

—¿No he de traeros un chupito o algo? —les pregunto—. De la tienda veinticuatro horas.

—Encima súmale robo, joder. Una idea fantástica.

Nakadai abre su mochila y saca un uniforme doblado de la empresa en la que trabaja.

—Ponte esto —le dice a Klíma—, es de un colega, así que no puedes estropearlo. Se lo tengo que devolver pasado mañana.

Klíma sacude el uniforme para desplegarlo y lo levanta al aire.

—Qué guay. Encima me tengo que poner un pelele.

—¿Qué? —Nakadai no entiende, porque Klíma lo ha dicho en checo.

—Nada. —Klíma se desabotona los pantalones, pero entonces se frena y me mira.

—¿Puedes al menos cerrar los ojos?

—Sí, perdona —digo y enseguida cierro los ojos. Pero no me acaba de convencer, así que enseguida entreabro uno. No es que me interese tantísimo qué calzoncillos lleva puestos Klíma. Pero me gustaría saber cómo pretende vestirse sin soltar mi mano derecha. Nakadai observa a Klíma, que se quita los pantalones de una manera absurdamente complicada.

—¿Puedes ayudarme?

Me enderezo para ayudarlo.

—Tú no. —Klíma me aparta—. Me refería a él. Tú ten los ojos cerrados.

Si ahora llegara tambaleándose al callejón algún *salaryman* y viera el baile ritual de Klíma, a lo mejor pensaría que realmente ha bebido mucho más de lo que aguanta. Tengo que hacer un esfuerzo para no reírme en voz alta. Klíma zarandea mi mano mientras intenta mantener el equilibro. Está sobre un pie e intenta estirar la pernera del uniforme mientras Naka-dai aguanta el resto de la ropa para que entre mejor. Un obser-vador sin información podría imaginarse fácilmente que estos dos están haciendo algo completamente distinto a lo que suce-de en realidad. Y el hecho de que Klíma esté desnudo de medio cuerpo tampoco ayuda mucho.

—No queréis saber lo que parecéis.

—Tú calla —gruñe Klíma—, sobre todo lo hacemos por ti, así que no hagas comentarios.

Cuando mete la mano derecha por la manga, tenemos que cambiar de mano para que se ponga el resto. En el sue-lo ruedan los vaqueros negros desgastados, el cinturón de cuero, el chaleco gris oscuro a rayas y la camisa negra, igual que la americana de Klíma. Nakadai lo recoge y lo mete en su mochila.

En unos minutos, Klíma ha pasado de ser un estudiante universitario a un trabajador de un servicio de limpieza. Pero el uniforme no le queda nada bien. Las perneras y las mangas le van cortas y en el culo necesitaría diez centímetros más de tela. Los botines esmaltados tampoco le van muy bien al uni-forme de limpiador de ventanas. Nakadai se esfuerza, con to-das sus fuerzas, en cerrar la cremallera de Klíma hasta el cuello.

—¡Lo vas a romper!

—Pero tampoco podemos dejarlo abierto así. No me ha-bía dado cuenta de que estuvieras tan rollizo —dice Nakadai, pensativo.

—No estoy rollizo, pero tampoco soy escuálido —se de-fiende Klíma. Por fin consiguen cerrar la cremallera.

—No te menees mucho, que no pete —dice Nakadai mientras le da la gorra a Klíma.

—¿Esto también me lo tengo que poner?

—Sí. Tienes que ir discreto.

Klíma se suelta el pelo y se pone la gorra.

—¿Qué tal me queda? —pregunta con interés.

—Genial —digo.

—Sobre todo, tenemos que hacer algo con tu nariz. —Nakadai le da una mascarilla como la que lleva la gente aquí cuando está enferma y, sin embargo, tiene que ir al trabajo. Klíma se la pone.

—Mejor —juzga Nakadai. Klíma se gira hacia mí. Me da pena.

—Tienes que bajarte la gorra más a la frente, para que no se vea que no tienes los ojos rasgados.

Klíma se arregla según mi consejo, así que su cara desaparece a la perfección.

—Perfecto. —Nakadai saca de la mochila un cinturón con bolsillos para las herramientas y lo sujeta en la cintura de Klíma—. Pero ante todo no hables. Deja que hable yo, ¿está claro?

Con un poco de fantasía, uno puede imaginarse que Klíma es un colega enfermo de Nakadai que tiene fiebre, escalofríos, y encima se ha quedado sin voz. Cuando el cambio de Klíma está acabado, Nakadai mira el reloj.

—Tenemos que esperar al menos hasta las ocho y media —dice—, no queremos que llamen a nadie más, pero llegar demasiado pronto tampoco sería lo más inteligente.

9

El tiempo se arrastra sin fin. Estamos sentados en las escaleras, Klíma tiene la cabeza apoyada en las rodillas y duerme, Nakadai mira fijamente el móvil y repasa las fotos de peces en un enorme acuario.

—¿Esta foto la has hecho tú? —pregunto, pero obviamente no me oye. Y no quiero despertar a Klíma. Estoy sentada entre ellos y me siento rara. Me doy cuenta de que estos dos se están arriesgando por mí. Curioso. De Klíma todavía se puede entender. Seguramente me quiere de verdad. Observo como suspira irregularmente. Debe de estar soñando algo.

A lo mejor, que está tirando piedras a las ventanas de un hogar de jubilados.

Nakadai, al contrario, casi no tiene ningún motivo para ayudarme. Por supuesto, asegura que me está devolviendo la ayuda que le brindé hace siete años. Pero yo más bien creo que entre nosotros, en Praga, ha debido de pasar algo de lo que no nos ha hablado. Algo que lo ata a no rechazarme. Quién sabe.

Miro cómo repasa las fotografías. Delante de mí se abre un mundo completamente nuevo. El mundo de la vida de Nakadai. Las fotos sacadas en la visita a un acuario, Tokio fotografiado desde el andamio de un rascacielos, una anciana tras la caja de Lawson, a quien Nakadai sacó detrás del escaparate con trozos de pollo frito. Y luego fotos de Praga. Me siento más cerca. Nakadai repasa las fotos de un viejo barrio de bloques por el centro de Praga. El lugar me recuerda muchísimo a mi infancia. Y a los lugares donde crecí. Nakadai pasa el dedo por la pantalla y delante de mí aparecen una foto tras otra. Ventanas con los marcos oxidados. Vidrios rotos de paradas de autobús. Una enorme nave industrial llena de trastos. ¡Conozco este sitio! Una vez me metí con los chicos de la clase. Entonces, todavía no parecía tan descuidado. Miro a Nakadai. ¿Qué estaría buscando en un sitio así? Y luego en la pantalla aparecen más fotos. En ellas hay una chica que se parece totalmente a mí. No, espera. Soy yo de verdad. Nakadai golpetea la pantalla en el lugar donde tengo la cara y la foto aumenta. En la foto estoy mucho más delgada que ahora. Nakadai observa mi foto unos buenos tres minutos. Después, se mete el móvil en el bolsillo y mira a través de mí a Klíma durmiendo.

Entonces suspira y se aparta el pelo de la frente. Sigue siendo igual de guapo que hace siete años. Quizá incluso todavía más guapo. Me alegro de que esté bien y de que el encierro de tres días en el almacén no dejara huellas más graves. O al menos por fuera no se pueden reconocer. Estiro la mano y lo toco.

—¿Akira?

Me inunda un ataque de ira. ¡No es justo! Estoy aquí sentada, a solo un par de centímetros de él, y entre nosotros hay un muro insuperable. Soy invisible para él. Es injusto. Me gustaría tanto preguntarle cómo le ha ido estos siete años… Qué ha hecho, por qué se metió en fotografía. Pero no puede ser. Nunca me enteraré. O quizá sí. Quizá Nakadai me cuente todo esto cuando nos encontremos en Praga. Pero entonces ya no seré yo.

¿Cómo puedo confiar en que, por algún milagro, me una con mi otra mitad? ¿Y esta unión realmente depende de que nos encontremos personalmente? Observo la cara de Nakadai de perfil y de repente deseo que podamos seguir aquí sentados mucho rato. Tranquilamente en silencio, si no puede ser de otra manera. Apoyo mi cabeza en él. Al menos alguna ventaja tiene esta invisibilidad.

A mi lado suena un ronquido. Klíma se sumerge en un sueño cada vez más profundo. Seguimos cogidos de la mano. Me da pena. Tengo la sensación de que me estoy aprovechando de él. Por supuesto, le estoy agradecida por lo que está haciendo por mi salvación. Pero no siento por él lo mismo que él por mí. Me gusta hablar con él. A su manera, es mono. Pero es de una Jana Kupková completamente distinta. Mío, no. Yo no soy de nadie. Estoy sentada entre estos dos y me siento triste. Estoy aprisionada entre ellos, aprisionada en este mundo que no lleva a ninguna parte, e intento salvarme, de hecho, ya ni siquiera sé por qué. Suspiro. Nakadai huele a mentol. Seguramente use algún gel de ducha mentolado o algo así.

Tampoco ahora, después de todo esto, tengo claro por qué estoy aquí. Las cosas pasan a mi alrededor sin más. Últimamente, de manera sorprendentemente rápida. Quizá tampoco me salve a mí misma. Ni siquiera sé si el encuentro con la señora Ueda servirá de algo. ¿Qué le diré cuando nos veamos? No tengo ni idea.

Nakadai mira el reloj. Son las cuatro y media. Empieza a amanecer.

10

—Levanta. —Nakadai golpea a Klíma—. Son las siete de la mañana y tengo muchísima hambre.

Klíma se frota los ojos. Durante unos momentos no entiende dónde está, hasta que se da cuenta de lo que hizo ayer.

—Ven a comer algo al McDonald's. —Nakadai se pone en pie y se estira. Nos dirigimos a la avenida principal. El McDonald's local ha abierto hace apenas cinco minutos. Los chicos compran el desayuno y luego nos encerramos en la sección de fumadores. Klíma mordisquea hambriento el sándwich de huevo.

—¿Quieres? —Me ofrece una patata.

—No, yo no como. —Niego con la cabeza.

—Ah, es cierto. Todavía no me acostumbro —suspira Klíma.

A las nueve, los dos empiezan a estar inquietos.

—A ver... —Nakadai, quizá ya por tercera vez, vuelve a resumir nuestro plan—. ¿Lo tenéis todo claro?

En todo el tiempo, es la primera vez que usa el plural. De una manera particular, me alegra.

—Ante todo —continúa Nakadai—, recuerda que tienes que estar callado. Hablaré yo.

—Lo sé.

—Y no te quites la mascarilla.

—No lo haré.

—Y si alguien te dice algo, tósele.

—¡Sí! Lo entiendo. ¡Si la última hora nos lo hemos dicho mínimo cien veces!

Nakadai asiente. De repente, también él está nervioso.

—Pues ya podríamos ir tirando. —Se bebe los últimos restos de Coca-Cola y se levanta.

El hogar de jubilados de Aoyama está muy cerca. Vamos en silencio. Cuando llegamos debajo de la ventana rota, Nakadai se detiene y levanta la cabeza hacia arriba para convencerse de la destrucción causada por Klíma por la noche. Klíma mira fijamente al suelo y hace ver que no está aquí.

—Bonito —susurra Nakadai y entonces empuja a Klíma a los timbres de la puerta de entrada—. Llama —le dice.

—No, llama tú. —Klíma agita la cabeza—. Yo ya he hecho bastante.

Parece que ambos se van a poner a discutir antes de que empiece la acción. Además, por una menudencia como esta. Curioso. Uno esperaría que para Klíma, después de lo de ayer, llamar a un timbre no representaría un problema. Pero ya he entendido que cualquier cosa que comporte una interacción más profunda con gente, como, por ejemplo, llamar por teléfono o a la puerta de un extraño, para el tipo intelectual introvertido de Klíma representa un obstáculo de vital importancia. Al final, es Nakadai quien llama.

—Espere, por favor —nos dice una voz robótica de mujer—, en unos momentos serán conectados.

Nakadai tose. Ahora todo se decidirá. Pasan unos momentos hasta que la enfermera al otro lado de la línea levanta el aparato.

—Hogar de jubilados de Aoyama. ¿Qué desea?

—Aquí Abe de Kireina Mado —se presenta Nakadai con un nombre falso—, esta mañana hemos recibido de ustedes una llamada sobre una ventana rota. Mi colega y yo hemos venido a mirar.

—¿De verdad? —dice extrañada la voz—. Espere un momento, por favor.

Los tres retenemos la respiración. Nakadai dedica a Klíma una mirada compasiva. Pasa una eternidad hasta que la voz vuelve a sonar.

—¿De qué empresa ha dicho que es?

—Kireina Mado —repite Nakadai—, me llamo Abe Kazuya.

—¿Y a qué hora lo ha llamado mi compañera?

Nakadai se pone a pensar.

—Hacia las siete y media.

—¿Hacia las siete y media? —repite la mujer—. No tengo ninguna nota de mi compañera.

—Qué raro —responde Nakadai—, ¿y no se habrá olvidado de decírselo? Estoy seguro de que hacia las siete y media he recibido una llamada en la que me han informado de una ventana rota en el hogar de jubilados de Aoyama.

Se oye cómo la mujer al otro lado de la línea ha cubierto el auricular con la mano.

—Yuki, ¿has llamado tú esta mañana al reparador por lo de la ventana?

—No. Pero quizá lo haya hecho Natsuko. Ha dicho que tenía que hacerse algo rápidamente.

La voz de la mujer vuelve a sonar.

—¿Y no se acordará por casualidad de cómo se llamaba mi compañera?

Nakadai se rasca la cabeza, seguramente para añadir autenticidad a su interpretación.

—Lo siento, pero cada día recibo decenas de llamadas parecidas, me he debido de olvidar. Tenía un apellido… bastante corriente, pero el nombre de pila seguro que empezaba por ene. ¿Sería la señorita Tanaka Natsuko? ¿O Watanabe? No estoy seguro.

Pausa.

—¿No sería Satō Natsuko?

—Sí, es posible —asiente Nakadai.

La mujer al otro lado de la línea se queda en silencio.

—¿Cuánto rato estarán? En un rato empezamos con el programa de la mañana y por error no contábamos con su visita.

—Máximo quince, veinte minutos. —Nakadai mira a Klíma—. Solo necesitamos medir las dimensiones del cristal roto y comprobar un par de detalles más, como el tipo de marco y así. Mis colegas vendrán después con una ventana nueva, como mucho en dos días. Hasta entonces, fijaremos el agujero de la ventana.

—¿Veinte minutos? —suspira la mujer.

—Más bien quince.

—Vale. Pasen, ya que están aquí. Estamos en el tercer piso, el ascensor está a la derecha de la puerta de entrada.

Entonces suena un zumbido.

11

En el ascensor, Nakadai contiene la respiración. Se ve que está nervioso.

—Lo que Akira ha hecho afuera ha sido bastante admirable, ¿eh? —le suelto a Klíma. Este no contesta. Le han prohibido hablar. Tiene la gorra tan bajada que resulta cómico. Debajo de ella, asoma la mascarilla blanca. Se mira los zapatos.

El ascensor es lento. Nakadai está apretado contra la puerta, la mano con el guante colocada sobre la pared de latón. Está sudando. Por fin nos detenemos en el tercer piso. El ascensor tintinea y la puerta se abre. Nakadai literalmente cae hacia fuera. Detrás de él, desde la cabina del ascensor, se arrastra Klíma, que con su disfraz no recuerda sino a un fantasma.

Nakadai llama al timbre de la puerta de cristal frente al ascensor.

—Soy Abe —se presenta—, ya estamos aquí.

—Un momento de paciencia, voy a por usted.

Pasa un minuto, quizá dos. Luego nos abre una enfermera de pelo corto con un traje rosa. Puede tener unos cincuenta. En la cara luce una sonrisa profesional.

—Buenos días —saluda Nakadai.

La enfermera nos repasa con una mirada insegura. Especialmente Klíma, que mira al suelo, no la convence.

—Este es mi colega Nakajima. Discúlpelo, por favor, está formándose —dice Nakadai.

Klíma hace una reverencia.

—Veo que lleva una mascarilla. ¿Está enfermo?

—Está un poco acatarrado —responde Nakadai por Klíma—, y parece que esta mañana se ha quedado sin voz.

—Bueno… —La enfermera se enfurruña—. No nos vaya a contagiar a los clientes. Muchos de ellos ya tienen la salud frágil. Señor Nakajima, ¿no prefiere esperar fuera?

—Es un catarro más bien de origen alérgico. —Nakadai niega con la cabeza.

—¿De origen alérgico? —La enfermera repasa a Klíma con la mirada—. Bueno, si cree que no es contagioso, por favor, pasen. La ventana está en esa dirección.

Cruzamos la puerta de vidrio y entramos en un largo pasillo. El suelo bajo nuestros pies brilla tanto que uno podría comer en él. Huele a desinfección y también a algo dulce, que recuerda al sabor del café con leche. Más o menos así huele la gente mayor.

—Pero puedo decirles que han venido a una velocidad realmente asombrosa si mi compañera los llamó a las siete y media —comenta la enfermera cuando pasamos por entre las habitaciones. El linóleo del suelo tiene un pequeño diseño ajedrezado, las paredes están empapeladas de rosa. Todo aquí tiene un efecto estéril y vacío. No esperaba ningún tipo de ambiente hospitalario, pero seguro que existen hogares de pensionistas más acogedores.

—Casualmente hemos tenido un hueco en el programa —improvisa Nakadai—, así que hemos pensado en venir a mirar.

—Es muy amable. Teníamos miedo de que se cortara alguno de nuestros clientes.

No me gusta que sistemáticamente llame clientes a los habitantes del hogar. Una vejez venerable en un lugar donde se ocupan de ti no es solo un artefacto dirigido a la venta. Me quedo tranquila cuando compruebo que la mayoría de las habitaciones tienen la puerta abierta y que así los ancianos pueden caminar libremente por donde les apetezca. Las habitaciones, parece, incluso tienen su propio sofá y un televisor. Las abuelas con atuendos de flores miran programas de cocina. No parecen tristes. Solo un poco abandonadas. Busco la habitación número once. Si las habitaciones impares están a la izquierda y las pares a la derecha, debería ser la sexta habitación desde la derecha. Rezo por que esté abierta. Pero no lo está. Pasamos por delante y la enfermera nos lleva a la ventana abierta.

—Pues aquí está —dice—, bueno, mírelo. Esta noche seguramente nos han debido de tirar una piedra, imagínese. No podemos entender por qué alguien lo iba a hacer.

—Ya. —Nakadai mira el agujero en el cristal—. Es un misterio.

Entonces saca del bolsillo de los pantalones un cuaderno y una cinta métrica portátil. La enfermera se apoya en la pared y no hay manera de que se vaya. Parece que estará aquí todo el tiempo con nosotros.

—Si necesita trabajar… —Nakadai le ofrece una sonrisa—, no tiene que estar aquí con nosotros. Nos las arreglaremos. No queremos retenerla en sus tareas.

—No pasa nada. —La enfermera agita la mano—. Tengo a otra compañera. Me gustaría saber qué harán con la ventana.

Nakadai sonríe inseguro y empieza a examinar con atención el estado del cristal roto. Se toma su tiempo. Probablemente, nada de lo que hace sea necesario, en realidad. Bastaría medir la ventana, apuntarse las medidas en un papel y desaparecer. Pero Nakadai lo alarga todo.

—Cristal doble, hum… —comenta los parámetros técnicos de la ventana—, seguramente sea un cristal de grueso normal, diría que medio centímetro…

La enfermera, apoyada en la pared, observa a Nakadai con interés. Me apuesto algo a que le gusta. Klíma está de pie detrás de Nakadai y no sabe qué hacer. Cambiando cristales de ventanas seguramente tenga la misma experiencia que viajando al espacio. Se le nota. Mira a Nakadai tomando notas en el bloc.

Si la cosa sigue así, toda la operación no servirá de nada. Si pudiera soltarme de Klíma e ir a investigar en la habitación de la señora Ueda yo sola… Pero no puede ser.

—¿Y a qué le tiene alergia, señor Nakajima? —pregunta la enfermera de repente.

Por algún motivo, ahora tiene ganas de charlar. Ya podría largarse.

—Al polvo —dice Nakadai.

—Es curioso. —La enfermera agita la cabeza—. Nunca había visto una reacción alérgica tan fuerte al polvo. Y además acabamos de fregar.

—También tiene alergia a los productos de limpieza —dice Nakadai.

—¿A los productos de limpieza? —La enfermera pone los ojos como platos—. Por Dios, entonces, ¿por qué ha cogido un trabajo en una empresa de limpieza de ventanas? Entrará en contacto con jabón y abrillantador cada día, ¿o no?

Nakadai se muerde el labio. No le ha salido como quería.

—En casa tiene una situación complicada… —Intenta tirar balones fuera, a la japonesa.

—Una situación… —La enfermera agita la cabeza. Klíma asiente. Pero tampoco ahora la enfermera está dispuesta a dejar el interrogatorio. Simplemente hay algo que no le cuadra de Klíma y está decidida a llegar hasta el fondo.

—¿Tiene hijos?

Klíma asiente.

—¿Cuántos?

Klíma levanta dos dedos al aire y tose ostentosamente, para dar a entender que la conversación lo está agotando.

—Pero eso es precioso. —La enfermera sonríe—. ¿Y su mujer? ¿Qué hace?

Es obvio que le da absolutamente igual el hecho de que Klíma no quiera hablar con ella.

—Su mujer abandonó este mundo hace siete años —dice Nakadai con una expresión mortalmente grave en la cara y se apunta en el cuaderno la información sobre la amplitud del marco de la ventana.

—Por Dios… —La enfermera se pone pálida de repente—. ¡Perdone! Le pido muchísimas disculpas.

—No se preocupe —responde Nakadai—, el señor Nakajima igualmente asegura que su mujer nunca se fue. Y que sigue aquí, con nosotros, en este mundo.

—Sí, claro… —La enfermera se agita—. Por supuesto.

De repente se puede ver que preferiría no estar aquí, con nosotros.

—Perdonen, señores —dice—, pero tengo que controlar algo en la sala de enfermeras. Cuando acaben, por favor, llámenme, ¿de acuerdo?

Nakadai le sonríe y asiente.

12

Klíma abre lentamente la puerta de la habitación número once. Gracias a Dios, no está cerrada con llave. Si alguna de las enfermeras hubiera encerrado a la señora Ueda en su cuarto, nunca podríamos entrar. Sin duda ni se nos ocurriría colgarnos del picaporte y entrar con violencia. Dentro está en penumbra. Pero ya solo por la grieta de la puerta entreabierta se puede distinguir que una pared está ocupada por una biblioteca. Desde el pasillo se ve también el borde de una mesa de centro.

Klíma abre la puerta. Entramos y cerramos. La habitación es pequeña, las cortinas están corridas. No dejan entrar casi nada de luz. Me esfuerzo en habituarme rápidamente a la penumbra. El pasillo, en comparación con este cuarto, estaba literalmente hiperiluminado. Allí las bombillas van a toda pastilla, aunque fuera sea de día.

Aquí domina el silencio. Llega solo el débil sonido de la televisión de la habitación contigua. Y también suena el tictac de un reloj. Lento y exacto. A Klíma le suda la mano. Ya llevamos más de doce horas agarrados. Empiezo a tener un calambre en la muñeca. Quiero soltar a Klíma y entrar sola en la habitación. Pero no puedo. Oigo cómo le late el corazón, cómo suspira ruidosamente. Tiene miedo. A mí también me asedia un ansia particular.

—¿Señora Ueda? —digo.

—¿Señora Ueda? —dice Klíma. Pero no nos llega ninguna respuesta. Los tomos de los libros de la biblioteca callan. La televisión del armario está apagada. La gran fotografía de boda en blanco y negro de la pared también está en silencio. Todo parece haberse detenido aquí.

—¿Señora Ueda? —vuelvo a intentar. Tampoco esta vez llega ninguna respuesta. ¿Quizá la señora ni siquiera esté aquí? ¿Quizá se la hayan llevado a otra habitación? ¿O al hospital? Quizá realmente no esté bien. Quizá Klíma se confundió cuando dijo que la había visto paseando por el parque. Tal vez fuera una señora completamente distinta. Claro. Así será, seguro. Al fin y al cabo, ¿por qué nos mentirían las enfermeras?

—No está aquí —susurro.

—Pero es su habitación. —Klíma hace un gesto con la cabeza en dirección a la fotografía nupcial de la pared. Damos varios pasos para mirarla de cerca. La joven de la imagen lleva un kimono de boda blanco. Su marido, un kimono de gala de color oscuro.

Todavía no había visto la cara de Kawashita en una foto. Mira con ojos tristes. Como si me reprochara algo. Levanto la mano y le acaricio la cara. Nadie debería hacer eso con una foto de boda.

Su mujer, en la fotografía, tiene el cabello recogido en un rico moño de estilo japonés. Quizá sea una peluca, quién sabe. Pero le sienta bien. Está sentada recta, como si estuviera orgullosa de casarse con un artista. Cuando me doy cuenta de lo que le espera en tres años, me baña un sudor helado. Y no solo por eso. De repente, tengo la extraña sensación de que hay alguien detrás de mí. Me doy la vuelta.

En medio del cuarto hay un fantasma. Lleva un kimono negrísimo. El pelo largo blanco cae sobre sus hombros. Me está mirando y en su cara arrugada tiene una expresión pétrea que recuerda a las estatuas budistas del cementerio. No hay en ella ni una pizca de bondad. Quizá las enfermeras tuvieran razón cuando dijeron que el estado de esta señora había empeorado. La de allá era la señora confundida del cementerio que va a recordar a su marido. Aquí, frente a mí, hay una mujer que por la ira destruyó todo lo que su marido había escrito durante su vida al enterarse de que se había casado con ella solo porque se lo prometió a su madre antes de morir.

—Así que por fin nos encontramos —me dice.

13

La señora Ueda cruza lentamente la habitación con sus muletas y se sienta en la butaca junto a la biblioteca.

—Siéntate —me dice. Klíma para ella no existe. No le presta ninguna atención. Quizá ni siquiera lo vea. Tiro de Klíma hasta la anciana y me siento en la butaca frente a ella.

—No tenemos tiempo para esto. —Klíma tira de mi mano, pero yo no le presto atención. Tengo un mar infinito de tiempo. ¿Cuánto tiempo he tardado en llegar hasta aquí? ¿Cuánto he sufrido para llegar hasta aquí? De ningún modo. Ya he llegado tan lejos que no dejaré que me echen. Klíma está de pie en silencio detrás de mí, esperando a ver cómo acaba esta situación. Nervioso, cambia de pie.

La señora Ueda me examina por las largas grietas donde supongo que están los ojos. Es como si su mirada abriera un agujero en mi cuerpo. No recuerda ni de lejos a la chica guapa de la foto nupcial. Sin embargo, hay algo elegante en ella.

—Llegas tarde —me dice—, ya no me queda mucho tiempo. Otra vez que por poco no llegas.

No entiendo de qué habla. ¿Por qué está enfadada conmigo? Si todavía no he tenido tiempo de decirle por qué estoy aquí. ¿Está enfadada porque me interesa el destino de su marido? ¿Siente que me meto en su intimidad?

—Disculpe por molestarla con mi visita —digo. Ya no sé ser más cortés. La señora Ueda ladea la cabeza.

—¿Por qué has tardado tanto?

Tengo la sensación de que me confunde con alguien.

—He estado deambulando por Shibuya y no podía encontrar el camino. Hasta que me ayudó él. —Hago un gesto hacia Klíma.

Solo ahora la señora Ueda levanta la cabeza y mira a Klíma.

—¿Tienes idea de cómo sufrió por ti? —me pregunta.

—¿Cómo?

—El pobre Satoshi. —Ueda entrecierra los ojos. Empiezo a entender con quién me está confundiendo—. Dudo que te des cuenta ni de una centésima parte de la responsabilidad con la que cargas —continúa la señora.

No respondo. Hablar con personas mayores en japonés no es ninguna broma. La señora Ueda, además, habla en voz baja. No se la entiende bien. Me inclino más hacia ella.

—Te reconocí enseguida, en cuanto te vi merodeando alrededor de su tumba. Kiyoko. Los demás quizá piensen que estoy loca, pero yo sé que eres tú. Y que por fin has venido. Pero tarde. Setenta y cinco años. Para ti quizá sea un momento. Un pestañeo. Un par de minutos. Para mí ha sido mi vida entera. Me destruiste la vida entera.

No contesto. Klíma me aprieta el hombro. No sé si entiende a la señora Ueda.

—¡Nunca dejó de pensar en ti! Nunca dejó de esperar que se cumpliera todo lo que le contaste. ¡Que se convirtiera en un gran escritor! ¡Que lo esperaras para que pudierais estar juntos! ¡Qué indefenso estaba cuando tenía quince años! ¿Te gustaba el poder que tenías sobre él? ¿Te gustaba poder tomarle el pelo? ¡Qué alocadamente se enamoró de ti! ¡Pero tú solo eras una puta! ¡Nada más!

Siento cómo se me sube la sangre a la cara. ¿Quién se cree que es esta señora? ¿De dónde saca que tiene el derecho a reírse de mí? ¿De dónde saca que tiene el derecho a ofenderme?

—¡Yo sí que lo amé! —La señora levanta el volumen de la voz—. ¡Era mío! ¡Solo mío! ¡Fui yo quien se casó con él! ¡Y tú me lo robaste! ¡Tú me lo mataste!

—Jana, creo que deberíamos irnos —dice Klíma. Le tiembla la voz.

—¡Pero pagaste por ello! Por las promesas que le hiciste y no cumpliste. ¡Merodearás eternamente entre este mundo y el más allá! ¡Y yo te diré ahora —sisea Ueda— quién se reirá el último! ¡Yo! ¡Yo lo veré pronto! ¡Yo me encontraré con él y estaré con él para siempre! ¡Porque a nosotros no nos separará ni la muerte! Pero tú volverás para buscarlo. Lo buscarás. ¡Para siempre!

—Jana. —Klíma me sacude—. ¡Vámonos! ¡No me gusta esto!

Pero yo estoy clavada, mirando fijamente a la anciana frente a mí. Sus mejillas han enrojecido. Me da pena. Cómo está aquí ahogándose en el pasado. Sola y abandonada. ¿Cuánto tiempo hace que se prepara este discurso, que parece una escena de teatro *kabuki*?

—Siento por usted que tuviera que sufrir tanto —digo.

La señora Ueda se ciñe el kimono.

—Cada uno es artífice de su destino —dice— y yo no he hecho nada en mi vida de lo que me arrepienta. Excepto una cosa.

—Destruyó su legado.

—Claro —gruñe la señora Ueda—, fue un placer destruir todas esas tonterías que escribió en sus diarios. Todos los recuerdos de las noches junto al agua. Todas las charlatanerías sobre la escritura de la caligrafía. Todos los poemas de amor que no eran para mí. Lo quemé todo.

—Pero ¿por qué? ¿Por qué lo hizo?

El móvil de Klíma empieza a sonar.

—Joder. —Lo saca del bolsillo y apaga el volumen—. Akira nos está buscando.

—¡Si se hubieran publicado sus obras ya no sería solo mío! ¡Sería de todos! —La señora Ueda se pone la mano en el pecho. Desde el pasillo suena un golpe. Klíma me coge del brazo y me levanta de la butaca.

—¡Vamos!

—¡No puedo!

—¡Debes!

Desde el pasillo suenan voces ruidosas. Distingo a Nakadai intentando explicar algo.

—¡Jana, ven! ¡Si no vienes, te soltaré aquí mismo! Igualmente aquí no hay nada de que hablar, ¿no lo has oído? ¡Todo está quemado!

—¿Todo? —La anciana se ríe—. Qué va, qué va.

Klíma se queda parado. La señora Ueda se saca de la manga un objeto rectangular envuelto en un pañuelo de tela, lo deja sobre la mesa y lo mueve en mi dirección.

—¿Qué es? —pregunto.

—Le prometiste tantas cosas y cumpliste tan pocas... No volviste a por él mientras todavía vivía. Y tampoco se convirtió en un gran escritor.

—Sobre todo, por su culpa —suelto.

—¿Señor Nakajima? —Una voz de mujer suena desde el pasillo—. ¡Señor Nakajima!

—Pero ahora —continúa la señora Ueda— puedes intentar al menos cumplir una de las promesas. Cógelo. Tienes mi aprobación.

—¡Señor Nakajima!

La voz se acerca. En el último momento, agarro el objeto en el pañuelo sobre la mesa. Entonces Klíma tira de mí hacia la puerta. Cuando me doy la vuelta hacia la señora Ueda, está sonriendo. No es una sonrisa de despedida. Es una sonrisa triunfal de victoria. La señora Ueda está convencida de que ha triunfado sobre su antigua rival en el amor, la querida Kiyoko de Kawashita.

14

Salimos corriendo y en el pasillo literalmente topamos con la enfermera de rosa.

—¡Corre! —grita Nakadai a Klíma y sale corriendo hacia la puerta que da al ascensor. Klíma corre detrás. Tira de mí tras él, aunque hace mucho que podría haberme soltado.

—¡Deténganse! —grita la enfermera y sale corriendo tras nosotros. Me doy la vuelta. Llego a fijarme en que el agujero de la ventana está tapado con un parche perfecto de folio auto-adhesivo. Afortunadamente, la enfermera no avanza ni cinco metros y topa con su compañera, que está sacando una bande-ja con el desayuno inacabado de una de las habitaciones. Sue-na el ruido de vajilla rota cuando la bandeja cae al suelo. Por Dios. ¿Cuántas cosas tendremos que romper todavía?

—¡Deténganse! ¿Oyen? ¡Llamaré a la policía!

Precisamente este es el motivo por el que no parar. Klí-ma y Nakadai corren como si les fuera la vida en ello. Oigo el ruido de tela desgarrándose. Ha reventado el uniforme pres-tado de Klíma.

—Mierda —blasfeman Nakadai y él al unísono, aunque cada uno en un idioma distinto.

Cruzamos corriendo la puerta del pasillo. Klíma se dirige automáticamente al ascensor.

—¿Estás loco? Corramos por las escaleras. —Nakadai lo empuja hacia el otro lado. Klíma baja las escaleras de tres en tres y tira de mí. Me da miedo que, si nos caemos, nos matemos.

—¡Viktor!

—¿Qué?

—¡Ya puedes soltarme!

—¡Mejor no!

Entonces salimos corriendo. Nos precipitamos impulsi-vamente a la calle, queremos sobre todo alejarnos lo máximo del hogar de jubilados de Aoyama. En el primer cruce, Nakadai gira a la derecha.

—¡Espera! —suelta Klíma—. ¡Espera!

—¡Nunca más! —espeta Nakadai—. ¡No pienso hacer esto… nunca más!

Gradualmente aminoramos la marcha. Luego nos detenemos. Klíma y Nakadai se apoyan sobre sus rodillas e intentan coger aire.

—¡¿Por qué habéis tardado tanto?!

—No ha sido… fá… cil.

—Colega, creo que deberíamos dejar de fumar en serio —sisea Nakadai.

El uniforme de Klíma está desgarrado desde el cuello hasta el culo. No ha aguantado nuestro ritmo intenso. Pasa un rato hasta que los dos se recuperan.

—¿Tienes eso? —me pregunta Klíma entonces.

Le doy el paquete envuelto en un pañuelo. Klíma se lo da a Nakadai.

—¿Puedes abrirlo? Pero con cuidado.

—¿Por qué no lo abres tú?

—¡Porque para desatar un nudo necesitas las dos manos!

Nakadai coge el paquete de Klíma y se sienta en el suelo.

—Espero que no haya una bomba.

—Por Dios, ¿por qué iba a haber una bomba?

—No sé. —Nakadai se encoge de hombros—. Yo ya no me creo nada.

El nudo se resiste.

—¿Qué hay? —Nakadai se esfuerza en desatar el paquete tirando del cordel.

—No lo sabemos. Puede ser cualquier cosa.

—Igual el diario de Kawashita —digo.

—O unos ensayos —dice Klíma.

—O un mapa de la isla del tesoro —dice Nakadai, con un suspiro.

Por fin el nudo cede. Miramos las placas desgastadas. En un lado, asoma un trozo de papel escrito. Nakadai abre las placas con cuidado. Nos inclinamos.

—¡Jana! —grita Klíma y levanta su cabeza hacia mí—. ¡¿Sabes lo que es?!

En las placas hay un manuscrito envuelto en papel. Escrito con la mano de Kawashita en un viejo papel japonés con columnas marcadas para los signos individuales. En la página del título se lee:

Cruzar el río

—Por Dios… —Klíma ni respira—. ¡Qué descubrimiento! ¡Es increíble!

Nakadai levanta la cabeza.

—¿Qué es?

—¡La novela nunca publicada de Kawashita! ¡Jana! ¡¿Te das cuenta de lo que significa?! Esto ya es una base para la tesis. ¿Qué dices?

Estiro la mano y toco la primera página del manuscrito. El papel es frágil y amarillento.

Nakadai se pone en pie.

—¿Qué haremos con esto?

Klíma se rasca la cabeza.

—En primer lugar, tenemos que escanearlo y enviarlo a Praga.

Se pone en marcha hacia la primera tienda veinticuatro horas para usar su escáner.

—Creo —objeta Nakadai— que en primer lugar deberías cambiarte.

Klíma baja la cabeza y examina el agujero en su uniforme.

—Es buena idea. —Se ríe.

Nakadai le da las placas con el manuscrito y la ropa en una bolsa de plástico.

—Pues nada. —Agita la cabeza—. Me voy a casa a dormir.

Klíma asiente.

—Gracias por la ayuda —dice.

—Ya me contarás cómo sigue lo del descubrimiento.
—Nakadai señala el manuscrito.

Klíma asiente.

—Espero que esto ayude a Jana a venir. Me gustaría volver a verla.

Klíma no contesta a esto.

—De momento, dale saludos de mi parte, ¿vale? —Nakadai sonríe—. A la de Praga y a su espíritu aquí.

Luego se echa la mochila al hombro y desaparece tras la esquina. Klíma mira el manuscrito. Levanta la cabeza.

—¿Jana?

Se frota la mano con la que me tenía cogida hasta ahora.

Recuerdos estremecidos de Kiyomaru Kawashita

Kiyomaru Kawashita (川下清丸), de nombre real Satoshi Ueda (上田聡), 16.8.1902-18.3.1938, fue un escritor y ensayista japonés. Entre sus obras más conocidas, están el relato *Los amantes* (*Koibito*, 恋人), publicado en 1924 en la revista *Bungei Jidai* (文藝時代), y el cuento *El desdoblamiento* (*Bunkatsu*, 分割), publicado un año después en la misma revista.

Kawashita nació en la pequeña ciudad de Kawagoe, en la prefectura de Saitama, en una familia de comerciantes de seda cuyas raíces se pueden rastrear hasta principios de la segunda mitad de la era Edo (1600-1868). Su padre, Yasutake Ueda (上田保剛), 16.11.1866-30.1.1915, se dedicaba a la educación y durante los años 1899-1911 fue profesor en la escuela elemental local. También es sabido que colaboró en la reconstrucción de la ciudad tras el gran incendio que estalló el 17.3.1893.

El incendio, durante el que quedaron reducidos a cenizas diecisiete barrios residenciales, además de tres templos, marcó considerablemente no solo a la ciudad, sino que también afectó al destino de la familia de Kawashita. En él, murió trágicamente su tío Takesuke (武介), 16.9.1864-17.3.1893. La esposa de Takesuke, a quien consiguieron salvar, dio a luz al amanecer a su hija Kiyoko (上田清子), 18.3.1893-18.3.1918, en cuyo nombre, simbólicamente, introdujo el signo de la *pureza*, asociada al agua.

En 1915, a los trece años, Kawashita se enteró de la muerte de su padre, Yasutake, que en esa época trabajaba como corresponsal en el extranjero para el diario *Yomiuri Shinbun*. Yasutake se había marchado a Londres en 1913, después de que estallara el escándalo de su relación con su sobrina, Kiyoko, veinticinco años menor, a quien había dejado embarazada a finales de 1912. Mientras Yasutake había abandonado Japón, la joven Kiyoko pasó su embarazo excluida del registro familiar y expulsada, junto con su madre, a las afueras de la ciudad. Su hijo nació prematuro y con un defecto congénito en los pulmones y murió varios días después del parto. La propia Kiyoko moriría trágicamente varios años más tarde. Precisamente esta muerte representó una fractura fundamental en la vida de Kawashita.

El 18.3.1918, Kiyoko y Kawashita cayeron, en circunstancias no aclaradas, al embravecido río Iruma. Mientras que a Kawashita lo encontraron más adelante en estado de marcado enfriamiento y atrapado entre las ramas depositadas en la orilla, el cuerpo de Kiyoko, aunque se decretara su búsqueda, no fue encontrado hasta febrero del siguiente año, cuando el río arrastró varias decenas de kilómetros el cadáver, que, sin embargo, no fue posible identificar al cien por cien a causa de la avanzada descomposición. Tras la caída al Iruma, Kawashita sufrió de altas fiebres y no fue capaz de aclarar el accidente. Con posterioridad, no pudo recordar las circunstancias. Varios meses después del incidente, se enfrentó a problemas en el habla y, hasta la muerte, sufrió de pánico al agua. Su cuento más famoso, *Los amantes*, que lanza luz sobre el caso, es interpretado por algunos como un esfuerzo de Kawashita para ajustar cuentas retrospectivamente con toda la tragedia.

Kawashita empezó a escribir ya en la secundaria, por recomendación de un maestro. Todo empezó con un diario que debía servir como parte de una terapia dirigida a que volviera a hablar, pero gradualmente la escritura se convirtió en su pasión. Kawashita, que ya desde su infancia había sentido inclinación por la literatura (aquí es evidente la influencia de su padre profesor), tras acabar la secundaria a los diecinueve años viajó a Tokio y en 1921 entró a estudiar Literatura en la Universidad de Waseda. Sin embargo, en noviembre de 1923, dos meses después del gran terremoto, interrumpió los estudios y ya no volvió.

De los años de estudiante de Kawashita, que duraron solo dos años, no hay muchos registros. En 1921, conoció en Tokio al escritor cuatro años mayor Riichi Yokomitsu (横光利一), 17.3.1898-30.12.1947, a quien dejó leer sus primeros experimentos literarios. Yokomitsu expresó su apoyo para que continuara con sus tentativas. Ese mismo año, Yokomitsu, junto con Rintarō Tominozawa (富ノ澤麟太郎), 25.3.1899-24.2.1925, y Tatsumi Koga (古賀龍視), 16.5.1898-28.11.1932, fundó la revista *Ciudad* (*Machi*, 街), en la que más adelante se publicó el cuento de Kawashita *Sufrimiento* (*Kunō*, 苦悩), que obtuvo la alabanza del escritor una generación mayor Kan Kikuchi (菊池寛), 26.12.1888-6.3.1948. También se sabe que Yokomitsu pidió dinero prestado a Kawashita y a Gishū Nakayama (中山義秀), 5.10.1900-19.8.1969, porque, como él mismo explica en su diario, no tenía más que para un *rāmen* por diez *sen* al día.

En 1923, Kikuchi Kan fundó la revista *Bungei Shunjū* (文藝春秋), en la que Kawashita esperaba publicar su cuento *Los amantes*. El camino del relato hacia sus lectores, sin embargo, fue más complicado. Kikuchi Kan aconsejó a Kawashita que lo reelaborara, porque el texto le parecía demasiado patético. Kawashita, que consideraba *Los amantes* como su confesión íntima, no estaba de acuerdo con esta opinión y se produjo un roce verbal entre ambos escritores. Kawashita, finalmente, publicó el cuento en otra revista un año más tarde, pero nunca consiguió renovar las buenas relaciones con Kan Kikuchi.

Tras el gran terremoto que recuerda en su ensayo *Recuerdos estremecidos*, Kawashita volvió a su Kawagoe natal. Su salud debilitada, relacionada con la enfermedad que había pasado a

355

los dieciséis años tras caer al río, empeoró considerablemente a consecuencia del *shock* psicológico y le aconsejaron pasar un tiempo en calma fuera de la capital. En el empeoramiento del estado de salud de Kawashita, también influyó su participación en la retirada de los escombros y la búsqueda de cuerpos de víctimas de la catástrofe, en lo que tomó parte junto con Ryūnosuke Akutagawa (芥川龍之介), 1.3.1892-14.7.1927, y otros.

Tras volver a casa, Kawashita comprobó aliviado que el terremoto casi no había afectado a Kawagoe. En marzo de 1924, sin embargo, lo sacudió la muerte de su madre. El mismo Kawashita recuerda en sus escritos cómo, antes de su muerte, le prometió que se casaría y expresa el temor de no poder cumplir la promesa.

A principios de 1925, Kawashita volvió a Tokio y se instaló en un piso de alquiler en Aoyama. Se pueden considerar sus siguientes años como su época más fructífera. Publicó primero el cuento *Seda* (*Kenpu*, 絹布) y más adelante, por fin, *Los amantes* en la mencionada *Tiempo de Literatura*, revista fundamental de los llamados neosensualistas (*shinkankakuha*, 新感覚派), importante escuela literaria anterior a la guerra, entre cuyos autores, aparte de los mencionados Kawabata Yasunari y Riichi Yokomitsu, se encuentran también Yoichi Nakagawa (中川与一), 28.2.1897-12.12.1994, Teppei Kataoka (片岡鉄平), 2.2.1894-25.12.1944, y otros.

Entre 1924 y 1926, publicó *El desdoblamiento* (1925), *La bienvenida* (*Kangei*, 歓迎, 1925), *La copa de sake agrietada* (*Wareta sakazuki*, 割れた盃, 1926) y *El tatami pisoteado* (*Fumitsubusareta tatami*, 踏みつぶされた畳, 1927).

En 1928, Kawashita planeó visitar Shanghái con Yokomitsu, pero finalmente desistió. Tras el suicidio de Ryūnosuke Akutagawa, en 1927, se sumió en un silencio literario y se considera que se dedicó a escribir en formato más largo. La novela debía llamarse *Cruzar el río* (*Kawa wo koeru*, 川を越える),

pero el manuscrito jamás fue publicado. Tras su suicidio, se perdió y no fue encontrado. En 1934, Kawashita publicó los ya mencionados *Recuerdos estremecidos*, en los que se refiere a los tres acontecimientos trágicos que influyeron en su vida: el incendio de Kawagoe, la muerte de su prima Kiyoko y el gran terremoto de Kant.

En 1936, Kawashita participó en la despedida de Riichi Yokomitsu, organizada por sus amigos antes de su estancia de medio año en Europa. En junio del mismo año, se casó. Se esposó con Sachiko Kitamura (北村幸子), 3.3.1920-20.8.2017, diecisiete años más joven. Los amigos de Kawashita, por lo visto, quedaron aturdidos por la boda, porque hasta entonces este había rehusado la idea del matrimonio.

El 18.3.1938, Kawashita se suicidó antes de cumplir los treinta y seis años. En las horas nocturnas de aquel día, fue visto en la estación de Kawagoe, adonde fue en el último tren de Tokio. Al día siguiente, por la mañana, fue encontrado ahogado en el río Iruma. Fue exactamente veinte años después de la trágica muerte de su prima en el mismo río. No dejó ninguna carta de despedida.

Durante su vida, Kiyomaru Kawashita solo publicó unos pocos cuentos y una novela breve. Tras su muerte, en 1938, algunos de sus amigos intentaron echar un vistazo a su legado. Les interesaba principalmente el manuscrito de la novela nunca publicada *Cruzar el río*. Sin embargo, toparon con el rechazo severo de la esposa de Kawashita, que un año después de la muerte de su marido explicó que había destruido toda su herencia.

En la obra de Kawashita, es reconocible un llamativo elemento autobiográfico, que permite al lector echar un vistazo en la vida personal del autor, su infancia y su pasado. Cabe preguntarse hasta qué punto su escritura fue motivada por la torturante necesidad de denunciar los horrores que había conocido durante su adolescencia.

En sus obras, Kawashita resalta la unión firme y, al mismo tiempo, muy frágil de la vida humana con la naturaleza. La cambiante naturaleza humana, bella y a la vez traicionera, influye en las vidas de sus personajes más que sus propias decisiones. La espectral figura de Kiyoko en el cuento *Los amantes*, por otra parte, es el mejor ejemplo de este fenómeno. La gélidamente hermosa Kiyoko, escrita con los signos de *puro* con la radical de *agua* y *niño*, nace de la ceniza y acaba su vida en el regazo de su madre, el río.

El mismo Kawashita estaba fascinado por el agua, cruzarla se convirtió en el tema de su vida y el suicidio ahogándose, luego, en su propio destino. El agua en sus obras simboliza el paso del tiempo, la infinitud, el círculo. Quizá precisamente por ello escogió un seudónimo cuyo nombre de pila, Kiyomaru, se puede interpretar como «círculo puro», 清丸.

En Asaka, 12.11.2017
ANNA CIMA

Abe, Kōbō (1924-1993). Escritor, estudió en la Facultad de Medicina de la Universidad de Tokio. Los temas relacionados con las ciencias exactas se repiten a menudo en sus obras.

Abe, Tomoji (1903-1973). Empezó como modernista, colaboró en las revistas *Aozora* y *Bungei no Toshi*.

Akutagawa, Ryūnosuke (1892-1927). Escribió textos breves, principalmente cuentos. Se hizo famoso por su estilo pulido y las historias ingeniosas frecuentemente inspiradas por relatos de la era Heian. Se suicidó en 1927.

Dazai, Osamu (1909-1948). En su prosa, trata los temas de la debilidad humana, las enfermedades mentales y las relaciones entre personas. En 1948, tras una serie de intentos fracasados, se suicidó con su amante lanzándose al río.

Hasegawa, Kintarō (Shunsō) (1889-1934). Poeta de haikus. Redactor jefe de la revista *Haikai Zasshi*. Desde 1917 dirigió la empresa Hasegawa en Ginza, Tokio.

Ihara, Saikaku (1642-1693). Poeta y prosista del periodo Edo (1600-1868). Se hizo famoso con sus historias del entorno urbano y las zonas de ocio.

Kaikō, Ken (1930-1989). Popular escritor de la posguerra.

Kawabata, Yasunari (1899-1972). Premio Nobel de Literatura en 1968. Sus obras están fuertemente influenciadas por la estética tradicional japonesa.

Kobayashi, Hideo (1902-1983). Padre de la crítica literaria japonesa moderna. Su método y visión de la obra literaria influyeron intensamente en la generación de críticos posteriores.

Kobayashi, Issa (1763-1828). Poeta de haikus de la era Edo.

Kubota, Mantarō (1889-1963). Escritor, poeta de haikus y dramaturgo.

Matsumoto, Seicho (1909-1992). Se hizo famoso sobre todo con sus novelas de detectives con temática social (miembro de la llamada escuela de ficción detectivesca social), pero también escribió novelas históricas y otras.

Mishima, Yukio (1925-1970). Importante escritor japonés, dos veces nominado al Premio Nobel. En 1970, tras un golpe de Estado militar fracasado, se suicidó por medio de un *seppuku* ritual.

Murakami, Haruki (1949-). Escritor, traductor, ensayista.

Oé, Kenzaburo (1935-). Premio Nobel de Literatura de 1994.

Ōsikōchi no Mitsune (859?-925?). Poeta y funcionario de la corte imperial en la era Heian. Uno de los compiladores de la colección *Kokin Wakashū (Versos escritos en el agua)*.

Sekikawa, Natsuo (1949-). Crítico literario japonés, escritor de literatura de no ficción y prosista.

Shimada, Soji (1948-). Autor principalmente de prosa detectivesca, personalidad destacada de la corriente llamada Nueva Auténtica Escuela de Detectives.

Takahashi, Gen'ichirō (1951-). Prosista, crítico, ensayista. Uno de los primeros escritores japoneses considerados posmodernos.

Tanizaki, Jun'ichirō (1886-1965). Importante escritor del siglo XX, nominado al Premio Nobel de Literatura.

Yokomitsu, Riichi (1898-1947). Escritor y crítico literario. Importante representante de los llamados neosensualistas.

Anbe, Tatsurō (1886-1924). Después de varios intentos, en 1915 abrió una librería privada en Kawagoe.

Hilská, Vlasta (1909-1968). Profesora de Filología e Historia Japonesas, traductora y divulgadora de la cultura japonesa.

Koyama, Bunzō (1860-1922). Comerciante de tabaco japonés, era dueño de la empresa Manbun. Participó en la reconstrucción de la ciudad de Kawagoe tras el incendio de 1893.

Kurosawa, Akira (1910-1998). Director de cine japonés, considerado uno de los directores más importantes de la historia de la cinematografía, grabó treinta películas, entre ellas *Rashomon*.

Mifune, Toshirō (1920-1997). Actor japonés, conocido especialmente por su colaboración con el director Kurosawa. Apareció en más de ciento setenta películas, entre ellas, por ejemplo, *Los siete samuráis*, *Trono de sangre* y *Rashomon*.

Nakadai, Tatsuya (1932-). Actor japonés. Apareció, por ejemplo, en la película *Harakiri* (*Seppuku*, 1962), del director Kobayashi Masaki.

Novák, Miroslav (1924-1982). Japonólogo, teórico literario, filólogo y traductor del japonés. En los años setenta y ochenta organizó de forma privada seminarios sobre poesía y cultura japonesas.

anime.— Series de televisión o películas de dibujos animados.

Aoyama.— Barrio de Tokio.

Bungakukai Zasshi.— Revista literaria, el primer número apareció en 1933.

Bungei Jidai.— Revista literaria, el primer número apareció en 1924. Considerada como revista clave de los llamados neosensualistas, grupo de escritores entre los que situamos, entre otros, a Kawabata Yasunari y Yokomitsu Riichi.

buraiha.— La llamada generación de rebeldes. Con este término, los críticos literarios e historiadores designan a un grupo de autores del Japón de la posguerra. No se trataba de un movimiento ni de un grupo; solo los agrupan en este término los parecidos mutuos en su obra. La personalidad más destacada de *buraiha* fue Dazai Osamu.

Dōgenzaka.— Barrio de Tokio, famoso, entre otras cosas, por sus hoteles por horas.

Final Fantasy.— Famosa serie de videojuegos de fantasía cuya primera parte salió al mercado en 1987.

Gran terremoto de la región de Kant.— Se produjo el 1 de septiembre de 1923 y arrasó la mayor parte de Tokio y las regiones adyacentes. El terremoto, de fuerza 7,9, duró un intervalo de 4-10 minutos. En él, murieron más de 140.000 personas. Un gran papel en la cantidad de víctimas lo tuvieron los incendios que acompañaron al terremoto. Además, le siguió un tsunami.

Hierba.— Escritura de hierba (argot japonológico). Escritura cursiva del japonés.

Iruma.— Río que pasa por la ciudad de Kawagoe.

Kawagoe.— Ciudad de la prefectura de Saitama, visitada a menudo por los turistas. A veces se la llama Koedo (Pequeña Edo) por su parecido con el Tokio histórico.

kawaii.— Lindo.

koshinuke.— Débil, cobarde.

maboroshi.— Visión, aparición.

manga.— Cómic japonés.

Mario Kart.— Famosa serie de videojuegos aparecida en 1992.

Naruto.— Famoso *manga* del autor Masashi Kishimoto. Se publicó desde 1999 a 2014 en la revista *Shūkan Shōnen Jump.* Fue adaptada varias veces para la televisión con éxito, en forma de *anime*, videojuegos y otros productos relacionados con el mismo.

Nový Orient (Nuevo Oriente).— Revista especializada, publicada desde 1945 por la Academia de las Ciencias Checas.

onigawara.— Estatua que decora los tejados japoneses.

rāmen.— Plato japonés cuya base está compuesta por fideos de trigo, carne y verdura. Los fideos pueden ser fritos o servidos en caldo condimentado con salsa de soja, pasta de *miso* o similar. La sopa suele llevar brotes de bambú, espinacas, huevos o barras de pescado *naruto*.

reiki.— Forma de medicina alternativa desarrollada en 1922.

Roppongi.— Barrio de Tokio.

Shibuya.— Una de las partes de la ciudad de Tokio, llamadas *ku*. En total son veintitrés.

visual kei.— Movimiento de músicos japoneses, caracterizado por el maquillaje y los trajes expresivos. Se pueden rastrear sus comienzos a los años ochenta del siglo xx.

yowamushi.— Débil.

* En el libro aparecen fragmentos del libro *Oriente y occidente: las penas en los caminos de Yokomitsu Riichi* (Higashi to nishi: Yokomitsu Riichi no ryoshū; 東と西：横光利一の旅愁), del autor Natsuo Sekikawa, que la autora se ha permitido retocar según necesidad del argumento.

ÍNDICE

Esta edición de *Me despertaré en Shibuya*, compuesta
en tipos AGaramond 12/15 sobre papel offset Natural de
Vilaseca de 90 g, se acabó de imprimir en Salamanca
el día 6 de septiembre de 2020, aniversario de la muerte
de Akira Kurosawa